Shimmer Chinodya

Dornenernte

Übersetzt aus der englischen Originalsprache
von Beate Horlemann

Horlemann

Die Deutsche Bibliothek – CIP-Einheitsaufnahme

Chinodya, Shimmer:
Dornenernte / Shimmer Chinodya. Übers. aus der engl. Orig.-Sprache von Beate Horlemann. - Unkel/Rhein ; Bad Honnef : Horlemann, 1991
ISBN 3-927905-33-X

Die Übersetzung wurde unterstützt durch
die Gesellschaft zur Förderung der Literatur
aus Afrika, Asien und Lateinamerika e.V.
in Zusammenarbeit mit dem Institut für Auslandsbeziehungen.

Titel der Originalausgabe:
Harvest of Thorns

Umschlagillustration:
Egbert Verbeek

Typograhie:
Michael Adrian

Gedruckt in Deutschland

Teil I

1

Als sie am Tag, an dem er zurückkam, selbstvergessen mit Seifenschaum an den Händen vom Bad her den Wohnraum betrat und ihn mit seinen mächtigen braunen Stiefeln auf dem Sofa sitzen sah, schrie sie so heftig, daß die Nachbarn herbeieilten, weil sie dachten, sie hätte eine Todesnachricht erhalten. Als die anderen wieder gegangen waren und sie in der Lage war zu sprechen, sah sie auf die Reihen von getrocknetem Fleisch, die über Streifen aus Zeitungspapier hingen, und kramte in ihren langen Röcken, um Peter zum Metzger zu schicken.

Am Morgen des selben Tages, an dem er zurückkam, befestigte er eine Platte auf dem Herd, und sie sagte, sie hätte einen Elektriker für die Reparatur bezahlt, worauf er meinte: »Du sollst kein Geld aus dem Fenster werfen« und hinausging, um Peter im Garten beim Wässern der Kohlköpfe zu helfen, während sie ihn durchs Fenster beobachtete und versuchte, in dem Mann mit den struppigen Haaren und den braunen Stiefeln den Benjamin wiederzuentdecken, den sie einmal kannte, der mit einem Stück Stanniolpapier ein durchgebranntes Bügeleisenteil repariert undmit einer Autobatterie und einem zweckentfremdeten Transformator das alte Grammophon betrieben hatte, bis der Vater es ihm wegnahm und verkaufte.

Am Nachmittag des Tages, an dem er zurückkam, ging er mit Peter einkaufen, und sie stand am Fenster und beobachtete die beiden; Peter, der an seinen Krücken neben ihm herhumpelte mit dem in den Shorts wackelnden Beinstumpf und seinem strahlenden Gesicht, und ihn, der tüchtig ausschritt, und sie dachte, wie groß er geworden war, wie breit seine Schultern jetzt waren und wie sonnenverbrannt sein Gesicht.

Und in der Nacht des Tages, an dem er zurückkam, klopfte er an die rissige grüne Tür, und diese öffnete sich und sie ließ ihn herein und er blinzelte ins Licht und sagte: »*Manheru*«. Sie ließ die Tür ins Schloß fallen und brachte ihm sein Essen und eine Schale Wasser und setzte sich aufs Sofa ihm gegenüber.

»Du hättest nicht auf mich warten sollen«, sagte er mit einem Blick auf die kleine gelbe Uhr, die auf der Vitrine stand und auf drei zuging.

»Ich dachte nur, du würdest erzählen wollen«, sagte sie. Seine Hände und sein Mund waren eifrig mit *sadza* und Fleisch beschäftigt. Als er das letzte Mal so schnell aß, war er sieben, erinnerte sie sich. Er war sieben und beeilte sich, zum ersten Mal zur Schule zu kommen...

Seine Augen glitten über das zerbrochene Glas des Bilderrahmens an der Wand und über das Regal, auf dem die Bibeln standen. Er griff nach dem Wasserkrug und nahm einen großen Schluck.

»Uns hier geht es allen gut«, hörte er sie sagen. »Ich bin ja so froh, daß du lebend zurückgekommen bist, Benjamin.«

Er preßte seine Hände auf den Tisch, um ein Rülpsen zu unterdrücken. Er sah auf und blickte in ihr Gesicht, das ihn erwartungsvoll beobachtete.

Plötzlich überkam ihn ein Gefühl von Panik wie ein grelles Licht, und er stand auf und sagte bedächtig, jede Silbe betonend: »Gute Nacht.«

Er hörte kaum noch ihre Antwort, als er in die Kammer ging. Einen Augenblick lang schwankte er in der schlaftrunkenen Dunkelheit. Er tastete nach dem Lichtschalter. Im gelben Schein der Neonlampe lag Peter in einem kurzen Pyjama ausgebreitet auf dem Bett, sein pausbäckiges Gesicht halb im Kissen vergraben. Benjamin ließ sich vorsichtig auf der Bettkante nieder, versetzte der Tür einen Stoß und begann sich auszuziehen. Dann ergriff er Peters unversehrtes Bein, um ihn auf eine Seite des Bettes zu ziehen, knipste den Lichtschalter aus und zog sich die dünne Decke bis über die Brust.

Er meinte, Peter im Schlaf in sich hineinlachen zu hören, vielleicht träumte er. Er drehte seinen Kopf von der Zimmerdecke aus gewelltem Asbest weg, auf der das Licht aus dem großen Schlafzimmer kleine Kreuze bildete. Hinter der Wand knarrte ein Bett und jemand hustete. Er hörte noch ein Geräusch, vielleicht von der Toilettenspülung der Nachbarn oder es spritzte ein Wagen durch eine Pfütze auf der Straße, dann tauchte sein Bewußtsein langsam in den Schlaf ein.

2

Als er aufwachte, stand die Sonne schon drei Stunden am Himmel und erhellte die Townshipszenerie. Er zog die dünnen Vorhänge beiseite und sah hinaus. Eine Gruppe kleiner Jungen spielte auf der Straße Fußball. Ein Eisverkäufer und ein Feuerholzhändler ließen an den entgegengesetzten Enden der Straße ihre Glocken ertönen. Junge Mädchen schlenderten mit Brotlaiben und Milchtüten, sauberen kleinen grünen Päckchen Fleisch und Paraffinflaschen, bescheidenen Mengen Speiseöl und Bündeln von *choumoellier* vom Lebensmittelgeschäft nach Hause. Eine Mutter mit einer Decke um die Hüften versetzte einem nackten Kind, das mit dem Wasserhahn im Garten spielte, einen Klaps. Das Kind schrie wild und stampfte mit den Füßen.

Er gähnte, stand auf und zog sich an. Peter kam herein. »Ich habe dich gar nicht kommen hören«, sagte er. »Ich werde das Bett machen.«

»Ich kann das selbst tun«, gab Benjamin zurück.

»Bei Mutter in der Küche ist Besuch. Sie kam mit dem Frühzug. Eine junge Frau.«

»Eine Verwandte von uns?«

»Ich glaube nicht. Mutter scheint sie auch nicht zu kennen. Sie ist jung und dunkel, ganz hübsch. So, wie sie aussieht, und nach ihrem Gepäck zu urteilen, kommt sie vom Land. Sie hat einen alten Koffer dabei. Mutter hat versucht, sie zum Reden zu bringen, aber sie ist sehr still.«

Benjamin zuckte die Achseln und ging in die Küche hinaus. Peter folgte ihm. Die junge Frau saß in der Küche auf dem Boden. Als Benjamin eintrat, sah sie kurz hoch und nahm die Hand, die er ihr hinstreckte, dann blickte sie zur Wand. Benjamin sagte seiner Mutter Guten Morgen und ging mit Peter hinaus, um den Hühnerkorb sauberzumachen. Acht Hennen befanden sich in dem Korbgeflecht. Die beiden reinigten die Futternäpfe und füllten sie neu, dann beseitigten sie den Mist.

»Kennst du sie?«

»Nein«, grinste Benjamin, »du?«

»Kein bißchen«, sagte Peter, und das Blitzen in den Augen seines Bruders verwirrte ihn. Doch breitete sich auch auf seinem Gesicht ein verschmitztes Lächeln aus.

Benjamin ging duschen, zog sich um und setzte sich zum Frühstück in die Küche. Die junge Frau hockte noch immer auf dem Boden. Frau Tichafa goß Tee ein und Peter saß auf dem *stoep*.

»So«, sagte Benjamin gedehnt, »habt ihr euch miteinander bekannt gemacht?«

Frau Tichafas Augen weiteten sich ungläubig, ihr erster Verdacht bestätigte sich offensichtlich. Aber sie beherrschte sich und ließ ihn sein Spiel weiterspielen.

»Mutter, das ist meine Frau. Sie heißt Nkazana. Nkazana, das ist meine Mutter. Und das ist mein Bruder Peter.«

Die beiden Frauen gaben sich noch einmal die Hand und sagten gleichzeitig: »Ich freue mich sehr, dich kennenzulernen«.

Benjamin lächelte, wie jemand lächelt, der gerade für eine Überraschung gesorgt hat. Plötzlich lachte seine Mutter; es war ein schnelles, kurzes Auflachen, das Nervosität und Skepsis vertreibt, ohne die innere Erregung zu beseitigen.

Peter saß auf dem *stoep* und sah zu. Die Braut blickte hoch und lächelte.

Wie gewöhnlich war der Omnibus am nachmittag voll – in der Township schien es nie genug Busse zu geben. Wäre es nicht wegen des einbeinigen Jungen gewesen, der am Straßenrand heftig winkte, so wäre der Fahrer wahrscheinlich vorbeigerast, ohne anzuhalten, um eine fehlende Minute des Fahrplans aufzuholen. Peter und Nkazana fanden vorn einen Sitzplatz. Eine Zeitlang stand Benjamin im überfüllten Mittelgang und trotzte den heftigen Bewegungen, mit denen der Bus um die Kurven schlingerte. An der vierten Haltestelle stiegen einige Leute aus. Benjamin machte es sich auf einem Sitz bequem, zündete sich eine Zigarette an und öffnete das Fenster, um hinauszuschauen.

Viele der kleinen Vierzimmerhäuser wurden gerade erweitert. Überall lagen Berge von Ziegelsteinen und Sand am Straßenrand. Einige Häuser waren schon fertig – sie machten einen erbärmlichen Eindruck, selbst da, wo die Anbauten bereits frisch gestrichen waren. Er bemerkte Fernsehantennen auf den Dächern einiger Häuser – Symbole eines neuen Fortschritts, ein starker Kontrast zu den Rauchschwaden der Schornsteine und den ungepflasterten Straßen, auf denen der Bus riesige Staubwolken hinter sich ließ. Während er auf die Antennen schaute, erinnerte er sich an die Aufregung, als vor einem Jahrzehnt der erste Fernsehapparat in der Township auftauchte. Er lächelte bei dem Gedanken, daß er damals angenommen hatte, die Antenne wäre alles, was zu einem Fernseher gehörte. Er hatte sich gefragt, wie es möglich sei, auf diesen dünnen Metallstäben Bilder zu sehen.

Er sah die Plätze, auf denen er als kleiner Junge mit seinen Freunden Fußball gespielt hatte. Jetzt waren sie kahl. Vor der Wasserknappheit waren sie noch grün gewesen, und er und seine Freunde hatten ohne Hemd, schweißglänzend und fröhlich herumgetollt und geschrien »Gehalten!«, »Handspiel«, »Foul« oder »Strafstoß«. Sie hatten damals ihre eigenen Mannschaften gehabt, ihre »Dynamos« und »Caps United«. An einem Samstagmorgen hatte er sieben Tore geschossen, und die Spieler seiner Mannschaft hatten ihn auf ihre Schultern gehoben und Pelé genannt.

Er erinnerte sich auch, wie er heimlich vor der Bierhalle Zigaretten verkauft hatte, wie er vor Kunden weggelaufen war, die ihn kannten und ihn bei seinen Eltern hätten verraten können. Jetzt gab es zwei neue Bierhallen in der Township und eine große neue Schule mit Reihen von Blumen und hübschen Gärten.

Der Bus verließ eilig die stickige, verrauchte Atmosphäre der Township, und der Himmel wurde klarer, als sie durch ein Waldstück fuhren. Früher als Junge hatte er hier Vögel gefangen, mit einem klebrigen Gummi, das sie aus den Blütenknospen bestimmter Bäume ausgekaut hatten. Ein mühsamer, aber vergnüglicher Zeitvertreib, der nicht nur kräftige Zähne erforderte, sondern auch große Reserven an Spucke und Optimismus. Einmal hatte ein fremder Mann ihn und seinen Freund aus dem Wald gejagt, und die scharfen Dornen hatten sich in ihre Füße gebohrt, als sie geflohen waren. Danach hatte er einen scheußlichen Traum gehabt, in dem der Verfolger sich an dem Baum erhängt hatte, in dem seine, Benjamins, Fallen angebracht waren. Als er näher gekommen war, hatten die fliehenden Vögel wie wild in sein Gesicht geschlagen, und über sich hatte er den Ast mit der aufgedunsenen Leiche knarren gehört ... Der Traum war so lebendig gewesen, daß er ihm wie ein reales Erlebnis im Gedächtnis haften geblieben war. Jetzt war der Wald zur graslosen Dornbuschlandschaft verödet, durch die kreuz und quer Fußspuren ins Nichts verliefen.

Die Idylle war dahin. Er war überrascht von der Sentimentalität seiner Erinnerungen.

Die turmhohen Schemen des Tanklagers vor ihnen holten ihn schlagartig in die Gegenwart zurück. Auf dem Höhepunkt des Krieges waren drei Behälter bei einem Guerillaangriff in Flammen aufgegangen. Das Lager hatte tagelang gebrannt. Nachdem die Flammen gelöscht waren, hatte man das ganze Gebiet zur Sperrzone erklärt und Soldaten hineinverlegt... Jetzt war alles wieder aufgebaut und man sah nichts mehr von der Zerstörung.

Es ist schon erstaunlich, dachte er, daß manche Gegenden sich völlig heilen ließen, während andere wie hartnäckige Wunden weiterschwärten und wieder andere, wie vorzugsweise die Vororte auf dem Hügel, vom Krieg ganz verschont geblieben waren. Er sah auf die Häuserfronten aus glänzendem Glas, Kiefernholz und Stein, auf die marmornen Auffahrten und die blauen Swimmingpools und auf die blankpolierten Wagen in den halboffenen Garagen. Auf makellosen Rasen, der von schwarzen Gärtnern im Khaki-Dress gepflegt wurde, und auf schwarze Kindermädchen, die weiße Säuglinge wiegten – und dies nach dem Krieg und nur wenige Monate nach der Unabhängigkeit.

»Da ist das Haus der Tauyas.« Peter deutete mit dem Lächeln eines Hellsehers auf eine der Villen. »Sie waren bei den ersten Schwarzen, die nach der Unabhängigkeit aus der Township weg sind. Sie haben am Ende unserer Straße gewohnt.«

»Wer ist noch weggezogen?«

»Die Mubis. Erinnerst du dich an die Mubis? Sie wohnen jetzt auch hier in der Gegend. Und dieses große Haus da drüben gehört dem neuen schwarzen Bürgermeister.«

»Ist das alles«, fragte Benjamin mit einem seltsamen Unterton. »Ist das alles?«

Sie kamen während der mittäglichen Hauptverkehrszeit in der Stadt an und gingen in einen kleinen Laden. Benjamin kaufte für Nkazana drei Umstandskleider sowie für Peter ein leuchtendrotes T-Shirt und eine weiße kurze Sporthose.

Dann gingen sie noch zum Supermarkt, um Lebensmittel zu besorgen. Das weiße Mädchen an der Kasse hob die Augenbrauen, als sie ihre drei Einkaufswagen vor ihr aufreihten.

»Sind Sie sicher, daß sie das alles bezahlen können?« fragte sie und musterte erst Nkazana, dann Peter, um schließlich den Blick auf Benjamins Stiefeln ruhen zu lassen.

»Warum fragen Sie uns so etwas?« fragte Benjamin ins Englische verfallend zurück. »Meinen Sie, wir würden Sachen nehmen, wenn wir sie nicht bezahlen könnten?«

»Ich wollte nur sichergehen«, sagte das Mädchen. »Einige Kunden merken erst, wenn sie an der Kasse stehen, daß sie nicht genug haben.«

»Stellen Sie jedem Kunden diese Frage?«

»Also, es tut mir leid.« Das Mädchen versuchte zu lächeln.

Der indische Geschäftsführer kam aus seinem glasumrandeten Büro. »Gibt es Probleme?«

»Ich habe nur gefragt, ob sie diese Lebensmittel bezahlen können, und er wurde sofort laut«, erklärte das Mädchen mit unglücklichem Gesicht.

»Oh, ich verstehe, was die Dame meint...«, begann der Geschäftsführer.

»Geben Sie nicht an ihrer Stelle Erklärungen ab«, unterbrach ihn Benjamin, »Dame, Dame, Dame! Ich bin nicht Ihr Negerlein.«

Die aufgeregte Kassiererin verließ ihren Platz und verschwand nach hinten.

»Ich werde Sie selbst bedienen, mein Herr«, sagte der Manager mit der leisen Stimme desjenigen, der gelernt hat, jedem Streit aus dem Weg zu gehen. »Es war ein Fehler. Wir bemühen uns immer, unsere Kunden in diesem Laden korrekt zu behandeln, mein Herr.«

Er setzte sich hinter die Kasse und begann, die Tasten zu traktieren, während er die Waren zum Packer weiterschob.

»Wenn Ihnen Zimbabwe nicht gefällt, gehen Sie doch nach Südafrika«, stieß Benjamin aus.

Der Geschäftsführer holte tief Luft und hielt wortlos die Hand auf. Benjamin knallte das Geld auf die Theke und stampfte hinter dem Packer her, der ihre Einkäufe auf den Bürgersteig beförderte.

»Versteht ihr, was ich meine?« Draußen vor dem Laden kochte Benjamin weiter vor Wut. »Wir waren so gut zu ihnen, daß sie denken, sie können uns immer noch so behandeln wie früher!«

Ein Taxi bremste neben ihnen, und sie stiegen mit ihren Tüten ein.

»Sie haben durch den Krieg nichts gelernt«, sagte Nkazana. Es war der erste vollständige Satz, den Peter sie sprechen hörte. In seiner Erregung schwang er sich und seine Krücke mit einer wilden Bewegung neben sie auf den Rücksitz. Sein Kopf schlug gegen den Türrahmen, als das Taxi auf die Fahrbahn ausscherte.

»Ich möchte mit dir über Nkazana sprechen«, eröffnete Frau Tichafa Benjamin abends in ihrem Schlafzimmer und nutzte die zärtliche Stimmung, welche durch die Lebensmittel, die er für sie gekauft hatte, hervorgerufen worden war. »Ich möchte sicher sein, was du mit ihr vorhast.«

»Was gibt es da sicher zu sein?«

»Wissen ihre Leute, daß sie hier ist?«

»Was macht das für einen Unterschied?«

»Mit einer schwangeren Frau kann alles passieren. Außerdem sollten ihre Leute überhaupt Bescheid wissen.«

»Im Busch bekamen hunderte von Mädchen Kinder, ohne daß jemand es wußte.«

»Das ist eine andere Situation! Was ist, wenn ihr womöglich etwas passiert?«

»Wenn es passiert, dann passiert es ...«

»Oh, Benjamin. Was du auch immer da draußen gemacht hast, es ...«

»Was glaubst du, was ich gemacht habe? Mit einer Schleuder auf Vögel gezielt?«

Sie sah ihn groß an.

»Gut, gut. Ich bin nur mit meinem Gewehr herumgelaufen. Niemand hat auf mich geschossen, und ich habe auf niemanden geschossen. Ich habe keine Leichen gesehen und keine angefaßt. Ich bin sauber. Es sind keine Rachegeister hinter mir her. Du brauchst mich nicht zu einem *n'anga* oder zu einem Priester zu bringen. Möchtest du das hören? Bist du damit zufrieden? Macht es dich glücklich?«

Ihre Augen flackerten und waren schreckgeweitet.

»Warum lassen wir dieses Thema nicht lieber, Mutter?«

»Wenn dein Vater doch hier wäre und ich nicht mit allem allein dastünde. Ich hoffe ja nur, daß es bei ihr keine Komplikationen gibt.«

»Wozu sind Krankenhäuser da?«

»Aber du wirst sie gut behandeln, Benjamin, nicht wahr? Versprich, daß du ihr nicht wehtun wirst. Sie bleibt solange fremd, bis wir ihre Leute benachrichtigen, daß sie hier ist.«

»Ihre Familie ist im Krieg umgekommen«, sagte Benjamin.

Nkazana blieb lange im Bad. Als sie herauskam, war Peter schon in der Küche eingeschlafen. Sie zog vorsichtig die Decken über ihm gerade und ging ins Wohnzimmer. Das unterdrückte Weinen im großen Schlafzimmer hatte aufgehört. Es war ruhig im Haus. Sie blieb inmitten der Stille auf dem Sofa sitzen und dachte daran, wie seine Mutter in die Küche gekommen war, ihr kondoliert hatte und dann tränenüberströmt in ihr Schlafzimmer zurückgelaufen war.

Benjamin streckte seinen Kopf durch den Türspalt des Gästeschlafzimmers und sagte mit verschwörerischem Augenzwinkern: »Du willst hier doch nicht die ganze Nacht verbringen, oder?«

In der Küche begann Peter laut zu schnarchen. Im Schlafzimmer hustete Benjamins Mutter auf ihrem knarrenden Bett.

Benjamin streckte noch einmal den Kopf durch die Tür und sagte: »Schalte die Lampen aus, wenn du kommst.«

Sie faltete zum letzten Mal ein Dreieck aus ihrem nassen Handtuch und ging in den kleinen Schlafraum hinüber. Sie stieß die Tür auf, die einen quietschenden Laut von sich gab, und eine gelbe Lichtzunge leckte an ihrem Arm, fuhr über ihr Gesicht.

Die Tür fiel ächzend hinter ihr zu, und sie stand im Licht und sah ihn an. Er lag, noch mit der Hose bekleidet, ausgestreckt auf dem Bett. Seine Brust war sauber und glänzend, und die Rippen zeichneten sich an den Seiten seines Körpers in Wellenlinien ab. In seinen Achselhöhlen kräuselten sich Haare. An einer Wand des Zimmers waren Koffer und Pappkartons aufgestapelt. Ihr eigener Koffer stand mitten im Zimmer auf dem grün gestrichenen Boden. Er sah gar nicht so aus wie der ihre, dieses verbeulte Ding aus Plastik und Holz, das sie erst in der vergangenen Nacht im Licht des Mondes gepackt hatte.

»Du packt deine Sachen besser aus«, sagte Benjamin.

Sie kniete sich neben den Koffer, ließ den Deckel hochspringen und nahm die Decke heraus, die obenauf lag. Sie stellte Kosmetikfläschchen, einen Spiegel, Kämme und eine Zahnbürste auf den Ablagetisch.

»Was strickst du da?« Benjamin drehte sich in ihre Richtung, um ihr zuzusehen.

Sie hob die Wollsachen hoch.

»Wie lange dauert es noch?«

»Ein paar Monate«, sagte sie.

»Tut es weh?«

Sie lächelte über ihrem Koffer und schüttelte den Kopf.

»Fühlst du, daß es sich bewegt?«

»Noch nicht.«

»Hattest du Probleme, herzukommen?«

»Ich habe am Bahnhof nach dem Weg gefragt.«

Auf der anderen Seite der Wand schniefte und hustete seine Mutter. Nkazana klappte nachdenklich den Koffer zu und stellte ihn neben den Stapel an die Wand. Sie verbarg ihr Haar unter einem Tuch.

»Warum mußt du das machen?«

»Was?«

»Das Tuch.«

»Sonst kommt Wolle von der Decke in mein Haar.«

»Du siehst damit alt aus, wie eine Mutter.«

»Ich bin bald eine.«

»Der Schalter ist neben der Tür.«

Sie machte das Licht aus. Einige Sekunden lang konnte er sie im Dunkeln nicht sehen. Er hörte nur ihre Bewegungen.

Nach und nach nahm er die Umrisse ihres schmalen Körpers wahr; sie saß auf dem Boden.

»Was machst du da?«

Sie hustete.

»Hier ist Platz für dich, meine scheue Braut.«

»Du hast mich nicht dorthin eingeladen.«

Er setzte sich auf die Bettkante und griff zu ihr hinunter. Er schob seine Hände unter sie und hob sie herüber. Sie wehrte sich etwas, ließ sich dann aber neben ihm auf das Bett gleiten.

Das Gefühl ihres schlanken, geschmeidigen Körpers in seinen Armen erfüllte ihn mit Zärtlichkeit.

Wieder hörte er seine Mutter im Nebenzimmer schniefen. Auch Nkazana hörte es, und sie stieß seine Hand von ihrem Gesicht und kämpfte gegen den letzten Rest von Kummer, den sie in die äußerste Ecke ihrer Seele gedrängt hatte.

Er zog ihr das Kleid aus und strich mit der Hand über die leichte Wölbung ihrer Mutterschaft, wobei er ihre Haut leicht zwischen den Fingern massierte, wie ein Kind, das durch ein großes, atmendes Etwas, das es auf dem Boden fand, neugierig gemacht wurde.

»Tut es weh«, fragte er noch einmal. Er wußte nicht, was er sagen sollte. Seine Stimme zitterte etwas und übertönte ihr beharrliches Schweigen nur schwach. Sein Mund suchte den ihren. Sie legte ihre Arme entspannt auf ihn. Ihr warmer Atem streifte seinen Nacken.

3

Als er aufwachte, war sie schon aufgestanden. Er streckte sich, gähnte, zog sich an und ging in die Küche. Sie schlug gerade die Matten aus und Peter saß auf der Türschwelle und half ihr. Er warf ihr ein Lächeln zu und grinste Peter an.

»Du hilfst wohl deiner Frau bei der Hausarbeit, was? Wo ist Mutter?«

»Sie ist weg in die Stadt«, antwortete Nkazana und steckte das bedruckte Tuch, das sie um die Hüften trug, mit einer mütterlichen Bewegung fest, was Benjamin amüsierte.

»Sie hat die Kleidungsstücke mitgenommen, die sie immer näht«, sagte Peter.

»Hat sie viele Abnehmer?«

»Das hängt davon ab, welche Monatszeit gerade ist.«

»Möchtest du warmes Wasser zum Baden?« fragte Nkazana.

»Warmes Wasser ist etwas für Schwangere.«

»*Da'mnini* Peter hat warmes Wasser bekommen.«

»Bist du auch schwanger?« grinste er Peter an und drohte ihm mit dem Finger. »Bekommst eine warme Behandlung, was?«

Er ging ins Bad und drehte den Wasserhahn auf. Der starke kalte Strahl vertrieb seine Müdigkeit. Er fühlte sich gut. Als er aus dem Bad kam, war niemand im Haus. Das Schlafzimmer war gekehrt, das Bett ordentlich gemacht, und seine Jeans lag frisch gebügelt auf dem Kissen. Er zog die Jeans an und angelte ein altes Cordhemd aus seinem Koffer. Als er gerade auf dem Bett saß, um die Stiefel zuzuschnüren, sah er durchs Fenster Peter und Nkazana die Straße heraufkommen. Nkazana trug einen Laib Brot und eine Packung Milch, und Peter unterhielt sich angeregt mit ihr. Ab und zu sah Nkazana Peter von der Seite an, griff sich an den Hals und lachte. Sie schienen heftig in ein Gespräch verwickelt zu sein.

»So fand ihre Mutter den Brief und las ihn«, hörte Benjamin Peter sagen, als sie auf den Weg zum Haus einbogen. »Sie zerriß den Brief. Ich versuchte, sie zu Hause zu besuchen, aber ihre Mutter ließ keine Besucher zu ihr. Ihre Mutter ist eine von der Sorte, die für verdächtig aussehende Besucher aufgekochte Teeblätter bereitstehen haben. Was solls. Als ich das Mädchen später einmal traf, sagte es, ich sei zu jung gewesen. Ich sollte noch ein Jahr warten, bis ich 15 wäre und mindestens in *Form Two*. Kannst du dir vorstellen, daß ein *Grade 7*-Mädchen so etwas zu mir sagt?«

Nkazana lachte wieder. Peter senkte die Stimme, als sie sich der Küche näherten.

»Sie sagte, wenn ich wollte, sollte ich es mit ihrer jüngeren Schwester versuchen, die in *Grade Five* wäre ...«

»Und was hast du dazu gesagt?«

»Ich und ein Mädchen von *Grade Five*? Die ist so jung, daß sie schon in Tränen ausbrechen würde, wenn ich sie nur nach ihrem Namen fragte.«

Benjamin wollte sich vor Lachen ausschütten, als er herauskam und zwischen ihnen durchging, um sich die Zähne zu putzen.

»Was ist los, *m'koma* Benjamin?«

»Ein Freund hat mir letztes Jahr einen Witz erzählt.«

»Gehst du irgendwo hin?«

»Ja.«

»Kann ich mitkommen?«

»Ich laufe nicht mit *skuzapos* wie dir herum.«

»Ist es geschäftlich?«

»Es hat nichts mit dir zu tun.«

»Möchtest du keinen Tee, bevor du gehst?« fragte Nkazana.

»Das ist auch etwas für Schwangere.«

Er kämmte sich, zog ein kariertes Jackett an und schritt die Straße hinunter. An der Endhaltestelle stiegen gerade Fahrgäste ein, aber er steckte die Hosenbeine in die Stiefel, zündete sich eine Zigarette an und ging an dem Bus vorbei. Er liebte es, seine Muskeln zu bewegen und den Wind auf dem Gesicht zu spüren. Erstaunlich, dachte er, wie ein paar Wochen Müßiggang einen Körper schwächen können.

Er traf Leute, die er kannte, Spielgefährten aus der Kindheit, entfernte Verwandte und sogar einen seiner Lehrer. Ihm war klar, daß sie etwas über ihn wissen mußten, und er entdeckte die heimliche Neugier in ihren Augen, wenn sie ihm die Hand gaben, langsam, gefühlvoll, mit einem prüfenden Blick in sein Gesicht, auf seine Kleider, seine Stiefel. Sie betrachteten alles an ihm mit höchster Aufmerksamkeit, als sei er ein Wesen von einem anderen Stern. Ihre Fragen trafen sein Gesicht wie ein Schwarm Fliegen. Er antwortete stets kurz und wußte, daß sie sich umdrehen und ihm nachstarren würden, wie einem Einbeinigen auf der Straße.

Er nahm eine Abkürzung durch die Dornenbüsche, ging an dem Baum vorbei, von dem aus ihm in seinem Traum die Vögel kreischend ins Gesicht geflattert waren, als er den toten Mann fand. Er ging durch das Gewerbegebiet und überquerte den kleinen braunen Abwasserkanal einer Schuhfabrik, der nach verfaulendem Leder stank. Er passierte zwei Gleise, die in der Sonne brieten, sowie das Gefängnis mit seiner hohen Umzäunung und kam in das Getümmel der Gemüseverkäufer und der auf dem Marktplatz eingetroffenen Reisenden, wo seine Mutter ihren Geschäften nachging.

Früher war der Marktplatz ein Anhängsel der Stadt gewesen, im Winter eine riesige Staubglocke und im Sommer ein Sumpf. Jetzt war er überwiegend geteert, und Männer errichteten gerade Schutzdächer, um den Pendlern einen trockenen Platz zu bieten.

Er überquerte die Straße und ging zum Demobilisierungsbüro. Wie üblich stand eine lange Schlange Wartender vor dem Gebäude und darum herum. Die Leute gehörten ungefähr seiner Altersgruppe an, es waren auch Frauen darunter. Sie sahen alle zäh und hart aus – ihre Haut war auffällig sonnenverbrannt. Sie trugen blaue Baumwoll- oder Cordsachen oder Khaki-Uniformen mit Mützen in Tarnfarben oder mit Cowboyhüten und dicke Stiefel; Uniformteile lagen zwischen ihnen verstreut, als ob ein halbes Dutzend Tornister zur Verteilung ausgeleert worden wäre.

Für den flüchtigen Blick eines Vorübergehenden sahen die Frauen nicht viel anders aus als die Männer. Sie trugen die gleiche Kleidung und nahmen die gleiche Haltung ein. Sie marschierten vorwärts, um an ihr Ziel zu gelangen, die Köpfe ragten aus engen T-Shirts, und die hinter ihnen Stehenden drängelten nach. Einige von ihnen hatten dichtes, geflochtenes Haar, während andere wie die Männer Afrofrisuren mit Dreadlocks trugen. Einige wenige hatte sogar ganz kurz gestutztes Haar oder kahlrasierte Köpfe.

Während die Schlange sich langsam vorwärtsbewegte, rauchten die ehemaligen Kämpfer, spielten Dame oder unterhielten sich ruhig. Auf der anderen Straßenseite hielten Wagen mit Chauffeuren, um Herren im Anzug vor dem Eingang eines Hotels abzusetzen.

Wenige Minuten später bremste ein Lastwagen quietschend vor dem Demobilisierungsbüro; eine Gruppe von Offizieren stieg aus. Für einen Moment herrschte Stille auf dem Platz; die Kämpfer gaben den Durchgang frei, und die Offiziere in ihren steifen Uniformen und ihren glänzenden Schuhen marschierten mit klappernden Absätzen durch die Eingangshalle. Langsam setzte der Lärm wieder ein und die Schlange schob sich weiter vorwärts.

Benjamin ging sparsam mit seinen Zigaretten um, während er in der Reihe stand und sich umsah, ob es irgendjemanden gab, den er kannte. Die Leute um ihn herum kamen ihm gleichzeitig vertraut und fremd vor. Er erkannte keinen, aber ihre Gesichter sprachen ihn an wie die Stimmen von Verwandten, die er lange nicht mehr gesehen hatte. Er lieh sich von seinem Vordermann eine Zeitung. Auf der Titelseite gab es Fotos von Dorfbewohnern, die ein Krankenhaus bauten, einen Bericht über ein Busunglück und verschiedene Artikel über politische Versammlungen.

Er verweilte etwas bei auffallend schönen Profilaufnahmen von Frauen mit einheimischen Frisuren. Auf der anderen Hälfte der Seite war, wie zum Ausgleich, das Bild einer Mutter vom Land mit einem masernkranken Kind zu sehen. Er blätterte schnell weiter bis zu den Stellenangeboten. In großen Lettern waren Jobs für Manager, Inspektoren und Direktoren inseriert, mit sehr kleinen Anzeigen wurden Mechaniker, Ingenieure, Sekretäre usw. gesucht. Er faltete die Zeitung ordentlich zusammen und gab sie zurück. Er blickte auf die großen Plakate in der Eingangshalle:

Schließt euch einer Aufbaubrigade an!

Bildet landwirtschaftliche Kooperativen!

Gründet eine Studiengruppe!

Werdet Lehrlinge!

Tretet in die Nationalarmee ein!

Hinter der Schalterreihe am Ende der Halle saßen sieben Offiziere. Der Offizier am äußersten linken Ende, ein schwergewichtiger Mann mit enormem Leibesumfang, auf den sich die Schlange der Wartenden zubewegte, hörte sich alle Fälle an und verwies die Ankömmlinge an die zuständigen Schalter. Benjamin drückte seine Zigarette aus, als er ihm näherkam, und fühlte in den Taschen nach seinen Papieren.

»Ich komme, um meine Demobilisierungsformulare auszufüllen.«

»Von welchem Sammelpunkt bist du, Genosse?«

»Freedom Cliff.«

»Dein Name?«

»Benjamin Tichafa.«

»Wie lautete dein Kriegsname?«

»Pasi NemaSellout.«

»Wie ist deine Codenummer?«

»X-1-5-3-B.«

»Wann hast du Freedom Cliff verlassen?«

»Letzte Woche.«

»Hast du deine Entlassungspapiere dabei?«

»Ich bin wegen einer dringenden Familienangelegenheit weg.«

»Hast du Entlassungspapiere oder nicht?«

»Nein.«

»Hast du einen Passierschein von Freedom Cliff?«

»Nein.«

»Dann sprichst du besser mit dem Genossen Ngano.«

Der gewichtige Offizier ging an den nächsten Schalter, beriet sich mit seinem Kollegen und winkte Benjamin herüber.

Der andere Offizier war ein kleiner drahtiger Kerl mit blutunterlaufenen Augen, ein verblüffender Kontrast zu dem korpulenten ersten. Sein mickriges Aussehen stand in scharfem Gegensatz zu der stahlharten Strenge unter seiner neuen Uniform. Benjamin merkte sofort, daß er noch nicht lange aus dem Busch zurück war.

Der kleinwüchsige Offizier nahm Benjamins Papiere aus der Ablage hinter sich und prüfte sie. Seine Stirn legte sich in Falten, während er mühsam lächelte.

»Warum hast du Freedom Cliff ohne Passierschein verlassen, Genosse?«

»Der Kommandeur war damals weg.«

»Aber du kennst die Regeln, Genosse. Du weißt, daß ihr nach dem Waffenstillstand in den Lagern bleiben solltet. Wir können nur an solche Kämpfer Demobilisierungsgeld bezahlen, deren Entlassungspapiere in Ordnung sind.«

»Das heißt?« fragte Benjamin tonlos.

»Das heißt, daß wir in deinem Fall nichts machen können. Wir müssen alle Leute sorgfältig überprüfen...«

»Aber die näheren Umstände sind doch bekannt.«

»Ich weiß. Siehst du, Genosse, wir haben Probleme mit Leuten, die ankommen und behaupten, sie seien Kämpfer gewesen, obwohl sie in Wirklichkeit einfache Zivilisten waren. Die Armee hat schon tausende von Dollars eingebüßt, weil sie aufgrund solcher falschen Anträge Geld ausbezahlt hat. Wir mußten den Überprüfungsvorgang genauer nehmen. Ich kann sehen, daß deine Akte in Ordnung ist, aber ohne Entlassungspapiere kann ich nicht viel für dich tun.«

»Aber, Officer ...«

»Nun, nun, mal gerade heraus gesagt: Hast du daran gedacht, daß du dafür zur Rechenschaft gezogen werden könntest, wenn du Freedom Cliff ohne offizielle Erlaubnis verläßt?«

Benjamin starrte ihn entgeistert an.

»Um ehrlich zu sein, Genosse, an deiner Stelle würde ich mich eine Zeitlang bemühen, nicht aufzufallen. Was hast du vor?«

»Ich möchte mich der neuen Nationalarmee anschließen.«

»Selbst wenn deine Papiere in Ordnung wären, würde das eine Weile dauern. Das Rekrutierungsbüro hat schon eine lange Warteliste. Man nimmt zuerst Leute mit speziellen Fachkenntnissen. Mechaniker usw. Welche Zertifikate hast du?«

»Ich war gerade dabei, meinen *O-Level*-Abschluß zu machen, als ich in den Krieg ging.«

»Du hast also nur ein *Junior*-Zertifikat?«

»Ja.«

»Hast du die Plakate in der Eingangshalle gesehen? Du könntest versuchen, zu den Aufbaubrigaden oder den landwirtschaftlichen Kooperativen zu gehen. Du könntest sogar an einer Studiengruppe teilnehmen, wenn du deine Ausbildung fortsetzen willst.«

»Ich wollte wirklich zur Nationalarmee.«

»Warum?«

»Weil – das kann ich eben.«

»Hast du eine Familie zu versorgen?«

»Ja.«

»Du kannst dich im Rekrutierungsbüro registrieren lassen, wenn du willst, aber ich kann nichts versprechen. Die Armee kann jetzt nur eine begrenzte Zahl aufnehmen – wo die Regierung doch Schulen, Straßen, Krankenhäuser und all das bauen muß. Wie gesagt, an deiner Stelle würde ich mir die Plakate im Aufgang ansehen.«

Benjamin nahm seine Papiere an sich und verließ das Gebäude mit schleppendem Gang. Die Straßen waren jetzt um die Mittagszeit belebt. Mädchen in regenbogenfarbenen Röcken verließen in Scharen die Büros und strömten zusammen mit Männern in Jacketts und Schlipsen zu Restaurants, aus denen in dichten Schwaden der Geruch von Hamburgern und Hähnchen drang. Schwarze Männer in blitzenden Autos hielten an, um am Straßenrand wartende junge Frauen mit frischem Parfüm und Lippenstift abzuholen. Eine Aktentasche rammte ihn in die Seite, und als er sich umdrehte, sah er einen jungen Schwarzen im blauen Anzug. Der junge Mann blickte ihn finster an und stolzierte weiter.

Benjamin trat zur Seite und ging in eine Bar an der Straßenecke. Dort ertönte klassische Musik und elegant gekleidete Paare versanken in Plüschsofas und nippten an Getränken. Alles sah ihn an, als er eintrat. Er wurde sich seines Aufzugs bewußt und wartete darauf, ob man ihn zum Gehen auffordern würde. Aber es waren einige schwarze Pärchen in der Bar, und plötzlich fiel ihm wieder ein, daß es jetzt überall multirassisch zuging. Er ging an die Bar und bestellte eine Flasche Castle. Der Barkeeper stellte ein Glas neben die Flasche, aber er nahm die Flasche und leerte sie ohne abzusetzen in einem Zug, dann bat er um eine zweite. Der Barkeeper warf einen Blick auf seine Stiefel und griff unter die Theke.

4

Seiner Mutter gegenüber war er äußerst einsilbig. Bei Nkazana verfiel er abwechselnd in Perioden der Stille und der kindlichen Späße, die manchmal sogar seine Mutter zum Lachen brachten, aber er war in der ihm eigenen schroffen Art immer generös. Peter behandelte er mit einer

Mischung aus Kameradschaftlichkeit und Härte. Wenn er von dort zurückkam, wo er nach der Vorstellung seiner Mutter wohl den Tag verbracht hatte, und er den Garten ungegossen vorfand, schimpfte er mit Peter und schickte ihn hinaus, selbst wenn es bereits dunkel war. »Wer, glaubst du, soll hier deine Arbeit machen?« sagte er dann. Kam der Junge nach Einbruch der Dunkelheit nach Hause, pflegte er ihn zu fragen, wann er zu lernen beabsichtigte, oder er ließ ihn die Bücher vorholen, um ihn abzufragen. »Du meinst wohl, *Form One* ist ein Kinderspiel, was?«

Wenn Frau Tichafa sah, wie Benjamin und Peter Gartenarbeit oder Hausaufgaben zusammen machten, freute sie sich im stillen, doch wenn Benjamin über Peters Fehler in unvermittelte Wut ausbrach und das Lachen im Haus gefror, zitterte sogar sie vor Hilflosigkeit.

Benjamin ging allein weg. Nur ab und zu begleitete er Nkazana zum Einkaufen; ihr Arbeitsfeld war schnell abgesteckt. Peter nahm er selten an Orte oder zu Leuten mit, die er besuchte. Entsprechend erstaunt war Frau Tichafa, als sie eines Abends nach Hause kam und erfuhr, daß die beiden zusammen weggegangen waren.

»Aber haben sie denn nicht gesagt, wo sie hingehen wollten?« fragte sie Nkazana.

»Nein, Mutter«, entgegnete Nkazana und sah von ihrem Strickzeug hoch. »Sie haben nichts gesagt. Sie sind einfach gegangen.«

»Wann sind sie losgegangen?«

»Sofort nach dem Mittagessen. Ich war im Bad, und als ich herauskam, waren sie weg.«

Frau Tichafa schob den Vorhang beiseite und sah auf die Straße hinaus. Es war kurz vor Mitternacht. Die Straße lag verlassen da.

»Wo können sie nur sein«, sagte Frau Tichafa und zog den Vorhang wieder zu. »Du mußt müde sein, Nkazana.«

»Etwas.«

»Tun deine Beine noch weh?«

»Etwas.«

»Helfen die Medikamente, die du im Krankenhaus bekommen hast?«

»Ja.«

»Arbeite nicht zu schwer, Nkazana. Ruh dich aus, wann immer dir danach ist. Ich werde versuchen, früh vom Markt zurückzukommen, um dir zu helfen. Mach solche Dinge wie Deckenwaschen nicht allein. Du solltest lieber schlafen gehen.«

»Ich möchte noch etwas mit dir zusammensitzen.«

»Dann werde ich dir eine Decke holen.«

Frau Tichafa holte ihre Wolldecke aus dem Schlafzimmer und legte sie ihr um. »Du darfst dich nicht erkälten«, sagte sie, »das könnte dem Baby schaden.«

Nkazana strickte weiter. Frau Tichafa sortierte eine halbe Stunde lang ihre reparaturbedürftigen Kleidungsstücke, dann sah sie erneut aus dem Fenster. Sie knöpfte den Mantel zu und öffnete die Tür. »Ich gehe kurz hinaus und sehe mich um. Ich bleibe nicht lange weg. Verriegele die Tür, wenn ich draußen bin, und mach niemandem auf.«

Sie schlurfte aus dem Haus. Die Nacht war windig; es ging auf den Winter zu. In der eisigen Trockenheit des Mai ließ der Wind Papierfetzen wie Kaninchen über die Straße huschen. Ihre langen Röcke wickelten sich ihr um die Beine. Es war nie besonders einfach, in diesen knöchellangen Röcken die Straße entlangzugehen. Zwanzig Jahre lang lebte sie schon mit diesen Röcken, und obwohl sie nicht mehr regelmäßig zur Kirche ging, brachte sie es nicht fertig, sich von ihnen zu trennen. Sie waren genauso zu einem Teil ihres Körpers geworden wie das vorzeitig ergraute Haar. Unter der dauernden Bedeckung dieser Röcke waren ihre hellhäutigen Beine ganz weiß geworden, wie die einer weißen Frau. Im Laufe von zwei Jahrzehnten hatte sie eine unbewußte Scheu vor dem Anblick ihrer nackten Beine entwickelt. Normale Kleidung anzuziehen, die ihre sonnenentwöhnten Unterschenkel gezeigt hätte, kam ihr vor, wie nackt herumzulaufen. Was würden außerdem die Nachbarn sagen? Was würden die Kirchenleute sagen, wenn sie plötzlich in kürzeren Kleidern auftauchte?

Sie kämpfte sich in ihren Röcken die windgepeitschten Straßen entlang und spähte in die spärlich beleuchteten Seitengäßchen rechts und links. In den meisten Häusern waren die Lichter inzwischen erloschen. Die Stimmen, die sie hörte, klangen seltsam gedämpft, fern, voller Respekt gegenüber der Nacht.

Sie hätte nie geglaubt, daß die Straßen so still sein könnten. Sie war lange nicht mehr nachts durch die Straßen gegangen, so daß einige Häuser ihr neu vorkamen, obwohl sie seit zwanzig Jahren hier lebte.

Vor ihr, am Ende der Straße, hing ein riesiges Plakat, das sie noch nie zuvor gesehen hatte. Es zeigte in Lebensgröße eine gesunde, glückliche Familie, die sich über ein Brot und eine Margarine beugte, für deren Marke geworben wurde. Der Ehemann auf dem Plakat war korpulent und trug einen stattlichen Bart. Die beiden Kinder, ein Junge und ein Mädchen, hatten glänzende Haut und sahen sich so ähnlich, daß man meinen konnte, es handele sich um eine echte Familie. Die Mutter, die gerade mit dem Messer etwas von der Margarine nahm, hatte eine Afroperücke und trug ein kurzes Baumwollkleid. Ihr Gesicht hatte die Farbe von Fanta, und ihre kräftigen blanken Beine die von Coke. Die Frau sah aus, als hätte sie lange Zeit Aufhellungscreme für ihre Haut benutzt.

Sie eilte an dem Plakat vorbei in einen anderen Teil der Township. Wo konnten sie sein? Im Gemeindehaus? Vielleicht waren sie im Kino oder in einer Disco, aber sie wußte nicht, an welchen Abenden das Versammlungshaus geöffnet war. Sie vermutete dienstags oder donnerstags, denn dann sah sie immer Scharen von Jugendlichen die Straße hinuntergehen, und an diesen Tagen schlich sich Peter ab und zu davon und kehrte erst nach neun zurück. Sie schimpfte ihn jedesmal heftig aus, wenn er spät nach Hause kam, aber er grinste dann immer so, daß der Ärger in ihrer Stimme im Keim erstickte. Er hatte stets eine Entschuldigung.

Sie schlug den Weg zum Gemeindehaus ein, aber auf halbem Weg sah sie schon die Fenster dunkel schimmern. Es gab kein fröhliches Stimmengewirr, keinen rauhen Klang von Musik. Sie wußte, hier konnten sie nicht sein. Obwohl sie sich der Zwecklosigkeit ihres Unternehmens bewußt war, lenkte sie ihren Schritt in Richtung Bierhalle. Als sie näherkam, bemerkte sie, daß diese ebenfalls geschlossen hatte. Das überraschte sie. Sie hatte immer angenommen, daß die Bierhallen die ganze Nacht über offen wären und daß dort zu jeder Tages- und Nachtzeit Leute auf der Straße randalierten und lärmten und sich blutig schlugen. Die Stille machte sie ängstlich und argwöhnisch. Sie eilte an der Bierhalle vorbei. Irgendwo hinter sich hörte sie Stimmen.

»Es ist eine Frau.«

»Sie trägt lange Kleider.«

»Tragen nicht Kirchenfrauen solche Kleider?«

»Ja, die Gospelleute ...«

»Trotzdem, was tut sie zu dieser Nachtzeit auf der Straße?«

»Laß dich von ihrer Kleidung nicht irreführen.«

Sie eilte wütend weiter und hielt mit den Händen ihre Röcke fest. Sie drehte sich nicht um, bis sie zu Hause ankam.

Nkazana war noch auf und strickte. Frau Tichafa versuchte, ihren Ärger zu verbergen, aber ihre Lippen zuckten.

»Keine Spur von ihnen«, murmelte sie.

Nkazana fühlte ihre Stimmung, legte das Strickzeug zusammen und stand auf. Sie wollte gerade ins Schlafzimmer gehen, als draußen ein Wagen hielt. Türen schlugen, der Wagen fuhr an, und Schritte näherten sich. Frau Tichafa öffnete die Tür einen Spaltbreit und spähte hinaus. Sie hörten das Geräusch von Peters Krücke auf dem Fußweg.

»Halt dich wie ein Mann«, sagte Benjamins Stimme in gereiztem Ton.

Er blieb in der offenen Türe stehen, erstaunt über den kühlen Empfang, dann schob er Peter hinein. Peter humpelte zum nächsten Sofa, die Krücke fiel vor ihm zu Boden.

Peter war voll Erbrochenem. Seine Augen blickten starr, die Lider waren halb geschlossen. Das ganze Haus roch nach ihm. Benjamin hob die Krücke auf und lehnte sie an die Wand. Er sah niemanden an.

Peter kam es hoch. Benjamin hielt ihn an den Schultern fest und drehte ihm das Gesicht nach unten. Peter erbrach sich wieder, dann setzte er sich auf. Sein Gesicht war verzerrt, die geröteten Augen schweiften mit leerem Blick durchs Zimmer.

Nkazana brachte einen Eimer Wasser und einen Aufwischlappen. Benjamin nahm ihr den Lappen ab und wischte das Erbrochene auf. Er sorgte dafür, daß Peter sich den Mund über dem Eimer ausspülte und trug ihn dann ins Gästeschlafzimmer. Er legte ihn aufs Bett, ging hinaus und leerte den Eimer.

»Warum hast du meinen Sohn zum Trinken verführt?«

Er hob die umgefallene Krücke auf und lehnte sie wieder an die Wand.

»Antworte mir, Benjamin!«

Er saß ihr gegenüber und zündete sich mechanisch eine Zigarette an. Er zog zweimal an der Zigarette, dann drückte er sie in einer Streichholzschachtel aus. Er hatte sonst im Haus noch nie geraucht.

»Du hast ihn zum Trinken verführt!«

»Nein.«

»Wie kommt er dann in diesen Zustand? So ist er noch nie nach Hause gekommen.«

»Ich bin genauso überrascht wie du.«

»Lüg mich nicht an!«

»Wenn du nicht hören willst, was ich zu sagen habe, dann gibt es nichts zu besprechen.«

»Schämst du dich nicht, deinen vierzehnjährigen verkrüppelten Bruder in eine Bierhalle zu schleppen?«

»Wir waren in keiner Bierhalle. Wir waren bei einem Freund zu Hause.«

»Bierhalle oder Haus, was macht das für einen Unterschied?«

»Willst du zuhören oder nicht?«

»Lügen, Lügen, Lügen. Das ist das einzige, was ich von dir gehört habe, seit ihr zurück seid. Ich war die halbe Nacht draußen, um euch beide zu suchen!«

»Du hättest dich nicht bemühen müssen.«

»Ich kann deine Handlungsweise nicht verstehen, Benjamin. Du bist jetzt wochenlang hier, aber du kommst und gehst, als ob dies irgendein Aufenthaltsraum oder Wartesaal auf dem Bahnhof wäre. Du läßt noch nicht einmal mit dir reden. Du sagst nie etwas ...«

»Muß ich dir immer erzählen, wohin ich gehe?«

»Weiß es Nkazana?«

»Sie wußte, daß ich trinken gehen wollte.«

»Ich war draußen, um euch zu suchen. Weißt du, was zwei Jungen mir nachgerufen haben? Sie nannten mich eine Herumtreiberin.«

»Ich mache dir keinen Vorwurf daraus, daß du mich nicht wieder hierhaben willst.«

»Das habe ich nie gesagt. Ich habe nur gesagt, daß du uns sagen solltest, wohin du gehst. Zumindest Nkazana könntest du es sagen.«

»Sie weiß es.«

»Sie weiß es, so? Sie weiß es immer, wenn du verschwunden bist, ohne ein Wort zu sagen. Sie weiß, was in deinem Kopf vorgeht, was du vorhast.«

»Denkst du, ich sitze nur auf meinem Hintern?«

»Aber begreifst du denn nicht, Benjamin? Die Leute beobachten uns, und sie bekommen all diese Dinge mit. Ich wünschte, du wüßtest, was sie über uns reden.«

»Die Nachbarn sind die einzigen, um die du dir immer Sorgen machst. Du lebst wohl dein Leben für sie?«

»Wir leben auf keiner Insel.«

»Ja, aber wenn ein Haus über jemandem zusammenfällt, dann sind es dieselben Nachbarn, die sich darüber freuen und sich über die Trümmer ins Fäustchen lachen.«

»Seit wann predigst du?«

»Ich habe mich für den ältesten Sohn der Familie gehalten.«

»Welches Recht hast gerade du, irgendetwas gegen irgendjemanden zu sagen? Du kannst nicht mit dem Finger auf mich zeigen, Benjamin. Du weißt sehr gut, daß ich nichts dafür konnte.«

»Immer ist der Mann schuld, wenn eine Ehe in die Brüche geht.«

»Du verteidigst also deinen Vater?«

»Ich verteidige niemanden. Ich nenne nur die Tatsachen.«

»Wenn dein Vater so besorgt wäre, warum hat er dann nie nach dir gesehen? Meinst du, er hätte noch nicht gehört, daß du zurück bist?«

»Du hast ihn vertrieben.«

»Habe ich das?« Frau Tichafa starrte Benjamin an, dann sah sie hilfesuchend zu Nkazana hinüber. Nkazana strickte weiter.

»Du hast von Muchaneta gewußt, lange, bevor sie ihn dir weggenommen hat«, sagte Benjamin, »aber du hast keinen Kampf geführt. Du hast ihn in dem Glauben gelassen, es mache dir nichts aus.«

»Was hätte ich deiner Meinung nach tun sollen? Mich selbst zum Skandal dieser Township machen?«

»Du gehörst zu denen, die ihren Feinden die andere Wange hinhalten statt zurückzuschlagen.«

»Was ist mit dir? Was kümmern dich andere? Ich weiß nicht, womit in aller Welt ich das verdient habe. Zuerst verschwindest du von zu Hause. Dann packt dein Vater seine Sachen. Dann läuft deine Schwester mit einem Mann davon, den ich nie gesehen habe. Jetzt kommst du zurück und reißt das bißchen auseinander, das ich noch zusammengehalten habe. Ausgerechnet du, der mir nur Unglück gebracht hat, du machst mir Vorwürfe! Du willst auch aus Peter ein Wrack machen. Der Junge wird als nächstes *mbanje* nehmen.«

»Ich habe wirklich nicht gesehen, daß er trinkt.«

»Du meinst, daß ich das glaube?«

»Wir waren bei einem Freund. Du kennst Mabeza. Wir sind zusammen in die Schule gegangen.«

»Er war im Gefängnis, weil er auf einen Polizisten losgegangen ist.«

»Peter ist mit Mabezas jüngerem Bruder befreundet.«

»Du ziehst ihn auch in die Politik hinein.«

»Hörst du nun zu oder nicht? Als ich ihm erzählt habe, daß ich dort hingehe, beschloß er mitzukommen. Ich sagte, gut. Sie wohnen am anderen Ende der Stadt, deshalb sind wir mit dem Bus hingefahren. Wir haben den Nachmittag über Karten gespielt und Musik gehört.«

»Und getrunken ...«

»Sieh mal, Mutter, du weißt, daß ich trinke. Peter weiß es. Warum sollte ich es also verbergen?«

»Deshalb hast du ihn angestiftet, auch zu trinken.«

»Nein. Ich habe mit Mabeza Brandy getrunken. Wir dachten, Peter und Mabezas Bruder würden Cola oder sowas trinken. Sie waren in einem anderen Raum. Wir haben nicht gemerkt, daß sie Brandy in ihre Cola geschüttet haben, bis es Peter schlecht wurde.«

»Warum seid ihr so spät zurückgekommen?«

»Ich habe gewartet, bis es ihm besser ging.«

»Du hättest ihn erst gar nicht mitnehmen sollen.«

»Ich darf also noch nicht einmal mit meinem eigenen Bruder weggehen?«

»Nicht, wenn du Leute wie Mabeza besuchst.«

»Mabeza ist mein Freund.«

»Warum besucht er dich nie hier?«

»Weil dieses Haus zu gut ist für Leute wie ihn, deshalb. Sieh mal, du wirst nie verstehen, wer er ist oder was er mir bedeutet. Warum läßt du ihn nicht einfach aus der Sache raus?«

»Wer bist du, daß du so mit mir redest? Wer bist du, daß du alles kritisierst, was ich sage?«

»Nur weil in dieser Familie einiges schiefgelaufen ist, heißt das noch nicht, daß ich mein Leben vertue. Es gibt Millionen in diesem Land, denen es gut geht, weil wir hinausgegangen sind. Du gehörst offensichtlich nicht dazu.«

»Ich kann nicht verstehen, warum du so verbittert und so hart geworden bist. Du versuchst ständig, mich für dein Versagen verantwortlich zu machen. Sieh dir deine Freunde an, die mit der Schule fertig sind und danach angefangen haben zu arbeiten. Du kannst sie nie mehr einholen.«

»Weißt du, wie dieser Krieg war?«

»Diese ganze Familie ist verdammt durch das Blut an deinen Händen.«

»Das ist alles, woran du denken kannst. Verräter wie dich haben wir während des Krieges getötet.«

Sie sah ihn mit rollenden Augen an und zitterte vor Wut.

»Ich hasse es, in deiner Gegenwart so zu sprechen, Nkazana«, sagte sie zornig, »aber sein Herz ist steinhart. Er ist mein Sohn, und er ist dein Mann, und ich muß nichts vor dir verbergen, was ihn betrifft.«

Nkazana packte ihr Strickzeug zusammen. Sie wollte nicht in diesen Konflikt hineingezogen werden, aber die gebrochene Stimme der älteren Frau ließ sie bleiben, wo sie war.

»Ja, Nkazana. Du mußt es wissen!«

»Erzähl es ihr!« Benjamin ging zur Toilette und knallte die Tür hinter sich zu.

Draußen im Zwielicht von Dämmerung und künstlicher Neonbeleuchtung krähte ein Hahn. Auf der anderen Seite der Dornbüsche erwachte die Schuhfabrik zum Leben. Im kleinen Schlafraum wurde Peters betrunkenes Schnarchen heftiger. Auf der Toilette mühte sich Benjamin mit der widerspenstigen Zisterne ab.

Teil II

5

Damals, Mitte der 50er Jahre, als sie noch ein mageres Mädchen von 18 war, mit kräftigen Armen, schwarzen Knien und Schwielen von der Feldarbeit, mit zärtlichen Augen, geflochtenen Haaren, noch ohne Büstenhalter, mit knielangen Röcken, Pfadfindergürtel, *mariposa*-Schuhen und der Bescheidenheit der Landbewohner, damals, als sie gerade *Standard Three* beendet hatte und mit ihrer älteren Schwester zusammenlebte, die mit einem Desinfektionsbad-Aufseher verheiratet war, der auf den Farmen in der Nähe seiner Reservation arbeitete – damals hatte Shamiso Mhaka eines schönen Tages ihre ältere Schwester ins Bezirksamt der ihrem Dorf nächstgelegenen Stadt begleitet, um für deren zweijährigen Sohn eine Geburtsurkunde anfertigen zu lassen.

Die beiden Schwestern waren auf dem Marktplatz der Stadt aus dem Bus gestiegen, ihre Augen tränten und ihre Haut war staubbedeckt nach der Fahrt über die holprige, schmutzige Straße durch Ackerland und Dörfer. Sie hatte unsicher auf dem Bürgersteig gestanden und die Tasche voller Windeln fest zwischen die Knie geklemmt, während ihre Schwester zu den Gemüseständen hinüberging, um nach dem Weg zum Bezirksamt zu fragen. Arm in Arm hatten sie die Straße überquert, hatten sich ihren Weg durch den lärmenden Verkehr gebahnt und sich zu dem gegenüberliegenden nassen Bürgersteig durchgeschlängelt, der von Maiskolbenverkäufern, auf eigene Rechnung arbeitenden Schustern, Müßiggängern beim Schaufensterbummel und verdächtig nach Stadtganoven aussehenden Leuten wimmelte. Sie kämpften sich durch die Menge, bis sie ein Café fanden. Sie gingen hinein und fanden zwei rote Stühle und einen grünen Tisch, an den sie sich setzen konnten. Ihre Schwester machte das Baby los und zog es nach vorn, um es zu stillen. Sie steckte ihre große cremefarbene Brust in den Mund des Jungen. Sie bemerkten, wie der Weiße an der Theke auf sie zeigte und mit wütender Miene etwas sagte, das sie wegen der dröhnenden Musik nicht hören konnten, und dann kam ein junger Schwarzer im weißen Küchendress und sagte ihnen, der griechische Besitzer des Cafés wollte nicht, daß Frauen in seinem Laden ihre Kinder stillten, und außerdem müßten sie etwas kaufen, wenn sie auf den Stühlen sitzen wollten.

Ihre Schwester riß ärgerlich die Brust aus dem Mund des Säuglings, und ein Milchstrahl ergoß sich über den grünen Tisch. Das Baby stieß einen schrillen Schrei aus. Sie schob den Jungen mit einer heftigen Bewegung auf Shamisos Arm, zog das Tragetuch auf ihrem Rücken fest, wischte die Milch mit der Handfläche vom Tisch, kramte zwischen den Windeln nach ihrer Geldbörse und marschierte an die Theke.

»Toffees«, sagte sie und klatschte unmittelbar vor dem Gesicht des Griechen einen Schein auf die Theke.

»Wenn ihr hier sitzt, kauft ihr gefälligst mehr«, sagte der Caféhausbesitzer und gestikulierte heftig, ohne das Geld zu beachten.

Sie wandte den Kopf, sah sich im Café um und schob den Geldschein nach vorn, wobei sie sagte: »Zwei Fanta und zwei Kuchenbrötchen.«

»Anderthalb«, rief der Grieche.

»Wie?«

»Ein Schilling und Sixpence!«

Sie nahm den Geldschein, steckte ihn zwischen die Lippen und zählte auf der Theke zwölf große braune Pennystücke mit dem Porträt der englischen Königin ab.

»Gib mir den Schein!« forderte der Grieche und sammelte die Pennies auf.

Sie legte den feuchten Schein auf die Theke. Der Caféhausbesitzer schob ihn kopfschüttelnd über die Theke und ließ ihn in die Kasse fallen, dann schnappte er zwei Flaschen vom Kühlschrank und öffnete sie, nahm zwei große gelbe Kuchenbrötchen von einem offenen Regal und warf sie auf einen wackligen Plastikteller.

»Der nächste!« rief er und trommelte mit seinen fettigen schwarzen Fingern auf der Theke.

Sie nahm die Getränke und eilte zurück zu ihrem schreienden Kind. »Wir müssen schnell trinken«, sagte sie zu Shamiso und stopfte dem schreienden Baby mit einer Flasche den Mund; dann warf sie einen Blick zurück zur Theke und biß in ihr Brötchen.

Wieder auf der Straße, prallte Shamiso mit einer alten weißen Dame zusammen. Deren weißhaariger Mann schritt aus und schwang drohend seinen Stock, wobei er einen Schwall von Beschimpfungen losließ.

»Weißt du nicht, daß du besser vom Bürgersteig heruntergehst, wenn du Weiße kommen siehst?« zischte ihre Schwester, als das Ehepaar weiterging. »Beinahe hättest du uns in Schwierigkeiten gebracht!«

Sie fanden schließlich ohne weitere Probleme außerhalb der Stadt das Bezirksamt. Aber der Platz war mit Menschen überfüllt. Eine lange Schlange wartete zwischen der engen Tür eines gelben Verwaltungsgebäudes und dem eigentlichen Eingang. Es waren vor allem Männer. Einige Leute standen, andere hatten sich niedergelassen; die Frauen zogen es vor, auf dem geteerten Hof zu sitzen und alle paar Minuten aufzurücken, wenn die Reihe sich vorwärts bewegte.

Sie stellten sich in der Nähe des Eingangstores in die Reihe.

»Das schaffen wir heute nie«, sagte die Ältere und ließ den Blick über die Reihe schweifen, wobei sie die Augen mit der Hand vor der blendenden Sonne schützte.

Ständig passierten Autos die Tore in der einen oder der anderen Richtung. Die weißen Fahrer hupten vor der Schlange der Wartenden; sie saßen steif hinter dem Steuer und blickten stur geradeaus, wenn sie vorbeirauschten.

Schwarze in Khakiuniformen überquerten den Hof; sie trugen Akten, Zeitungen, Teetassen, ölgetränkte, duftende Päckchen vom Restaurant auf der anderen Straßenseite, und ab und zu sogar Blumen. Alles wirkte unendlich routinemäßig.

Gegen vier Uhr hielt Shamisos Schwester einen der Boten im Khakiuniform an und sagte: »*Mkwasha*, um wieviel Uhr schließt das Büro heute?«

Der Mann hob mit einer schnellen Bewegung den Arm zu seinem Gesicht, warf einen Blick auf seine große glänzende Uhr und sagte: »Sehr bald. In dreißig Minuten.«

»Ist das, bevor die Sonne untergeht?«

»Oh ja«, sagte er mit einem leichten Lächeln in den Augenwinkeln.

Er war jung, wahrscheinlich 23 oder 24, und hatte einen weichen, dunklen Teint. Er trug sein Haar kurz, im »englischen Stil«, mit einem schmalen *bibo* auf der Seite und Koteletten, die mit einem glatten Schnitt endeten. Er hatte strahlende dunkle Augen und eine gerade Nase. Seine Khaki-Hosen waren gestärkt und hatten eine beängstigend scharfe Bügelfalte, was seiner schlanken Figur, die weder groß noch klein war, gut stand. Ein frischer Geruch von Kernseife, Rasiercreme und Haaröl umgab ihn.

»Wollt ihr irgendetwas?« fragte er mit einem musternden Blick auf die beiden, und zwischen seinen Lippen blitzten wohlgeformte Zähne auf.

»Wir brauchen eine Geburtsurkunde für mein Kind«, sagte sie. »Meinst du, wir bekommen sie heute noch?«

»Ihr müßt wahrscheinlich morgen wiederkommen«, sagte er und sah auf die Schlange der Wartenden, dann noch einmal auf die Uhr.

»Heh, *mkwasha*, wir sind von weither mit dem Bus gekommen.«

»Aus der Reservation?«

»Ja.«

»Oh«, sagte er, aber es klang mehr nach »Ooouoh«.

»*Mkwasha*, deshalb wollte ich dich fragen, ob du etwas für uns tun kannst, damit wir hineinkommen, bevor das Büro schließt.«

»Das läßt sich machen, wenn du mir deine Tochter gibst, *ambuya*«, lachte er und deutete kokett mit dem Finger auf Shamiso.

Shamiso sah schüchtern weg. Ihr Schwester warf einen Blick zur Sonne und sagte: »Bitte, *mkwasha* ...«

»Nun gut, ich werde es versuchen«, sagte er, »wartet hier.«

Er ging über den Hof zu der anderen Tür, kam mit einem Tablett voller Teetassen zurück, mit dem er hinter dem Gebäude verschwand, und tauchte wenig später mit einem Bündel schmutzig aussehender brauner Akten wieder auf.

»Komm mit, *ambuya*«, sagte er.

Sie hievte das Baby wieder auf den Rücken, Shamiso nahm die Tasche mit den Windeln, und dann folgten sie ihm an der Schlange entlang in das Gebäude. Die Wartenden blickten sie mißtrauisch an, als sie vorbeigingen, und eine männliche Stimme nörgelte: »Er ist wohl hinter Mädchen her«, aber der junge Bürobote drehte sich nicht um.

Innerhalb des Gebäudes war es kühl. Am Schalter drehte sich ein Ventilator und verbreitete kalte Luft im ganzen Raum. Männer und Frauen saßen auf Bänken an den Wänden des Raums und warteten, bis sie an der Reihe waren, an den Schalter zu treten, hinter dem ein erstaunlich junger Mann saß und schrieb. Hinter ihm stand ein Regal voller brauner und grüner Akten neben dem anderen, und schwarze Männer in Khaki-Sachen schlurften zwischen den Regalen hin und her, hefteten Akten zusammen, stapelten sie auf, schoben sie hin und her und brachten sie in andere Regale entlang den schmalen Korridoren. Der junge Bote trat ein wenig näher an den Schalter und wartete, bis er beachtet wurde. Der Weiße sah hoch und sah Shamiso mit ihrer Schwester mitten im Raum stehen.

»Nun, Clopas ...«, sagte der Weiße.

»Die Frau braucht Hilfe, Boß«, erklärte Clopas auf Englisch.

Der Kopf des Weißen schnellte hoch. Er sog mißtrauisch die Luft ein und schrie über die Schulter einen grauhaarigen Mann an, der gerade den Boden wischte: »Staub! Verspreng mehr Wasser auf dem Boden, Madala!«

»Diese Frau braucht Hilfe, Boß«, wiederholte Clopas und zeigte auf Shamisos Schwester.

»Was will sie?« fragte der Weiße.

»Sie braucht eine Geburtsurkunde für sein Kind, Boß!«

»Was?«

»Eine Geburtsurkunde für sein Kind.«

»Wer braucht eine Geburtsurkunde?«

»Diese Frau, Boß.«

»Ich dachte, du hättest *sein* Kind gesagt, Clopas.«

»Ja, Boß. Diese Frau hat ein Kind.«

»Ist diese Frau eine *sie* oder ein *er*?«

»Sie, Boß.«

»Warum sagst du dann *sein* Kind?«

»Ein Fehler, Boß.«

»Ich dachte, du hättest *Standard Five* abgeschlossen.«
»Ja, Boß«, sagte Clopas lächelnd.
»Sie haben euch doch an der Schule Englisch beigebracht, oder?«
»Nein, Boß.«
»Was? Haben sie Englisch unterrichtet oder nicht?«
»Doch, Boß.«
»Dann sag *ja*. Sprich in Gottes Namen ordentliches Englisch. Wenn die Königin dich gehört hätte, würde sie dich an den Galgen bringen.«
»Ja, Boß.«
»Gut, Clopas, wo ist das Problem?«
»Diese Frau, die ist hier, um eine Geburtsurkunde für *ihren* Sohn haben zu wollen, Boß.«
Der junge Weiße lachte wieder und schüttelte den Kopf. Ein Kichern ging durch die Reihen der Wartenden. Clopas grinste.
»Warum stellt sie sich nicht an wie die anderen?«
»Sie bittet um Verschuldung, Boß.«
»Um was?«
»Verschuldung, Boß.«
»Entschuldigung?«
»Ja, Boß. Entschuldigung, Boß.«
»Ich wünschte, meine Mutter könnte das hören. Sie meint, unser Koch spreche hundsmiserables Englisch. Ich habe gefragt, warum sie nicht in der Reihe steht. In der Reihe, Clopas, in der Schlange?«
»Sie kommt von weit weg, Boß. Aus der Reservation.«
»So?«
»Sie braucht in den Bus steigen.«
»Was?«
»In den Bus steigen. Zurück zur Reservation, Boß. Wenn sie nicht Geburtsurkunde bekommt, dann ist nirgends für sie was zum Schlafen, Boß.«
»Hat sie alles dabei?«
Clopas drehte sich zu Shamisos Schwester um und wechselte ins Shona: »Er braucht die Anmeldebescheinigung deines Mannes und einen Brief von der Klinik, in der das Kind geboren wurde. Hast du das?«
Shamisos Schwester fischte in ihrem *doek* nach den verlangten Dokumenten und gab sie Clopas, der sie an den Weißen weiterreichte. Der Weiße strich die kleingefalteten Papiere glatt und warf einen Blick darauf. »Ist dieses Kind hier im Krankenhaus geboren?« fragte er.
Clopas übersetzte die Frage für Shamisos Schwester, die aber offensichtlich schon verstanden hatte, denn sie antwortete prompt: »Ja.«
»Wohnt sie in dieser Stadt?«
Clopas übersetzte schnell, bekam eine Antwort und gab sie weiter.

»Nein, Boß, sie wohnen in der Reservation.«

»Warum ist das Kind dann hier geboren?«

Clopas übersetzte wieder und erklärte dann: »Sie bleibt hier in der Stadt mit seinem Mann eine lange Zeit, Boß. Aber jetzt bleibt sie in der Reservation.«

»Wo ist ihr Mann? Warum ist er nicht mitgekommen?«

Wieder übersetzte Clopas und sagte: »Ihr Mann ist bei der Arbeit, Boß, auf der Farm von anderem Boß, deshalb können er nicht kommen.«

»Euereins zieht ständig in der Weltgeschichte umher und erschwert uns unsere Arbeit. Werdet ihr eines Tages lernen, an einem Ort zu bleiben?« Er griff sich ein Formular von einem Stapel und füllte es schnell aus. Dann sagte er: »Das ist alles. Sie kann die Geburtsurkunde morgen abholen.«

»Morgen, Boß?«

»Ja, morgen. Weißt du nicht, daß der Bezirkskommissar heute seinen freien Nachmittag hat?«

»Ach ja, Boß.«

»Diese Urkunde ist nutzlos ohne die Unterschrift des Bezirkskommissars. Nur er unterschreibt Geburtsurkunden. OK?«

Clopas drehte sich um und erklärte.

Die beiden Frauen machten lange Gesichter, aber der Weiße warf die halbfertige Urkunde in eine Ablage, sah auf die Uhr und meinte mit einem angedeuteten *Chiraparapa*-Akzent: »*Wena buya tomorrow, Mfazi.*«

»Könnte er denn nicht für uns unterschreiben?«

»Manchmal unterschreibt er, aber ich weiß nicht, warum er es heute nicht getan hat«, erklärte Clopas. »Er ist ein *mambara,* der da. Ich weiß nicht, was seine Mutter ihm gesagt hat, oder vielleicht seine Freundin – sie kommt manchmal her und verbringt den ganzen Vormittag damit, Tee zu trinken und mit ihm zu reden: tswiri-tswiri-tswiri, Nzwi, Ntwi, size, oh, dali, dali...«.

Die beiden Frauen lachten.

»Ihr könnt morgen früh wegen der Urkunde kommen.«

»Aber wo sollen wir heute nacht schlafen?« fragte Shamisos Schwester. »Wir kennen niemanden in dieser Stadt.«

Shamiso nahm das Baby, das eingeschlafen war, und hielt es im Arm.

»Es gibt nur einen Ort, wo ihr hingehen könnt, *ambuya*«, sagte Clopas und fuhr sich mit den Fingern durchs Haar, »aber es ist dort nicht besonders sicher.«

»Wo ist das?«

»Der Wartesaal im Bahnhof.«

»Wir sollten dort hingehen, bevor es dunkel wird.«

»Aber, wie gesagt, es ist nicht sicher dort«, sagte er mit einem Ernst in der Stimme, der stadtbekannte Geschichten von Messern, Dieben und Vergewaltigung mitschwingen ließ.

»Ihr könnt zu mir mitkommen, wenn ihr wollt.«

Shamisos Schwester überlegte einen Moment, dann schüttelte sie langsam den Kopf.

»Nein, *mkwasha*.«

»Ohne Hintergedanken«, sagte Clopas und zeichnete mit Spucke ein Kreuz auf seine Stirn, »wenn ihr wollt, überlasse ich euch mein Zimmer. Ich habe Freunde, bei denen ich schlafen kann.«

»Nein, *mkwasha*. Vielen Dank. Der Wartesaal im Bahnhof tut es auch.«

»Also gut«, sagte er, »ich zeige euch, wie ihr dort hinkommt.«

Am Tor erklärte er den Weg zum Bahnhof, der nicht weit entfernt war.

»Darf ich dich etwas fragen, *ambuya*?« meinte er noch und hielt sie auf, als sie schon gehen wollten.

»Ja, *mkwasha*.«

»Ist das Mädchen da wirklich deine Tochter?«

»Warum möchtest du das wissen?«

»Du bist viel zu jung, um ihre Mutter zu sein. Ihr seht euch so ähnlich, daß man sofort merkt, ihr seid Schwestern. Ich könnte schwören, ihr seid fast gleichaltrig!«

»Du könntest recht haben.«

»Darf ich deinen Namen wissen?«

»Fragt ein *mkwasha* seine *ambuya* nach ihrem Namen?«

»Nun gut, vielleicht sollte ich dich dann *maiguru* nennen?«

»Ich bin eine verheiratete Frau. Mein Name ist Mai Zimofa.«

»Und wie heißt deine Schwester?«

»Das brauche ich dir nicht zu sagen.«

»Aber sie selbst kann es mir doch sagen, oder?«

»Das liegt an ihr.«

»Wie ist dein Name, *vahandzvadzi*?«

Shamiso sah schüchtern hoch und nannte ihn ihm.

»Ich bin Clopas Tichafa«, sagte er und reichte ihr die Hand, »und ich freue mich, euch kennenzulernen. Seid ihr sicher, daß ich euch für heute nacht nicht doch eine Unterkunft geben kann?«

»Nein, aber vielen Dank.«

»Also, dann, gute Nacht. Wir sehen uns morgen.«

Er drehte sich um und lief über den geteerten Hof.

»Ist er nicht nett?« sagte die ältere der beiden Frauen, als sie darauf warteten, daß der Verkehr nachließ, bevor sie die Straße überquerten. Shamiso tätschelte das Kind auf ihrem Rücken und zog vorsichtig ihr Kleid zurecht. Sie schoben sich durch das Feierabendgedränge in Richtung Bahnhof.

Im Wartesaal fanden sie eine Ecke, um sich hinzusetzen. Gegen sechs Uhr war der Raum schon überfüllt. Männer, Frauen und Kinder saßen in Trauben zwischen Bergen von Gepäck, aßen und tranken, gingen zur Toilette und zogen Decken aus ihren Koffern. Mütter wechselten ihren Säuglingen die Windeln, holten in Blechkannen Wasser und schimpften mit ausgelassen spielenden Kindern, die sich zu weit von ihren Familien entfernten. Männer schnürten Schachteln mit Gummibändern zu und sortierten das Gepäck um, packten es neu und brachten es von einem Platz zum anderen. Die Luft im Wartesaal war verbraucht – es roch nach Toiletten, eingepferchten Menschen und dem Rauch der mit Kohle betriebenen Lokomotiven. Alle halbe Stunde vibrierte der Betonboden, wenn ein Zug in den Bahnhof donnerte, und es kam Bewegung in die Menge, die sich wieder legte, sobald sich herausstellte, daß der eingefahrene Zug ein Güterzug war.

Shamiso ging hinaus und kaufte bei dem Händler vor dem Wartesaal noch zwei Fanta und zwei Stück *chikondamoyo*-Kuchen. Draußen war es bereits dunkel und die Straßenlaternen waren angegangen. Der Verkäufer, ein junger Mann mit äußerst engsitzenden grünen Hosen und einem blauen Hemd mit großem Kragen, fragte sie nach ihrem Namen und lachte, als sie sich umdrehte und so schnell in den Wartesaal zurücklief, daß die Flaschen in ihrer Hand klirrten.

Plötzlich legte sich Stille über den Wartesaal. Ein halbes Dutzend Leute machte sich sofort ängstlich davon, als zwei Polizisten, ein weißer und ein schwarzer, eintraten. Der weiße Polizist trug eine braune Uniform mit langen Ärmeln und langer Hose, während der schwarze ein kurzärmliges Hemd und Shorts trug. Sie stürmten in den Wartesaal und musterten alles genau, als ihre Augen die Menge überflogen. Mitten im Raum fanden sie offensichtlich die Person, die sie suchten – einen ungepflegten Mann, der auf dem Boden kauerte und in eine dünne Decke gehüllt war.

»Der da!« erklärte der weiße Polizist.

»Du schläfst hier schon seit einer ganzen Woche«, schnauzte ihn der schwarze Polizist an und riß ihm die Decke weg.

»Ich habe nichts, wo ich bleiben kann«, jammerte der Mann laut.

Der schwarze Polizist sah den weißen an: »Was machen wir mit ihm, Boß?«

»Er kann ins Gefängnis gehen«, bellte der, »dieser Warteraum ist zum Teufel noch mal keine Pension!«

Der Mann jammerte weiter »Ich weiß nicht, wo ich hingehen soll« und zappelte wie ein Irrer, als sie ihn zu dem wartenden Jeep hinauszerrten, ihn hineinhievten und mit quietschenden Reifen losfuhren. Das Stimmengewirr im Warteraum setzte wieder ein, nachdem sich die gedrückte, bange Stimmung gelegt hatte.

Ein kühler Windhauch kam durch die offenen Türen in den Warteraum. Die Reisenden dösten, gähnten und warteten weiter auf den Zug.

Shamiso wickelte das Baby in eine dünne Decke und kuschelte sich an ihre Schwester. Sie war nahe daran einzuschlafen, als sie Clopas in den Warteraum kommen sah, den Mann, der ihnen in der Bezirksverwaltung geholfen hatte! Er hatte etwas unter den Arm geklemmt und blickte sich um, während er durch den Warteraum ging. Aus irgendeinem Grund hob Shamiso die Hand und lächelte. Clopas bemerkte sie, winkte aufgeregt und kam herüber.

Sie rüttelte ihre Schwester wach und sagte: »Dieser Mann ist hier!«

»Wer?« begann ihre Schwester, aber Clopas war schon bei ihnen, ging vor ihnen in die Hocke und lächelte.

»Guten Abend«, sagte er.

Er hatte sich umgezogen und trug jetzt ein leichtes grünes Polohemd und eine braune Hose. Noch immer hatte er die gleichen makellosen braunen Schuhe an wie tagsüber.

»Ich bringe euch eine Decke«, sagte er und übergab das braune Paket, das er unter dem Arm getragen hatte.

Shamisos Schwester klatschte in die Hände und nahm das Paket in Empfang. »Das ist sehr freundlich von dir«, sagte sie und brachte ihren *doek* in Ordnung.

»Ich habe gemerkt, daß es kalt wurde, und konnte mich nicht erinnern, daß ihr eine Decke bei euch hattet. Deshalb habe ich euch eine von meinen eigenen gebracht«, sagte er, »und hier ist eine Feldflasche mit heißem Tee.«

Er zog am Armband seiner silbernen Uhr und lächelte sie an.

»Du wohnst dann wohl hier ganz in der Nähe«, sagte Shamisos Schwester.

»Ich wohne in einer Township drei Kilometer von hier.«

»Den ganzen Weg bist du gelaufen!«

»Ich habe ein Fahrrad«, lachte er, »und außerdem habe ich einen Freund besucht, der hier in der Nähe wohnt.«

Die hockende Haltung war unbequem für ihn und er hielt nur mühsam sein Gleichgewicht. Seine Augen trafen Shamisos und er sagte: »Hoffentlich habt ihr es hier bequem.«

»Vielen Dank«, sagte die ältere der beiden Frauen.

Er stand auf, sagte »Gute Nacht« und ging langsam zur Tür.

»Sie riecht noch ganz neu«, meinte Shamiso und schnupperte an der rosafarbenen Decke, die er ihnen gebracht hatte.

Ihre Schwester öffnete die Feldflasche und probierte den Tee. »Genau die richtige Menge Zucker«, lachte sie, »woher er das wohl wußte.«

»Ist er nicht nett?« fuhr sie fort, als sie sich in die Decke kuschelten, und nippte am Tee.

Um sie herum sprangen die Leute wieder hoch, als wieder einmal ein Güterzug in den Bahnhof ratterte.

Der Bezirkskommissar tauchte am nächsten Morgen erst um zehn Uhr auf, und schließlich bekamen sie gegen Mittag ihre wertvolle Urkunde doch noch unterschrieben.

Als sie Clopas die Decke und die Feldflasche zurückgaben, fragte er sie nach ihrer Adresse. Nach kurzem Zögern schrieb Shamiso sie auf ein Stück Papier, dann gingen sie zurück in die Stadt, um den Bus zur Reservation zu erreichen.

Vier Tage später brachten Kinder von der Grundschule einen Brief zur Familie Zimofa, der in einer ungewöhnlich schrägen Handschrift an Shamiso Mhaka adressiert war.

»Das ist von ihm, nicht wahr?« sagte ihre Schwester und deutete auf das in weitem Bogen geschwungene ›S‹ auf der Vorderseite des Briefumschlags und auf die feuerroten Herzen in beiden Ecken.

»Von wem?« fragte Shamiso und drehte das Kuvert mißtrauisch um.

»Von wem wohl? Dem Boten im Bezirksamt.«

Sie drehte und wendete den Brief immer wieder auf den Knien.

In ihrem ganzen Leben hatte sie vier Briefe erhalten, die Bauernjungen von der anderen Seite des Flusses auf grobes grünes Packpapier gekritzelt hatten. Ihr Enthusiasmus war auf geheimnisvolle Art verschwunden, als sie keine Antwort bekamen.

»Willst du ihn nicht lesen und nachsehen, was er schreibt?«

Sie riß den Brief an einer schmalen Seite auf und drehte ihn auf ihren Knien um.

»Was schreibt er?«

Sie zog den Brief aus dem Umschlag. Er war auf dünnem rosa Papier geschrieben, das in den Ecken mit Blumenbildern verziert war. Jede Seite trug zwei rote Herzen. Um die Adresse in der Ecke war ein grüner Kasten gezogen.

»Sieh dir diese Blumen an«, sagte ihre Schwester, »ich möchte wissen, ob er sie selbst gemalt hat.«

Shamiso Mhaka las den Brief. Die Handschrift war ungewöhnlich, wie die eines ihrer Lehrer in der Schule, dachte sie. Der Brief war auf Englisch, aber er enthielt auch einige Shona-Wörter. Sie las ihn langsam und wägte jedes Wort ab.

»Liebste Daleng Shamiso Mhaka, ich hoffe, du bist nicht überrascht, diese Botschaft zu erhalten, aber ich habe beschlossen, dir eine zu schicken, weil ich wichtige Neuigkeiten habe und diese Neuigkeiten behalte ich schon einige Zeit für mich. Ich liebe dich sehr, sehr, sehr. An dem Tag, an dem ich dich in der Reihe stehen gesehen habe auf meiner Arbeitsstelle, habe ich gewußt, daß ich eine hübsche Frau gefunden habe. Du bist das hübscheste Mädchen, das mir jemals begegnet ist, und hübsch zu sagen, ist eine Lüge, denn du bist hübscher als das Wort es sagen kann. Deine Haut ist wie die *mupichisi*-Frucht. Deine Augen wie schwarze Diamanten. Deine Lippen sind *maroro chaiwo*. An dem Tag, an dem ich dich getroffen habe, konnte ich dir nicht sagen, daß ich dich liebe, weil ich dachte, deine Schwester ist deine Mutter, und weil ich nicht wollte, daß du denkst, ich gehe so schnell ran. Jetzt weißt du es.

Bitte, bitte, bitte, bitte, bitte, bitte, bitte antworte, weil ich nachts nicht schlafen kann wegen dir. Ich möchte dich heiraten und Frau Clopas Wandai J. Tichafa, meine Frau, zu dir sagen. Voller Hoffnung, dein Clopas Wandai J. Tichafa.

P.S. Wenn ich dich irgendwo irgendwann treffen kann, sag es mir ...«

»Nun?« sagte ihre Schwester.

»Er will mich heiraten«, sagte Shamiso. »Was soll ich tun?«

»Willst du ihn?«

»Ich weiß nicht.«

»Was für ein komischer Mann. Sagt so etwas im ersten Brief.«

»Was soll ich ihm antworten?«

»Warte etwas. Schreib ihm noch nicht.«

In der *Standard Three* hatte einmal ein Junge aus demDorf Shamiso in die Brust gekniffen und sie hatte ihm mit dem Lineal böse eins übergezogen.

Ein anderer Junge war so kühn gewesen, an die Küchentür zu kommen und sich nach ihr zu erkundigen, aber der Mann ihrer Schwester hatte ihn gefragt, woher er denn käme, daß er so etwas tue. Derselbe junge Mann war ihr eines Tages in die Township gefolgt, und sie hatte ihm gesagt, sie könnte niemanden heiraten, weil sie eine Zauberin wäre, nur um ihn loszuwerden. Aber der junge Mann hatte ihr wohl geglaubt, denn von da an folgte er ihr nie wieder.

Viele Jungen hatten bei ihr schon Annäherungsversuche gemacht, aber sie hatte sie nicht beachtet. Bevor sie zu ihrer Schwester zog, hatte ihre Mutter sie beide zu sich gerufen, um sie vor den Männern zu warnen. Männer sind schlecht, hatte sie gesagt, denn sie machen euch Kinder und dann gehen sie weg, um mit einer anderen Frau zu leben. Besonders die attraktiven Männer aus der Stadt. Und attraktive Männer aus der Stadt, die Bier trinken, sind am schlimmsten, weil das Bier ihnen das Gehirn aus dem Kopf spült und sie schwanger aussehen läßt, während ihre Frauen und Kinder hungern. Ein häßlicher Mann wäre besser, weil ihn nur wenige Frauen ansehen würden. Ein armer, ehrenhafter Mann wäre noch besser, weil wenige Frauen ihn wollten. Aber ein gutherziger, gutaussehender Mann, der einen vernünftigen Job hätte, nicht trinken würde und jeden Sonntag in die Kirche ginge, wäre das Beste, was man finden könnte.

Sie dachte an diese Dinge und wußte nicht, was sie tun sollte. Sie mochte diesen Clopas, aber sie konnte ihm das nicht einfach sagen.

»Wenn du einem Mann direkt sagst, daß du ihn liebst, hält er dich für verrückt«, hatte ein Freund ihr in der Schule gesagt.

Eine Woche später kam ein weiterer Brief von ihm. Ihre Schwester war weg, um ihre Freunde zu besuchen. Ihr Herz machte einen Sprung, als sie seine Handschrift und die roten Herzen auf dem Umschlag sah. Sie öffnete ihn sofort. Sie hatte Angst, er könnte böse sein, weil sie nicht geantwortet hatte.

»Ich wundere mich, daß du meinen Brief nicht beantwortet hast«, schrieb er. »Jeden Tag, wenn ich von der Arbeit komme, erwarte ich einen Brief unter meiner Tür, und es ist kein kleiner Umschlag da, und ich ziehe meine Jacke aus und sitze auf meinem Sofa und überlege, warum du nicht schreibst. Bitte, bitte, bitte schreibe mir. Mein Leben ist in deiner Hand, Shamiso. Jede Nacht wache ich auf und denke an dich, und bei der Arbeit sagen alle, was ist los mit dir, Clopas, bist du krank oder ist bei dir zuhause jemand gestorben oder geht es deinem Bruder oder deiner Schwester nicht gut? Aber ich kann nicht darüber reden, weil ich erst sichergehen möchte. Mein Herz geht fast kaputt und tut weh vor lauter Liebe zu dir. Ich kann meine Arbeit nicht mehr richtig machen wegen dir und der Boß schimpft jeden Tag. Bitte rette mir mein Leben und meinen Job und heirate mich. Ich liebe dich mehr als mich selbst. Bitte, bitte, bitte antworte. Bitte, Shamiso. Voller Ungewißheit im Guten oder im Schlechten, Dein Clopas Wandai J. Tichafa. P.S.: Grüße deine Schwester und ihren kleinen Sohn, und wenn du nur ja sagst, dann kann ich *maiguru* zu ihr sagen, bitte.«

Als ihre Schwester zurückkam, zeigte Shamiso ihr den Brief. Ihre Schwester las den Brief. Sie lächelte und schüttelte den Kopf.

»Was für ein Mann!«

»Soll ich ihm jetzt schreiben?«

»Nein, warte noch.«

Nachts dachte sie an ihn. Sie konnte nicht schlafen. Wenn sie Wäsche wusch, dachte sie an ihn. Wenn sie kochte, dachte sie an ihn. Wenn sie sich um das Baby kümmerte, dachte sie an ihn. Eines Tages ließ sie das Fleisch anbrennen, und der Mann ihrer Schwester lachte und fragte, ob dieser junge Mann von neulich am Nachmittag wiedergekommen wäre.

Nach einer Woche kam ein weiterer Brief von ihm. Sie lief den Kindern entgegen, die den Brief brachten. Sie öffnete ihn sofort. Eine Fotografie fiel heraus. Es war ein Bild von ihm, auf dem er einen schwarzen Anzug, ein weißes Hemd und einen schwarzen Binder trug. Er lächelte direkt in die Kamera und hatte zwei »sheds« im Haar. Ihr wurde schwach, als sie die Fotografie betrachtete.

»Ich sende dir hiermit ein Fotobild, das mein bester Freund Jeshua von mir gemacht hat, damit du dich an mich erinnerst und immer an mich denkst. Vielleicht hast du mich vergessen, und ich schicke dir dieses Fotobild, damit du es auf dein Kopfkissen legen kannst und von mir träumen kannst, wenn deine Augen müde werden. Ich liebe dich noch viel mehr und werde nicht aufhören zu schreiben, bis die Welt stehenbleibt und alle Engel kommen und Gott jeden in den Himmel oder in die Hölle befiehlt, aber ich bin sicher, daß ein hübsches Mädchen wie du direkt in den HIMMEL geht. Bei Gott, Shamiso, ich liebe dich jeden Tag mehr. Ich werde weiterschreiben, selbst wenn ich alles Schreibpapier und alle Umschläge im Bright Bookstore aufgekauft habe und sogar der Postbeamte sagt, nein, Clopas, du mußt anderen auch noch eine Briefmarke übrig lassen, denn mein Herz sagt, daß du die Frau für mich bist und daß ich nicht aufgeben darf. Bitte, bitte halte mich nicht für hartnäkkig, weil ich dich liebe. Du bist eine gute Frau und ich möchte dich heiraten. Unsere Ahnen sagten: ›Der Wald biegt sich, wenn du von etwas genug hast‹, aber ich habe noch nicht genug. Bitte bitte schreib mir einen Brief, *ndapota zvangu. Ndapota* bitte bitte bitte. Bitte schicke mir auch ein Fotobild von dir, damit ich es an die Wand neben mein Bett tun kann und nicht zu viel an dich denke. Jeden Morgen werde ich fast überfahren, weil ich zu viel an dich denke. Vielleicht hast du nicht geschrieben, weil du denkst, ich bin zu alt für dich, aber ich bin ein junger Mann, erst vierundzwanzig Jahre alt und bereit, eine Familie zu gründen. Aber ohne dich, Shamiso, kann ich keine Familie gründen. Vielleicht denkst du auch, ich mache nur Spaß und habe viele andere Freundinnen, aber ich sage dir, daß ich in dieser Sache nie Scherze treibe. Ich bin ein solider Mann, der sich nicht herumtreibt und nach albernen Stadtmädchen sieht, der kein Bier trinkt und sein Geld nicht vergeudet. Du denkst wohl, ich sage das, weil ich einen Job in der Stadt und ein Haus habe und du bist aus der Reservation, aber ich sage dir, nein, es ist nur Liebe. Vielleicht denkst du, ich bin ein schlechter Mann, weil ich in einer großen Stadt lebe, aber ich sage wieder nein, ich kenne keinen Eingang einer Bierhalle und ich rühre keine Zigaretten an und ich spiele nicht Karten und mache keine Pferdewetten. Ich habe ein kleines Haus und eine kleine Bildung, aber mein Verstand ist nicht klein. Jeden Monat spare ich Geld auf der Post und ich kann gut für dich und unsere Kinder sorgen, wenn du meine Frau wirst. Also bitte sei gnädig mit mir und überleg dir alle meine Vorschläge und bitte bitte schreib mir und kühle mein Herz und sag, daß du mich auch liebst und willige ein. In Tränen Dein Clopas Wandai J. Tichafa. P.S.: Grüße deine Schwester von ihrem leidenden *babamnini* und grüße auch *babamkuru*, ich hoffe du hast ab und zu mit ihm über mich gesprochen ...«

»Er muß ein Buch haben, aus dem er diese ganzen Einfälle nimmt«, sagte ihre Schwester. »Du schreibst ihm jetzt, aber sag, daß du nicht ganz sicher bist und mehr Zeit brauchst, um darüber nachzudenken. Ermutige ihn nicht zu sehr.«

»Lieber Herr Clopas Wandai J. Tichafa«, schrieb sie in Shona. »Ich habe alle Ihre Briefe erhalten und gelesen, was Sie darin geschrieben haben. Ich kann jetzt nichts sagen, weil ich mich noch nicht entschieden habe und mehr Zeit brauche, um darüber nachzudenken. Shamiso Mhaka.«

Auf diesen Brief folgte eine Flut von Protesten und Bitten von ihm. Sie band alle Briefe zu einem Bündel zusammen, nachdem sie sie gelesen hatte, und nahm sie ab und zu heraus, um sie zu lesen, bevor sie schlafen ging. Sich vorzustellen, wie er die ganze Nacht saß und seine Gedanken mit Herzblut zu Papier brachte, erfüllte sie mit heftigen Schuldgefühlen und Mitleid, einem Mitleid, das mit ihrer eigenen Erregung umsäumt war. Schließlich schrieb sie, ohne ihre Schwester um Rat zu fragen:

»Lieber Herr Clopas Wandai J. Tichafa, ich habe über das nachgedacht, was Sie gesagt haben. Ich nehme Sie an. Ihre Shamiso Mhaka.«

Sie steckte den Brief in einen Umschlag und klebte ihn zu, schickte ihn aber nicht ab. Eine Woche, nachdem sie ihn geschrieben hatte, kam ein weiterer langer Brief von ihm, und ihre Schwester sagte, nachdem sie ihn gelesen hatte: »Er ist sich deiner wohl wirklich sehr sicher«.

»Ich habe es ihm schon gesagt.«

»Was hast du ihm gesagt?«

»Daß ich ihn annehme.«

»Aber warum hast du das mir nicht gesagt?«

»Ich habe den Brief nicht abgeschickt.«

»Was genau hast du ihm gesagt?«

Sie erzählte es ihr.

»War das alles?«

»Was hätte ich sonst noch sagen sollen?«

»Nichts. Es ist gut so. Schick ihn ab.«

Zwei Wochen später, an einem Samstagmorgen, besuchte er sie bei ihrer Schwester.

Ihre Schwester begleitete sie zur Township, um ihn abzuholen. Als er aus dem Bus stieg, feierlich in Schale geworfen in einem schwarzen

Anzug, weißem Hemd und passender schwarzer Krawatte, in der einen Hand ein kleines Lebensmittelpäckchen, in der anderen einen schwarzen Schirm, klopfte Shamisos Herz zum Zerspringen. Sie schüttelte ihm zaghaft die Hand und plötzlich kamen ihr das grüne Crimplenekleid und die neuen Leinenschuhe, die ihre Schwester für sie gekauft hatte, nicht angemessen vor. Sie tupfte sich die Stirn mit einem orangefarbenen Taschentuch ab, das sie vor lauter Nervosität in ihrer Faust zu einem Ball zusammengeknüllt hatte. Sie nahmen ihn in die Mitte und stapften die staubige Straße entlang, vorbei an Geschäften und dem Flaschenlager. Sie ärgerte sich über den Staub, der bis in ihre Gesichter aufwirbelte, über die sengende Mittagssonne und die Trauben von Menschen, die sie aus den Geschäften angafften, über die Esel, die sich im Staub wälzten und vor ihnen über die Straße trotteten, die muhenden Rinder, den stinkenden Ziegenbock, der es schamlos mit einer Ziege trieb, die Hirtenjungen mit ihrem ausdruckslosen Blick, die am Rande der Straße ausgestreckt im Sand lagen und ihnen kilometerweit nachstarrten, über die torkelnden alten Frauen in ihren schmutzigen Kleidern, die schon seit Urzeiten hätten tot sein müssen und doch noch auf die andere Straßenseite eilten und sie mit gedehnter, stockender Stimme grüßten. Sie grämte sich wegen seiner Nase und war voller Furcht, daß der Gestank von Kuhdung, *muhacha*-Bäumen und Latrinengruben ihn erdrücken könnte. Seinetwegen haßte sie plötzlich alles: die Strohhütten, die wild wachsenden Bäume und die von *chidongi* geplagten Oktoberfelder.

Ihre Verlegenheit über die Welt, in der sie ihr ganzes Leben verbracht hatte, ließ seine Stimme in ihren Ohren widerhallen, so daß ihre Stimme zitterte, wenn sie zu antworten versuchte.

An diesem Tag kam es ihr vor, als sei das Haus ihrer Schwester zehn Meilen von der Township entfernt, obwohl es nicht einmal eine halbe war. Als sie dem Haus näherkamen, war sie froh, daß sie und ihre Schwester die Wände der Hütten frisch gestrichen und mit schwarzer und brauner Tonerde verziert hatten, daß sie den Hof gefegt hatten, daß der Aufweg breit war und die Pferche weiter entfernt lagen.

Der Mann ihrer Schwester erwartete sie; er hatte seine samstagnachmittägliche Gartenarbeit abgebrochen. Ein kleiner, freundlich blickender, aber prinzipientreuer Mann, dessen Adamsapfel an seinem Hals hervorstach (er war die erste Baritonstimme im Kirchenchor des Dorfes und Aushilfskatechet). Er unterhielt sich im kühlen Wohnzimmer des aus Ziegeln und Zink gebauten Hauses leutselig mit dem Besucher, während die beiden Frauen in der runden *pole*- und *dagga*-Hütte, die als Küche diente, das Essen zubereiteten. Jetzt, da Clopas nicht mehr zugegen war, beruhigten sich Shamisos gereizte Nerven erheblich, obwohl sie sich sehr anstrengen mußte, das Essen nicht zu verderben. Während ihre Schwester für die Töpfe zuständig war, trug sie das Wasser und die Teller ins Wohnzimmer.

»Oh ja, manchmal gibt es lange Schlangen vor dem Bezirksamt«, erklärte Clopas gerade, als sie hereinkam.

»*Situpas* zu bekommen, war schon immer ein Problem«, sagte der andere und die beiden setzten ihr Gespräch mit der erstaunlichen Ungezwungenheit und Vertrautheit einer langen Bekanntschaft fort. Mit gesenktem Blick breitete Shamiso das weiß-grüne Tischtuch, das sie in der *Standard Five*-Klasse genäht hatte, über dem kleinen Kaffeetisch aus, legte zwei Messer und Gabeln dicht neben die Teller und stellte zwei Gläser dazu.

Im Knien hob sie den Wasserkrug auf den Tisch und eilte dann schnell aus dem Zimmer zurück in die Küche.

Ihre Schwester schöpfte gerade den mit Erdnußbutter vermengten braunen Reis aus dem Topf und häufte ihn mit ihrem Kochlöffel zu einem gewaltigen Berg auf. Sie verteilte das Huhn und die Soße auf den Tellern und achtete darauf, daß Unterschenkel, *chikanganwahama* und Hals auf den Teller des Gastes kamen. Als alles fertig war, trugen die beiden Schwestern die gefüllten Teller in das Wohnzimmer. Eine nach der anderen kniete nieder, um die Last auf dem Tisch abzustellen.

Der Hausherr betete: »Herr, wir danken dir für diesen Besucher in unserem Haus und für dieses Essen, das du uns heute gegeben hast, und wir bitten dich, das Essen zu segnen, damit es uns Gesundheit bringen kann und uns die Stärke gibt, dich alle Tage unseres Lebens zu preisen. Amen.«

»Amen«, sagten alle anderen.

»Aber hier sind ja nur zwei Teller«, meinte der Hausherr zu den Frauen, »wollt ihr uns nicht Gesellschaft leisten?«

»Fangt an zu essen«, sagte seine Frau, während sie hinausging. »Wir müssen die Kinder füttern.«

»Hätten wir nicht mit ihnen zusammen essen sollen?«, fragte Shamiso, als sie sich mit den beiden Kindern vor ihren eigenen Tellern niederließen.

»Wir hätten es tun können, aber es ist bei der ersten Gelegenheit nicht immer richtig«, sagte ihre Schwester. Sie griff nach dem Topf, um das knusprige dünne Gebäck vom Boden des Topfes zu entfernen, und lachte: »Im übrigen soll er doch wohl nichts davon wissen, daß du gern *makoko* ißt!«

Reis mit Erdnußbutter, Huhn und Soße waren Shamisos Leibgericht, aber an diesem Tag aß sie nicht viel. Soweit sie es beurteilen konnte, war das Essen perfekt: der Reis gerade fest genug, daß er nicht an den Fingern klebte, und das Huhn zart und braun in dicker, kräftiger Soße. Nachdem sie zu ihrer Schwester gekommen war, hatte einmal eine Frau aus dem

Dorf ihnen einen verdächtig großen Hahn verkauft. Es stellte sich heraus, daß er mindestens fünf Jahre alt gewesen sein mußte, denn er ließ sich selbst nach fünf Stunden auf dem Feuer überhaupt nicht kauen. Gott sei Dank war damals kein Besuch dagewesen. Dieses Hähnchen war in Ordnung, aber sie machte sich Sorgen, ob der Pfeffer nicht vielleicht zu scharf sein könnte. Was war, wenn er gar keinen Pfeffer mochte?

»Wir haben die Getränke vergessen«, sagte ihre Schwester.

Shamiso griff in einen Eimer Wasser und holte eine Coca Cola, eine Flasche Canada Dry Cream Soda in einer gedrehten Flasche und eine Fanta Orange heraus, trocknete sie sorgfältig mit einem Geschirrtuch ab, stellte sie mit zwei frischen Plastikbechern und einem Flaschenöffner auf ein Tablett und eilte ins Wohnzimmer.

»Ich bin das einzige Kind in unserer Familie«, sagte Clopas gerade im Wohnzimmer. »Alle anderen sind bei der Geburt gestorben oder als sie noch sehr klein waren. Mein Vater ist vor drei Jahren gestorben.«

Sie blieb vor dem Wohnzimmer stehen und die Erwähnung seiner Familie traf sie wie eine seltsame ungewöhnliche Tatsache. Sie ging hinein, kniete sich hin und stellte die Getränke auf den Tisch.

»Ihr habt also wirklich darauf bestanden, uns allein zu lassen, *maini-ni*«, sagte der Hausherr und Clopas strahlte verschwörerisch, aber sie war schon wieder auf den Füßen und wandte sich zur Tür, wobei sie ihre Flucht so würdevoll wie möglich wirken ließ.

»Zu welcher Kirche gehst du?« hörte sie den Mann ihrer Schwester den Besucher fragen, als sie gerade in die Küche ging, aber die Antwort von Clopas schnappte sie nicht mehr auf.

Sie nahm sich selbst eine Fanta Orange. Coca Cola bekam ihrem Magen nicht, und sie hatte gehört, daß ein Geldstück, das man lange in einem Glas damit liegen ließ, sich auflösen würde. Cream Soda hatte einen angenehmen Geschmack, aber sie ekelte sich vor der grünen Farbe. Als sie später in das Wohnzimmer zurückkam, um die Teller abzuräumen, stellte sie zufrieden fest, daß drei Viertel des Essens aufgegessen waren und nur die Coca Cola ungeöffnet geblieben war. Er mag auch Fanta, schloß sie daraus, denn sie wußte, daß der Mann ihrer Schwester Cream Soda trank.

»Du siehst nicht aus, als hättest du gegessen, *mainini*«, neckte sie der Hausherr, und sie lachte zum ersten Mal an diesem Nachmittag, als sie die Teller hinaustrug.

Nach dem Abwasch servierte sie Tee – mit einem Topf gekochtem Wasser und einem unangebrochenen Päckchen Ellis Brown Schnellkaffee für den Fall, daß er keinen Tee mochte.

»Wie lange arbeiten Sie schon beim Desinfektionsbad?« fragte Clopas gerade, als sie hereinkam, und der Hausherr sagte: »Acht Jahre.«

»Sie halten Ihren Job!«

»Es ist das einzige, was ein Schwarzer in diesem Land tun kann. Danke, *mainini*. Willst du nicht etwas bleiben, *mainini*?«

Clopas strahlte, aber wieder eilte sie hinaus.

Als sie später zurückkam, um das Teegeschirr abzuräumen, schickte ihre Schwester das Kind, um den Hausherrn herauszurufen, und sobald er mit Shamiso allein war, sagte Clopas: »Warum hast du nicht mit uns zusammen gegessen?«

Sie hätte gern gewußt, ob er wirklich eine Antwort auf diese Frage erwartete, und fuhr fort, das Teegeschirr zusammenzuräumen. Der ältere Junge ihrer Schwester kam mit einer weiteren Botschaft seiner Mutter zurück, die besagte, *mainini* Shamiso könnte das Teegeschirr später abwaschen.

»Ich muß den Bus um fünf Uhr nehmen, Shami«, sagte Clopas und sah auf die Uhr, als der Junge wieder hinausgegangen war. Und dann fügte er lachend hinzu: »Aber ich wünschte, ich könnte übers Wochenende bleiben.«

»Arbeitest du sonntags?« fragte sie. Bei der bloßen Aussicht auf seinen Wunsch zu bleiben durchfuhr sie Panik. Er sagte ihr nein. Sie kniete immer noch neben dem Kaffeetisch, und er spürte, was in ihr vorging. Sie stand unbeholfen auf und setzte sich auf eine Ecke des Sofas ihm gegenüber. Sie hörte, wie draußen ihre Schwester und deren Mann durch den Garten gingen und die Tomaten inspizierten und wie ihre Schwester sagte:

»Sie sind immer noch grün, *Baba* Manuel.«

Shamiso rutschte ein wenig auf dem Sofa zurück.

»Deine Schwester und ihr Mann sind so nette Leute. Lebst du schon immer bei ihnen?«

»Ich bin seit drei Jahren bei ihnen.«

»Schade, daß ich deine Eltern nicht kennengelernt habe.«

»Irgendwann einmal.«

»Wann kommst du mich besuchen, um zu sehen, wo ich wohne? Nächste Woche?«

»Vielleicht.«

»Hast du Fotos von dir, die ich mitnehmen kann?«

Sie hatte zwei Bilder, eins, auf dem sie die Kinder ihrer Schwester auf dem Arm hatte, und ein anderes, das ein Ladenbesitzer in der Township ohne Vorwarnung von ihr gemacht hatte. Auf beiden Bildern trug sie einen *doek*, von dem ihre Schwester meinte, er machte sie älter als sie war. Sie selbst mochte den leeren Ausdruck auf ihrem Gesicht nicht, und die Art, wie ihr Mund offenstand, als hätte man sie dabei ertappt, wie sie gerade einen Kürbis hineinstopfen wollte. Bilder machten sie nervös. Sie fürchtete, ihm würde keins von beiden gefallen, deshalb sagte sie »Nein«.

Er unterhielt sich eine Weile mit ihr und als es für ihn Zeit war zu gehen, bat er sie, ihre Schwester und deren Mann zu rufen, und er bedankte sich bei ihnen für ihre Gastfreundschaft. Sie dankten ihm ihrerseits für sein Kommen und für die Lebensmittel, die er mitgebracht hatte. Nachdem der Hausherr ein kurzes Gebet gesprochen hatte, begleiteten sie ihn zur Bushaltestelle. Kurz bevor sie dort ankamen, kehrten ihre Schwester und deren Mann um und ließen die beiden allein.

»Ich habe dir etwas mitgebracht«, sagte Clopas und legte eine Kette aus glänzenden gelben Gliedern und mit einem schimmernden schokoladefarbenen Stein um ihren Hals.

»Danke«, sagte sie voller Bewunderung.

»Ich wünschte, ich könnte das ganze Wochenende bleiben, Shami«, sagte er, legte seine Hände auf ihre Schultern und zog sie an sich. Plötzlich tauchte sein Gesicht mit gespitzten Lippen zu ihrem hinunter. Sie entzog sich ihm und trat einen Schritt zurück.

»Bitte Shami«, sagte er mit ganz fremder Stimme und verzog den vor Erregung zitternden Mund zu einem Lächeln.

Sie wandte ihr Gesicht ab. Er versuchte, sie in seine Arme zu ziehen, aber sie drehte sich mit einer ruckartigen Bewegung weg und stieß hervor: »Dein Bus ist da.«

Er drehte sich um und sah die letzten Fahrgäste in den Bus einsteigen. Drei Sekunden lang stand er wie angewurzelt da und starrte in ihr Gesicht. Dann riß er sich los und wandte sich zur Straße, wobei er heftig winkte. Der Bus fuhr an. Er stieß den scharfen Pfeifton der Hirtenjungen aus und sprang mit fliegender Krawatte, wehenden Rockschößen und in der Sonne blitzenden Schuhsohlen auf die Tür zu. Der Bus hielt, und er kletterte hinein. Als der Bus losfuhr, konnte er im Mittelgang kaum das Gleichgewicht halten und hatte keine Chance, ihr noch zu winken.

»Jetzt versucht er, forsch zu sein, und du mußt auf ihn aufpassen«, sagte ihre Schwester, nachdem sie sich gespannt ihren Bericht angehört hatte. »So etwas schon beim ersten Besuch zu wollen! Ich habe mich von *Baba* Manuel vor der Hochzeit nicht anfassen lassen.«

Shamiso ging schlafen und behielt die Halskette an, die er ihr geschenkt hatte, aber der Schlaf wollte einfach nicht kommen. Ihre Gedanken wanderten zwischen Freude und Enttäuschung hin und her. Fast alles war gut gelaufen. Der Mann ihrer Schwester, ihr Haus und die Zeit, die er mit ihnen zusammen war, hatten ihm gefallen. Alles war gut gelaufen, bis er versucht hatte, sie in den Arm zu nehmen.

Drei Tage später schrieb er wieder.

»Liebste Shamiso, mein Schatz, ich war sehr glücklich, daß ich zum Haus deiner Schwester kommen und ihren Mann kennenlernen konnte.

Es war eine sehr schöne Zeit, als ich mit meinem neuen *babamkuru* gesprochen habe. Jetzt weiß ich, daß er ein guter Christ ist, und das Essen war sehr, sehr lecker und alles war sehr sehr in Ordnung. Ich möchte dir und meiner guten *maiguru* dafür danken. Ich hoffe, daß wir immer so gutes Essen haben, wenn wir verheiratet sind, und daß viele, viele Gäste in unser Haus kommen, weil sie wissen, daß Frau Clopas Wandai J. Tichafa eine sehr gute Köchin ist. Ich hoffe, dir gefällt das kleine Geschenk, das ich dir mitgebracht habe, und denke bitte nicht, daß ich dich nicht liebe, weil es ein kleines Geschenk ist, ich sage dir nur, eines Tages bringe ich etwas, das wirklich zeigt, wie sehr ich dich, meine Shamiso, liebe.

Trotzdem habe ich eine kleine, kleine Beschwerde vorzubringen über etwas, was mich bei meinem Besuch im Haus deiner Schwester enttäuscht hat, und bitte Shamiso denke nicht, daß ich störrisch bin, es ist eine Kleinigkeit und diese Beschwerde ist, daß ich während meines Besuchs nach meiner Renova Armbanduhr nur zehn Minuten oder vielleicht elf Minuten und fünfundvierzig Sekunden mit dir gesprochen habe, aber bitte Shami, warum hast du es abgelehnt, als ich versucht habe, dich in meinen Armen zu halten? Und es abgelehnt, mir auch nur einen kleinen, kleinen Kuß zu geben, um mich für meine Reise glücklich zu machen. Bitte Shami, liebst du mich nicht mehr? Und bitte Shami, ich muß deine Gestalt sehr bald wieder sehen, sonst sterbe ich vor Sehnsucht, und wenn du ein Fotobild von dir hast, schick es, damit ich den Hunger meiner Augen mit dem Anblick deiner hübschen Beine stillen kann. Ich hoffe, daß du mich an diesem Wochenende besuchen und mir die Ankunftszeit von deinem Bus sagen kannst, damit ich dich an der Haltestelle abhole. Entschuldige meine Beschwerde, meine Shami, und ich hoffe, du denkst nicht, daß ich mich dauernd beklage. Grüße *maiguru* und *babamkuru* und die Kinder, dich, meinen Liebling, nicht zu vergessen, und erzähle ihnen, der Job ist in Ordnung, nur die Einsamkeit. Schreib mir, sobald du dies zu Ende gelesen hast, und küsse deinen Brief zwanzigmal, bevor du ihn abschickst. Für immer dein Clopas Wandai J. Tichafa.«

»Was bedeuten die Worte ›Figur‹ und ›Sehnsucht‹?« fragte Shamiso. Ihre Schwester schüttelte den Brief heftig, schleuderte ihn in die Luft und dann brach es aus ihr hervor: »Das sind Worte, die ein Mann benutzt, um einer Prostituierten in einer Bierhalle den Hof zu machen und nicht einem anständigen Mädchen wie dir. Ich habe dir gesagt, jetzt versucht er, forsch zu werden!«

»Lieber Herr Clopas Wandai J. Tichafa«, schrieb Shamiso in ihrem lakonischen Stil auf Shona, »ich war über Ihren letzten Brief nicht erfreut. Bisher habe ich geglaubt, daß Sie ein anständiger Mann wären, und ich habe nicht angenommen, daß Sie überhaupt an solche Sachen denken.

Bitte verschwenden Sie nicht meine Zeit, wenn Sie es nicht ernst mit mir meinen. Ich bin darauf vorbereitet, diese Beziehung zu beenden, wenn Sie ein solcher Mensch sind. Shamiso Mhaka.«

Es folgte eine Kette von Protesten, überschwenglichen Entschuldigungen und Versprechungen. Er würde niemals mehr eine solche Bitte äußern, bevor die Zeit gekommen wäre, schwor er. Er wüßte nicht, wie ihm diese Gedanken gekommen wären; der Teufel müßte sie ihm im Schlaf eingegeben haben oder es wäre gekommen, weil er sie so sehr vermißte, und er hoffte, daß sie bitte nicht denken sollte, er wäre ein vulgärer Mann, weil er über ihre Figur und ihre Beine gesprochen hätte, denn er hielte sie wirklich für sehr, sehr hübsch, und wäre es denn schlecht von einem Mann, die Schönheit zu bewundern, die Gott seiner Angebeteten geschenkt hätte? Um zu beweisen, daß er meinte, was er sagte, würde er sie nicht bitten, ihn zu besuchen, bevor sie nicht verheiratet wären.

Ihm wurde vergeben und am Monatsende kam er, um die Hochzeit vorzubereiten.

Von da an ging alles mit unglaublicher Geschwindigkeit. Zusammen mit seinem Freund Joshua als seinem *munyai* besuchte er ihre Eltern in ihrem Dorf, um die Verhandlungen zu beginnen. Jede anwesende Person – Shamisos schlanke, noch immer gut aussehende Mutter und ihr verhutzelter, asthmatischer Vater, deren kräftiger ältester Sohn im Overall, der für ein Wochenende von der Mine gekommen war, die grobknochige, finster blickende Tante vom Hügel jenseits des Flusses, der joviale, sonnenverbrannte jüngere Bruder des Vaters, den man in hundert Meilen Entfernung mitten aus der Feldarbeit gerissen hatte, damit er bei den Verhandlungen den Vorsitz übernahm, die übliche Handvoll älterer Leute aus der Nachbarschaft, die als inoffizielle Berater oder Beobachter angetreten waren, um diese beachtliche Versammlung noch zu vergrößern – sie alle waren von dem künftigen *mkwasha* und seinem *munyai* von Anfang an beeindruckt.

Erstens waren der *mkwasha* und sein *munyai* beide makellos schwarz gekleidet, was sie wie Zwillinge aussehen ließ. Zweitens kauften sie Getränke für alle – Kisten kalter Getränke für die Frauen, Castle Lager für die Männer (das ein freundlicher Alkoholikahändler ihnen unter dem Ladentisch verkauft hatte: für Schwarze war damals nur Dunkelbier erlaubt), Brandy (der aus der gleichen Quelle stammte) für den Zeremonienmeister, Zigaretten und Schnupftabak für jeden, der wollte, sowie Süßigkeiten und Kekse für die Kinder. Drittens beteiligten sie sich nicht am Konsum des Alkohols, den sie mitgebracht hatten.

Zum Zeitpunkt, an dem die eigentlichen Verhandlungen begannen, waren alle Bäuche glücklich mit Reis und Huhn gefüllt; von den Getränken waren die Zungen der Verwandten gelockert und ihre Herzen offen, die Luft in der Hütte war mit dem Rauch von einem Dutzend Zigaretten erfüllt. Der Bruder des Vaters lehnte seine Krummaxt an die Wand in der Nähe und nur ein Funkeln in seinen Augen legte Zeugnis von den Geistern ab, die ihn beseelten. Er mahlte mit seinen Backenzähnen und eröffnete die Versammlung.

Der *mkwasha* und sein *munyai* wurden hereingeführt und nachdem sie alle Hände in der Runde geschüttelt und sich nach dem Wohlbefinden jedes einzelnen ihrer Gäste erkundigt hatten, begann Joshua mit ihrer Befragung, wobei er seine symbolträchtige Litanei mit häufigem Händeklatschen unterstrich. Die Verwandten lauschten still, nickten bedächtig mit dem Kopf und dämpften die Begeisterung derjenigen, die hereingerufen worden waren, um einen kurzen Blick auf ein gewaltiges frisch geschlachtetes Rind zu werfen, das zerlegt werden sollte.

Nach einer Weile geflüsterter Beratungen baten die Verwandten um das *vhuramuromo,* damit sie die Botschaft der Besucher hören konnten. Dem wurde entsprochen, und sie fragten nach der *makandinzwa nani.* Auch dies wurde erfüllt, dann fragten sie, ob »unsere Tochter noch ganz sie selbst ist, oder ist sie verletzt und hinkt auf einem Bein«. Der *munyai* schwor, daß sie unversehrt war, und als die Tante aufgerufen wurde, dies zu bezeugen, erklärte auch sie, daß die Tochter völlig in Ordnung wäre. Nachdem die Frage der Fruchtbarkeit und im Zusammenhang damit der Anspruch auf Schadensersatz erledigt und die Heirat beschlossene Sache war, gingen sie zum *zvibinge* über. Der Vater forderte eine Ziege, denn der *mkwasha* hatte, wie er es ausdrückte, »den Berg bestiegen, ohne zuvor auf die Hügel zu klettern«.

Umgekehrt forderte der Zeremonienmeister ebenfalls eine Ziege, weil er bei den vorbereitenden Gesprächen übergangen, und die Tante vom Hügel jenseits des Flusses folgte mit der Forderung nach einem Hähnchen, weil sie erst spät in die Vorbereitungen einbezogen worden war. Die Tiere wurden sofort versprochen, und sie gingen zum Geschäft des *kununga mari* über. Zuerst nahm die Tante einen blauen Zehnschillingschein und ein brandneues Zweieinhalb-Schilling-Stück von dem Holzteller; Shamino nahm siebeneinhalb Schilling, und weil sie keine jüngere Schwester hatte, mußten auch ihre Kusinen etwas nehmen. Die ältere Kusine nahm die verbliebenen fünf Schilling und der *munyai* mußte weitere viereinhalb Schilling für die andere Kusine hinlegen.

Der Zeremonienmeister war mit der prompten Bezahlung der vorläufigen Verpflichtungen zufrieden und ging zu der Ankündigung der *roora* über. Die *danga* sollte vier Stück Vieh betragen, worunter mindestens eine Kuh für die Mutter sein sollte, sowie fünfundzwanzig Pfund Bargeld. Dann gab es die *nhumbi* für die Eltern zu besprechen; ein schwarzer Anzug für den Vater aus ähnlichem Stoff wie der, den der *munyai* trug –

wie der alte Mann sorgfältig erläuterte – wenn die Jacke auch nicht so viele Taschen haben mußte und der Kragen lieber schmal sein sollte, und die Schuhe konnten braun oder schwarz sein, Größe 7, mit oder ohne Schnürsenkel, und der Hut sollte braun sein mit einer gelben Vogelfeder im Band, und, ja, ein Spazierstock mit einem geschnitzten Männerkopf, nicht wie der Spazierstock des *mapostori*, sondern etwas mehr traditionelles, damit (dies letzte bißchen murmelte er mehr oder weniger vor sich selbst hin) die Leute ihn ansehen und wissen sollten, daß er aufgestiegen war und auch seine zweite Tochter verheiratet hatte. Für die Mutter mußten sie ein Baumwollkleid kaufen – Nylon fing zu leicht Feuer, sagte sie – und die Farbe wäre ihr gleichgültig, solange es nicht rot, gelb, blau oder eine andere zu grelle Farbe wäre, die den Blitz anziehen oder dazu führen könnte, daß sie unter ihresgleichen zu sehr auffiel. Außerdem durfte es kein Material mit Dauerfalten sein, wie es die Mädchen in der Stadt trugen, *tererina*, ja ... solange es nur kein *tererina* war und nicht zu sehr leuchtete, sondern ein dezentes Kleidungsstück für eine Frau ihres Alters, und sie sollte einen warmen Wintermantel bekommen und braune Schuhe und ein schwarzes Schultertuch.

Der *munyai*, der eine Liste der gewünschten Gegenstände anlegte, sah hoch und fragte, ob alle Tiere außer der Kuh für die Mutter lebend sein sollten oder auch durch Bargeld ersetzt werden konnten. Der Zeremonienmeister beriet sich eingehend mit dem Vater und verkündete dann, daß zwei der Rinder lebend übergeben werden sollten, und zwar die Kuh für die Mutter und ein weiteres, die anderen könnten durch eine Betrag von vierzehn Pfund Bargeld pro Stück ersetzt werden. Der Vater gab bekannt, daß die neuen Verwandten ihre Braut mitnehmen könnten, sobald sie die Kleidung gekauft hätten, die übrigen Dinge könnten später nach und nach überbracht werden. Falls sie sich später für eine formale Trauung entscheiden sollten, stünde es ihnen frei, weitere Vereinbarungen zu treffen.

Der *mkwasha* und sein *munyai* sahen dies offensichtlich als faires Ergebnis an und versprachen, die Kleidung am kommenden Wochenende zu bringen. Da sie keine weiteren Fragen hatten, dankten sie den Verwandten und zogen sich in die Hütte zurück, die man ihnen für die Nacht zugewiesen hatte, während die Verwandten mit großem Vergnügen weiter tranken und sich unterhielten.

6

Und so wurde sie fünf Monate nach ihrer Fahrt zum Bezirksamt Frau Clopas Wandai J. Tichafa, packte ihren schäbigen grünen Koffer, umarmte ihre Mutter, vergrub das tränennasse Gesicht in der Schulter ihrer Schwester und ging fort, um mit ihm in der Township zu leben.

Die Township bestand aus Reihen von Häuserblocks, die durch enge, staubige Straßen und kleine Gärten voneinander getrennt waren. Jeder Block war lang wie ein Schulkorridor und in sechs Wohneinheiten unterteilt. Jede Wohneinheit hatte eine breite halboffene Veranda und zwei grüne Türen, die zu getrennten Zimmern führten. In jeder Wohneinheit lebten zwei Personen, die je ein Zimmer hatten und sich die Veranda teilten. Vor dem Häuserblock befanden sich die Toiletten, wobei je eine zu zwei Blocks gehörte, und große Betonbecken mit Wasserhähnen zum Wäschewaschen. In ihrem Raum standen ein dreiteiliges Bett mit einem weiß gepolsterten Kopfende, ein Kleiderschrank mit einem Spiegelstück, ein Stuhl aus schwerem dunklem Holz, ein kleines Transistorradio, ein blaues Sofa mit orangefarbenen Armlehnen und hinter der Tür ein grünes Regal mit wackligen Beinen, auf dem er die Küchenutensilien aufbewahrte.

An den ersten Tagen fegte sie das Zimmer, polierte den Betonboden, wischte das Regal ab, wusch die Küchenutensilien und ordnete sie neu, reinigte Wände und Fenster, kratzte Kerzenwachs vom Kopfbrett des Bettes und entfernte die Spinnweben aus den Ecken, und als die Holzflächen alle glänzten, legte sie auf beiden Seiten des Brettes die Deckchen aus und stellte die Blumen aus gefärbten Federn darauf, die sie mitgebracht hatte. In der Vitrine schichtete sie zwischen den Plastikbechern gefaltete orange-grüne Geschirrtücher zu kleinen Pyramiden auf.

Danach machte sie sich an die Veranda. Sie entfernte die alte Asche aus der lange nicht benutzten Feuerstelle, reinigte den Betonboden mit Wasser und Seife und polierte ihn und schüttelte die Türmatten aus. Sie versuchte, den Ruß von den rauchgeschwärzten Wänden zu wischen, hörte aber auf, als Stücke schwarzer Farbe abblätterten und braune Flecken auf den Wänden hinterließen. Als sie fertig war, jätete sie vor der Veranda das Unkraut und vertiefte die Furchen um die Aloen, die an der vorderen Hauswand hochwuchsen.

Dann gab es noch Kissenbezüge, Laken, Decken und Vorhänge in dem großen Becken zu waschen, Berge von Kleidern, die auszuwringen und zum Trocknen auf den Drahtzaun aufzuhängen Stunden dauerte. Sie arbeitete neben anderen Frauen, die sie freundlich grüßten, sie aber vor allem wegen ihrer Schweigsamkeit nicht in ihre Gespräche einbeziehen konnten, abgesehen von ein paar interessierten Fragen. Später saß sie ganze Nachmittage lang und bügelte die Wäsche mit einem Bügeleisen voller heißer Kohle.

Die recht schweren Arbeiten erledigte sie dank ihrem unermüdlichen Fleiß und bald dachte sie schon morgens beim Aufwachen darüber nach, was es zu tun gab, und sah sich nach den weniger auffälligen Dingen um, die sie übersehen haben konnte. Es gab immer etwas zu tun – Knöpfe waren anzunähen und der Primus-Herd abzuwischen – irgendwo war immer eine staubige kleine Ecke, die ihrer Aufmerksamkeit bisher entgangen war. Aber all das wurde einfacher, die Arbeit wurde zur Routine, und sie merkte, daß ihr mehr Zeit übrig blieb. Sie begann, am Nachmittag Ruhepausen einzulegen. Sie schlief vielleicht eine Stunde und ging dann in den Toilettenblock, um zu duschen (wenn bereits jemand dort war, wartete sie). Erfrischt, mit Talkum gepudert und mit Ponds Vanishing eingekremt wirbelte sie mit wehendem Baumwollkleid und in Gummisandalen, mit der Kette um den Hals, die er ihr geschenkt hatte, in das nahegelegene Einkaufszentrum, bahnte sich einen Weg durch die umlagerten Gemüsestände, Wagenladungen von Kohl und Mangos und turmhohen Pyramiden von purpurrotem Zuckerrohr. Das Straßenpflaster war übersät mit handgemachten Schuhen und Körben; sie wich den Ellbogen der Friseure aus, den Hobeln der Zimmerleute und den Kopfbedeckungen der *n'anga*s aus Leopardenfell, trödelte aus Neugier etwas bei den Fotografen, die sie von ihren Ständen aus herbeiwinkten, bis sie ihr Lieblingsgeschäft erreichte, in dem das hellhäutige Mädchen hinter dem Ladentisch sie schon kannte und ihr das gab, was sie wollte – ein halbes Brot, einen halben Liter Milch, Fleisch für anderthalb Schilling, ein Bündel *choumoellier* und zwei große Mangos oder Guaven, falls sie diese nicht schon bei den Lastwagen draußen gekauft hatte.

Wieder zu Hause flocht sie ihr Haar oder kämmte es aus, bevor sie das Fleisch auf den Herd setzte. Sie setzte sich auf das blaue Sofa mit den orangefarbenen Armlehnen, das wie ein Thron mitten im Raum stand, und sah in den Spiegel, während ihre Hände mit peinlicher Genauigkeit an ihrem Haarschopf arbeiteten. Wenn der Ansager im Radio verkündete »Es ist vier Uhr«, fühlte sie eine große Freude, die tief bis in ihr Innerstes drang. Dann ging sie auf die Veranda hinaus und sah Scharen von Schulkindern in khakifarbenen und grasgrünen Uniformen die Straße hinuntergehen und sich in die heckenumsäumten Alleen ergießen, die glühendheiße Sonne stand gelb über der Stadt, die Straßen füllten sich mit Radfahrern und Autos, die Luft war getrübt durch den Rauch von hunderten kleinen Feuern. Wenn sie Glück hatte, sah sie den maisgelben

Bus an der Kurve bei dem Häuschen aus braunem Backstein anhalten, bevor er in Richtung Stadt weiterbrauste, und dann ging jedesmal um fünf Uhr die Stadtsirene los.

Normalerweise kam er um fünf nach fünf zu Hause an.

Er klingelte dann dreimal mit seiner Fahrradklingel, sobald er auf die Veranda zufuhr, und sie kam ihm entgegen. Er überreichte ihr das Paket, das er trug, entfernte die Clips von seiner Hose, kettete das Fahrrad an der Veranda fest und folgte ihr anerkennend pfeifend in ihr gemeinsames Zimmer.

»Jeeeeesus!« pflegte er zu sagen und sich im ganzen Zimmer umzusehen, »du hast dich wieder zu Tode gearbeitet, Shami!«

Er zog dann seine Schuhe aus und die Hausschuhe an und lehnte sich bequem im Sofa zurück, um die Nachrichten zu hören und eine Mango zu essen, die sie für ihn abgewaschen hatte. Während sie kochte, plauderte er mit ihr, erzählte ihr, was tagsüber während der Arbeit passiert war, und einiges über interessante Leute, die er getroffen hatte – so daß seine Arbeitswelt sich in ihrem Kopf mosaikartig zusammensetzte, als hätte sie den Tag mit ihm verbracht und sich an seinen Akten der Freundlichkeit und Hilfsbereitschaft beteiligt.

Dann zündete sie die Kerze an und trug das Essen auf, und sie aßen zusammen von einem Teller mit den Händen, wie Mann und Frau es tun, und er drängte ihr Knochen auf, die leicht zu zerkleinern waren, nachdem er herausgefunden hatte, daß sie diese mochte. Später machte er für sie beide Tee mit der Entschuldigung, er täte dies ein Dutzendmal am Tag und eine letzte Kanne für seine Frau machte ihm nichts aus, was die allgemeine Auffassung in solchen Dingen auch immer wäre. Zum Tee gab es weiches Gebäck, das er auf dem Heimweg von der Arbeit beim Bäcker gekauft hatte, mit Butter und Marmelade.

Wenn sie die Acht-Uhr-Nachrichten gehört hatten, gingen sie ins Bett. Nachdem sie den Schmerz und das Unbehagen der ersten paar Nächte überwunden hatte, machte die Nacht ihr unglaubliche Freude. Während sie ihn heftig umarmte und sein Schweiß über sie rann, entströmten seinem Mund ganze Sturzbäche zärtlicher Worte, die sie in Erstaunen versetzten. Sie blieb immer ganz still und genoß die Zärtlichkeit, mit der er danach sein glühendes Gesicht in ihrem Nacken vergrub, seine Atemlosigkeit, die sich langsam wieder beruhigte, und die Glätte seines feuchten Rückens, der unter ihren Fingern trocknete. Angesichts seiner Ruhe, die über sie hereinbrach, brannte sie darauf, etwas zu erwidern, ihm ein freundliches Wort ins Ohr zu sagen. Sie mochte auch die Gespräche, die sie in der Dunkelheit miteinander führten, nachdem sie sich geliebt hatten, während draußen auf der Straße die Fahrräder klapperten und das Stimmengwirr von Betrunkenen und Passanten zu hören war. Im warmen Nest seiner Arme schlüpften seine Gedanken wie Küken aus der Eierschale und klopften mit ihren Schnäbeln sanft an der Brust ihrer Zuhörerin.

Dann erklärte er ihr, was sie zu tun hatten und was sie kaufen mußten, welche Leute sie treffen und welche Orte sie besuchen sollten und was für eine Hochzeit sie feiern würden. Und während die Straßen draußen langsam verstummten, blieb sie in der Welt seiner Umarmung, in die als einziges Geräusch sein leises Schnarchen drang, bis ihre noch dahinplätschernden Gedanken mit ihm in den Schlaf glitten.

Einmal wachte sie spät in der Nacht davon auf, daß aus dem Nachbarzimmer der Lärm miteinander kämpfender Leute drang. Sie erkannte die Stimme des Mannes, der dort wohnte. Er brüllte und keuchte und warf in ihrer Vorstellung Möbel nach der Frau, die um Gnade schrie. Ihre Gedanken rasten durcheinander, und sie setzte sich im Bett auf. Der Lärm schwoll unerträglich an und beinahe hätte sie mit gellender Stimme gerufen, daß der Mann aufhören sollte. Plötzlich hörte das Geschrei auf und der Lärm sank zu einem Stöhnen und Flüstern zusammen. Während ihr Herz noch zum Zerspringen klopfte, tauchte sie wieder zurück ins Bett und zog sich, weil sie skeptisch war, die Decke über den Kopf.

»Ist der Mann nebenan verheiratet?« fragte sie Clopas am nächsten Morgen.

»Nein«, antwortete er und zog sich die Krawatte zurecht, »warum?«

»Ich wollte es nur wissen«, sagte sie, und er ging mit einem verdutzten Lächeln hinaus, um sein Fahrrad loszuketten.

Manchmal hörte sie abends verschiedene Stimmen im Nachbarzimmer, und wenn die Geräusche anfingen, lag sie still da, stopfte sich einen Finger in jedes Ohr und hoffte, daß Clopas von dem Lärm nicht aufwachen würde. Wenn sie morgens allein war, dachte sie darüber nach und etwas nagte an ihrem Herzen, denn sie erinnerte sich an den Ohrring, den sie beim Fegen unter dem Bett vorgeholt hatte, und an die Frau in kurzem Kleid, mit geglättetem Haar und geschminkten Lippen, die auf sie zugekommen war, als sie gerade die Türmatten ausklopfte, und sie gefragt hatte, ob ein Mann namens Kedmon zu Hause wäre, obwohl sich die Frau nicht sicher war, ob der Name des Mannes nicht doch Clopas war. Sie hatte betont, er sei schlank und hellhäutig, aber sie wußte nicht genau, wo er arbeitete. Ob Shamiso mit ihm zusammenlebte, hatte sie gefragt. Sie wäre wohl zum falschen Haus gekommen und vielleicht käme sie später wieder.

Clopas hatte äußerst verwundert den Kopf geschüttelt, als Shamiso ihm damals von der Frau erzählte. Die Wohnblocks der Siedlung seien so ähnlich, hatte er gesagt, daß es ganz normal wäre, daß die Leute sie miteinander verwechselten.

Am ersten Wochenende, das sie dort verbrachte, kaufte er ihr neue Kleider und nahm sie mit aufs Land, um sie seiner Mutter vorzustellen. Sie stellte fest, daß Clopas das schmale Gesicht, die gerade Nase und das Lächeln von seiner Mutter hatte. Seine zarte dunkle Haut und die gerade Stirn hatte er jedoch von seinem Vater, dessen Bild er ihr schon einmal gezeigt hatte. Clopas' Mutter war eine zuvorkommende, tüchtige alte Dame, die weder viel Wert auf Unterhaltung legte noch so viele Forderungen stellte wie andere Schwiegermütter. Sie gab Shamiso eine große Dose Erdnußbutter, die sie für sie gemacht hatte, und im Unterschied zum üblichen Verhalten von Schwiegermüttern, die nach der Hochzeit einige Zeit mit ihren *mrooras* verbringen möchten, bestand sie darauf, daß Shamiso schon am nächsten Tag mit ihrem Mann in die Stadt zurückkehrte. Shamiso war von dieser Witwe sehr beeindruckt, die sich mit drei Besuchen pro Jahr und gelegentlichen Lebensmittelpaketen zufriedengab und die beschlossen hatte, ihr eigenes Leben zu leben, statt ihren Sohn als Stütze zu betrachten, wie andere Mütter dies taten. Als die beiden sie wieder verließen, hatte Shamiso sich innerlich fest vorgenommen, gut zu ihr zu sein und sie so oft wie möglich mit Geschenken zu besuchen.

An den Wochenenden ließ Clopas sie morgens lange schlafen. Sie bekam jedesmal einen heftigen Schreck, wenn sie um elf Uhr aufwachte und die Sonne schon hoch am Himmel stand. Während er in T-Shirt und kurzen Hosen hinausging, um mit einer Kanne ihren kleinen Gemüsegarten zu gießen, wischte sie den Raum und bereitete ein spätes Frühstück mit Leber und Eiern zu. Nachmittags kamen ab und zu Joshua und seine Frau Mukai, die in der anderen Township jenseits der Hauptstraße wohnten, zu Besuch. Joshua arbeitete als Hilfsarbeiter in einer Fabrik, und seine schwangere, offenherzige Frau, die schon ein Kind hatte, übernahm sofort die Rolle von Shamisos Schwester. Shamiso, bei der Joshua schon einen Stein im Brett hatte, weil er ihre Hochzeit ermöglicht hatte, freundete sich schnell mit Mukai an. Wenn die Männer manchmal weggingen, um im nahegelegenen Stadion den Fußballspielen zuzusehen, blieben die beiden Frauen zusammen und häkelten, unterhielten sich, gingen zusammen zum Markt oder beobachteten Scharen von *mapostori*, die ihre frisch Bekehrten im Fluß tauften, während Güterzüge über die Brücke donnerten. Manchmal sahen sie sich auch traditionelle *ngquzu*- oder *shangara*-Tänzer an, die in einer Ecke der Township in Wolken von Staub und Applaus auftraten.

Sie stellte mit der Zeit fest, daß Clopas in Wirklichkeit keiner Kirche angehörte, und da die ungewohnte Aussicht, den halben Sonntag im Bett zu verbringen, sie beunruhigte, ging sie mit Mukai und ihrem Kind in die nahe Katholische Kirche. Zuerst empfand sie die katholischen Rituale als äußerst fremd im Vergleich zu denen der Holländischen Reformierten

Kirche, zu der ihre Schwester und deren Mann gingen. An das Knien und an die Liturgie gewöhnte sie sich nach und nach, aber vor der Hostie hielt sie standhaft die Lippen verschlossen. Als Mukai später einen zweiten Jungen zur Welt brachte, begleiteten die mit Festanzügen ausstaffierten Männer ihre Frauen zu den Baptisten und danach hatten sie noch zwei weitere Taufen, bevor der Fußball sie wieder rief.

Wenn manchmal in einer anderen Stadt ein großes Spiel ausgetragen wurde, nahmen Clopas und Joshua den Frühbus oder -zug, um es sich anzusehen, und kamen erst am Abend wieder. Eines Abends waren sie nicht zur üblichen Zeit zurück. Solange Mukai mit ihr zusammen war, hatte sie sich unter Kontrolle, aber nun saß sie allein da, wartete starr vor Angst und fragte sich, was die beiden aufgehalten haben konnte. Clopas war noch nie so lange weggeblieben. Um drei Uhr morgens überlegte sie sich gerade, zur Polizei zu gehen und zu fragen, ob es ein Bus- oder Zugunglück gegeben hätte, als die beiden Männer fröhlich singend hereinkamen, wie immer, wenn ihre Mannschaft gewonnen hatte. Joshua blieb nicht lange, aber als er ging, bemerkte sie, daß Clopas sich kaum auf den Beinen halten konnte. Noch befremdlicher kam ihr vor, daß Clopas sie nicht nur in Gegenwart seines Freundes zu liebkosen versuchte und das Essen, das sie ihm aufgehoben hatte, kaum anrührte, sondern daß er sich einfach auszog, die Kleider auf den Boden fallen ließ und ins Bett rollte. Dann fiel ihr sein merkwürdiger Geruch auf, der das ganze Zimmer erfüllte.

»Trinken unsere Männer Bier?« fragte sie Mukai am nächsten Tag mit ernster Stimme.

»Hast du das nicht gewußt?« sagte die andere erstaunt, »meint du, es gibt heutzutage Männer, die nicht trinken?«

Eines Nachts wachte sie davon auf, daß jemand laut an die Tür schlug. Draußen war es stockfinster, ungefähr vier Uhr morgens, wenn die Straßenlaternen verlöschen. Clopas sprang zuerst aus dem Bett, schlüpfte in seine Hose und stieß mit dem Knie gegen das Sofa, als er zur Tür stolperte.

»Wer ist da?« keuchte er und hielt die Klinke fest umklammert.

»Spekshen« schnauzte eine barsche Stimme zurück.

Er wandte sich heftig zu Shamiso um. Sie saß in ihrem Unterrock aufrecht im Bett und tastete auf dem Brett nach Streichhölzern. Sie zündete die Kerze an. Das schwache gelbe Licht flackerte im Raum. Er öffnete die Tür und drei schwarze Polizisten in grünlichen Khakiuniformen marschierten herein und ihre grellen Taschenlampen fuhren kreuz und quer durchs Zimmer.

»Guten morgen, *madzishe*«, begrüßte Clopas sie kühl.

»Spekshen!« schnauzte der eine mit der barschen Stimme wieder und durchbohrte den Raum mit seinen finsteren Blicken. »Wer wohnt hier?«

»Ich und meine Frau«, erklärte Clopas ihnen.

»Lebt ihr hier mit jemand anders zusammen, Verwandten, Freunden oder solchen Leuten?« Er leuchtete mit seiner Taschenlampe unter das Bett und in Shamisos Gesicht.

»Nein.«

»Ist das deine Frau?«

»Ja.«

»Wo ist dein *chitupa*?«

Clopas fischte seinen Ausweis heraus und hielt ihn vor die Taschenlampe des Polizisten.

»Sag deine Ausweisnummer auswendig!«

Clopas nannte sie.

»Du kommst also aus Makondo?« fragte der Polizist.

»Sind Sie auch von dort?« wagte Clopas zu fragen.

»Ja, mein Junge«, sagte der Polizist in seinem barschen Dienstton. »Hast du eine Heiratsurkunde?«

»Ich habe gerade erst geheiratet.«

»Hast du eine Heiraturkunde oder nicht, Junge?«

»Nein, aber ich bin verheiratet.«

»Das ist kein Beweis dafür, daß diese Frau keine Hure ist, die du in einer Bierhalle aufgegabelt hast«, sagte einer der beiden anderen Polizisten und leuchtete Shamiso ins Gesicht.

»Sie ist meine Frau, *madzishe*.« Clopas bemühte sich, mit ruhiger Stimme zu sprechen. »Ich habe sie gerade geheiratet. Ich habe *lobola* für sie bezahlt.«

»Wir müssen deine Heiratsurkunde sehen, mein Junge.«

»Mein *munyai* lebt in dieser Stadt.«

»Hör zu, *munin'ina*. Wir haben auch unsere *munyai*s, aber wir brauchten Heiratsurkunden, um mit unseren Frauen zusammenzuleben. Meinst du, der weiße Mann versteht etwas von *lobola* und *munyais*?«

»Du kennst die Vorschriften, mein Junge.«

»Ich verstehe, *madzishe*.«

»Wir haben die Vorschriften nicht gemacht, *munin'ina*. Wir tun nur unsere Pflicht.«

»Die Anwesenheit dieser Frau in diesem Zimmer ist illegal, Junge.«

»Lassen Sie mich erklären, *madzishe*.«

»*Aika*, mein Junge, stiehl uns nicht unsere Zeit. Du brauchst eine Heiratsurkunde, um mit ihr in dieser Stadt zu leben, und auch wenn du diese Urkunde hast, mußt du hier weg in den Bezirk für Verheiratete. Du weißt, daß dieser Bezirk nur für Junggesellen ist.«

»Ich verstehe, *madzishe*.«

»Dann tu bald etwas, wenn du keinen Ärger haben willst, mein Junge. Besorg eine Heiratsurkunde und verschwinde von hier.«

Sie marschierten aus dem Zimmer. Ihre Stiefel knirschten auf der Veranda und auf der Treppe zum nächsten Wohnbereich. Sie schlugen an andere Türen.

»*Mazibhurakuwacha!*« fluchte Clopas. »Du könntest meinen, sie seien selbst Weiße, so wie sie in die Schlafzimmer anderer Leute marschieren.«

Er griff hinüber, um auf seine Armbanduhr zu sehen. Es war Viertel nach vier. Er legte die Uhr auf das Brett am Kopfende des Bettes zurück, sah starr in das Kerzenlicht und kratzte sich die Achselhöhlen. Eine Motte flatterte um den Kerzenstummel und verbrannt sich die Flügel in der Flamme.

»Können wir ein Haus im Bezirk für Verheiratete bekommen?« fragte Shamiso und blieb immer noch gegen das Kissen gelehnt sitzen, die Decke bis ans Kinn hochgezogen.

»Das sollte schon möglich sein« meinte er und schnippte die tote Motte mit einem Finger vom Brett, »aber die Miete ist höher.«

»Werden sie mich rauswerfen, wenn sie mich noch einmal hier finden?«

»Eigentlich können sie frühestens in einem Monat wiederkommen.«

»Vielleicht sollte ich bei deiner Mutter bleiben, bis du eine andere Wohnung gefunden hast?«

»Nein«, sagte er, blies den Kerzenstummel aus und ging dann mit Hose wieder ins Bett. »Wir werden das schon lösen.«

An diesem Wochenende fuhr er mit dem Bus zur Mine, in der Shamisos Bruder arbeitete, um ihn zu bitten, am Wohnort seines Schwiegervaters sein Trauzeuge zu sein. Glücklicherweise hatte der Bruder zufällig am Montag frei und konnte Clopas in die Stadt zurückbegleiten. Joshua hatte einen Arbeitskollegen gefunden, der ihn in der Fabrik krank meldete – sein Vorgesetzter würde am Montag morgen niemandem freigeben, erklärte er. So konnten die vier – Clopas, Joshua, Shamiso und ihr Bruder – am späten Vormittag in der Bezirksverwaltung zur standesamtlichen Trauung erscheinen.

Der Bezirkskommissar war abwesend und Clopas' junger weißer Chef füllte die Formulare aus. Ob Joshua der ... der ... *munway* für die beiden gewesen wäre, fragte er, und Joshua antwortete, ja Boß, ob er mit Shamisos Bruder und Vater und der ganzen Familie zusammen gekommen wäre, ja Boß, ob Shamisos Vater der Hochzeit zugestimmt hätte, ja Boß, und was der vereinbarte *lobel* gewesen wäre, vier Stück Vieh Boß, eins lebend und ein anderes lebend Boß, und was mit den anderen Tieren gewesen wäre, ob sie geschlachtet und als Fleisch übergeben werden sollten, nein nein Boß, oder ob sie für bestimmte Zeremonien schwarz geschmückt werden mußten, nein Boß, schon gut, schon gut, vier Stück Vieh und was noch, Geld Boß, wohl bar, ja Boß, wieviel, fünfzig Pfund – achtzig Pfund, fünfundzwanzig Pfund Boß, noch etwas, Kleidung Boß, was für Kleidung, Kleider für den Vater und die Mutter Boß, einen Anzug für den Vater Boß und – schon gut, schon gut, wir können nicht so ins Detail gehen, Donnerwetter, ihr Leute seid echte Händler, wenn es darum geht, eure Töchter zu verheiraten, oder, noch etwas, ja Boß, *zvibinge* Boß, was ist das, *zvibinge* Boß, wie zum Teufel kann ich wissen, was das ist, nur eine Sitte Boß, und wieviel war das, zwei Ziegen und ein Hahn Boß, oh Schluß jetzt, es reicht, und dieser Mann ist der Bruder der *mfazi* oder, ja Boß, zeig mir erst deine *situpa*, hier Boß, dein Name ist also Tar-r-irai Ma-ha-ka, ja Boß, sag deine Ausweisnummer auswendig, 1675346 Chi Boß, in Ordnung, wir wollen das richtig notieren, und du vertrittst hier deinen Vater oder, ja Boß, hat Clopas dir dafür Bargeld gegeben, daß er deine Schwester genommen hat, nein Boß, das bekommt alles der alte Mann oder, ja Boß, du bist der leibliche Bruder dieser *mfazi*, nicht wahr, ja Boß, nicht ihr Cousin, Onkel, Neffe, Schwager, sondern der richtige Bruder oder, ja Boß, und du erlaubst Clopas, deine Schwester zu nehmen, ja Boß, du vertraust ihm wohl, ja Boß, du glaubst nicht, daß er einfach nur mit ihr ficken will oder, nein Boß, und wenn es später irgendwelchen Ärger gibt, dann kommst du nicht, um ihn am Bezirksamt auszulassen, nein Boß, in Ordnung, dann unterschreib hier, wenn du nicht schreiben kannst, machst du ein großes X, ja Boß, wo hast du schreiben gelernt, in der Schule Boß, in Ordnung, jetzt muß der *munway* hier unterschreiben, ich Boß, ja, du Strohkopf, du bist doch der *munway* oder nicht, ja Boß, kannst du schreiben, ja Boß, dann unterschreib hier, ja Boß, hast dir eine hübsche *mfazi* ausgesucht, heh, Clopas, danke Boß, hast ihr nicht gesagt, daß du hier angestellt warst oder, nein Boß, kann ich jetzt unterschreiben Boß, nein Clopas, du mußt das nicht unterschreiben, das ist keine Heiratsurkunde, Clopas, das ist nur die Genehmigung des Bezirksamtes, daß du heiraten kannst, Clopas, verstehst du, Clopas, ja Boß, um eine Heiratsurkunde zu bekommen, mußt du zu einer Kirche gehen, Clopas, und einen Geistlichen für die Hochzeit finden, nicht um den zu heiraten, sondern diese *mfazi*, Clopas, ja Boß, in Ordnung Clopas, ja Boß, nicht daß du nachher sagst ›Fehler, Boß‹, nicht wahr, Clopas, nein Boß, und wenn du in keiner Kirche bist, tritt lieber einer bei, Clopas, ja Boß, ich gebe dir das, wenn der Bezirkskommissar es unterschrieben hat, Clopas, ja Boß, paß auf deine *mfazi* auf, heh, ja Boß, das ist alles und ihr könnt jetzt alle gehen, danke Boß, vielen Dank Boß.

»Ich habe euch diesen Punkt hoffentlich klar gemacht, meine Kinder«, sagte Pater Utsvene, rückte seine Unterlagen zurecht und schob das Tintenfäßchen vor ihm in sichere Distanz. »Ich muß betonen, daß Gott es nicht leicht nimmt, wenn ihr nur wegen dieser Urkunde in sein heiliges Haus kommt. Ich sehe ein, daß ihr diese Urkunde braucht, um eine Wohnung zu bekommen, aber ich hoffe, ihr wendet euch nicht wieder von Gott ab, sobald ihr sie habt. Diese Urkunde ist nur ein Stück Papier, das euch nicht wirklich miteinander oder mit Gott selbst verbinden kann, wenn ihr euch Gott nicht ernsthaft zuwendet. Deshalb bitte ich euch dringend, euch an dieses Haus zu erinnern, in dem Gott euch nun als Mann und Frau vereinen wird, euch an dieses Haus zu erinnern und es zu achten. Gott verlangt nicht viel von euch, nur diese Achtung. Von den einhundertachtundsechzig Stunden der Woche möchte er nur zwei von euch. Ihr seid ein junges Paar und ohne eure Eltern, ohne eure Familien hat es euch in diese Stadt voller Fallstricke geworfen. Deshalb gebe ich euch den Rat, diese Kirche zu eurer Heimat zu machen und die Menschen darin zu eurer Familie, damit ihr mit ihnen eure Probleme und eure Freude teilen könnt. Macht dieses Haus zum Brunnen, aus dem ihr das Wasser der Weisheit schöpft, das euren Durst löschen wird. Habt ihr noch Fragen, bevor wir beginnen?«

Die vier sahen sich gegenseitig an und schüttelten die Köpfe.

»Gut. Kommt alle vor und stellt euch hier hin.«

Clopas und Shamiso standen vor dem Tisch, flankiert von Joshua und Mukai, ihren Trauzeugen. Pater Utsvene las eine Zeitlang aus seinem Buch vor und stellte ihnen dann die Fragen: Willst du, Clopas Tichafa, diese Frau zur Gattin nehmen usw., usw. Willst du, Shamiso Mhaka, diesen Mann zum Gatten nehmen, usw., usw.

Anschließend ließ der Priester sie sich bei der Hand nehmen und fragte nach den Ringen, und nun stellte sich heraus, daß das junge Paar diesen Aspekt übersehen hatte. Für einen Moment verursachte dies eine panikartige Stimmung, aber der Priester meinte, es mache nichts, die Ringe könnten auch später kommen, und ging zum feierlichen Unterzeichnen über. Zuerst unterschrieb Clopas, dann Shamiso, gefolgt von Joshua, und als Mukai die große Feder nahm, um zu unterschreiben, spritzte ein Tropfen Tinte eine blaue, von Strahlen umgebene Sonne mitten auf die Urkunde. Der Priester lächelte nur beruhigend, legte die vollgespritzte Urkunde beiseite und zog eine neue aus seinem Bündel. Er reinigte die Feder mit einem Taschentuch und begann mit dem Unterschreiben von vorn. Das Paar nutzte das kleine Mißgeschick zu seinen Gunsten: Clopas konnte seinen Namen mit einem schöneren Schnörkel am »S« schreiben, als es ihm beim ersten Mal gelungen war, und Shamiso plazierte ihre Buchstaben genauer auf eine Linie. Der Auftritt der Zeugen blieb ohne weitere Zwischenfälle, und dann schüttelte der Priester ihnen die Hand, lächelte und forderte sie auf, sich in dieser leeren Kirche und in seiner Gegenwart zu umarmen, und plötzlich war alles vorbei, und sie gingen hinaus auf die samstäglich geschäftigen Straßen, brachen immer wieder in Gelächter aus, gingen Reis mit Huhn essen, das Shamiso schon morgens zubereitet hatte, und tranken dazu Mineralwasser und hörten Schallplatten auf dem Plattenspieler, den Joshua mitgebracht hatte.

7

Als die drei Polizisten zwei Monate später wieder eine frühmorgendliche Razzia machten, fanden sie in Raum 8 von Block B, Bezirk 3 ein anderes Paar und nicht Herrn Clopas Wandai J. Tichafa aus dem Dorf Makondo und seine angebliche Frau. Von dem nervösen Paar – die Augen des Mannes flackerten und die Hände der Frau zitterten im Licht der Taschenlampe – erfuhren sie, daß Herr Clopas Wandai J. Tichafa und seine Frau am Montag derselben Woche in den Bezirk für Verheiratete umgezogen waren.

Am gleichen Vormittag führten die Frauen des Bezirks 3 mit dem Lärm von Hühnern, auf die ein Adler herabgestoßen war, eine Protestversammlung durch und beschwerten sich über die Demütigung solcher Überfälle in Stunden intimen Ehelebens und machten ihrem Zorn über die Prostituierten Luft, die sie in Mißkredit brachten, während die Männer Flüche murmelten über die Tyrannei ungestrichener Wände, hoher Mieten, überfüllter Toiletten, überwachter Beziehungen und der Schwierigkeit, eine Heiratsurkunde zu bekommen. Jenseits der Straße, im Bezirk der Verheirateten, stutzte Clopas die Guaven- und Bananenstauden im Hof ihres neuen Hauses, während Shamiso drinnen saubermachte.

Als die Polizisten später die aus den Häusern gewiesenen Frauen namentlich erfaßten und diese im Bezirk 3 ihre Habseligkeiten zu Bündeln verschnürten und sich nach den Fahrplänen der Überlandbusse erkundigten, überlegten Clopas und Shamiso, wann und wie sie ihr leeres Haus einrichten sollten.

Es war wie alle anderen Häuser im Bezirk der Verheirateten halb freistehend, hatte eine Küche von der Breite eines Korridors, ein kleines Wohnzimmer, ein Schlafzimmer, groß genug für ein dreiteiliges Bett, so daß gerade noch Platz war, um sich hindurchzuschlängeln, ein etwas kleineres zweites Schlafzimmer, das die Stadtverwaltung, die diese Häuser vermietete, als »Zusatzraum« auswies.

In einem in der Mitte des Häuserblocks hervorstehenden Anbau befanden sich eine separate Toilette und eine Dusche, die sie mit ihren Nachbarn gemeinsam benutzten. Er mochte die Bananen- und Guavenstauden und das Fleckchen Garten; sie mochte die separate Toilette mit ihren geweißten Wänden, die Dusche und den Wasserhahn, die sie sich nur mit einem Nachbarn teilen mußten. Beide mochten sie die geteerten Straßen und den vielen Platz, den die drei Zimmer boten. Aber die leeren, unmöblierten Räume mit ihrem Widerhall und ihrem Zementgeruch und das Regenwasser, das sich von Zeit zu Zeit in Pfützen um das Haus sammelte, deprimierten sie. Schließlich kamen in dieses Haus ihre Besucher, Verwandte von beiden, die nächte-, tage- und manchmal sogar wochenlang blieben, um in der Stadt Arbeit zu suchen oder sich im Zentralkrankenhaus behandeln zu lassen, ganze Familien auf der Durchreise, deren Kinder das ansonsten kinderlose Haus mit ihren Stimmen belebten.

Achtzehn Monate nach der Hochzeit war Shamiso noch immer nicht schwanger und die Verwandten fingen an, darüber zu reden.

Wenn sie nachmittags zwischen den Hausarbeiten etwas einnickte, wachte sie manchmal mit einem dumpfen Hämmern im Kopf und einer starken Mattigkeit in den Gliedern auf. Unter der Dusche untersuchte sie sorgfältig die Beschaffenheit ihrer Haut. Einige Male wachte sie morgens mit einem schalen Geschmack im Mund auf und blieb still liegen, um in ihren Leib hineinzuhorchen. Abends betrachtete sie den aufgehenden Mond und ihr Herz schlug erwartungsvoll. Aber immer wieder kam mit erstaunlicher Pünktlichkeit ihre Regel.

»Du solltest ihm kein heißes Wasser zum Baden geben«, sagte Mukai überflüssigerweise, denn Shamiso wußte, daß Clopas selbst im Winter morgens immer kalt duschte.

Als sie Ostern ihre Familie besuchten, gab ihre Mutter ihr ein gelbliches Pulver, das wie gemahlenes Gras aussah und das sie jeden Morgen in einer Schüssel Brei einnehmen sollte. Einen Monat lang kaute sie heimlich das bittere Zeug hinunter. Aber ihre Regel kam wieder.

Dann brachte Mukai ihr von einer Frau, die sie kannte, ein ähnlich aussehendes Pulver. Dies mußte sie, in einem Glas warmem Wasser aufgelöst, nur eine Woche lang einmal abends nehmen, bevor sie zu Bett ging. Es schmeckte nicht sehr stark, aber es hinterließ auf ihrer Zunge ein nachhaltiges Gefühl, das auch Zahnpasta nicht beseitigen konnte. Sie fürchtete, er könnte es an ihr bemerken oder er könnte eines Tages zufällig auf das zugestöpselte Gebräu stoßen, das sie in eine Ecke des Geschirrschranks geschoben hatte. Aber er stöberte nie im Schrank, wenn er nicht mußte. Dies war ihr Territorium.

Er verlor kein Wort darüber, aber sie konnte seine Sorge spüren. Wenn sie ihre Tage hatte und sie wach im Bett lagen, hatte sie das Gefühl, als läge so etwas wie ein kalter stacheliger Fisch zwischen ihnen. Ihre Periode wurde zum Anlaß der Trauer. Er war noch immer sehr nett zu ihr. Es war der unausgesprochene Makel an ihr, oder auch an ihm, der ihn mürrisch machte. Die Vorstellung, daß das Problem bei ihm liegen könnte, kam ihm kaum in den Sinn, aber wenn doch, dann verbannte er es nervös aus seinen Gedanken.

Manchmal lag er nachts ganz still und seine Augen bekamen einen Ausdruck, der sie in Panik versetzte. Sie stellte sich vor, das Pulver hätte sich in ihrem Innern zu einem zähen Klumpen zusammengeballt, der ihre Gefäße verstopfte. Sie fing an, nachts schlecht zu träumen, ohne sich morgens daran zu erinnern.

An dem Morgen, an dem sie von einem Haus voller kaputter Puppen mit fehlenden Gliedmaßen träumte, brachte sie den Mut auf, die Krankenschwester der örtlichen Klinik zu besuchen.

Die schwarze Krankenschwester lud sie mit einem mütterlichen Lächeln in ihr Büro ein und stellte ihr eine Reihe von Fragen – wie oft sie sexuell verkehrten und in welchen Positionen, wie schnell sie oder er danach aufstanden und herumliefen, ob er badete, bevor sie ins Bett gingen, und wenn ja, ob in kaltem oder in heißem Wasser, was für eine Arbeit er hatte und was er zuhause tat, ob sie Probleme mit ihrem Zyklus oder schon einmal eine Fehlgeburt gehabt hätte. Shamiso hielt die meisten Fragen eigentlich für unmöglich und nahm sogar an, die ältere Frau mache sich über sie lustig, weil sie so jung war. Aber die Schwester versicherte ihr, dies seien alles Routinefragen und es brauche ihr nicht peinlich zu sein, sie zu beantworten.

»Ich würde mir darüber vorläufig nicht so viel Sorgen machen«, sagte die Schwester, »ich kann nichts außergewöhnliches an Ihnen feststellen oder daran, was Sie und Ihr Mann tun. Ich denke, Sie mussen der Sache einfach mehr Zeit geben.«

Sie hatte eigentlich vorgehabt, ihm von ihrem Besuch zu erzählen, aber sie ließ es doch lieber, um nicht das wiederholen zu müssen, was die Schwester gesagt hatte.

Einige Tage später überraschte er sie damit, daß er mit einem abrupten Lachen fragte: »Werden wir wohl jemals Kinder in diesem Haus haben?«

Dann erzählte er ihr von einem Mann, der ihnen helfen könnte, ein Arzt, der am Ende der Township wohnte. Sie nahm an, er würde sie in eine Art Klinik bringen, aber als sie auf ein Haus mit einem Paar Büffelhörnern über dem Türrahmen zugingen, war sofort ihr Mißtrauen geweckt. Zeit für Fragen gab es nicht mehr; die Tür öffnete sich und ein untersetzter Mann in mittleren Jahren mit geschorenem Kopf bat sie herein. Der Mann trug eine schwarze Weste und eine grüne Hose mit gelben Streifen an beiden Seiten, die ähnlich aussah wie die von Eisverkäufern oder Busfahrern. Er plauderte ungezwungen mit ihnen, nachdem sie auf den Sofas Platz genommen hatten, so als hätte er sie schon eine Weile gekannt. Der Raum war überraschend gut möbliert, mit einem großen glänzenden Vitrinenschrank und einer riesigen Stereoanlage. Das einzig Ungewöhnliche war der über der Stereoanlage an der Wand befestigte Ochsenschwanz.

Nach einigen Minuten verschwand der Mann durch eine grüne Tür in den Nebenraum. Er blieb dort eine gute Viertelstunde, während der sie ihn hinter der Tür niesen, rülpsen und murmeln hörten. Als er wieder aus dem Raum herauskam, hielt er einen abgenutzten Lederbeutel in der Hand, seine Schuhe hatte er ausgezogen und sein Nacken war schwer mit schwarzen, weißen und roten Perlenschnüren behängt.

»Es wird nicht einfach werden«, sagte er und sog mit einem lauten Geräusch Schleim die Kehle herauf. Er kratzte die glänzende Kuppel seines Kopfes. »Das Problem scheint größer zu sein als ich dachte, aber es ist etwas, das sich in den Griff bekommen läßt. Es ist nicht leicht zu erklären, und man kann es so oder so betrachten – versteht ihr mich ...«

Clopas sah Shamiso an, deren Gesicht einen verdutzten Ausdruck hatte, und nickte vage zu dem Mann hin.

»Es ist nicht leicht zu erklären, aber dieses – Ding – ist kein Geist und auch keine Person oder ein Zustand, sondern nur etwas Umherschweifendes, ein Hindernis, das einen schwachen Punkt bei euch gefunden und sich dort eingenistet hat. Zwar ist dieses Ding nichts furchtbar Ernstes, aber es ist äußerst schwer faßbar, und wenn man ihm eine Chance läßt, kann es die Dinge komplizieren und noch mehr Probleme verursachen, aber ich sagte schon, es ist etwas, das man beseitigen kann. Es gibt die Chance, daß ich es beseitigen und euch zu dem verhelfen kann, was ihr sucht. Ich weiß, daß ihr jetzt das sucht, was ihr schon seit mehr als anderthalb Jahren sucht, aber bisher habt ihr euch vergeblich bemüht. Das Problem hat nichts mit einem von euch zu tun, es ist nur dieses Ding. Ich kann wirklich nichts erkennen, was an euren Körpern fehlen würde. Oft wart ihr dem, was ihr sucht, schon ganz nah. Ihr habt die Zeichen und die Symptome gesehen, die euch denken ließen, ihr hättest es schon fast in der Hand, und dann ...«. Er machte mit dem gekrümmten Finger eine Bewegung zwischen ihnen und schnalzte mit der Zunge. »...ist es weg. Als ihr drei Monate zusammen gelebt habt, seid ihr ihm so nahe gekommen, daß ihr drei Wochen lang geglaubt habt, ihr hättet es, aber dieses Ding schnappte es weg.«

Er machte eine kurze Pause, bevor er fortfuhr, nicht etwa, um in ihren Gesichtern eine Bestätigung zu suchen, sondern nur, um seine Worte tief in ihr Bewußtsein dringen zu lassen. »Es ist ein kleines, aber tückisches

Problem. Da sind noch andere Dinge, die ich über euch beide sehen kann, aber ich will euch damit nicht beunruhigen. Dein Vater ist vor einigen Jahren an Magenschmerzen gestorben«, sagte er zu Clopas, »und deine Beine sind aus unerklärlichen Gründen angeschwollen, als du ein junges Mädchen warst« zu Shamiso. »Aber ich bin keiner, der seinen Nutzen aus dem Schrecken seiner Patienten zieht. Dieses Problem ist ein Problem für sich, das nichts mit dem zu tun hat, was ich erwähnt habe, und, wie gesagt, sind wir in der Lage, damit fertig zu werden. Ich sage nicht ja, ihr bekommt ganz bestimmt das, was ihr sucht, aber ich konnte den meisten helfen, die mit ähnlichen Problemen zu mir gekommen sind. Ich sage auch nicht, daß dieses schlechte Ding ein für alle Mal beseitigt ist, wenn ihr das bekommt, was ihr wollt. Dieses Ding könnte mit den Mächten der Finsternis zusammenarbeiten und euch und euren Nachkommen Leid zufügen, aber ohne Schwierigkeiten wäre das Leben kein Leben, nicht wahr? Wie ich bereits sagte, will ich meine Patienten nicht in Schrecken versetzen, und ich heile nie das Unsichtbare. Meine Aufgabe ist es, euch das zu verschaffen, was ihr jetzt wollt, und es bleibt euch überlassen, ob ihr später wiederkommt, weil ihr weitere Hilfe braucht, oder nicht.«

Er wühlte in seinem alten Sack und holte Medizin heraus. Das Pulver, das er auf einen Streifen khakifarbenes Papier schüttete, den er dann zusammenrollte, sollte über heiße Kohlen gestreut werden, und der Rauch sollte sich in allen Zimmern verteilen, um die Luft zu reinigen. Die grünlichen Blätter, die er in Zeitungspapier einwickelte, waren für ihr Badewasser, und mit dem dickflüssigen gelben Öl in der Vaselineflasche sollte nach dem Bad ihr ganzer Körper und vor allem ihr Unterleib eingerieben werden. Von dem gräulichen Wasser, in dem eine Schicht schwarzer Blätter schwamm, sollte sie zweimal am Tag etwas trinken. Sie sollte so lange wie möglich die Stadt nicht verlassen, mindestens solange nicht, bis sie hatte, was sie suchte.

»Ihr müßt mich jetzt nicht bezahlen«, sagte er, nachdem er ihnen die Medizin ausgehändigt hatte. Er verschloß den Beutel und vergrub einen Finger in seinem Genick. »Ich nehme die Bezahlung erst an, wenn mein Patient sich davon überzeugt hat, daß er oder sie geheilt ist, und meine Patienten entscheiden selbst, wieviel sie mir bezahlen wollen.«

Damit verabschiedete er sie und beendete Clopas überschwengliche Versuche, ihm zu danken. Er stand auf, um ihnen die Tür zu öffnen, und begleitete sie bis an die Straße.

Auf dem Nachhauseweg sprach Shamiso kein Wort. Schweigsam kochte sie, aß selbst aber nichts. Nach dem Abwasch ging sie sofort ins Bett.

»Warum hast du mir nicht einmal gesagt, daß wir zu einem *n'anga* gehen?« fragte sie ärgerlich. »Ich war nie im meinem Leben jemals bei einem *n'anga*.«

»Es ist einen Versuch wert, Shami. Einige Leute halten sehr viel von ihm.«

»Wenn das der einzige Weg ist, Kinder zu bekommen, dann möchte ich lieber kinderlos sterben.«

Sie drehte sich ruckartig um und lag auf den Decken, die Hände vor dem Gesicht und das Gesicht zur Wand gedreht. Sie hörte, wie er in den Garten hinausging, eine halbe Stunde später kam er mit einer Müllschaufel brennender Zweige wieder ins Schlafzimmer. Ein beißender Geruch verbreitete sich im Raum, und bald war die Luft dick mit weißem Rauch erfüllt. Er hustete wild, während er mitten im Zimmer stand und die qualmende Schaufel hielt, aber sie blieb auf dem Bett liegen, ohne ein Geräusch von sich zu geben. Nach einer Weile ging er durch das Wohnzimmer hinaus bis in den Nebenraum. »Du solltest die Medizin versuchen, Shami«, fing er wieder an und setzte sich auf das Bett, nachdem die Rauchschwaden sich verzogen hatten.

»Versuch du sie doch!« keuchte sie wutentbrannt. »Du kennst ihn. Er ist dein Arzt, nicht meiner!«

»Möchtest du denn kein Baby?«, schrie er plötzlich außer Fassung. »Willst du nicht einmal einen Versuch damit machen?«

Durch die Finger sah sie auf der von der Kerze erleuchteten Wand, wie der Schatten seines Kopfes sich wütend hin- und herbewegte.

»Er ist dein Arzt«, stieß sie schrill aus.

»Ich habe dich nur zu ihm gebracht, weil ich gehört habe, daß er helfen könnte.« Seine Stimme bebte vor Zorn.

»Ich hätte nie gedacht, daß du an solche Leute Geld verschwendest.«

»Es ist mein Geld!«

»Du kannst mich töten, wenn du willst, aber du kannst mich nicht dazu bringen, die Medizin eines *n'anga* zu trinken.«

Er stampfte ins Wohnzimmer und knallte die Tür hinter sich zu. Sie hörte, wie er sich im Dunkeln auf das Sofa fallen ließ. Sie lag lange auf dem Bett und starrte an die Wand. Das Zimmer versank in der Dunkelheit, als die Kerze langsam erlosch. Sie lag im Dunkeln und lauschte nach seinen Bewegungen, aber das Sofa knarrte nur ein- oder zweimal, dann rührte er sich nicht mehr. Nach und nach fielen ihr die Augen zu und sie schlief ein, ohne sich zuzudecken.

Als sie aufwachte, war das Bett neben ihr unbenutzt und der Vorhang leuchtete rot im Sonnenlicht. Der Rauchgeruch lag noch in der Luft. Sie stand auf und ging in die Küche. Sein Fahrrad war nicht im Wohnzimmer, wo er es immer abstellte. Die Toilettentür stand einen Spalt offen. Sie sah im Bad nach, aber auch das war leer, und die Stimme im Radio der

Nachbarn sagte: »Die Zeit: Es ist zehn Minuten vor zehn.«

Seine Augen waren matt und seine Kleider unordentlich, als er abends nach Hause kam. Sie begrüßte ihn knapp und machte den Herd an, um Tee für ihn zu kochen. Er lächelte ihr kurz zu, schob sein Fahrrad in den Nebenraum und ging ins Schlafzimmer, um Krawatte und Schuhe auszuziehen. Die Medizin stand noch auf dem Brett am Kopfende des Bettes, wo er sie hingestellt hatte.

»Schließlich kannte er dein Problem, ohne daß du es ihm gesagt hast«, fing er wieder an.

»Woher wußte er etwas von meinen Beinen?«

»Er hatte also recht. Du hast mir nie davon erzählt.«

»Nein?«

»Und er wußte auch, wann du geglaubt hast, du wärst schwanger.«

»Du hast ihm das gesagt.«

»Das einzige Mal, daß ich mit ihm gesprochen habe, war gestern, und da war ich mit dir zusammen!«

»Woher hast du gewußt, wo er wohnt?«

»Ich habe dir gesagt, daß der Mann, der die Büros saubermacht, mir von ihm erzählt und mir seine Hausnummer gegeben hat. Ehrenwort, Shami, ich habe diesen Mann gestern zum ersten Mal getroffen.«

»Hatte dein Vater Magenschmerzen, als er starb?«

»Ja.«

»Hast du dem Mann das erzählt?«

»Du warst mit mir zusammen im Raum«, entgegnete er.

Sie spülte die Tassen und setzte einen Topf Wasser für die *sadza* auf. Er ging ins Wohnzimmer, um das Radio zu holen, drehte es an und saß dann auf einem Stuhl in der Küche, während sie kochte.

»Wirst du die Medizin nun versuchen?«

Sie beschäftigte sich nachdenklich weiter mit dem Kochen.

Erst nach dem Essen sagte sie: »Und wenn sie mir nun schadet?«

Als er am nächsten Abend nach Hause kam, war das gräuliche Wasser ein paar Zentimeter weniger geworden und er bemerkte einen sonderbaren öligen Geruch an ihr, als er sich zu ihr ins Bett legte.

»Überleg dir, was du meinen Eltern sagst, wenn ich sterbe«, sagte sie.

8

Es waren zwei, ein Mann und eine Frau, die an jenem Samstagmorgen von hinten an sie herantraten, als sie gerade die Türmatten ausschlug, und sie kamen wie Schatten vom Himmel. Der Mann trug einen olivgrünen Anzug mit einem gelben Hemd, das am Kragen durchgescheuert war, und einer flaschengrünen Krawatte. Die Frau trug ein knöchellanges Baumwollkleid und einen *doek* aus dem gleichen Material. Zuerst dachte sie, es seien Verwandte, von denen sie noch nichts gehört hatte, oder Reisende, die sich in der Tür geirrt hatten, aber sie standen entschlossen rechts und links von der Tür und lächelten, und sie sah die Bücher, die sie unter den Arm geklemmt trugen.

Clopas kam in seinem Samstags-T-Shirt und kurzen Hosen heraus, um zu sehen, wer da war, und sie ging an seiner Stelle hinüber, um ihnen die Hand zu geben.

»Wir wurden von Gott zu eurem Haus geschickt«, sagte die Frau. »Dürfen wir hereinkommen?«

Sie setzten sich auf die Küchenstühle.

»Gott hat uns zu eurem Haus geschickt, damit wir euch helfen, ihn zu finden«, sagte die Frau.

»Von welcher Kirche seid ihr?« fragte Clopas.

»Unsere Kirche hat kein Etikett«, erklärte der Mann geziert. »Wir sind nicht die Römisch-Katholische Kirche oder die Anglikanische Kirche oder die Gesellschaft Gottes oder die Lutheranische Kirche oder die Methodistische Kirche oder die Holländisch-Reformierte Kirche oder die Kirche von Schweden oder die Presbyterianische Kirche oder die Kirche Christi oder die Apostolische Glaubensmission, sondern einfach die Kirche Gottes. Wir sind die Kirche des Heiligen Geistes und beten Gott direkt an.«

»Gott hat uns eure Probleme offenbart«, sagte die Frau. »Er hat uns offenbart, daß es in dieser Township ein junges Paar gibt, das seit sehr langer Zeit ein Problem hat; ein Problem, das es in Verwirrung gestürzt und auf alle möglichen unrechten Pfade geführt hat. Er hat uns an diesem Morgen hierher geführt und unsere Schritte an eure Tür gelenkt. Er hat uns offenbart, daß ihr dieses Paar seid.«

»Er hat uns offenbart, daß dieses Problem euer Glück zu zerstören droht, und jetzt möchte Er euch das eine geben, das nur Er und kein Mensch aus Fleisch und Blut euch geben kann. Er sagt, kommt nun, und Er wird euch das geben, was ihr euch so sehr wünscht, und Glück und Frieden.«

»Sollen wir für euch beten?« fragte die Frau.

Shamiso und Clopas sahen sich an und nickten.

»Herr Jesus«, betete die Frau, »wir danken Dir, daß Du uns zu diesem Haus geführt hast und daß wir nun Deinen Kindern von Angesicht zu Angesicht gegenübersitzen können. Wir danken Dir, daß Du den Teufel von ihrer Tür verjagt und ihnen die Stärke und den Mut gegeben hast, uns hereinzulassen. Wir danken Dir, daß Du ihnen die Weisheit gegeben hast, Deine Offenbarung anzuhören. Herr Jesus, wir bitten Dich, unserem Bruder und unserer Schwester nun zu helfen, damit sie jetzt vor Dich treten und Dir ihr Herz öffnen können ...«

»Amen«, fiel der Mann ein.

»Dringe in ihr Herz ein, Herr Jesus, und wir bitten Dich nun, ihnen Frieden zu geben. Wir flehen Dich jetzt an, sie vor der drohenden Gefahr zu bewahren, Herr Jesus, ich bitte Dich, ich beschwöre Dich, Herr Jesus.«

»Amen.«

»Ich beschwöre Dich, Deine Macht zu beweisen, Herr Jesus.«

»Amen!«

»Ich flehe Dich an, Deine Macht zu beweisen und diesem Paar hier heute, jetzt, zu geben, was es sich wünscht, Herr Jesus.«

»Diesen beiden Deine große Gnade und Freundlichkeit zu erweisen, Herr Jesus. Herr Jesus, wir bitten Dich jetzt, sie Deine Kirche finden zu lassen, Herr Jesus, ihnen den Mut zu geben, Dir, Herr Jesus, ihr Herz ganz zu weihen.«

»Amen.«

»Danke, Herr Jesus. Amen.«

»Unser Sonntagsgottesdienst beginnt um acht Uhr morgens«, sagte der Mann. »Wir würden uns freuen, wenn ihr kommen könntet, um mit uns zu beten.«

»Natürlich wissen wir, daß ihr auch woanders hingehen könnt ...«

»Wir gehen manchmal in die Katholische Kirche«, erklärte Shamiso ihr.

»Es macht wirklich keinen Unterschied, zu welcher Kirche ihr geht oder welcher Kirche ihr angehört«, lächelte die Frau. »Wir möchten euch nur einladen, an diesem Sonntag mit uns zu beten.«

»Unsere Kirche ist neben der Viehmarkthalle.«

»Wir werden kommen«, sagte Clopas emphatisch. »Wir werden dort sein.«

»Lobet den Herrn«, sagten der Mann und die Frau, als sie gingen.

Als der Gemeindevorsteher am Ende seiner Predigt diejenigen aufrief, zu deren Herz Gott gesprochen und an deren Brust Er mit Seinem Schlüssel des Lebens geklopft hätte, fühlte Clopas Tichafa, wie sein Körper von einer Stärke durchdrungen wurde. Seine rechte Hand löste sich von seiner Seite, als wohnte ihr eine eigene Kraft inne, und bewegte sich zitternd langsam bis in Höhe seines Kopfes. Er hörte kaum noch die Stimme des Gemeindevorstehers: »Ja, ich sehe es.« Seine Augen hatten sich verengt, waren aber nicht völlig geschlossen. Mit verschwommenem Blick sah er eine andere Hand, die aus dem Wald von Köpfen vor ihm herausragte. Die Stimme des Gemeindevorstehers sprach wieder mit eindringlichem Widerhall, und seine Hand bewegte sich langsam, aber sicher über seinen Kopf. Mit der anderen Hand klammerte er sich an die Bank vor ihm, um das Gleichgewicht zu halten, denn sein Körper schwankte. Seine Zehen griffen durch die Schuhsohlen nach dem Boden. Die Sehnen seiner Kniekehlen strafften sich. Vorn im Mittelgang der Kirche gab es das Geräusch von Schritten und ein Kleid tauchte von den Bänken der Frauen her auf. Er öffnete die Augen. Das Gesicht des Gemeindevorstehers war in helles Sonnenlicht getaucht. Er wandte den Kopf und mit einem flüchtigen Blick bemerkte er, wie sich die Männer rechts von ihm zurücklehnten, um ihn durchzulassen. Die Stimme des Gemeindevorstehers ging in dem Brausen in seinen Ohren unter. Er stolperte aus der Bankreihe in den Mittelgang, wobei er an den zurückgelehnten Körpern vorbeistreifte, und trat durch das dunkle Spalier von Männern und Frauen in den sonnenbeschienenen vorderen Teil der Kirche, in dem mehrere Personen um den Gemeindevorsteher knieten. Seine Knie sanken zu Boden. Eine Hand berührte seinen Kopf. Er schloß die Augen ganz, um das wilde Schlagen seines Herzens zu dämpfen und seinen heftigen Atem zu beruhigen. Die Stimme des Gemeindevorstehers erklang über ihm. Wieder berührte eine Hand seinen Kopf. Und dann schwollen die Stimmen der Männer und Frauen hinter ihm zum Gesang an; sein Mund öffnete sich. Der Text des Liedes kam bruchstückhaft wie halbvergessene Verse über seine Lippen.

Eine Hand half ihm auf die Beine, so daß er neben den beiden Männern rechts von ihm zu stehen kam. Er sah das Profil der Frau, neben der er gekniet hatte und die jetzt ganz in seiner Nähe stand, und bemerkte die sonderbare Vertrautheit ihres Kleides. Verblüfft erkannte er seine eigene Frau, direkt in seiner Nähe, neben ihm. Während der Gesang anschwoll, drängte die ganze Gemeinde hinter ihnen nach vorn, und mit vielen »Amen« und »Hallelujas« schüttelten sie ihnen die Hände.

Am zweiten Sonntag, an dem sie nach den Abendgebeten nach Hause gekommen waren, in einer stürmischen Nacht, in der ein Gewitter die Straßenbeleuchtung lahmgelegt und der Gemeindevorsteher sie im Auto bis an ihre Straßenecke mitgenommen hatte, sprang sie vom Tisch auf, hielt sich die Hände vor den Mund und erbrach sich auf der Toilette zehn Minuten lang.

9

Ein aus Malawi stammender Schneider mit einem Stand im Einkaufszentrum nähte ihr die knöchellangen Kleider aus dem Material, das sie sich aus den entlang den Wänden aufgereihten Ballen ausgesucht hatte.

Die (ebenfalls knöchellangen) Umstandskleider kaufte er ihr in einem indischen Laden, in den sie vom Bürgersteig aus hinabsteigen mußten; er war wie eine warme Höhle voll vom Geruch frischer Stoffe. Der bärtige indische Händler (er war so dunkelhäutig, daß sie ihn irrtümlich für einen Schwarzen hielt) war mit einer kleinen Anzahlung einverstanden und notierte sich seine Ausweisnummer und den Namen seiner Arbeitsstelle, und dann lachte er, tippte mit dem Finger auf ihren Bauch und fragte, ob sie »zu viele Bohnen« gegessen hätte.

Er erklärte, daß sie die Kleider in zwei Wochen haben könnten.

In der Klinik wickelten die Krankenschwestern einen breiten Schlauch aus schwarzem Plastik über dem Ellbogen um ihren Arm und pumpten ein schwarzes Bällchen mit der Form eines kleine Kürbisses auf, um den Schlauch enger zu ziehen, aber es tat nicht weh. Sie gaben ihr zwei Plastikgefäße für Urin- und Stuhlproben – die jüngere Schwester klebte die Namensschildchen darauf, ohne die Nase zu rümpfen. Dann kontrollierten sie ihr Gewicht und schrieben die Antworten auf die Fragen, die sie ihr stellten, auf ihre sandfarbene Karte und empfahlen ihr, viel Fisch, Kohl und Orangen zu essen und in einem Monat wiederzukommen.

Er brachte ihr säckeweise Orangen und gefrorene Brassen von der Größe ihres Arms, und er schälte und zerkleinerte die Orangen für sie. Er las alles, was die Krankenschwestern auf die sandfarbene Karte geschrieben hatten, und dachte laut über das Geschreibsel der Schwester nach; und wenn er nach Hause kam und sie dabei ertappte, wie sie den Garten goß oder die Decken wusch, sagte er voller Angst: »Oh Shami! Das mußt du nicht machen.«

Aber es war wirklich nichts. Sie fühlte zunächst keine Veränderung, bevor sich nicht das Gewicht merklich in ihren Bauch verlagerte; vielleicht morgens einen säuerlichen Geschmack im Mund und einen plötzlichen Heißhunger auf *matemba*. Sie hatte auch ein heftiges Verlangen nach ihm (das sagte sie ihm aber nie), als müßte das empfindliche Ding in ihr immer wieder kräftig an seinen Platz zurückgestoßen werden. Es war nichts, nur ein Gefühl, das sie essen und lieben durcheinanderbringen ließ, so daß sie manchmal die Worte *matemba* und Clopas in einem Atemzug hervorbrachte.

Wenn es in der Township kein *matemba* gab, nahm er nach der Arbeit den Bus zur Township am Hügel (außer mittwochs und freitags, denn an diesen Tagen gingen sie zu den Abendgebeten in die Kirche), und wenn auch dort keins mehr zu bekommen war, dann ließ er sich ein ansehnliches Paket aus der nächsten Reservation besorgen. Er kannte einen Busfahrer, der so etwas für eine kleine Provision abholte und brachte.

In der Kirche trat er dem Chor bei, als einer der Tenöre. Alle bewunderten seine Stimme. Als Junge hatte er schon in der Schule gesungen und im Dorfchor an den Wettbewerben zur Erntezeit teilgenommen. Sie sang die Altstimme in der Frauengruppe, die sich jeden Donnerstagnachmittag traf. Abends sangen und beteten die beiden zusammen, bevor sie zu Bett gingen. Dieser Spiritualismus half ihnen über die sexuelle Enthaltsamkeit in den letzten Wochen ihrer Schwangerschaft hinweg, in denen sie sich in so ein aufgeblähtes Wesen mit pickliger Haut und einem traurigen Elefantengang verwandelte. Nur so konnte er die brütende Stimmung dieses mit sich selbst beschäftigten neuen Wesens ertragen, das er zugleich liebte, bemitleidete und fürchtete und von dem er hoffte, das es bald wieder die alte Shamiso werden würde, die er gekannt hatte.

»Ich war ein Mann, in den Klauen des Teufels gefangen«, bekannte er später häufig vor der Gemeinde, »ein Gefangener, gebunden mit den Ketten der Sünde und in den tiefen Kerker der Finsternis geworfen. Ich war ein Jonas, den der Hai verschlang und der beinahe nicht wieder ausgespuckt worden wäre, ein Saul auf dem Weg nach Damaskus, der in letzter Minute erleuchtet wurde, ein von tausend Dämonen besessener Legion. Ich wurde in der Sünde geboren, von Eltern, die an die Machenschaften der Finsternis glaubten und Sein Licht nicht kannten. Ich war ein sündiges Kind und ein sündiger junger Mann. Mein Bauch war die Flasche des Teufels und meine Lippen seine Pfeife. Ich vergeudete meine Wochenenden mit Orgien und badete meine Seele im parfümierten Schweiß von verführerischen Kreaturen der Nacht. Ja, ich sah zwar gesund aus und fühlte mich gesund, aber meine Lungen waren Schlote. Meine Leber war ein Putzlappen. Ich war ein verdorbener Mensch. Ja, ich wußte, daß es Gott gab, und ich wußte, wo seine Kirchen waren, aber der Gott, den ich kannte, war der Gott des Weihnachtsfestes und der Feiertage an Karfreitag, und nicht einmal dann kannte ich Ihn. Ich ging denen zuliebe, die mich kannten, in die Kirche und um meine Begierde mit dem Anblick von Frauenkörpern zu befriedigen. Ja, ich war ein sündiger junger Mann. Ich suchte mir sündige Freunde. Ich badete in der Sünde. Dann beschloß ich, mich zu ändern und mich zu bessern. Aber noch war es nicht Gott, der zu mir sprach. Ich war noch immer ein sündiger Mann. Ich Sünder traf die Frau, die meine Ehefrau werden sollte, und obwohl

Er mir eine gute Frau gab, heiratete ich sie in Sünde. Wir wurden in einer Kirche getraut, die Trinken, Rauchen und Trommeln duldet, von einem Priester, der nicht erst unsere Seelen erforschte, um uns vor der Gefahr zu retten. Ein Priester mit weißem Kragen, der die Trauung schnell mit uns durchzog und versuchte, Gott unsere Seelen aufzuzwingen, indem er für uns dieses Papier unterschrieb. Und als Gott dies sah, beschloß er, uns zu bestrafen. Ja, er beschloß, uns zu bestrafen, damit wir uns ihm zuwandten. Er bestrafte uns mit Kinderlosigkeit. Wir versuchten alles. Wir suchten Männer auf, die sich mit Magie befassen, an deren Häusern dir die Hauer von Warzenschweinen und die Schädel von Hyänen begegnen und Schlangen dir ins Ohr zischen. Männer, die Leoparden- und Zivetkatzenfelle tragen, um mit dem Teufel hinter verschlossenen Türen in merkwürdigen Sprachen zu verkehren, und die uns dann mit ein paar Informationen über unser Leben, die ihnen der Teufel eingegeben hat, unter raffinierten Drohungen und Lächeln um unser Glück betrügen. Wir erhielten Kräuter, Öle und Flüssigkeiten zu Trinken, deren Geruch allein selbst den abgehärtetsten Menschen überwältigen mußte, aber in unserer blinden Entschlossenheit verwendeten wir sie. Ja, wir machten das alles mit, aber Gott schützte unsere Lungen, unsere Haut und unseren Magen vor Leid, weil er mit uns eine Absicht verfolgte. Als er sah, daß wir am Rande der Zerstörung standen, schickte er uns zwei Boten dieser Gemeinde, zwei gute Menschen, denen er unser Schicksal offenbarte. Zwei gesegnete Menschen, die uns hierhier in Sein Haus brachten, wo Er an unser Herz klopfte, und wir hörten Ihn und ließen Ihn ein. Und um uns seine Macht zu beweisen, gab er uns das, was wir uns wünschten. Sofort. Ja, er schenkte uns Fruchtbarkeit.«

Nachdem die Gemeinde in lautes Rufen von »Amen«, »Halleluja« und »Lobet den Herrn« ausgebrochen war, griff wieder Stille um sich, als er mit seinem Bekenntnis fortfuhr. Frauen schnalzten mit der Zunge und einige weinten; Männer schüttelten den Kopf. Selbst der Prediger starrte ergriffen von der Kanzel. Und wenn jemand anderes aufstand, um danach sein Bekenntnis abzulegen, entstand eine Pause, ein Stimmungsumschwung. Da die folgende Stimme nicht über die Ausdruckskraft von Clopas' Bekenntnis verfügte, war sie jedesmal eine Enttäuschung.

Seine Frau, die zwischen den anderen Frauen auf der Kirchenbank saß, hörte mit gesenktem Kopf zu. Ihr Herz hämmerte angesichts der schrecklichen Erkenntnisse und sie zitterte, wenn er nun im Zelt vor der ganzen Gemeinde alles enthüllte. Dinge, die ihr bisher verheimlicht geblieben waren. Dinge, die sich ihr allenfalls angedeutet hatten. Aber dann war sie vom Mut seines Geständnisses beeindruckt; seine Leidenschaftlichkeit forderte sie heraus, ihre Bitterkeit zu verdrängen und ihre eigene Seele zu erforschen, um selbst ein Bekenntnis abzulegen.

Sie bekannte nicht halb so oft wie er, und wenn sie es tat, achtete sie darauf, nicht direkt nach ihm an die Reihe zu kommen, sondern dann, wenn die Dramatik sich etwas gelegt hatte. Ihr Bekenntnis war in der Regel kurz. Sie war in einer Familie aufgewachsen, die regelmäßig zur Kirche ging, berichtete sie (wobei sie genaue Kirchennamen diskret ausließ), aber sie hatte Gott nicht im spirituellen Sinn erfahren, bis zwei Mitglieder der Kirche in ihr Haus kamen und ihnen sagten, daß Gott ihre Seelen wollte, Lobet den Herrn. Ja, sie hatte Medizin von einem *n'anga* genommen (sie bezog sich ausdrücklich auf ihn als einem solchen) und zuvor hatte sie sogar Kräuter verwendet, die ihr Bekannte gegeben hatten (keine Namen), Kräuter, die sie vor ihrem Mann versteckt hielt, ein Geheimnis, das ihr Gewissen geplagt hatte. Sie hatte jetzt solchen Leuten ganz den Rücken gekehrt und war froh, daß Gott ihr Gebet um ein Kind erhört hatte, und sie würde Ihn bis zum Ende ihres Lebens in diesem Haus preisen, und sie bat die Gemeinde, sie in ihr Gebet einzuschließen. Amen!

10

Sie brachte in der Klinik der Township, einen Kilometer von ihrem Haus entfernt, ein Mädchen zur Welt, nach nur zwei Stunden Anstrengung. Als Mukai zu Clopas an den Arbeitsplatz kam, um es ihm zu sagen, stieß er einen Freudenschrei aus, nahm sich für den Rest des Nachmittags frei und fuhr mit dem Taxi los, um sie abzuholen. Mit dem empfindlichen weißen Bündel im Arm führte Clopas Tichafa seine Familie den Steinweg hinauf ins Haus. Mukai kochte und Joshua kam später dazu; Muchaneta, die junge Frau von nebenan, deren Mann als Soldat auf Patrouille war, saß mit ihnen im Schlafzimmer.

Abends kamen die Leute von der Kirche und setzten sich ins Wohnzimmer. Sie sangen ein Lied und der Prediger betete mitten im Zimmer im Schein der Kerze. Dann gingen die Frauen leise, eine nach der anderen ins Schlafzimmer mit ihren Geschenken: Windeln, Wollsachen, gestrickte Babyschuhe, Schals, und sie ließen sich auf der Bettkante nieder, schlangen ihre Arme um sie und schüttelten ihre matte Hand, lugten in das Kinderbettchen und berührten vorsichtig unter ständigem Geplapper das kleine Gesicht. Es wäre ein großes Baby, sagten alle, und es würde dunkel werden – sie sollte sich von dem rosa Schimmer nicht täuschen lassen, aber kein tiefes Dunkel, sondern ein weiches Dunkel, betonte Muchaneta, wie ihr Vater, und auch die Nase hätte sie vom Vater, aber die Lippen zweifellos von ihr, ebenso wie die Augen und die Stirn, nun – man könnte noch nicht so sicher sein – schließlich veränderten die Säuglinge ihre Kopfform in den ersten paar Wochen so stark, daß man meinen konnte, sie wären aus Knete, und sie würde einen schönen Haarschopf bekommen, nein, sie sollte sich wegen der scheinbaren Kahlköpfigkeit nicht beunruhigen, das würde sich schon füllen, und ihre Finger, wie lang und wohlgeformt sie waren, sie würde einmal eine hochgewachsene Frau werden, *katepi chaiko*, und wie sie die Händchen hielt, als ob sie betete, und der friedliche Ausdruck auf ihrem Gesicht, sie würde einmal eine große Sängerin wie ihr Vater, und wie war doch gleich ihr Name?

»Esther«, seufzte Shamiso überglücklich und lehnte sich in den Kissen zurück gegen das Brett am Kopfende.

»Ja, sie kommt nach ihrem Vater«, stimmten Mukai und Muchaneta zu, als die Kirchenleute gegangen waren.

Ihre Schwester und ihre Mutter kamen, um das Baby zu sehen, und eine Woche später hielt auch seine Mutter ihren Einzug. Als das Baby alt genug war, um eine Reise zu machen, fuhren sie zu seiner Mutter, um ihr das Kind offiziell zu zeigen. Aber weil er sich schuldig fühlte, daß er nach seinem glänzenden ersten Auftritt bei den Schwiegereltern keine weiteren Raten seines *roora* entrichtet hatte, mußte sie allein zu ihren Eltern gehen und ihnen das Baby zeigen.

Als sie nach einer Woche, in der ihm das Haus groß und leer erschien, endlich zurückkam, liebten sie sich leidenschaftlich, manchmal sogar, wenn Esther direkt neben ihnen auf dem Bett lag und mit ihren Händen und den rosa Bällchen ihrer kleinen Füße um sich schlug, so als wollte sie die beiden drängen (wovon ihre Mutter träumte), ihr ein Brüderchen oder ein Schwesterchen zu machen.

Sechs Monate nach Esthers Geburt war sie wieder schwanger. Diese zweite Schwangerschaft war von Anfang an schwierig. Ihr Gesicht war voller Pickel. Ihre Füße schwollen an. Ihr Magen revoltierte gegen Essen, das sie zuvor gemocht hatte. Die Krankenschwester riet ihr, weniger Salz zu verwenden und viel Obst zu essen.

»Es wird ein Junge«, versicherte Muchaneta ihr, als sie den Tarnanzug ihres Mannes zum Trocknen aufhängte. »Jungen sind immer schwieriger.«

Das Baby kam drei Wochen zu spät. Fünf Stunden lang zog sich die Anstrengung hin, dann gebar sie – an einem strahlenden Oktobermittag – einen riesigen behaarten Jungen mit munteren braunen Augen und einem lauten, unbekümmerten Geschrei. Die Schwestern versicherten ihr, er habe Haare auf dem Rücken, weil er übertragen wäre.

»Dieses Mal ist es eine genaue Mischung von euch beiden«, sagte Muchaneta, als sie wie fünfzehn Monate zuvor wieder am Kopfende des Kinderbettchens saß. »Wie soll er heißen?«

»Benjamin.«

»Ist das ein Shona-Name?«

»Er stammt aus der Bibel.«

»Genau wie Esther. Willst du bald wieder schwanger werden?«

»Ich kann die Vorstellung nicht ertragen, daß ich diese ganzen Schmerzen schon bald wieder durchmachen soll.«

»Dann solltest du lieber die Pille nehmen. Ich habe sie nach Kurais Geburt eine Zeitlang benutzt, und wenn mein Mann nicht die halbe Zeit weg wäre, würde ich sie immer noch nehmen.«

»Unsere Kirche erlaubt uns nicht, die Pille zu benutzen. Außerdem schafft die Pille eine Menge Probleme. Ich möchte mindestens zwei Jahre lang nicht schwanger werden.«

»Dann mußt du im Schlafzimmer Zwangsmaßnahmen ergreifen«, kicherte Muchaneta.

Ihr drittes und letztes Kind, Peter, ein schwächlich aussehender rosa Klecks in Neugeborenenwäsche, kam erst sechs Jahre nach Benjamin; wundersame Jahre, in denen sie keine Verhütungsmittel benutzte und viele bedeutsame Dinge geschahen; nachdem Shamisos Vater seinen *mkwasha* mehrfach aufgefordert hatte, die *roora* zu zahlen, starb er, und zwei Jahre später folgte die Mutter ihm; für den Mann ihrer Schwester begann eine lange schmerzvolle Zeit der Invalidität, nachdem seine Beine von einer Lähmung befallen wurden. (Ein neidischer jüngerer Mann hätte dies gemacht, um seinen Arbeitsplatz zu bekommen, behaupteten alle Leute in der Gegend.) Clopas Mutter lebte noch lange genug, um Peter krabbeln zu sehen, aber dann sagte sie ihnen nach kurzer Krankheit Lebewohl. Im Bezirksamt wurde Clopas junger weißer Vorgesetzter zum Bezirkskommissar befördert, nachdem der Bezirkskommissar Richard Winston Carrington Esq. (Obergefreiter im Ersten Weltkrieg) nach fünfundzwanzigjährigem bedeutsamen Dienst im Ministerium für Eingeborenenangelegenheiten sowohl der Föderation Nordrhodesien und Njassaland als auch Südrhodesiens als Pensionär nach Großbritannien zurückgekehrt war. Clopas wurde vom Teejungen zum Hauptboten befördert und erhielt für seine Amtsgeschäfte ein Fahrrad mit dem silbernen Abzeichen »Im Dienst Ihrer Majestät« am Gepäckträger. Die Freundschaft der Tichafas zu Joshua und Mukai schlief mit der Zeit ein, nachdem letztere die wiederholten Aufforderungen, sich zur Kirche des Heiligen Geistes zu bekehren, abgelehnt hatten; Clopas Wandai J. Tichafa und Shamiso (Mhaka) Tichafa bekamen eine große kirchliche Trauung mit

Brautkleid, Anzug, Blumen und einer dreistöckigen Torte. (Die Hochzeitsgesellschaft wurde von der Gemeinde ausgesucht und Tochter Esther hielt das Brautkleid – ein Jammer, daß die Eltern der Braut diese prachtvolle Hochzeit nicht mehr erlebten und daß ihre Schwester durch ihren gelähmten Ehemann angebunden war, sagten alle.) Muchanetas Mann wurde zwei Wochen nach der Hochzeit getötet, als der Armeelastwagen mit seiner Einheit gegen einen Baum fuhr; das Staatenbündnis von Rhodesien und Njassaland zerbrach; Ian Smith unterzeichnete die Einseitige Unabhängigkeitserklärung und Herr Clopas Wandai J. Tichafa wurde zum neuen Diakon der Kirche des Heiligen Geistes ernannt.

11

Für diejenigen unter uns, die das Trauma unseres Landes von den Türen der Township-Häuser aus erlebten und die wir noch hinter den schützenden Röcken unserer Mütter hervorlugten wie der kleine Benjamin, waren die sechziger Jahre ein besonderer Zeitabschnitt. Jede Generation hat ihre Sentimentalitäten, ihre Nostalgien; für uns waren die sechziger Jahre gleichzeitig ein Ende und ein Neubeginn.

Das war die Zeit, in der wir, um zu verhindern, daß Regenwasser unsere Häuser wegschwemmte, mit unseren Müttern im Dunkeln auf den Hügeln Kalk stehlen gingen, den städtische Lastwagen an Straßenbaustellen abgestellt hatten. Wir stampften den Kalk zu einem harten Pflaster, um das Wasser abzuhalten. Wir betrachteten das nie als Diebstahl; alle taten es. Wir wateten durch die überfluteten Straßen und schoben Schiffe aus bräunlichem Papier vor uns her, oder wir jagten in Staubwolken vorbeifahrende Lastwagen, wenn es trocken war. Die Häuser hatten keinen Strom, aber selbst wenn: die städtische Beleuchtung ging um elf Uhr aus und die Township wurde zu einer dunklen Masse. In den Dornbüschen fingen wir mit *urimbo* Vögel oder wir beschossen sie hinterhältig mit Katapulten und kauten händeweise *mpafa*. Wir schrien Pärchen, die wir zwischen den Dornbüschen in wilden Umarmungen aufstöberten, wüste Obszönitäten nach, und wenn unsere Stimmen heiser wurden oder wenn wir weggescheucht oder bedroht wurden, ließen wir uns an der Straßenecke nieder und zählten einander übertrumpfend die Zephyr Zodiacs, Morris Oxfords und Fords im vorbeifließenden Verkehr.

Zur 1. Klasse nahmen wir klappernde Bündel Zählhölzer mit, trugen viel zu große Uniformen und hatten verrotzte neugierige Gesichter mit großen Augen; den Lehrern brachten wir Maiskolben und Melonen mit und trugen ihnen begierig Volksmärchen und glühende Zusammenfassungen dessen vor, was wir in der Sonntagsschule gelernt hatten. Wir jagten durch den Stundenplan, schwatzten über Genus, Plural und Plusquamperfekt, krümmten uns über adverbialen Bestimmungen, furzten beim Kopfrechnen, deklamierten den »Student's Companion« von vorn bis hinten und sagten stockend Gedichte über »Bongwi den Pavian« auf, stolperten durch Diktate und sangen nach der Pause Lieder auf Christopher Columbus und David Livingstone.

Wir führten Stücke über Noah, Sem und Ham auf, schlugen uns in den Fluren, wenn unser Team verlor, spielten *pada* und *butterscotch*, kauten schmatzend im Garten Schalotten und balgten uns darum, dem Lehrer Bücher nach Hause zu tragen, und im Winter klaubten wir mit den Zehen Münzen vom Boden auf.

Dann kam der Dezember, und wir eilten mit unseren Zeugnissen nach Hause, strömten in Scharen, um die *ishwa, madumbudya* und *tsambaramafuta* zu fangen, die aus den Ameisenhügeln ausschwärmten, und wir träumten von Reis, Süßigkeiten und Luftballons zu Weihnachten. An Sylvester bewarfen wir Mülltonnen mit Steinen und brüllten »Hipp hipp hurra! Frohes Neues Jahr!«

Es waren die Jahre, als es in den Zentren der Townships noch Lautsprecher gab, die an den Radiosender angeschlossen waren, und man kein eigenes Radio besaß, es sei denn, dein Vater war Geschäftsmann oder bei der Feuerwehr oder vielleicht Lehrer. Tagsüber unterbrach eine Stimme die Musik, um ein Kind auszurufen, das sich verlaufen hatte, oder einen gestrandeten Besucher vom Land, damit ihre Leute kommen und sie auflesen konnten, oder die Stimme kündigte vielleicht ein besonderes Spiel oder einen Wettkampf an, oder sie forderte die Bevölkerung auf, in den Häusern zu bleiben, weil ein Hagelschauer im Anzug war, oder es wurden bestimmte verbotene Versammlungen angekündigt. Abends kamen die Männer aus ihren Häusern und standen zwischen den Heckenzäunen oder an den Straßenecken, um die Acht-Uhr-Nachrichten zu hören.

Ja, es war die Zeit des mobilen Bioskops, als die Nächte Mataka, Zuze und den drei Stooges gehörten und Kino noch so lebendig war, daß man das Pulver der Cowboys von der großen weißen Leinwand förmlich riechen konnte.

Tage der blinden Hoffnung und des Durchhaltevermögens; Haushalte wurden mit einer Handvoll Wechselgeld bestritten, man aß mit Bruder und Schwester von einem Teller und rangelte mit den Händen um das

Fleisch – nachts kämpfte man um die Bettdecke mit Besuchern vom Land, die kamen, um Arbeit oder einen Platz in der Schule zu suchen, während der Vater noch im Kerzenschein über den Schulgeldrechnungen brütete.

Als wir älter wurden, veränderten sich die Dinge allmählich. Die Armut hatte uns nichts ausgemacht, weil wir sie mit unserer beschränkten Sicht nicht wahrgenommen hatten; wir hatten unsere Kleider getragen, bis die bloße Haut durchschien, doch jetzt wurden wir auf Kleider aufmerksam, die uns die Seele raubten. Wir sahen Hosen mit breitem Schlag, »teuflische« Denim-Jeans, Schuhe mit Plateausohlen, verwegen bunte Hemden mit großen hohen Kragen, karierte Jacken und breite Gürtel. Die Röcke der Frauen wurden immer kürzer und die Frauen plötzlich immer größer; wir hörten von Gogo-Schuhen und »Hot Pants«. Eine seltsame Krankheit befiel die Köpfe der Frauen. Sie führte dazu, daß sie sich die Haare ausrissen und Perücken aufsetzten, die in geöltem Zustand wie das Fell ertränkter Katzen aussahen. Vom Kopf aus verbreitete sich die Krankheit über die Gesichter. Sie schrubbten ihre Gesichter mit Schwämmen und bekämpften die Krankheit mit Cremes und Lotionen. Die Cremes entfernten die Krankheit, und die Lotionen gaben ihren Gesichten einen hellen, gesunden Glanz. War die Infektion auf den Gesichtern beseitigt, so griff sie unermüdlich auf die Beine über und setzte sich dort fest: sie bekämpften sie dadurch, daß sie Socken anzogen. Dann kam die Krankheit leider zurück, in einer bösartigen neuen Form – einem ausgebrannt wirkenden, aschfarbenen Aussehen, das sich auf Dauer über ihre Gesichter legte.

Wir sammelten eifrig leere Flaschen und Knochen, um für Chunky Charlie-Comics oder den Eintritt zu den Jugendveranstaltungen in den Stadthallen Geld zu bekommen. Die Beatles kamen auch zu uns – jeder sang »Don't let me die...«. Auch Jim Reeves, Elvis Presley und Dolly Parton kamen über die Brücke, um mit unseren Harare-Mambos, Safirio Madzikatires und Spokes Machianes zu wetteifern. Später kamen noch Hendrix und Otis mit ihrem »Feeling« und viele andere sollten folgen. Mit wiegendem Gang und einer schnoddrigen Art zu sprechen ergaben sich junge Männer dem Rock and Roll und weigerten sich, ihre Haare zu kämmen. Wir hörten von dem neuen Wort »Hippies«. Ältere Männer und Frauen wurden von einer Vorliebe für lange Mäntel, spitzenbesetzte fließende Kleider und einen weichen ausgreifenden Gang gepackt. Aus dem Radio hörten wir eine Flut von neuen ausländischen Liedern. *S'manjenje* tauchte aus dem Süden als Rettung auf, aber mit *mbhakuma, shangara, m'chongoya, ngquzu* und *jerusarema* war es schon wieder vorbei, bevor wir sie kannten.

Wir nahmen auch andere Ereignisse wahr, in den Schulen und den Kirchen und in den Straßen, in den Häusern der Leute, in den Läden und auf dem Markt, in Bussen und Bahnen. Umgangsformen verschwanden wie der Wind. Die Jugend verwilderte. Horden von Jugendlichen verließen das Land, um in der Stadt nach einem zweifelhaften Glück zu suchen. Männer hielten sich vom Land fern. Gegen den Sturmlauf von Schulen und Kirchen schwand der Respekt gegenüber *bira* und *kurova* dahin, *midzimu* wurden zu Gespenstern und bösen Geistern degradiert, auf traditionelle Heiler spuckte man. Die Kirchen nutzten sie Konfusion aus und brachten aus den Townships üppige Ernte ein – jede zweite Familie gehörte einer Kirche an. Ob Geburt, Registrierung, Schule, Ehe oder Tod – in keinem Lebensabschnitt kam man um die Kirche herum.

Die Religion machte die Armut erträglicher und strahlte von den Gesichtern der Demütigen, aber die Gesichter von Lehrern, Priestern und Eltern zerfurchte eine seltsame Spannung. Ihre Stimmen nahmen eine gewisse Härte an, aber ihre Bitterkeit richtete sich gegen eine andere Krankheit der Gesellschaft als den Zerfall der Sitten und die Rebellion der Jugend.

Dies zeigte sich in den Fußballstadien. Fußball war nicht mehr nur Fußball. Mannschaften waren keine reinen Mannschaften mehr, sondern Armeen der Macht und Identität. Die Leute kämpften nach einem Spiel. Es zeigte sich aber auch auf der Straße. Männer ließen sich Bärte stehen, zogen sich weitgeschnittene Hemden aus bedrucktem Stoff und Leopardenfellhüte an und schüttelten sich brüsk die Hand. Leute wurden im Dunkeln von Stimmen angehalten. Man stellte Fragen. Häuser wurden mit Steinen beworfen, und Männer schliefen mit Schlagstöcken unter dem Bett. Bestimmte Worte erhielten einen neuen wilden Sinn. Alte Gesänge verloren ihre Unschuld und bekamen eine sarkastische Schärfe. Selbst die Metaphern alter Geschichten veränderten sich. Hase war nicht mehr Hase und Löwe nicht nur Löwe. Die Arroganz lag sogar in den Stimmen mancher Priester.

Die Männer mieden die Straßen und lauschten in der Dunkelheit ihrer Häuser heimlich den knisternden Stimmen leise gestellter Kurzwellensender. Ärger klang aus den Stimmen, lag in der Luft. Wir fühlten es, wir sahen die Reservepolizisten nachts in den Straßen patrouillieren, aber jung, wie wir waren, durchschauten wir nicht, was das zu bedeuten hatte.

Durch ihren neuen Glauben vor dieser Gefahr geschützt und von den festen Bindungen an ihre Vergangenheit gelöst, zogen die Tichafas ihre Kinder auf.

Sie hatte sich immer drei Kinder gewünscht, mindestens einen Jungen und ein Mädchen; die Reihenfolge spielte keine Rolle. Als ihr klar wurde, daß ihre Gebete Einfluß auf ihren Bauch hatten, und daß sie sich über Geburtenkontrolle keine Gedanken zu machen brauchte, blühte sie förmlich auf.

Sobald die Fontanellen widerstandsfähig genug waren, um den in der Luft umherstreifenden Geistern standzuhalten, brachte sie die Babys in die Kirche, damit sie getauft wurden. Sie hielt das in weiße Tücher gewickelte Baby hoch, während ihr Mann mit Bibeln unter dem Arm neben ihr stand. Der Prediger streckte die Hand nach unten, um den Finger in die Silberschale zu tauchen, und berührte die Stirn des Babys. Das Baby stieß einen Schrei aus, als es das Wasser spürte. Mit beruhigendem Geflüster drückte sie das weiße Bündel an ihre Brust, während der Prediger sprach.

Sobald die Kinder alt genug waren, brachte Frau Tichafa sie zur Jugendgruppe. Dort lernten sie die Riten der Kirche.

Zu Hause brachte sie ihnen das Beten bei. Sie beteten vor dem Essen, sie beteten beim Zubettgehen. Morgens, wenn sie aufwachten, beteten sie, bevor sie zur Schule gingen. Selbst wenn ihnen jemand eine Packung Kekse vom Lebensmittelladen mitbrachte, beteten sie, bevor sie diese öffneten. Ihnen war es nicht erlaubt, vor den Geschäften Tischfußball zu spielen oder Fußballspielen im Stadion zuzusehen oder zu Filmaufführungen in die Stadthalle zu gehen. Sie durften nicht tanzen. Jedesmal, wenn sie auf der Straße jemanden tanzen sahen, riefen sie »Satans Tochter!« oder »Sohn Luzifers!«. Ging auf der Straße eine parfümierte Frau mit geschminktem Gesicht und geflochtenem Haar an ihnen vorbei, zischten sie »Eva!«. Begegnete ihnen ein Jugendlicher, der Hosen mit breitem Schlag trug, pfiff und eine Zigarette rauchte, dann keuchten sie »Hölle!«. Und wenn sie auf dem Rückweg von der Schule an einer Bierhalle vorbeikamen und sie sahen dort betrunkene Pärchen zwischen den Bäumen schmusen, murmelten sie »Fegefeuer!« Sahen sie ihre Schulfreunde Comics lesen, flüsterten sie »Verdammnis!«

Sie beobachteten sich auch gegenseitig, und wenn Esther merkte, daß Peter das Radio andrehte, obwohl es kein religiöses Programm gab, dann keifte sie »Judas!«. Er dagegen stieß »Salzsäule!« aus, wenn er sie in der Schule mit einem Jungen sprechen sah. Jeder von ihnen war auf der Hut und versuchte, den anderen auszustechen.

Der Gemeindevorsteher war ein stattlicher Mann mit einer gesunden hellen Hautfarbe und einem breiten glattrasierten Gesicht. Er trug dunkle Anzüge und blankgeputzte Schuhe und fuhr einen grünen Kombi mit Vorhängen an den Fenstern. Er lebte mit seiner Familie in einem geräumigen achtzimmrigen Bauernhaus, das aus Mitteln der zehnprozentigen monatlichen Abgabe der Gemeindemitglieder renoviert worden war. Er war ein geschäftiger Mann, immer unterwegs zu Besuchen bei dem einen oder anderen Gemeindemitglied, um nach den Kranken zu sehen, die Trauernden zu trösten, den Erfolgreichen zu gratulieren oder die Verzweifelten zu bemitleiden, die Finanzgeschäfte der Kirche zu tätigen –

Rechnungen zu bezahlen, die Sonntagskollekte aus seinen zahlreichen Einzelverpflichtungen auf der Bank einzuzahlen und mit der Stadtverwaltung endlose Verhandlungen über eine geregelte Verpachtung des Kirchengrundstücks zu führen. Weil er ein geschäftiger Mann war, fuhr er sehr schnell. Weil er schnell fuhr, bemerkte er nicht immer die Mitglieder seiner Gemeinde, die am Straßenrand auf eine Mitfahrgelegenheit warteten; einmal wurde ein Kind von der Kühlerhaube seines Wagens ins Gras geschleudert. Durch Gottes Gnade blieb das Kind völlig unverletzt.

Frau Tichafa fuhr einmal in seinem Wagen zu einem Freundschaftslager mit. Sie hatte tatsächlich das Gefühl, der Wagen führe etwas schnell, aber die Kirchenlieder, die er auf dem Kassettenrecorder spielen ließ, halfen ihr über die Angst hinweg. Zusammen mit den anderen Frauen im Wagen summte sie die Melodien mit, vergaß ihre Angst und stellte erstaunt fest, daß sie das Lager eine Stunde vor dem Bus mit den Männern und den übrigen Frauen erreichten.

Die Freundschaftslager fanden an verschiedenen Orten und zu unterschiedlichen Zeiten statt, mindestens alle drei Monate. An Weihnachten und Ostern wuchsen sie sich regelmäßig zu zweiwöchigen Marathontreffen aus, und wenn sie heimkehrten, waren sie körperlich völlig erschöpft und heiser vom Singen. Alle Frauen und Mädchen, die zur Kirche gehörten, trugen knöchellange Röcke und *doeks*; die Männer trugen Anzüge und die Jungen lange Hosen und Schulblazer – die einzigen nackten Beine, die man zu sehen bekam, gehörten den ungewaschenen Jugendlichen aus der Township, die sich manchmal am Zaun des Kirchengeländes aufreihten, um denen, die da Gott huldigten, Beleidigungen zuzuschreien und ihnen nachzupfeifen.

Während der Woche predigten sie den Passanten auf der Straße oder gingen von Haus zu Haus, um den Leuten von der Macht des Heiligen Geistes zu erzählen. Manchmal hörte man ihnen zu, manchmal ignorierte man sie oder sie wurden aufgefordert zu verschwinden, aber es gab immer eine Seele, die darauf wartete, gefunden und in den Schoß der Gemeinde geführt zu werden.

Diese Straßenpredigten waren sehr dramatisch und nahmen oft apokalyptische Dimensionen an, als ob sich die Prediger in einem verzweifelten Wettstreit gutgemeinter Übertreibungen gegenseitig ausstechen wollten.

Herrn Tichafas Sündenbekenntnis nahm zum Beispiel immer mehr überhand und machte zuletzt aus seiner Vergangenheit ein Ungeheuer schreckerregenden Ausmaßes: »Bevor Er mich gefunden hat, habe ich für Geld wirklich alles getan. Ich habe gelogen, betrogen, gestohlen. Ich habe hinter Häusern in Büschen gelauert und Betrunkene und Alte ausgeraubt.

Ich habe mit Männern meinesgleichen Karten gespielt, denen es nichts ausmachte, ihr Gehalt zu verlieren, wenn sie sich Gewinn davon versprachen, und wenn ich nicht gewann, schlitzte ich meine Gegner mit Messern auf und warf sie in Gräben. Ja, ich tötete für Geld!«

Einmal zeigte der Gemeindevorsteher in der Stadthalle einen Film, den er während eines Freundschaftslagers am Meer in Südafrika aufgenommen hatte. (Das Lager hatte noch vor der Bekehrung der Tichafas stattgefunden.) Eine Menge Leute kamen, um den Film zu sehen, auch solche, die nicht zur Kirche des Heiligen Geistes gehörten. Der Gemeindevorsteher, der den Film mit seiner eigenen Filmkamera gedreht hatte, hielt die Zuschauer ständig über das Geschehen auf dem Laufenden. Zuerst zeigte der Film, wie die Gemeinde in einem Park sang, um einen jubelnden Mann versammelt, der gerade sein Augenlicht zurückerhalten hatte. Dann strömte die Gemeinde in farbenfrohen Scharen hinunter an den Strand, um Fische zu fangen, die von den Wellen angespült worden waren. Die Zuschauer sahen mit Erstaunen, wie in dem Film Männer und Frauen alle einen riesigen zappelnden Fisch in der Hand hielten.

»Diese Fische sind nur von den Wellen an Land gespült worden«, merkte eine Stimme aus dem Hintergrund an und übertönte das Sirren des Stummfilms.

»Wer hat das gesagt?« fragte der Gemeindevorsteher, hielt den Film an und machte Licht. Die Leute in den vorderen Reihen drehten sich nach hinten um.

»Der Mann war auch nicht richtig blind«, fügte eine andere Stimme hinzu, die wieder von hinten kam.

Auf einmal wurde es in der Halle ganz still, dann lief ein aufgeregtes Gemurmel durch die Reihen. Herr Tichafa, der neue Diakon, sprang auf und ging mit unsicheren Schritten nach hinten.

»Wer hat das gesagt«, wollte der Gemeindevorsteher noch einmal wissen. »Ihr gebt es besser zu, wer Ihr auch immer seid, oder wir beten zu Gott, daß er Euch einen Arm oder ein Bein dafür bricht, daß Ihr so etwas gesagt habt.«

Plötzlich durchbrach ein lautstarkes Gelächter das Gemurmel und drei Jugendliche gingen lässig auf die Tür zu.

»Ihr könntet euer Leben lang zu Krüppeln werden!« schrie ihnen der Gemeindevorsteher atemlos nach, aber der Diakon drängte die Übeltäter schon hinaus und schloß die Stahltür fest hinter ihnen zu.

Der Gemeindevorsteher drehte das Licht aus und ließ den Film weiterlaufen.

Gewisse Männer kamen in die Township gefahren und schliefen in Häusern, die von Scharen von Männern und Jugendlichen bewacht wurden, die in den Gärten übernachteten. Nachdem sie morgens auf geheimnisvolle Weise wieder verschwunden waren, fanden in den Straßen Versammlungen statt, nachts hörte man Singen und Rufe.

Eines Tages kam ein Mann zum Haus der Tichafas, um Mitgliedskarten für eine politische Partei zu verkaufen.

»Wir sind Kirchenanhänger«, erklärte Herr Tichafa dem Mann, »uns interessiert der Geist, nicht das Fleisch. Wenn es Gottes Wille ist, die Regierung auszuwechseln, dann wechselt Er sie selbst aus, wann es Ihm gefällt.«

Er hätte noch weitererzählt, welche Probleme es aufwerfen würde, zwei Herren zu dienen, und wie wichtig die Erlösung wäre, aber der Mann nahm schweigend seine Tasche und ging.

Sonntagsmorgens gingen nun Männer in der Township herum und forderten die Leute auf, sich auf dem Township-Platz zu einem Marsch auf die Stadt zu versammeln. Die Männer verlangten, daß alle kamen, auch Frauen und Kinder. Wenn sie diese Männer kommen sah, versteckte Frau Tichafa sich und ihre Kinder im Kleiderschrank und unter dem Bett. Herr Tichafa zwängte sich in einen Jutesack ein und robbte an die Wand, um wie ein Sack Süßkartoffeln auszusehen. Sie ließen die Türen weit offen, damit die Männer, wenn sie an die Türen hämmerten, gegen alle erreichbaren Gegenstände schlugen und brüllten, ob jemand zuhause wäre, wieder gingen, weil sie annahmen, die Bewohner hätten das Haus schon verlassen. Sobald die Männer weg waren, schlichen sich die Tichafas aus ihren Verstecken und hasteten, ihre Bibeln sicher unter den Kleidern verborgen, mit den Kindern auf dem Rücken und unter dem Arm durch die halbverlassenen Straßen zu ihrer Kirche, in der sie den ganzen Tag über blieben.

Der Gesang der Menge, die in die Stadt marschierte, war so machtvoll, daß er sogar in den Außenbezirken der Township zu hören war, wo sich die Kirche des Heiligen Geistes befand. Die Predigt des Gemeindevorstehers wurde vom Lärm der Menge unterbrochen, die brüllte »Macht!«, »Schurke!« und »Ein Mensch – eine Stimme!« Die »Hallelujas« und »Amen« der Gemeinde gingen unter im Heulen der Polizeisirenen, im Krach der auseinanderstiebenden Menge, wenn die Tränengasgeschosse landeten, und im dumpfen Dröhnen von Schlagstöcken, die auf Körper einschlugen. Manchmal krachten auch Schüsse, und für einen Augenblick verstummte die Gemeinde, doch danach wurden wieder Hymnen angestimmt.

Morgens holte die Polizei viele Leute aus ihren Häusern und führte sie ab; abends wimmelten die Straßen von Polizeireservisten.

12

Kinder hatten mit dem Finger auf ihn und seine Schwester gezeigt und Dinge über sie und ihre Kirche geflüstert. Als ihm die beiden Jungen, die ihn die ganze Pause über verfolgt hatten, in die Toilette nachkamen, ahnte er, daß sie ihm etwas antun wollten.

Er beugte sich über das Pissoir und leerte eilig seine Blase.

»Verräter!« zischte einer der Jungen.

»Leck die Kloschüssel aus!« sagte der andere und trat auf ihn zu.

Er stopfte seinen tropfenden kleinen Penis in die Hose zurück und drehte sich schnell zu ihnen um.

»Verräter!« zischten sie wieder und stellten sich ihm in den Weg, um ihn an der Flucht zu hindern.

Er wollte schnell zur Tür, rutschte aber in einer Pfütze aus und schlug hin, wobei er auf dem Rücken landete.

»Leck sie aus!« zischten die Jungen.

Er versuchte hochzukommen. Die beiden packten ihn an den Beinen und zerrten dann seinen Kopf zum Pissoir.

»Leck sie aus!«

Er schlug wild um sich und spuckte ihnen ins Gesicht. Schnell bildete sich eine Traube von Zuschauern in der Toilette. Er schlug wild um sich und tauchte mit dem Kopf zwischen die Beine des einen Jungen. Sie wanden seinen Kopf wieder hervor und stießen sein Gesicht gegen das Pissior. Er klemmte die Lippen zwischen die Zähne, als sein Gesicht gegen den gelb verschmierten Blechbelag gequetscht wurde und aufwärts rutschte. Ein Wasserstrahl ergoß sich über sein Gesicht. Die Jungen ließen ihn zu Boden fallen.

Gelächter breitete sich in der Toilette aus. Er sprang auf die Füße und stürmte blind auf die Tür zu. Die Jungen waren schon draußen und verschwanden über den Flur. Er betastete seine Nase und den Mund und kniff die Lippen zusammen. Ein Finger stieß ihn in den Rücken. Ein anderes Gesicht tauchte grinsend vor ihm auf.

»Verräter!«

Er schlug mit der geballten Faust in das Gesicht. Der Junge stürzte unter dem Gepfeife der Zuschauer zurück. Plötzlich war es still. Die Menge war geflohen. Nur er war noch da, er und der schluchzende Junge, der sein zerschlagenes Gesicht befühlte.

»Hört auf!« schrie hinter ihm ein Lehrer und packte ihn an der Hand. »Warum prügelt Ihr euch?«

»Ich habe ihm nichts getan«, stammelte der angeschlagene Junge und ein großer Blutstropfen kam aus seiner Nase.

»Warum hast du ihn geschlagen?« fragte der Lehrer. »Warum hast du das getan? Wie heißt du?«

»Benjamin Tichafa«, stotterte er.

Der Lehrer brachte ihn zum Büro des stellvertretenden Direktors. Dieser war ein gesetzter Mann mit kahlem Kopf, und er befragte ihn eindringlich, aber je mehr Fragen Benjamin gestellt bekam, desto mehr verschloß er sich. Er konnte nicht über die beiden Jungen in der Toilette reden, die angefangen hatten. Er schämte sich deswegen zu sehr. Folgerichtig kam der stellvertretende Direktor zu dem Schluß, daß Benjamin den anderen Jungen grundlos geschlagen hatte, und bestrafte ihn. Seine Strafe bestand darin, daß er nach dem Unterricht die Toiletten saubermachen mußte.

Kaum war er zuhause, fragte ihn seine Mutter aus, die durch Esther von der Prügelei erfahren hatte, aber er weigerte sich, etwas zu erzählen. Als Herr Tichafa von der Arbeit kam und die Geschichte hörte, fragte er ihn, warum er es getan hätte. Wieder weigerte sich Benjamin, darüber zu sprechen. Der Vater nahm seinen Gürtel ab und schlug ihn auf die Beine.

»Sie haben mich als Verräter beschimpft«, schrie er schließlich.

»Was soll das heißen, Verräter?« fragte seine Mutter.

»Es ist kein Grund, einen anderen Jungen so zu schlagen«, fauchte Herr Tichafa und zog den Gürtel wieder durch die Schlaufen seiner Hose.

Benjamin verzog sich in den Nebenraum und lehnte es ab, etwas zu essen. Er schlief auf der Matte ein und wachte erst auf, als Esther nach dem Essen hereinkam und ihm sagte, er solle zum Beten kommen. Sie kam vorsichtig herein, weil sie Angst hatte, er könnte böse auf sie sein, denn sie hatte der Mutter von der Sache erzählt, aber er kam ruhig heraus und sang, als sei nichts geschehen. Auch als sie später auf der Matte lagen, sagte er nichts. Er lag nur da, mit dem Gesicht zur Wand, bis er seine Eltern im Nebenzimmer schnarchen hörte.

Es war frühmorgens, als die Polizei kam und an ihre Tür hämmerte. Draußen war es noch dunkel, kurz nach fünf. Es hatte in der Township Unruhen gegeben. Eine Bierhalle war in Brand gesteckt worden.

Herr Tichafa fuhr in seine Kleider und öffnete die Tür. Fünf Polizisten standen vor ihm und leuchteten mit ihren Taschenlampen ins Haus. Ihr Lastwagen parkte auf der Straße. Zwei von ihnen trugen Gewehre. Sie folgten ihm ins Haus. Ihre Stiefel knarrten auf dem Fußboden.

Frau Tichafa kam aus dem Schlafzimmer und band ihren Morgenrock zu. Sie war entsetzt beim Anblick der Männer.

»Das muß ein Irrtum sein«, sagte sie.

»Wir wollen Benjamin«, erklärte einer der Männer.

»Aber was hat er getan?« stieß sein Vater schwer atmend hervor.

Alle hörten, wie sich das Fenster im Nebenzimmer öffnete. Sie hörten, wie er hinauszuspringen versuchte. Zwei Polizisten eilten ins Nebenzimmer. Die drei anderen rannten hinaus und um das Haus herum. Frau Tichafa schrie. Die Männer schossen nicht. Er steckte noch im Fenster. Sie zogen ihn herunter und legten ihm Handschellen an. Peter kletterte aus seinem Bett und starrte die Männer an. Esther stand in ihrer Schlafanzughose da und weinte. Das Haus roch nach Schlaf und feuchten Decken, dem schalen Morgengeruch.

»Aber was hat er getan?« fragte Frau Tichafa und nahm Peter in den Arm. »Sie kommen besser mit«, sagte der Polizist.

Sie stiegen alle in den Lastwagen. Benjamin saß zwischen zwei Polizisten. Seine Mutter und der Vater saßen auf der Bank gegenüber. Die Nachbarn kamen aus den Häusern, um zuzusehen. Der Lastwagen wendete und rollte die Straße hinunter. Die Stadt vor ihnen war ein Lichtermeer, aber die Lichter erschienen ihnen ohne Leben. Die Dämmerung verbreitete einen rötlichen Glanz über den Spielzeughäusern der Township. Das Polizeirevier war voller Leute. Männer in Westen und kurzen Hosen marschierten um eine Staatsflagge und exerzierten. Der Lastwagen kurvte auf die Einfahrt zu.

Sie stiegen aus. Ein stämmiger Sergeant mit einem sanften Gesichtsausdruck saß am Schalter und erwartete sie. Herr Tichafa kannte den Mann. Er wohnte in derselben Straße der Township, aber jetzt lächelte er nicht. Herr Tichafa wollte ihn grüßen, aber er versuchte es erst gar nicht.

»Ist das der Junge?« fragte der Sergeant.

»Ja, Sir«, antwortete einer der Corporale.

»Sind Sie die Eltern?«, erkundigte sich der Sergeant bei Herrn und Frau Tichafa.

Die Frage überraschte Herrn Tichafa. Er wußte, daß der Sergeant wußte, daß Benjamin ihr Sohn war. Der Sergeant hatte sich sogar einmal ihre Schubkarre ausgeliehen, als er einen Hühnerstall bauen wollte.

»Ja«, antwortete er, »aber was hat er getan?«

»Ihr Sohn war beteiligt, als die Bierhalle in Brand gesteckt wurde.«

»Das muß ein Irrtum sein.«

»Wann ist er letzte Nacht nach Hause gekommen?«

»Warum? Gegen sieben.«

»Wann hat er die Schule verlassen?«

»Wann hast du die Schule verlassen, Benjamin?«

Benjamin sah nicht hoch. Er antwortete nicht auf die Frage seiner Mutter. Er sagte nichts.

»Antworte, Benjamin!« rief sein Vater.

Benjamin sagte nichts.

»Normalerweise kommt er um drei aus der Schule«, erklärte seine Mutter.

»Wissen Sie, wo er von drei bis sieben war?«

»Er hat Dünger für den Schulgarten geholt.«

»Hat er Dünger nach Hause gebracht?«

»Ich weiß es nicht«, sagte seine Mutter. »Ich habe es nicht gesehen. Aber woher wissen Sie das alles? Was für Beweise haben Sie, daß er es war?«

»Man hat ihn gesehen.«

»Er hätte nicht versucht, durch das Fenster zu entwischen, wenn er nichts davon gewußt hätte«, sagte einer der Polizisten, die sie hereingeführt hatten.

»Er würde es nicht leugnen, wenn Sie fragten. Er war bei den ersten drei, die die Bierhalle angezündet haben. Er hat dabei mitgemacht, das Benzin auszuschütten. Die anderen Jungen haben alle gestanden.«

»Hast du es getan, Benjamin? Hast du die Bierhalle angezündet?« fragte Herr Tichafa seinen Sohn. Er sah den Polizisten und den Sergeanten an. Er sah gequält aus. Er sah beschämt aus.

Benjamin sagte nichts.

»Das ist ein ernster Fall«, erklärte der Sergeant. »Jungen wie er stecken Regierungseigentum in Brand!«

»Aber wie, *saijen*?«

»Diese Jungen werden von älteren Leuten benutzt, die auch die illegalen Demonstrationen organisieren. Die Älteren verstecken sich hinter diesen Jungen, damit der Arm des Gesetzes sie nicht erreicht.«

»Aber wir sind Kirchenleute«, weinte Frau Tichafa, »wir würden unseren Sohn nie dazu ermutigen, solche Dinge zu tun.«

»Superintendant Twinkleton wollte diese Jungen sofort ins Gefängnis stecken. Sie wissen, was Weiße von solchen Dingen halten. Ich mußte mit ihm reden ...«

»Danke, *saijen*«, sagte Frau Tichafa.

»Wenn ich gewußt hätte, daß mein Sohn so etwas tut, hätte ich ihn getötet, *saijen*«, zischte Herr Tichafa. »Oh, Benjamin! Benjamin! Wie kannst du uns diese Schande antun? Wir kennen alle diese Männer hier, und nicht ein einziges Mal haben wir mit einem von ihnen Ärger gehabt. Deine Mutter und ich waren noch nie auf einem Polizeirevier. Zu denken, daß du uns hierherbringst wie jetzt!«

»Regierungseigentum anzuzünden, oder auch anderes Eigentum, so etwas ist ein schweres Verbrechen. Das Gesetz kann solche Taten nicht unbestraft lassen.«

»Bitte vergeben Sie ihm«, weinte Frau Tichafa, »er ist noch ein Kind. Wenn er es getan hat, dann nur, weil er da hineingezogen worden ist.«

»Es steht außer Frage, daß er es getan hat«, sagte der Sergeant leicht ungeduldig. »Was das Vergeben angeht, so ist das leider nur in der Kirche möglich. Das Gesetz muß seinen Lauf nehmen. Leute wie er werden für Jahre in Besserungsanstalten geschickt.«

»Bitte schicken Sie ihn nicht in eine Besserungsanstalt«, weinte Frau Tichafa. »Er ist erst elf. Oh, was werden unsere Nachbarn sagen?«

»Wenn er es getan hat und es verdient, in eine Besserungsanstalt geschickt zu werden, dann wird er gehen«, schwor Herr Tichafa. »Ich ziehe in meinem Haushalt nicht den Teufel groß.«

»Ich habe mit Superintendant Twinkleton gesprochen. Wegen ihres Alters lassen wir die Jungen mit ernsten Verwarnungen laufen. Aber wenn Ihr Junge sich irgendwann noch einmal an so etwas oder an anderen illegalen Demonstrationen beteiligt, werden wir ihn sofort einsperren. Er ist jetzt bei uns aktenkundig.«

»Danke, *saijen*.«

»Wie gesagt«, meinte der Sergeant, »der Junge muß seine Strafe bekommen.«

Der Sergeant schloß die Handschellen auf und nahm Benjamin mit ins Nebenzimmer. Alle hörten, wie er Benjamin aufforderte, seine Hände auf den Tisch zu legen. Alle hörten, wie die Stockschläge einer nach dem anderen niederklatschten. Alle hörten, wie der Sergeant einatmete, wenn er den Stock hob, und ausatmete, wenn er ihn hinuntersausen ließ. Alle hörten, wie Benjamin nach Luft schnappte, wenn die Schläge ihn trafen.

Die Corporale blickten zur Wand. Herr Tichafa knackte mit den Fingern. Frau Tichafa stöhnte.

»Sie können ihn mitnehmen«, sagte der Sergeant, als er ihn zurückbrachte, »aber denken Sie an das, was ich gesagt habe.«

Er ging, als stünde sein Rücken in Flammen, aber er vergoß keine Träne. Er sah niemanden an. Seine Mutter nahm ihn bei der Hand und zog ihn über den geteerten Hof zum Tor. Die Männer in den kurzen Hosen und Westen marschierten immer noch um die Flagge. Ihre Shorts und Westen waren grün, und sie hatten kräftige Unterschenkel. Ihre Gesichter waren schweißgebadet.

Die Sonne kam heraus, Autos und Busse fuhren durch die Straßen, Schwarze eilten zur Arbeit, zu Fuß oder mit dem Fahrrad.

Die Menschen eilten zur Arbeit, als wäre nichts geschehen, aber Herr Tichafa hatte das Gefühl, als wüßten sie es alle. Er hatte das Gefühl, als sähen die Leute sie drei an und wüßten, daß sie auf dem Polizeirevier gewesen waren. Er hatte das Gefühl, als sähen die Leute sie an und wüßten, daß sie bis zu diesem Morgen noch nie auf einem Polizeirevier gewesen waren. Er hatte das Gefühl, als sähen die Leute ihn und seine Frau an und wüßten sofort, daß ihr Sohn ihnen Schande gemacht hatte.

Ihm war, als wäre er noch immer mit den Polizisten hinten auf dem Lastwagen. Er hörte noch immer die Stiefel der Polizisten neben sich knirschen.

Frau Tichafa hielt Benjamins Hand und schluchzte in ein Taschentuch. Innerlich betete sie. Sie hoffte noch immer, daß es sich um einen Irrtum handelte. Der Gedanke kam ihr überhaupt nicht, daß der Junge schon die gebührende Strafe auf sich genommen und daß der Sergeant seine angebliche Barmherzigkeit weidlich genutzt hatte.

Herr Tichafa ging vor ihnen. In seinen Augen stand Erregung. Als sie zu Hause ankamen, schloß er die Türen und machte seinen Gürtel ab. Benjamin kniete vor der Kanzel auf dem Boden.

Die ganze Gemeinde war hinter ihm versammelt. Der Gemeindevorsteher stand über ihm in der Kanzel.

Er konnte das Meer schwarzer Gesichter hinter sich fühlen. Wenn er die Augen etwas hob, konnte er den Gemeindevorsteher über sich in der Kanzel aufragen sehen. Der Gemeindevorsteher trug einen schwarzen Anzug mit weißem Hemd und weißer Krawatte. Er war in der Kanzel so hoch oben, daß er wie Gott aussah. Vielleicht sah Gott so aus, nicht wie auf den Bildern, auf denen er lächelte und weiß war, einen Bart hatte und einen Talar trug und Schafe über seinen Schoß sprangen.

Er kniete lange auf dem Boden. Sandkörner bohrten sich in seine Knie. Seine Glieder schmerzten.

»Der Teufel versucht durch einen unserer jungen Leute in diese Kirche einzudringen«, sagte der Gemeindevorsteher von der Kanzel herab.

Die Kanzel glänzte. Sie hatte eine goldene Farbe. Frauen polierten sie täglich. Einige Frauen polierten ihre Gesichter genauso. Sie rieben die Kanzel mit Wachs ein und polierten sie so lange, bis sie so glänzte, daß man sich darin spiegeln konnte. Eines morgens, als der Lehrer der Sonntagsschule mit der Klasse hinausgegangen war, um einen Sketch zu spielen, und niemand zusah, hatte er sein Gesicht in der Kanzel betrachtet. Sein Gesicht hatte seltsam ausgesehen, so als gehörte es jemand anderem. Er hatte sich nicht lange betrachtet, weil er fürchtete, Gott könnte ihn beobachten.

Der Gemeindevorsteher las aus der Bibel. Er las Passagen über Kinder, Sünde und Bestrafung. Benjamin kannte einige der Passagen. Er kannte viele Passagen auswendig, aber sein Lieblingsbuch waren die Psalmen. Die Psalmen ließen ihn an Schafherden und Flüsse denken. Einige der Psalmen erinnerten ihn an die Gedichte, die sie in der Schule aufsagten. Sie ließen ihn darüber nachdenken, was es hieß, demütig und gesegnet zu sein. Er war einmal auf dem Land gewesen und hatte die Schafe seiner Großmutter gehütet. Es gab dort keine Wasserstelle, und als er durstig war, hatte er aus dem Fluß getrunken. Das Wasser hatte eine milchig graue Farbe, aber die Ufer waren grün.

Er und Esther kannten viele Verse. Manchmal standen sie zusammen vor der Gemeinde, dort, wo er jetzt kniete, und sagten der Gemeinde Verse auf. Seine Mutter lächelte, wenn sie dies taten. Als er einmal viele Verse aufgesagt hatte, hatte sein Vater ihm in einem indischen Geschäft ein Paar neue Shorts gekauft. Der Inhaber meinte, die Shorts wären zu groß, aber der Vater erklärte, sie wären richtig.

Der Gemeindevorsteher sprach lange. Er erzählte der Gemeinde von dem Brandanschlag auf die Bierhalle, von der Polizei, von ihm, Benjamin. Der Gemeindevorsteher schien alles zu wissen. Vielleicht war er dort gewesen und hatte alles gesehen. Vielleicht war es ihm im Traum erschienen, als er schlief.

Benjamin hatte Angst. Er hatte das Gefühl, als hätte er die ganze Stadt in Brand gesteckt. Als hätte er sein Elternhaus angezündet. Als hätte er die Kirche angezündet. Als hätte er die Kanzel angezündet. Als hätte er einen Menschen getötet. Das Gesicht dieses Menschen war auf der Kanzel.

Benjamin hörte dem Gemeindevorsteher zu. Sein Herz war von Furcht erfüllt. Er wollte weinen. Er wollte schreien. Er wollte aus dem Zelt in den Busch laufen. Er wollte beten. Er wußte nicht, was er machen sollte.

»Öffne Ihm dein Herz, Benjamin«, sagte der Gemeindevorsteher, »öffne Ihm nur dein Herz und er wird den Teufel vertreiben.«

Der Gemeindevorsteher stieg von der Kanzel herab. Er tat es bedächtig. Benjamin sah seine schwarzen Schuhe, seine Hose, seine Hände. Der Gemeindevorsteher legte eine Hand auf Benjamins Kopf.

»Öffne dein Herz, Benjamin«, sagte er, »öffne nur dein Herz und Er wird eintreten.«

Benjamins Herz schlug wild. Seine Ohren dröhnten. Seine Augen schwammen. Seine Lippen preßten sich zusammen. Er wollte sich öffnen, aber er wußte nicht wo. Er wollte sich öffnen, aber er wußte nicht wie. Tränen strömten ihm aus den Augen.

Der Gemeindevorsteher streckte ihm beide Hände entgegen.

»Nimm Seine Hand und geh mit Ihm«, sagte er.

Der Gemeindevorsteher stimmte ein Lied an. Er hielt seine Hände noch immer ausgestreckt. Die Gemeinde fiel ein. Ihre Stimmen klangen wie Donner. Sie sangen so, wie sie es immer taten, wenn sie einen Toten zum Friedhof der Township begleiteten. Er wollte nicht sterben. Er hob die Arme. Er berührte die Hände des Gemeindevorstehers.

»Geh mit Ihm«, sagte der Gemeindevorsteher.

Seine Knie lösten sich vom Boden. Die Gemeinde sang noch lauter. Er zitterte am ganzen Körper.

13

Sechs Monate später gingen Herr und Frau Tichafa an einem kalten windigen Sonntagmorgen recht früh zum Gottesdienst und nahmen Esther mit. Benjamin und Peter blieben zu Hause. Peter hatte ein starke Erkältung und Benjamin blieb bei ihm und paßte auf ihn auf. Die dreizehnjährige Esther wäre auch geblieben, denn sie war schließlich das älteste Kind, aber es war eine besondere Woche des Bekenntnisses für die Jugend, das sie nicht versäumen durfte.

Bevor sie gingen, bereitete Frau Tichafa ein einfaches Frühstück mit Butterbroten und einer Feldflasche Tee zu. (Das Zweite Gebot untersagte Sonntagsarbeit und normales Kochen wurde als Arbeit betrachtet.) Und so verließen sie das Haus, Herr Tichafa in seinem schwarzen Sonntagsanzug mit weißem Hemd und grauer Krawatte, seine Frau und die Tochter sahen in ihren langen Kleidern fast wie Zwillinge aus. Mit ihren dreizehn Jahren war Esther schon fast so groß wie ihre Mutter.

Benjamin machte seine Sache als Vorstand des Tichafa-Haushalts gut. Mittags verteilte er den Tee aus der Feldflasche und zerschnitt das Brot in dicke Stücke, wie er es bei seiner Mutter gesehen hatte. Nach dem Essen wusch er Tassen und Teller ab. Sie saßen im Wohnzimmer und drehten das Radio an.

»Welcher Sender ist das?«, fragte Peter mit der Wißbegierde eines Sechsjährigen.

»Hör zu und halt den Mund«, sagte Benjamin und spielte mit den Knöpfen des Radios. Eine Reihe verschiedener Geräusche schwirrte durch die Luft.

»Das sind aber keine Kirchenlieder, Benjamin.«

»Sei still oder geh raus.«

»Ich sag es Mutter.«

»Wenn du das tust, dann sage ich ihr, daß ich dich erwischt habe, wie du Erdnußbutter gegessen hast.«

Benjamin fand einen Sender mit Popmusik. Er drehte das Radio laut auf und schloß sich im Nebenzimmer ein.

»Ich kann dich hören«, sagte Peter, »du tanzt.«

»Oh, halt den Mund.«

»Ich werde Mutter sagen, daß du ein Sohn des Teufels gewesen bist, als sie weg war.«

»Und was hast du davon, wenn du es ihr sagst?« fragte Benjamin, kam mit wiegenden Schritten aus dem Schlafzimmer und drehte sich unbekümmert vor dem plärrenden Radio.

»Der Teufel wird dich in der Hölle rösten, Benjamin.«

»Soll er es versuchen.«

»Was für ein Buch liest du da?«

»Das geht dich nichts an.«

»Ist das nicht das Buch, wegen dem Vater dich letzte Woche verhauen hat?«

»Es ist ein Schulbuch. Ich lerne.«

»Schulbücher haben nicht lauter schwarz-weiße Bilder«, erklärte Peter verächtlich.

»Woher weißt du das? Warst du schon mal in der Schule?«

»Ich weiß es. Ich habe gehört, wie Vater das gesagt hat.«

»Judas! Du petzt immer.«

»Was gibst du mir, wenn ich es nicht sage?«

»Ich kaufe dir Sahnebonbons.«

»Hast du Geld?«

»Da.« Benjamin ließ einen Haufen Silbermünzen aufblitzen.

»Wo hast du das Geld her, Benjamin? Hast du auf der Straße *chaputa* gespielt?«

»Willst du nun Bonbons oder nicht?«

»Klar.«

»Du versprichst, nichts zu erzählen?«

»Ich verspreche es.«

»Hier.« Benjamin warf ihm eine Münze zu.

Peter ging zur Tür.

»Wo gehst du hin?«

»In den Laden.«

»Warte, ich geh mit.«

Sie schlossen die Tür ab und gingen zum Laden, um Bonbons zu kaufen. Draußen war es bitterkalt. Als sie zurückkamen, nieste Peter fürchterlich. Riesige schwarze Wolken jagten über den Himmel. Der Wind fuhr heulend die Straße hinunter, trieb kleine Staubwirbel vor sich her und peitschte fliehende Kinder nach Hause zu ihren Mütter.

»Mir ist kalt, Benjamin.«

»Zieh noch eine Jacke an.«

»Ich erfriere.«

Die Zähne des Jungen klapperten. Ihm lief heftig die Nase. Sie war rot vom vielen Schnauben. Benjamin legte die Hand auf Peters Stirn, wie er es bei seiner Mutter gesehen hatte. Die Hitze, die auf seine Handfläche strömte, erschreckte ihn. Er konnte nicht verstehen, warum der Junge über Kälte klagte, wenn er sich doch so heiß anfühlte.

»Ich mach Feuer für dich.«

Er ging hinaus, um die große Kohlenpfanne hinter dem Hühnerstall zu holen. Er schüttete die alte Asche aus und stellte sie ins Freie, wo es Wind gab. Er legte etwas Papier auf die Pfanne, stapelte die Holzscheite darüber und besprenkelte alles mit etwas Paraffin.

»Geh weiter weg«, forderte er Peter auf und warf ein Streichholz in die Kohlenpfanne. Das Papier ging in Flammen auf, aber das Holz brannte nicht an. Die Scheite waren zu dick.

»Hol das Beil aus dem kleinen Schlafzimmer«, sagte er zu Peter.

Peter brachte das Beil. Benjamin legte die Scheite einzeln auf einen Stein neben dem Hühnerstall und spaltete sie. Peter rannte umher und sammelte die Holzstücke auf. Benjamin wurde es warm. Er holte für einen der letzten Scheite kräftig aus.

Plötzlich rutschte ihm das Beil aus der Hand. Ein ohrenbetäubender Schrei erklang. Peter lag im Staub und jammerte. Sein Bein war vom Körper weggedreht und um seine Hüfte herum war alles voller Blut ...

Mit panischen Geschrei rannte Benjamin los und klopfte bei den Nachbarn an die Tür ...

Als sie Peter auf der Krankenstation zurückließen, hatte er den Ausdruck eines Sterbenden auf dem Gesicht. Sein Bein war eine Masse blutbefleckter Bandagen. Über ihm hingen lauter Schläuche und Flaschen. Der weiße Arzt war gekommen, während sie dort waren. Der Arzt hatte lange nachdenklich die Luft durch die Zähne gezogen und dann erklärt, man könne nichts anderes tun, als zu amputieren. Er wollte wissen, was amputieren bedeutete. Der Gemeindevorsteher hatte am Bett gebetet. Herr Chikwaka hatte gebetet. Frau Pondokazi hatte gebetet. Oswells Vater hatte gebetet. Marias Tante hatte gebetet. Als dann die Glocke ertönte, hatten die Krankenschwestern sie hinausgeführt und sie waren im Wagen des Gemeindevorstehers nach Hause gefahren. Die Kirchenleute hatten bei ihnen zu Hause gesungen und gebetet. Auch einige Nachbarn waren gekommen. Die Frau des Soldaten von nebenan war auch da. Die Kirchenleute gingen wieder, und die Nachbarn gingen, und seine Mutter wehklagte im Schlafzimmer. Sie klagte so, wie Frauen es taten, wenn jemand starb. Sein Vater ging im Haus auf und ab, ohne etwas zu sagen. Draußen blies der Wind heftig. Esther saß in einer Ecke und schluchzte. Er dachte immer wieder darüber nach, was amputieren wohl bedeutete. Sein Vater rief ihn ins Schlafzimmer ...

Sein Vater rief ihn ins Schlafzimmer. Er saß auf der Ecke ihres großen Bettes. Seine Mutter lag auf dem Bett und hatte das Gesicht im Kissen vergraben. Sein Vater trug noch den Sonntagsanzug und das Sonntagshemd und die Sonntagskrawatte. Sein Vater saß still da wie eine Statue mit der Bibel neben sich auf dem Nachttisch. Er hockte sich auf den Boden, wie immer, wenn er ins Schlafzimmer gerufen wurde. Sein Vater hustete und saß eine Weile nur so da. Dann nahm er seine Bibel und las einen Abschnitt vor. Er sprach zu ihm mit der gleichen leisen, sanften Stimme, die der Gemeindevorstehers für gewöhnlich im Besprechungsraum der Kirche hatte. Der Vater forderte ihn auf, die Wahrheit zu sagen. Er las ihm einen weiteren Abschnitt aus der Bibel vor und verlangte die Wahrheit und nichts als die Wahrheit. Er erklärte, nur die Wahrheit könnte ihn befreien ...

Er berichtete dem Vater, was passiert war. Er beobachtete das Gesicht des Vaters. Er sah, wie dunkler Zorn seine Stirn umwölkte. Der Zorn fiel ihm über Augen, Nase, Mund und Kinn. Über die Kehle, den Nacken, sein Sonntagshemd, Hände, Beine, Füße hinunter. Er tropfte auf den Boden. Er sah, wie seine Mutter sich aufrichtete und wieder zu weinen anfing. Sein Vater machte den Gürtel los. »Sag die Wahrheit, Benjamin«, erklärte er, »sag die ganze Wahrheit.«

»Er hat seinem Bruder das Bein abgehauen?«
»Er?«
»Ihm«
»Mit einem Beil abgehackt.«
»Total?«
»Der Arzt mußte es absägen.«
»Ihm?«
»Muß an der Familie liegen.«

Eines Sonntags hätte er beinahe sein Herz geöffnet. Er war nahe daran, sich dem Gemeindevorsteher zu Füßen zu werfen, aber etwas im Gesicht seines singenden Vaters hielt ihn davon ab.

In dieser Nacht träumte er vom Teufel. Der Teufel war schwarz und hatte eine Heugabel, wie in den Büchern. Der Teufel verwandelte sich in eine Schlange und biß ihn. Als die Schlange ihn biß, starb er.

»Seine Mutter hat danach versucht, sich aufzuhängen.«
»Was ist passiert?«
»Sie hat die Schlinge wieder abgemacht.«
Er meinte, er hätte die Wahrheit gesagt.
»Er?«
»Ja, er. Hat auch Benzin über die Bierhalle geschüttet.«
»Er?«
»Seine Freunde haben ihn da reingezogen.«

Er kannte die Lieder, welche die Männer sangen, wenn sie in die Stadt marschierten.

Als er sieben war, sah er einmal eine Blutlache unter einer Hecke dicht an einem Haus. Das Haus stand an der Ecke ihrer Straße in der Nähe des

Schulzauns. Seine Mutter verbot ihm hinauszugehen, aber er rannte davon und sah nach. Man hatte einen Mann in Stücke gehackt, in einen Jutesack gesteckt und auf die Müllhalde am Stadtrand geworfen. In Stücke gehackt wie einen Holzklotz. Arme, Beine und Kopf. Er hätte sich verkauft, sagten die Leute. Er wußte damals nicht, was »sich verkaufen« bedeutete. Lange wußte er es nicht. Er träumte sogar davon. Er stellte sich vor, der Mann hätte etwas gestohlen und verkauft. Oder vielleicht hatte er etwas außerhalb seines Hauses oder außerhalb eines Ladens verkauft.

Er wußte es nicht.

Das Haus eines Klassenkameraden war mit Steinen beworfen worden. Die Fenster waren eingeschlagen worden. Die Tür war zertrümmert worden. Ein Stein hatte ein riesiges Loch in das Asbestdach geschlagen. Die Leute sagten, der Vater seines Klassenkameraden hätte sich auch verkauft.

»Er?«

»Total abgehackt.«

Zuerst versuchte er, nicht hinzusehen. Aber sie schliefen im gleichen Zimmer. Sie aßen gemeinsam. Sie lebten zusammen. Sie waren Brüder. Das einzige, was er tun konnte, um es nicht zu sehen, war die Augen zu schließen. Oder wegzusehen. Aber er konnte nicht ständig die Augen geschlossen halten. Er konnte nicht immer wegsehen.

Eines Abends kam seine Mutter aus der Kirche, als ihr auf der Straße eine Gruppe von Männern begegnete.

»Wessen Tochter bis du?« fragten die Männer sie. »*Uri mwana wani?*«

»Ich bin ein Kind Gottes.«

»Kind Gottes!« waren die Männer aufgebraust. »Sowas gibt es nicht! Du bist ein Kind der Erde, hörst du. *Mwana wevhu*. Jeder ist ein Kind der Erde. Hast du verstanden?«

Seine Mutter hatte ihm diese Geschichte erzählt. Sie verwirrte ihn.

Kind der Erde.

Er dachte lange darüber nach.

Er wußte nicht, was sie zu bedeuten hatte. Der Lehrer in der Sonntagsschule sagte, Adam wäre aus Lehm gemacht worden, aber das hatten die Männer nicht gemeint. Oder doch?

Kind der Erde.

Er wußte nicht, was es zu bedeuten hatte. Es klang, als hätte man Mutter und Vater, aber die Erde wäre auch Mutter und Vater. Die Männer hatten gesagt, jeder wäre ein Kind der Erde. Das bedeutete, alle hätten den gleichen Vater und die gleiche Mutter, obwohl sie doch verschiedene Mütter und Väter hatten.

Die Männer hatten gesagt, ihnen würde nichts geschehen. Die Männer hatten am Schuleingang auf sie gewartet. Alle seine Freunde waren dort.

Alle Kinder waren dort. Die Männer hatten erklärt, alle Kinder wären Kinder der Erde. Die Männer hatten gesagt, den Kinder der Erde könnte nichts geschehen. Die Männer hatten ihnen das Benzin und die Streichhölzer gegeben. Die Männer hatten sie aufgefordert, die Bierhalle niederzubrennen.

Er hatte seinem Vater das erzählt.

Sein Vater hatte gesagt, die Wahrheit würde ihn befreien.

Kind der Erde.

Er dachte darüber nach. Es war ihm nicht klar.

Eines Tages, als niemand zusah, grub er eine Handvoll Erde aus dem Garten seiner Mutter und betrachtete sie auf seiner Handfläche. Er sammelte die kleinen Steine heraus und untersuchte den feinen Boden auf seiner Hand. Er war teils schwarz, teils braun, wie farbiger Zucker. Er bewegte sich auf seiner Hand, wenn er darauf atmete. Er dachte daran, wie Gott dem Lehm seinen Atem einhauchte. Gott mußte kräftig geblasen haben. Er hatte den Lehm bestimmt erst mit Wasser vermischt. Und Adam mußte fest geschlafen haben, um nicht zu fühlen, wie ihm eine Rippe weggenommen wurde. Er berührte die Erde mit der Zunge. Sie schmeckte überhaupt nicht nach Zucker. Sie hatte einen trockenen, sandigen Geschmack. Hatte Erde überall auf der Welt die gleiche Farbe? Schmeckte Erde überall gleich?

Er dachte darüber nach. Es war ihm nicht klar.

Zu Hause herrschte Stille. Niemand sprach. Manchmal hörte er nur eine Krücke auf den Boden pochen. Als Esther ins Internat ging, wurde es noch stiller.

Das Beil war ihm aus der Hand gerutscht. Er hatte seinem Vater das erzählt. Sein Vater hatte gesagt, die Wahrheit würde ihn befreien.

Kind der Erde.

Er dachte darüber nach.

Es klang wie etwas aus der Bibel.

Aber er wußte, wenn es das gewesen wäre, dann hätten die Männer auf der Straße es seiner Mutter nicht zugebrüllt. Er wußte, daß der Gemeindevorsteher es nicht mögen konnte, weil der Gemeindevorsteher nichts mit Männern zu tun hatte, die auf der Straße herumliefen.

Konnten die Leute, die singend zur Stadt marschierten, Kinder der Erde sein? Was war mit Polizisten und Soldaten? Was mit Sergeanten und Superintendenten? Was mit Dieben, Räubern, Mördern und Frauenschändern? Was mit Lehrern, Priestern, Säufern und Kirchgängern? Was mit Gemeindevorstehern, Ministerpräsidenten und Chiefs? Was mit den Weißen? Was mit Krüppeln, Bettlern, Ärzten und Geschäftsleuten? Was mit Verrückten und Selbstmördern?

Er dachte darüber nach. Es war ihm nicht klar.

14

Als er vierzehn war, zog er seinen sargähnlichen Koffer den Betonweg zum Schlafsaal hinauf – ein schlanker Junge mit einem sauberen Gesicht und aufgeschlagenen Knien, der schwitzte und in seine Sonntagshose furzte. Der Schlafsaal roch nach Kernseife, frisch gewaschenen Laken und Bohnerwachs, und in der ersten Zeit des Überflusses kamen noch die Wohlgerüche von zu Hause gebratenen Hühnern, gesalzenen Erdnüssen, von Erdnußbutter, Keksen und anderen Köstlichkeiten hinzu, die von aufgeregt herumfuhrwerkenden Müttern tief unten in den Koffern verstaut worden waren und die gelegentlich für nächtliche Freßorgien hervorgeholt wurden.

Die Jungen der zweiten Klasse fielen über seinen Koffer her, so wie sie mit der systematischen Ernsthaftigkeit von Steuereintreibern über die Koffer aller Neuankömmlinge herfielen, und das war das letzte, das er sah von seinem Trockenfleisch, der Schachtel mit einer Auswahl verschiedener Kekse, dem Sechserpack Rindfleischdosen und dem Marmorkuchen, den seine Mutter noch nachts im Holzofen gebacken hatte.

Die Plünderer wurden von einem bulligen Jungen mit dem Spitznamen Chemhere angeführt, einem aufgeschossenen drahtigen Kerl, schon einsachtzig groß, obwohl er erst sechzehn war, schwarz wie ein dreibeiniger Topf, der regelmäßig heftige Erektionen hatte, was ihn aber kein bißchen daran hinderte, in der Badehose durch den ganzen Schlafsaal zu stolzieren. Chemhere hatte eine Art Nervenleiden, denn seine Hände zitterten ständig. Trotz dieses Handikaps konnte er am besten von allen Brot schneiden, wie abgezirkelt; jedesmal wenn es unter den Schülern Streit darüber gab, wie das Brot und die Margarine, die sie zusammen gekauft hatten, aufgeteilt werden sollten, wurde er geholt, um zu vermitteln.

Der Plünderung der Koffer von Erstklässlern folgten andere demütigende Rituale. Zu Benjamins Überraschung kam in der zweiten Nacht eine Gruppe von Jungen auf sein Bett zu, angeführt von Chemhere. Sie lachten und sangen, zogen ihm die Bettdecke weg und rissen ihm die Unterwäsche herunter. Eine Salve von Gekreische und Gejohle brach los, als sie sein unbehaartes Schambein entdeckten und jemand seinen kleinen Penis enthüllte. Die Jungen spotteten über die Risse in seinen Füßen, machten sich über den Dialekt lustig, den er sprach, und wollten wissen, warum er aus einer Kleinstadt an eine Schule kam, an der fast nur Jungen aus der Hauptstadt waren.

Als schlimmste Tortur sollte er bellen und einen Knochen anknurren, während die Jungen riefen »Neuling, Neuling!« Einige der neuen Jungen im Schlafsaal hatten dies bereits über sich ergehen lassen müssen, und Benjamin graute es vor dem Tag, an dem es ihm passieren würde.

Schon recht bald brachte Chemhere einen Knochen aus dem Speisesaal mit und warf ihn auf sein Bett.

»Ich will, daß du bellst und ihn anknurrst, Neuling!«

Benjamin lehnte sich aufrecht an die Wand.

»Ich sagte, du sollst bellen und knurren, Neuling!« schrie Chemhere und stieß krampfhaft mit dem Finger ins Bett.

Eine Schar von Jungen versammelte sich um das Bett und gröhlte. Benjamin versuchte, die Tür zu erreichen, aber Chemhere packte ihn und warf ihn an die Wand zurück.

»Bell, Neuling!«, schrie er und die Sehnen an seinem Hals traten hervor. Er riß ein nasses Handtuch von der Leine und schlug Benjamin damit. Das Tuch traf ihn an der Brust.

»Du sollst bellen!«

Chemhere schlug ihn noch einmal auf die Arme. Das Tuch knallte wie eine Peitsche, als es auf seine nackten Arme, die Beine und das Gesicht aufschlug.

»Bell jetzt, verdammt noch mal!« Chemhere zielte heftig auf Benjamins Gesicht.

Die Schaulustigen um sie herum hörten plötzlich auf zu grölen, ihre Stimmen stockten vor Angst. Mbombo, einer der größeren Jungen, der bisher teilnahmslos auf seinem Spind gesessen hatte, sprang auf Chemhere zu und packte von hinten seinen Arm. »Nein, Chemhere. Es reicht!«

»Was bildet sich dieser kleine Stinker ein, wer er ist?« stotterte Chemhere und versuchte, sich aus dem kräftigen Griff zu befreien. Einen Moment lang sah es aus, als wollte Chemhere mit Mbombo kämpfen.

»Hau schon ab, verdammt!« zischte Mbombo Benjamin zu.

»Packt ihn!« schrie Chemhere den anderen Jungen zu, aber Benjamin hatte schon einen Satz über das Bett gemacht und war zur Tür gelaufen, und keiner der Jungen versuchte, ihn aufzuhalten. Er schlich sich erst in den Schlafsaal zurück, als das Licht schon aus war.

»Warum hast du nicht einfach gebellt und geknurrt und es damit hinter dich gebracht?« flüsterte Mbomo, der, als Benjamin hereinkam, noch wach in seinem Bett in der Nähe der Tür lag, mit der spöttischen Sympathie des Retters in der Not. Zu Benjamins Überraschung ließ ihn Chemhere von nun an in Ruhe; er starrte ihn nur an und stieß harmlose Drohungen aus wie »Ich krieg dich noch, du Arschloch!«

Abgesehen von dem gefürchteten Chemhere gab es noch andere Jungen, die so seltsam waren, wie Benjamin es nie für möglich gehalten hätte – Tawanda, der kurzbeinige Kerl, der immer zotige Reden führte und ständig nach Hause schrieb, um seine Eltern auf dem Land aufzufordern, sie sollten ihm mehr Geld für »Photosynthese« schicken. Tawanda machte den Eindruck, als hätte er ein ganzes Wörterbuch voll Obszönitäten verschlungen, und lieferte sich oft heftige Wortgefechte mit den anderen. Er schlief in einem Bett in der Ecke des Schlafsaals und sein Lieblingsthema, das er immer anschnitt, wenn das Licht ausging, war die Masturbation.

Kainos, der Torjäger der Fußballmannschaft, flog von der Schule, weil er nachts im Schlafsaal der Mädchen erwischt wurde, als er seine Freundin besuchen wollte. Kainos mit den Grübchen, den knorrigen Fingern und der pickligen Nase war mit fünfzehn hoffnungslos verliebt. Er scharte immer ein aufmerksames Publikum um sich, wenn er sich mit seiner blühenden Phantasie auf einem langen Stück Teppich herumrollte und vormachte, wie er sich mit seiner Freundin geliebt hätte.

Da war noch Samuel, der still war wie eine Maus und dem man die Mandeln herausgenommen hatte, ein Latein-Genie, das den anderen immer bei der Deklination half und seine große Intelligenz an eine tote Sprache und faule Klassenkameraden verschwendete. Obwohl er in die zweite Klasse ging und es körperlich mit jedem anderen seines Alters aufnehmen konnte, war er so ängstlich, daß er schon bei der leistesten Drohung der jüngsten Mitbewohner floh. Selbst Benjamin empfand Mitleid für Samuel.

Mbombo war ein kräftiger Bursche, der wie ein junger Elefant durch den Schlafsaal stürmte, aber jede Nacht laut im Bett betete. Mbombo, sein Retter. Mbombo war Epileptiker und ermahnte die Leute immer, die Türen hinter sich zuzumachen. In Vollmondnächten schrie er gellend und warf seine Bettdecke zu Boden, und er erhielt ständig merkwürdige traurige Telegramme von zu Hause. Mbombo sagte man eine Affäre mit der alten Frau nach, die Schuhcreme und Büchsen gesalzener Erdnüsse gegen die Wochenration blauer Seife mit den Schülern tauschte. Mbombo, der zornige, der eine Nachtlang den Schlafsaal wachhielt, als er sich mit Chemhere um diese unbewiesene Behauptung prügelte. Mbombo, Vizepräsident des Bibelvereins, der verzweifelt mit der Religion gegen seine Heimsuchungen ankämpfte.

Chorosi.

Chorosi mit den grünen Fingern und den gelben Zähnen.

Chorosi, der stolzerfüllt eine Vaselineflasche mit dem Sperma von drei Monaten herumzeigte ...

Masturbation – man sprach davon, stellte es sich vor, tat es – war die Hauptbeschäftigung im Schlafssal und nahm wahrscheinlich genauso viel Zeit in Anspruch wie der offizielle Stundenplan insgesamt. Wenn das

Licht ausging, lag Benjamin oft da und roch den Schlafsaaldunst von Jungenkörpern, Schlaf und gelegentlich Urin, lauschte auf das unvermeidliche Quietschen von Bettfedern, das gleichmäßige leise Atmen und Seufzen, und schließlich das Geräusch, wenn sich jemand umdrehte. Lange Zeit hatte er nicht gewußt, was es bedeutete, zu masturbieren.

Er wußte es so lange nicht, bis ihm eines Tages jemand Bilder in einer Illustrierten zeigte, ganzseitige Fotos voller klaffendem roten Fleisch und den Haaren nackter weißer Männer und Frauen, die kopulierten. Er zitterte, weil er nicht fassen konnte, was er gesehen hatte, und rannte schmerzhaft versteift vom Schock darüber in den Waschraum.

An diesem Tag hatte er begriffen.

Sex war etwas, über das nie jemand mit ihm gesprochen hatte, ein unaussprechlicher Akt, der bestenfalls den dafür vorgesehenen Schlafzimmern verheirateter Leute vorbehalten war, schlechtestenfalls mit den betrunkenen Paaren von der Bierhalle in Verbindung gebracht wurde, über die er und seine Schwester als Kinder gespottet hatten. Sex existierte nur in diesen beiden extremen Formen; dazwischen konnte es nichts geben.

Es erschütterte ihn zunächst schwer, wie sehr die Mitbewohner seines Schlafsaals davon besessen waren und daß er zu diesen Bildern verführt worden war. Jedesmal, wenn er sich daran erinnerte, wie die Jungen ihn überfallen, ihm das Bettzeug weggezogen und über seine Knabenhaftigkeit gelacht hatten, pochte sein Herz heftig und eine unbekannte Angst vor dem Älterwerden erfaßte ihn plötzlich.

Er hätte sich niemals träumen lassen, daß sich die Kinder von Kirchenleuten, schließlich waren sie auf einer Missionsschule, so benehmen würden, wie seine Zimmergenossen es taten, die fluchten, logen, rauchten, tranken und sich mit Schwindeleien durch ihr schäbiges kleines Leben schlugen. Er war mit der Vorstellung auf die Missionsschule gekommen, seine Vergangenheit wäre für jedermann sichtbar, er hatte befürchtet, daß das wohlgehütete Geheimnis seiner Kindheit sich eines Tages aus der Umklammerung lösen und mit einem gewaltigen Sprung ans Licht kommen könnte, so daß jeder wußte, wer er war und was er getan hatte. Seine größte Furcht bestand darin, daß er sich eines Nachts selbst verraten und im Schlaf sprechen könnte.

Aber seine Anonymität überraschte ihn. Es gab so viele Leute, die noch viel sündhafter waren als er selbst. Allein im Vergleich zu den Leuten in seinem Schlafsaal war er ein Heiliger. Niemand schien ihn zu beachten. Vielen erschien er als furchtsamer, schüchterner Junge. Seine Lehrer nahmen offensichtlich nicht an, daß mit ihm etwas nicht stimmte. Er bekam akzeptable Noten für seine Arbeiten. Er lief für seine Schule bei Leichtathletik-Wettkämpfen. Jedes Wochenende wusch er seine Wäsche, kämmte sich und hielt seinen Schlafplatz sauber. Er schwänzte nie den 90-Minuten Gottesdienst, der im Vergleich zu dem ganztägigen Marathon zu Hause erträglich war. Die Rituale der Missionskirche waren eine einfachere Version derjenigen, mit denen er aufgewachsen war. Er war selbst überrascht, daß ihm Holz- und Metallarbeiten Spaß machten, und er wurde zum Klassenbesten in diesen Fächern. Man zitierte ihn nie ins Büro von Pater Casey.

Er glaubte mit der Zeit, daß das Internat letztlich doch keine solche Heimsuchung war, und freute sich über die zeitweise Anonymität, die es ihm gewährte. Obwohl er sich von den Fesseln seines Elternhauses und seiner Kindheit befreit fühlte, spürte er in seinem Innern seltsamerweise eine Ergebenheit gegenüber seiner religiösen Erziehung und das Bedürfnis, in den Bibelkreis einzutreten. Aber zu seiner Überraschung stellte er fest, wie frivol die Mitglieder waren, wie sie die Versammlungen zur Partnervermittlung umfunktionierten und die Gelegenheit benutzten, zu anderen Schulen und an andere Orte zu reisen.

Am Ende des Schuljahrs brachte er ein gutes Zeugnis nach Hause, und seine Eltern waren angenehm überrascht.

Dann kam die Zweite Klasse.

Die Zweite Klasse und ihr Schmerz, ihre Wichtigtuerei, ihre Rache.

Ihre Merkmale in der Schamgegend, ihr Stimmbruch, ihre Angeberei.

Die Zweite Klasse und ihr Geheimnis, ihr Terror, ihr Pathos.

Er überfiel Neulinge und plünderte ihre Koffer, kritzelte während der Versammlungen in Liederbücher hinein, schmierte mit Kreide Drohungen gegen verhaßte Lehrer, zündete Abfalleimer an, ritzte seinen Namen in Tische, rauchte auf der Toilette, schwänzte abendliche Studienzeiten, um auf der benachbarten Farm Mais zu stehlen, ließ den Wein aus dem Kelch verschwinden, den der Priester während der Messe den in einer Reihe knienden Gläubigen hinhielt, lachte Tränen über arme Mädchen, deren reifende Körper sich auf Schulstühlen offenbarten, die von den Jungen zuvor naßgemacht worden waren, kämpfte mit fest geballten Fäusten gegen seine Widersacher, machte gelegentlich launenhaft auf den Fingern kauenden Mädchen Angebote, und masturbierte leidenschaftlich, wenn sie ausgeschlagen wurden.

Und er zog Schubkarren, hob Gräben aus und füllte sie, schrubbte Toiletten, trug vier kurze Hosen auf einmal, wenn es Prügel gab, und trug sein gerötetes Hinterteil mit dem Stolz eines Märtyrers, schrieb in Schreibschrift tausendmal Gelöbnisse wie »Ich werde nie wieder aus dem Fenster springen« und handelte sich scharfe Kommentare auf den Zeugnissen ein, die ihn um sein Taschengeld brachten.

»Ich kann mich an das Schulsystem nicht gewöhnen«, klagte er bei seinen Eltern, wenn er unter dem Schmerz des Gürtels über seine vernichtenden Zeugnisse Rechenschaft ablegen sollte. Er entwickelte eine finstere Methode, seinen Vater mit dessen eigenen Waffen zu schlagen: »Niemand in der Mission nimmt das Beten ernst, nicht einmal die Patres. Niemand spricht überhaupt mit Gott. Sie betonen viel zu sehr das Bekenntnis und nicht die Gemeinschaft. Es gibt kaum Kontrolle über die Jungen und Mädchen. Sie lassen uns während der Messe sogar Wein trinken. Es gibt Discos und Filmvorführungen. Es gibt zu viele Versuchungen. Wenn unsere Kirche vielleicht eine Missionsschule hätte ...«

»Du weißt, daß unsere Kirche keine Schulen hat«, polterte sein Vater dann zurück und war entsetzt über den Sarkasmus, den sein Sohn in zwei kurzen Jahren angenommen hatte. »Wir haben dich dort hingeschickt, damit du eine Erziehung bekommst. Kümmere dich nie darum, welches System sie haben!«

»Aber ich bin dort ganz allein. Es gibt niemanden von unserer Kirche, mit dem ich beten kann.«

»Du kannst allein beten!«

Mit der Erfahrung dieses Sarkasmus machte er andere wichtige Entdeckungen. Seine Augen öffneten sich für den immer größeren Horizont, den ihm die Mission und ihre Bewohner boten. Das nicht festgeschriebene Wissen, das er in den Fluren, den Schlafsälen, den Büros, in der Kapelle, in den Speisesälen und Sportanlagen, durch die Klosprüche, die Kritzeleien am Rand der Schulbücher sammelte, zwischen Unterrichtsstunden, Studienzeiten und dem Schlaf, bei den Scherzen von Gleichaltrigen, den Vorträgen der Lehrer und den Predigten der Priester – das alles nahm ihm die Schuldgefühle, die ihn in der Vergangenheit so schwer belastet hatten. Sein Kopf füllte sich mit Fragen über ihn selbst und seine Umwelt.

In seinem Bewußtsein fanden ständige Dialoge statt zwischen einer älteren, autoritären Stimme und seiner eigenen defensiven, eigensinnigen:

Macht es dir Spaß, Ärger zu verursachen? Ich weiß es nicht.

Was ist, wenn du aus der Schule fliegst? Ich fliege nicht.

Warum nicht? Ich bin nicht ungezogener als alle anderen an dieser Missionsschule.

Benimmst du dich aus diesem Grund so schlecht? Ich weiß es nicht.

Ist dir klar, daß du aus einer armen Familie stammst? Ja.

Weißt du, daß ein Drittel der jährlichen Einkünfte deines Vaters für dein Schulgeld draufgeht? Ja.

Und daß deine Mutter Guaven und Bananen verkauft, um Geld für die Lebensmittel zu verdienen? Ja.

Willst du eine Bildung erhalten und einen guten Job bekommen? Ja.

Du haßt deine Eltern, oder nicht? Nein.

Hast du die Warnungen des Sergeanten vergessen, als du die Bierhalle angezündet hast? Nein.

Warum konzentrierst du dich dann nicht einfach auf deine Schularbeiten? Ich weiß nicht.

Du hältst dich für clever, oder nicht? Nein.

Bist du widerspenstig, weil du verbittert bist? Nein.

Weißt du, in welchem Land du lebst? In Rhodesien.

Und du weißt, was mit widerspenstigen jungen Schwarzen passiert, die aus der Schule fliegen? Ja.

Möchtest du die Hälfte deines Lebens im Gefängnis verbringen, ja? Nein.

Du hältst dich nicht etwa für einen Helden, oder? Nein.

Oder glaubst, der Teufel läßt dich die Sachen machen, die du machst? Ich glaube nicht, was der Gemeindevorsteher oder meine Eltern denken.

Glaubst du an die Kirche des Heiligen Geistes? Niemand ist vollkommen.

Warum sagst du das? Der Gemeindevorsteher hat Kirchengelder gestohlen.

Woher weißt du das? Jeder weiß es, aber niemand spricht darüber.

Woher weißt du es? Mein Vater hat ein Verhältnis mit der Nachbarin.

Woher weißt du das? Ich habe sie nachts auf der Straße zusammen gehen sehen.

Wieso bist du dir so sicher? Ich weiß es eben.

Weiß deine Mutter davon? Ich glaube nicht.

Glaubst du an Gott? Ich bin mir nicht mehr sicher.

Wie kannst du so etwas sagen, ein Junge, der in einer christlichen Familie aufgewachsen ist? Ich weiß es nicht.

Hast du denn keine Angst vor dem Fegefeuer? Ich weiß es nicht.

Warum bist du so widerspenstig? Ich bin nicht widerspenstig.

Du hältst dich nicht für einen Helden, oder? Nein

Bist du verbittert? Nein.

Ein halbes Jahr bevor er seine schriftlichen Prüfungen zum *O-Level* ablegen mußte, berichteten die Zeitungen, daß die rhodesische Regierung erwog, die Wehrpflicht auf schwarze Schulabgänger (bis dahin nur weiße) auszuweiten, um die zunehmenden Sabotageakte auf dem Land besser bekämpfen zu können.

Es gab einen Aufruhr auf dem Land. Schwarze Universitätsstudenten demonstrierten in der Hauptstadt. Viele Schulen folgten dem Beispiel. Heere von Jugendlichen in Schuluniformen marschierten nachts über Feldwege und dunkle Pfade und strömten in die Städte mit Plakaten, auf denen unter anderem zu lesen war:

DER SCHWARZE IST ZU HUNGRIG, UM EIN GEWEHR ZU HALTEN. GEBT UNS ERST EINE STIMME.

Wir haben nichts zu verteidigen.

Die Polizei ging gegen die Schüler mit Tränengas, Schlagstöcken, Peitschen und Hunden vor. Einige Schüler flohen zurück in die Schulen, einige wurden auf Lastwagen verfrachtet und ins Gefängnis geworfen und nach ein oder zwei Tagen wieder freigelassen; andere wurden formal angeklagt und erst freigelassen, nachdem ihre Eltern eine Kaution hinterlegt oder die Direktoren ihrer Schule über die Freilassung verhandelt hatten. Für viele endete die Sache im Krankenhaus mit gebrochenen Beinen oder Hundebissen. Hunderte wurden von den Schulen relegiert und mit Briefen nach Hause geschickt, in denen Eltern zur üblichen Denunziation von Rädelsführern erpreßt wurden.

Benjamin Tichafa marschierte in der zweiten Reihe und hielt eine Seite des Plakats hoch, auf das er und ein Zimmergenosse in blutroten Buchstaben geschrieben hatten: Die Jungen im Busch sind unsere Brüder. Als die Polizei ihnen abends kurz vor dem Ende ihres fast 25 Meilen langen Marsches in die kleine Stadt den Weg abschnitt, gehörte er zu den ersten, die auf den Lastwagen verfrachtet wurden. Im Verhörraum war er unter denjenigen, die man bereits erkennungsdienstlich behandelt hatte, als Pater Casey mit seinem VW Käfer in das Polizeilager gerattert kam, um mit dem Superintendenten zu sprechen. Die beiden Männer verhandelten zäh im Büro des Superintendenten, während ein schwarzer Sergeant unbeeindruckt den Papierkram erledigte. Nach drei Stunden kam der Superintendent heraus (ein stämmiger Mann mittleren Alters mit blonden Haaren), um ihnen ihr Schicksal zu verkünden.

Sie sollten alle eine formale Anklage wegen Teilnahme an einer illegalen Demonstration erhalten und im nächsten Monat vor Gericht erscheinen. Nachdem ihre Personalien aufgenommen worden waren, überließ er sie ihrem Direktor, der entscheiden würde, was in der Zwischenzeit mit ihnen geschehen sollte. Pater Casey stelzte (in seinen langen Gewändern) über die Straße zum öffentlichen Telefon, um zwei Missionslastwagen anzufordern. (Der Superintendent verweigerte ihm entschieden seine Erlaubnis, das Diensttelefon für Missionszwecke zu benutzen.) Als die Lastwagen mittags ankamen, hatte Pater Casey, der tiefsinnig wie Buddha war, die Idee, die Gruppe schnell durchzählen zu lassen, und es stellte sich heraus, daß drei der Jungen, die sich zuvor in das Café auf der anderen Straßenseite aufgemacht hatten, nicht zurückgekehrt waren.

TEIL III

15

Die ganze Nacht über ratterte der Zug durch Orte, an denen er nie zuvor gewesen war.

Er rauchte, aß ein belegtes Brot, das ein fliegender Händler ihm verkauft hatte, stützte den Kopf in die Hände und döste manchmal vor sich hin. Der Schaffner kam jede Stunde durch den Zug, klopfte mit seinem Fahrkartenknipser an die Eisenrohre, riß Leute, die sich im Halbschlaf befanden, die Decken vom Kopf und streckte seine unersättliche rosa Hand nach Fahrkarten aus. Ihm folgten Scharen von fliegenden Händlern, die ihre Waren lautstark anpriesen.

Er fröstelte in seinem Baumwollhemd, und er hielt in der kohlpechschwarzen Welt hinter dem Fenster danach Ausschau, ob sich die Morgendämmerung ankündigte. Manchmal erfaßten seine Augen einen trüben Schein, die verschwommenen Umrisse von Farmgebäuden, in denen Arbeitskräfte lagen und warteten, der matte Schimmer eines Sterns, der auf eine Ebene fiel. Dann endlich begann der Osten sich rot zu färben, wurde langsam orange und gelb. Er konnte mit der Zeit die wilde Landschaft ausmachen, die riesigen Hügel, die in altersgrauer Düsterkeit vorbeirauschten, und plötzlich Maisfelder, die sich wie khakifarbene Tücher über die Täler ausbreiteten.

Die Kälte atmete ihn durch die eisigen Fensterscheiben an. Er betete um Sonne. Noch als die Sonne sich strahlend aus dem orangefarbenen Meer ergoß, verwünschte er die Nacht.

Während der Zug sich in die Bergstation schlängelte, den letzten Halt, wünschte er mit einem Mal, er führe den ganzen Tag weiter, über Hügel und über die Grenze, von der er nicht wußte, wie er sie passieren sollte, bis in das jenseits liegende furchteinflößende Bergland. Er stieg mit der Menge aus und umklammerte fest seine Zigaretten und die Streichhölzer. Er ließ die Minuten verstreichen und klammerte sich doch noch verzweifelt an jede Sekunde. Er beneidete die Leute, die etwas zu tun hatten und wußten, wohin sie gehen sollten.

Er geriet vor der Gepäckaufbewahrung in eine Kompanie schwarzer und weißer Soldaten. Sie waren gerade aus den Erste-Klasse-Abteilen ausgestiegen und warteten wahrscheinlich auf ihre Lastwagen. Ihre Uniformen waren frisch gewaschen, ihre Köpfe kurzgeschoren und ihre Schuhe glänzten. Er eilte vorbei an ihnen, vorbei an der Gepäckaufbewahrung, durch den engen Ausgang auf die Straße. Er betrat ein Restaurant und setzte sich ans Fenster. Er hatte das Gefühl, als säße er noch immer im Zug, obwohl Musik spielte und unablässig Autos an dem sonnengebadeten Fenster vorbeiströmten. Er fühlte sich steif, weil er zu lange im Zug gesessen hatte. Er kaufte sich eine Tasse Kaffee und zwei Fleischpasteten. Nach dem Kaffee ging es ihm besser. Er genoß jeden Tropfen. Dann rauchte er und las die Zeitungen, die auf den Tischen auslagen. Wie gewöhnlich waren auf den Titelseiten militärische Verlautbarungen und Bilder.

Nach dem Essen ging er hinaus auf die Straße. Es überraschte ihn, wie sehr die Stadt seiner Heimatstadt ähnelte, als ob beide nach ein und demselben Modell gestaltet worden wären. Beide Städte waren auf den Bahnhof ausgerichtet, von dem aus sich Läden und Büros fächerartig verteilten.

Aber diese Stadt war größer, die Straßen waren breiter und steiler, und natürlich gab es die Hügel. Das Geschäftsviertel hatte man wie ein riesiges Nest aus Beton auf einen Hügel gesetzt. Unter sich konnte er Township-Häuser schimmern sehen, die wie tausende von Pappschachteln über das Tal verteilt waren, und an den Hängen, weitab von den Wolken aus Industrieabgasen, vornehme weiße Vororte.

Er ging durch die Straßen und sah sich die Schaufenster an.

Er hatte so viel Zeit und so wenig zu tun, trotzdem schwitzte er wie ein Schüler, der auf eine Prüfung wartete.

Er bat eine Frau, die er auf der Straße traf, ihm den Weg zum Busbahnhof für Überlandbusse zu zeigen. Der Busbahnhof war größer als der in seiner Heimatstadt und weniger belebt. Drei halbvolle Busse warteten.

»Richtung Osten?« fragte ihn ein Schaffner von hinten.

Es war erst zehn Uhr morgens. Benjamin nickte.

»Wie weit?« fragte der Schaffner und schlug seinen Fahrkartenblock auf.

»Bis zur Endhaltestelle«, sagte Benjamin.

»Welche?« fragte der Schaffner, »Kamuti oder Zinyemba?«

»Welche ist weiter weg?«

»Nun, es ist ein Ort, aber in Zinyemba wendet der Bus.«

»Dann bis Zinyemba«, sagte Benjamin und tröstete sich mit dem Umstand, daß es mit einem »Z« anfing, als könnte dieser letzte Buchstabe des Alphabets ihn über die Grenze seiner eigenen Angst hinwegbringen.

»Hast du Gepäck?« fragte der Schaffner, gab ihm seine Fahrkarte und suchte in seinem Lederbeutel nach Wechselgeld.

»Nein.«

»Bist du schon einmal dort gewesen?«

»Nein.«

»Ich frag nur so, Kumpel. Es gab dort Zwischenfälle, und es sind

Soldaten unterwegs. Aber du hast deine Papiere bei dir?«

»Ja.«

»Der Bus dort ist es. Wir fahren in einer Viertelstunde ab.«

Als alle eingestiegen waren, schlug der Schaffner gegen eine Seitenwand des Busses, dann tastete sich der Bus aus der Parkbucht in Richtung Straße.

Der Bus jagte den Hügel hinab, tuckerte durch die Townships, schnurrte an den Vororten vorbei und fuhr dann hinaus zu den grünen Ausläufern der Berge, in den Wind, durch atemberaubende Felder mit Mais, Kartoffeln und Sonnenblumen, und preschte um enge Kurven zwischen Granitwänden hindurch, die bis zum Himmel aufragten.

Die Fahrgäste bestaunten das fruchtbare Farmland und die nicht endenwollenden Strecken Stacheldraht, die es einfaßten. Sie sahen hinaus auf Scharen von Schwarzen, die sich auf den grünen Feldern abplagten, ab und zu stolzierte ein Farmer mit Sonnenhut zwischen ihnen umher. Sie betrachteten im Vorbeifahren die khakifarbenen Hütten aus Stroh und *dagga* und die Kinder, die winkten und hinter ihnen herliefen.

Der Bus verlangsamte seine Fahrt, als ein Landrover heranfuhr. Am Steuer saß ein bulliger weißer Farmer, der von zwei bewaffneten schwarzen Soldaten flankiert wurde.

Da, wo das Farmland aufhörte, endete auch die geteerte Straße. Sie ratterten über Schotter weiter. Auch das Grün hörte auf und wich wilden Felsen und Gruppen von Büschen, ab und zu Dickicht und rieselnden Bächen. Ziegen weideten auf dem uneingezäunten kargen Brachland, auf dem Strohhütten zeitlos herumstanden und Frauen mit kräftigen Schritten die Wege entlanggingen, auf dem Rücken das Gewicht ihrer Babys, den Nacken von Wassereimern oder Holzbündeln niedergedrückt.

Die Fahrgäste wurden still, als das kommunale Land anfing, als käme eine Trauerprozession an. Nur der Bus klapperte weiter in diese erschütternde Welt, die zu schrumpfen schien, je näher sie kamen.

Der Bus klapperte und die Fenster klapperten und die Zähne der Fahrgäste klapperten. Selbst die Stimme des Schaffners klapperte, als er sein staubgepudertes Gesicht senkte, um mit einem Fahrgast zu sprechen. Staub bedeckte die Köpfe der vor sich hindösenden Männer, Frauen und Kinder, die durch den Staub in Minuten um Jahre alterten.

Der Bus schaltete plötzlich in einen niedrigen Gang und verlangsamte sein Tempo. Vorn tauchte eine Straßensperre auf. Vier schwarze Soldaten mit Gewehren standen auf der Straße.

»Alle Männer nehmen ihre *situpas* heraus und die Hände hoch!« bellte ein untersetzter schwarzer Soldat. Auf der Ladefläche eines am Straßenrand geparkten Lastwagens saßen drei weiße Soldaten ohne Hemd, tranken Dosenbier und beobachteten die Szene.

Ein panikartiger Schauer lief durch die Reihe. Hände fuhren in Taschen, als wären sie Verurteilte, die mit der Suche nach ihrem Ausweis ihr Leben retten könnten. Der Schaffner begann, Taschen und Koffer vom Dach des Busses zu werfen. Einige Soldaten kontrollierten die *situpas*, andere durchsuchten die Fahrgäste und das Gepäck. Lebensmittel, Dekken und Kleider wurden in den Staub geworfen.

»Ihr bringt den Terroristen wohl zu essen, heh?«

»Was machst du mit dem ganzen Fleisch und dem Zucker? Soll wohl ein Festschmaus für eure Terroristen sein, heh?«

»Warum hast du diese vielen neuen Kleider dabei? Für wen hast du sie gekauft?«

»Wozu brauchst du dieses Messer?«

»Stell diese Tasche ab, *mfana*! Hast du da Bomben drin?«

»Was ist denn das, *ambuya*? Warum ist das in Stoff eingewickelt? Iß es auf!«

Mitten in der Schlange stand Benjamin und blätterte seinen Ausweis durch. Er fühlte etwas Nasses in seinen Schuh tropfen. Hinter ihm stand der Missetäter – ein alter Mann, der verzweifelt seine nasse Hose festhielt.

»Siehst du zum ersten Mal Soldaten, *mudhara*?«, ranzte ihn der stämmige Soldat an.

»Ja – nein.«

»Machst du ins Bett, wenn du schläfst?«

»Nein.«

»Schläfst du noch mit deiner Frau?«

»Ja – nein.«

»Warum hast du so einen langen Namen? Glaubst du, wir haben Zeit, lange Namen zu lesen. Wer hat dir so einen Namen gegeben, *mudhara*?«

»Meine Mutter.«

»Deine Mutter ist ein Arsch, hörst du. Sag mir das nach.«

»Sie ist tot, *mwanangu*.«

»Was! Denkst du, das interessiert mich? Sag es!«

»Meine Mutter war ein Arsch.«

»Gut, *mudhara*. Tu, was ich dir sage, wenn dir dein Leben lieb ist. Kannst du noch ficken? Schläfst du noch mit deiner Frau?«

»Ja.«

»Weißt du, was ein Terrorist ist?«

»Ich habe noch nie einen gesehen.«

»*Aika, mudhara*? Wer sind die jungen Männer, die in deinem Dorf waren und euch zum Singen aufgefordert haben?«

»Ich habe sie nicht gesehen.«

»Sie haben euch jede Nacht singen lassen, während sie eure Töchter gefickt haben.«

»Ich kenne sie nicht.«

»Und sie haben an der Straße Süßkartoffeln angebaut?«

»Ich habe nie etwas von ihnen gehört.«

»Erzähl nicht so einen Scheiß, *mudhara*. Du kennst diese jungen Männer. Sie bilden sich ein, die könnten die Weißen verjagen und dieses Land regieren.«

»Ich habe nie etwas von ihnen gehört.«

»Du hältst dich von ihnen fern, hört du. Und bleib von deiner Frau weg. Du bist dafür zu alt. Zurück in den Bus!«

Die Reihe bewegte sich wieder. Der Soldat nahm Benjamins Ausweis und studierte ihn eine Zeitlang. Er sah ihn von oben bis unten an.

»Ja, Genosse.«

Benjamin sah zur Seite.

»Ich sagte hallo, Genosse. Kannst du nicht sprechen?«

»Doch.«

»Dann gib mir eine Antwort. Ich sagte hallo.«

»Hallo.«

»Du bist also ein Terrorist oder?«

»Nein.«

»Ich sagte hallo, Genosse, und du hast geantwortet.«

»Ich habe nur gegrüßt.«

»Wieviele Süßkartoffeln hast du angebaut?«

»Keine.«

»Oder bist du ein *mujhibha*, der für die Terroristen Lebensmittel und Waffen transportiert?«

»Nein.«

»Wohin willst du denn?«

»Nach Zinyemba.«

»In die Nähe der Grenze, heh? Was hast du da zu schaffen?«

»Ich will einen Onkel besuchen, der da wohnt.«

»Oh, einen Onkel!«

»Ich muß Schulgeld bei ihm abholen.«

»Oh, wir sind also Schüler, nicht wahr? Und holen Schulgeld von einem Onkel, der an der Grenze wohnt. Wie heißt dein Onkel?«

»Gilbert Manzou.«

»Warum schickt Onkel Elefant das Geld nicht mit der Post?«

»Es gibt kein Postamt in seiner Nähe.«

»Gilbert Manzou. Es ist so leicht, sich Namen auszudenken, oder, Genosse? Es hätte auch Gerald Mashumba oder Gibson Man'ombe sein können. Oder vielleicht Garnet Mashiri. Onkel Gilbert zahlt also dein Schulgeld, heh? Wie ist er mit deinem Vater verwandt?«

»Sie sind Cousins.«

»Der Cousin, heh, und zahlt dein Schulgeld. Netter Onkel, heh? Was macht Onkelchen? Hält Busse auf und raubt sie aus?«

»Er baut Baumwolle an.«

»Wir gehen also zur Schule von Onkel Gilberts Baumwollgeld, heh? Wieviele Ballen hat er letztes Jahr gemacht?«

»Sechs.«

»Sechs Ballen, obwohl wir Dürre hatten, heh? Kann ich deinen Schülerausweis sehen?«

»Ja.«

»Wie kommt es, daß da kein offizieller Stempel drauf ist?«

»Sie stempeln ihn nicht. Hier ist meine Identitätskarte von der Schule.«

»Deinen Onkel besuchen, heh, und wir haben kein Gepäck?«

»Ich bleibe nur eine Nacht.«

»Wie alt bist du?«

»Siebzehn.«

»In welche Klasse gehst du?«

»In die vierte.«

»Warum hast du ein Jeanshemd an?«

»Ich ... ich habe es einfach angezogen.«

»Weißt du nicht, daß das die Uniform der Genossen ist?«

»Das habe ich nicht gewußt.«

»Hast du im Bus noch jemanden gesehen, der Jeans anhatte?«

»Nein.«

»Du denkst wohl, du wärst schlauer als alle anderen. Stell dich dorthin!«

Benjamin trat aus der Reihe. Der stämmige Soldat untersuchte die übrigen Leute in der Reihe und kam dann zu ihm zurück.

»So, Genosse, jetzt redest du besser geradeheraus. Wohin willst du?«

»Ich habe schon gesagt, daß ich meinen Onkel besuchen will.«

Der Soldat schlug ihm mit der flachen Hand kräftig ins Gesicht.

»Lügner! Sprich nicht mit mir, als wäre ich der Sohn deiner Mutter!« brüllte er und trat ihm in den Rücken.

Benjamin blutete aus der Nase und starrte die Soldaten an, die ihn umstellt hatten.

Einer der weißen Soldaten kam dazu, rieb mit der Mündung seines Gewehrs über Benjamins Brust und sagte: »Macht dieser Affe Ihnen Schwierigkeiten, Corporal?«

»Ich glaube, er will an die Grenze, Boß«, erklärte der schwarze Soldat auf Englisch. »Er behauptet, er will seinen Onkel besuchen, aber ich traue ihm nicht.«

»Hat er seinen Schulausweis?«

»Ja, aber er hat keinen Stempel.«

Der weiße Soldat sah sich Benjamins Papiere an und warf sie ihm zu.
»Versuch nicht, Dummheiten zu machen, Junge«, zischte er ihn an und verzog sein Gesicht zu einem bösen Grinsen. »Du besuchst besser einen richtigen Onkel, denn wenn nicht, kriegen wir dich. Wir haben das ganze Grenzgebiet unter Kontrolle, Dummkopf!«

»Sollen wir ihn nicht lieber mitnehmen, Boß?«

»Nein, laß ihn«, sagte der Weiße, »wir können nichts mit ihm anfangen.«

Als er wieder in den Bus einstieg, traf ihn ein Stiefel in den Rücken und er stolperte. Mit unbeweglichen Gesichtern sahen ihm die Fahrgäste zu, wie er durch den Mittelgang schwankte und benommen nach seinem Platz suchte.

Der Bus fuhr quietschend an. Er fühlte den warmen, süßen Blutgeschmack im Mund.

»Sie haben hier letzte Woche einen verdächtigen Fahrgast getötet«, erzählte ihm der Schaffner mit einem wissenden Blick. »Du hast Glück, daß sie dich heben gehen lassen.«

Benjamin sagte nichts. Er leckte seine aufgeschlagene Unterlippe und starrte an den Köpfen um ihn herum vorbei auf das lange gelbe Schotterband vor ihm.

Hinter einem riesigen Felsblock am Fuß eines niedrigen Hügels wartete er darauf, daß der Sichelmond unterging.

Die kühle Nachtluft streichelte sein Gesicht. Sein Körper war noch matt von den Schlägen, und seine Lippe war geschwollen. Er aß noch eine von den großen Mangos, die er im Wald gepflückt hatte, und fühlte, wie seine Kräfte langsam zurückkehrten.

Dutzendemal waren seine Augen an diesem Nachmittag zu dem schmalen Engpaß zwischen den Bergen geschweift. Als der Mond schließlich verschwand, hatte das Bild sich auf seiner Netzhaut eingeprägt und in seinem Gedächtnis hatte er die scharfen Felskonturen unzählige Male nachgezeichnet. Er wußte, daß es hier keine Dörfer mehr gab, sondern daß zwischen ihm und dem Engpaß nur Felsen, Bäume, Gras, Tiere und – vielleicht – Menschen waren.

Eine Eule schrie von einem sicheren Platz auf dem Felsen über ihm. Fledermäuse kreischten in dunklen Höhlen, Grillen zirpten und aus einer unbestimmten Richtung drang das Grunzen von Nachttieren im Dickicht zu ihm.

Irgendetwas kam klappernd vom Himmel und schlug vor ihm auf dem Boden auf. Er nahm zwar wahr, daß es ein Stück totes Holz war, aber vor Schreck rannte er instinktiv vorwärts, schlug sich durch das Gebüsch und stürzte sich blindlings in die Dunkelheit. Dann blieb er voller Ärger über seine leichtsinnige Furcht stehen und lauschte atemlos und mit schwirrendem Kopf. Die Stille betäubte ihn, es war, als sei die Welt bei seiner wilden Flucht erstarrt. Der Engpaß zwischen den Bergen zeichnete sich über ihm deutlich ab. Langsam begann er zu klettern, zog sich an den Büschen hoch und hielt immer wieder inne, um die Ohren zu spitzen. Als er die Böschung hinaufstieg, sah er, daß sich der Engpaß zu einer grasbewachsenen Hochebene öffnete.

Schließlich zog er sich auf die Ecke des Plateaus hinauf und ruhte aus, um wieder zu Atem zu kommen. Der Hang ergoß sich unter ihm in einem erschreckenden Gewirr; vor ihm dehnte sich meilenweit hüfthohes Gras aus. Jenseits der Grasfläche – Bäume, einzeln und in Gruppen. Er suchte mit den Augen die Berge rechts und links von ihm ab. Die Hänge waren steil und glatt, sogar im Licht der Sterne konnte er sehen, wie kahl sie waren, abgesehen von einer gekrümmten Baumreihe.

Er suchte die Flächen von wogendem Gras vor sich und die Baumgruppen an anderem Ende mit den Augen ab.

Er wußte, wenn er erst einmal bei den Baumgruppen war, dann war er dort.

Er duckte sich und kroch auf allen Vieren durch das Gras, wobei er immer wieder anhielt, um zu lauschen.

Zuerst wollte er es nicht glauben, aber als er erneut lauschte, hörte er es – ein Rascheln im Gras irgendwo links von ihm, das unregelmäßige Stampfen von Schritten, das auftauchte und wieder verstummte. Er hob die Knie und spähte über das Gras nach links. Er sah eine dunkle Reihe von Gestalten durch das Gras in Richtung auf die Baumgruppe huschen, zu der er auch wollte. Ein Gewehr feuerte von den Berghängen hinter ihnen. Er begann zu rennen. Auch die Reihe der Gestalten rannte los. Einige der Gestalten kreuzten seinen Weg, andere rannten seitlich von ihm. Alle beeilten sich, die Bäume zu erreichen. Das Gewehr feuerte wieder hinter ihnen her.

Benjamin fegte dahin, wie ein Blatt im Wind. Er war bemüht, sich von der Gruppe der Flüchtenden abzusondern, aber alle eilten verzweifelt in Richtung auf die Baumgruppe. Er konnte sich nicht von ihnen lösen, ohne an Tempo zu verlieren. Insgesamt konnte er sechs oder sieben Gestalten unterscheiden. Das Gewehr hatte aufgehört zu feuern, aber sie liefen weiter, bis sie die Bäume erreicht hatten. Dann wurden sie langsamer. Im Licht der Sterne erkannte er zwei Frauen und vier Männer. Einer der Männer trug einen Rucksack und die Mündung eines Gewehrs sah hinter seinem Rücken hervor. Zwischen den Bäumen sammelten sie sich. Benjamin trat hinter einen Baum, um sie vorbeizulassen, aber sie hatten ihn schon entdeckt.

»Wer bist du?« fragte eine Stimme.

Benjamins Schritt stockte. Als er sich umdrehte, sah er die Gruppe im

Halbkreis stehen und den Mann mit dem Rucksack auf sich zukommen; er hatte das Gewehr abgenommen und trug es jetzt in der Hand.

»Wer bist du?« fragte der Mann erneut.

16

Gegen Morgen hatten Hunger und Durst seinem Körper die letzten Energiereserven geraubt. Hier gab es keine Mangobäume; der Wald dehnte sich umbarmherzig, mit Ausnahme solcher Stellen, wo er plötzlich von einem Fluß oder Bach unterbrochen wurde, an dem sie sich auf die Knie niederließen, um zu trinken. Sie bespritzten ihren Körper mit Wasser und gingen in einer auseinandergezogenen Kolonne weiter, der Mann mit dem Gewehr an der Spitze.

Seine Beine waren erst kraftlos geworden, dann steif wie Holzklötze, danach butterweich, und jetzt waren sie leblos wie Holzkeulen, an denen seine Strümpfe und Schuhe steckten. Er sah zur Sonne hoch und dachte, es könnte zwei oder drei Uhr Nachmittag sein. Es konnte aber auch Nacht sein, obwohl die Sonne schien, so gestört war sein Zeitgefühl. Der letzte Nachmittag schien Jahrzehnte her zu sein, obwohl die Busfahrt noch in seiner geschwollenen Lippe schmerzhaft zu spüren war. Die Nacht war ein einziger dumpfer Schmerz in seinem Hinterkopf, der Morgen bestand aus bleischwerem Schlaf, der über seinen Augen hing. Der Nachmittag war schimmerndes Wirrwarr von Sonne und Grün.

Kurz vor Sonnenuntergang rief sie eine barsche Stimme von einem Baum her an. Sie fielen auf die Knie. Der Mann mit dem Gewehr schien damit gerechnet zu haben. Er lief vorwärts unter den Baum und rief einige Worte zurück, eine Art Gesang. Ein Mann kletterte mit einem Gewehr in der Hand vom Baum. Seine Kleidung war khakigrün, und er hatte einen Blätterkranz auf dem Kopf. Er sah sich die Gruppe genau an, und nachdem er mit dem Anführer einige Sätze in einem gutturalen Ton gewechselt hatte, nickte er ihnen zu und kletterte wieder auf den Baum.

Nach einer weiteren Meile wurden sie erneut von einem Mann auf einem Baum angerufen und die Prozedur wiederholte sich. Dann befanden sie sich plötzlich auf einer Lichtung und standen vor einer Menge von Zelten zwischen der spärlichen Vegetation. Mehrere bewaffnete Männer kamen, um sie zu begrüßen.

In einiger Entfernung hinter den Zelten waren zwei Gestalten damit beschäftigt, etwas über einem Feuer zu kochen, dessen Rauch sich zwischen den Bäumen verbreitete. Aus einer größeren Entfernung hörte man jemanden Holz hacken und Leute, die Übungen machten, etwas skandieren. Eine junge Frau im Jeansanzug mit einem Stift hinter dem Ohr und einem braunen Heft in der Hand kam aus einem der Zelte, sprach mit dem Anführer und fragte nach ihren Namen, die sie in ihrem Heft notierte. Als sie Benjamin nach seinem Namen fragte, sagte der Mann mit dem Gewehr etwas zu ihr und sie hörte auf zu schreiben, und dann nahmen er und zwei andere Männer Benjamin in ein Zelt mit und durchsuchten ihn. Sie ließen ihn die Kleider ausziehen und durchsuchten sorgfältig seine Taschen und den Saum seiner Kleidungsstücke. Sie fuhren ihm sogar mit den Fingern durch das Haar und brachen den Füllfederhalter auf, den er in der Tasche hatte.

Nach der Durchsuchung wurde er zu den anderen hinausgeführt und man gab ihm etwas zu essen. Ein großer Teller mit warmer *sadza* und Bohnen wurde vor sie hingestellt. Sie aßen zusammen voller Heißhunger, und als sie fertig waren, führte man sie in eine Ecke der Lichtung zu etwas, das aussah, wie eine Grube. Während Benjamin darauf wartete, daß er an der Reihe war, hineinzuklettern, bemerkte er in der zunehmenden Dämmerung eine große Gruppe von Männern und Frauen, die von den Bäumen her in das Lager marschierten.

Sie stiegen eine Strickleiter hinunter und kamen in einen großen unterirdischen Tunnel, der wie eine stillgelegte Mine aussah, denn er wurde seitlich und an der Decke von Holzstreben abgestützt. Im fahlen Licht machte Benjamin die Nischen im Tunnel aus und seine Füße stießen im Dunkeln an Gegenstände – einen Holzschemel, ein Blechtasse, die klapperte. Er roch Decken und Zigarettenrauch.

Alle sechs sanken sie an den warmen Erdwällen nieder, vier junge Männer und zwei junge Frauen, ohne auf einander zu achten, so erschöpft waren sie. Der Schlaf übermannte sie schnell, und sie schmiegten sich in diesen Schoß und waren taub gegenüber dem geschäftigen Treiben und dem Singen auf der Erde über ihnen.

Ein Lichtstrahl weckte ihn. Die anderen kletterten bereits aus dem Tunnel. Er sprang hoch, klopfte sich den Staub von den Kleidern und folgte ihnen. Das Sonnenlicht schmerzte in seinen Augen.

Der Mann, der sie über die Grenze gebracht hatte, wartete auf ihn und trennte ihn von den anderen, sobald er nach oben kam. Er führte ihn zu dem größten Zelt in der Mitte der Lichtung. Niemand bewegte sich auf der Lichtung, aber man hörte Geräusche und sah Rauch in den Büschen darum herum. Der Mann sah in das große Zelt, salutierte zackig und trat zurück, um Benjamin hineinzulassen.

Benjamin bückte sich und betrat das Zelt. Über einen niedrigen Klapptisch gebeugt saß ein Mann in Tarnuniform – nicht von der Art, die Benjamin kannte, sondern eine mit gelben, braunen und grünen Flecken. Der Mann war ungefähr dreißig. Es hatte ein fleischiges, glattrasiertes Gesicht mit braunen Augen, die erst zur Ruhe kamen, wenn sie alle Einzelheiten einer Szene erfaßt hatten. Am linken Arm trug er eine Digitaluhr und am kleinen Finger der rechten Hand einen Ring. Die Tischfläche war mit Landkarten bedeckt, und auf den Landkarten stand ein kleines Transistorradio, daneben lagen ein gelbes Papierknäuel, ein silberner Stift und eine Pistole. Benjamin wußte sofort, daß der Mann der Lagerkommandant war.

Der Kommandant gab ihm ein Zeichen, daß er sich auf den einzigen noch vorhandenen Stuhl im Zelt setzen sollte.

»Wer bist du?« fragte der Kommandant und sah ihn unverwandt an.

»Ich heiße Benjamin Tichafa.«

»Warum bist du hier?«

Benjamin zögerte und sagte dann: »Ich bin hergebracht worden.«

Der Kommandant legte seinen Stift weg, faltete die Hände über dem Tisch und verzog das Gesicht: »Wer hat dich hergebracht?«

»Der Mann, der mich in dieses Zelt geführt hat.«

»Er hat dich überwältigt und hergebracht?«

»Nein, ich bin ihm und den anderen an der Grenze begegnet.«

»Wohin wolltest du, als du sie getroffen hast?«

»Ich war ... ich war auf dem Weg hierher.«

»Was meinst du mit ›hierher‹?«

»Über die Grenze.«

»Warum? Warum bist du über die Grenze gegangen?«

»Ich wollte ein Lager der Guerilla finden.«

»Ein Lager der Guerilla?«

»Ich will mich der Guerilla anschließen.«

»Warum?«

»Um zu kämpfen.«

»Gegen was kämpfen?«

»Gegen ... gegen die Armee. Die rhodesische Armee.«

»Du hast einfach beschlossen herzukommen und zu kämpfen? Hast du eine militärische Ausbildung?«

»Nein, ich bin gekommen, um es zu lernen.«

»Wo?«

»In einem Lager.«

»In was für einem Lager?«

»Einem Lager der Guerilla.«

»Weißt du, wo ein solches Lager der Guerilla ist?«

»Nicht genau.«
»Hast du eine gewisse Vorstellung gehabt, wo es sein könnte?«
»Etwas.«
»Woher konntest du wissen, wo das Lager zu finden war?«
»Ich habe mit einigen Leuten gesprochen, bevor ich losgefahren bin.«
»Oh, du hast also mit Leuten gesprochen. Mit was für Leuten?«
»Nun – Leuten eben. Leuten, die etwas wußten ... Leuten, die einige Kenntnisse hatten.«
»Was für Leute?«
»Ein paar Studenten ... Leute, die sich etwas auskannten.«
»Was für Leute?«
»Ein paar Studenten ... und andere Leute an der Grenze; ein Schaffner hat mir gesagt, wie man hinüberkommt.«
»Und diese Leute haben dir gesagt, wo du ein Lager der Guerilla finden würdest?«
»Sie gaben mir die Richtung an.«
»Wie hast du die Leute kennengelernt, mit denen du gekommen bist?«
»Ich bin an der Grenze auf sie gestoßen und habe mich ihnen angeschlossen.«
»Du meinst, der Mann hat dir gesagt, du sollst mit ihm mitgehen?«
»Er hat mich gefragt, wer ich bin und wohin ich will, und ich habe es ihm erzählt. Wir hatten denselben Weg, daher bin ich mitgegangen.«
»Du meinst, er hat dich einfach so mit ihnen mitgehen lassen?«
»Ich bin ... wir sind einfach zusammen gekommen.«
»Und er hat dir gesagt, daß er und seine Gruppe nach einem Lager der Guerilla suchen?«
»Das hat er nicht ausdrücklich gesagt. Aber mir war klar ... ich habe mir jedenfalls gedacht, daß wir alle an denselben Ort gehen würden.«
»Gut, Benjamin, wir sollten dich lieber nicht länger hierbehalten. Da die Leute, mit denen du gesprochen hast, dir Anweisungen gegeben haben, lasse ich dich besser gehen, wohin du gehen willst. Du bist an den falschen Ort gekommen, mein Freund.«
»Aber ist das denn kein Guerilla-Lager?«
Der Kommandant lachte: »Hat man dir gesagt, daß ein Guerilla-Lager so aussehen würde?«
»Was ist das hier denn sonst?«
»Es ist nicht meine Sache, dir das zu erzählen, mein Freund. Du weißt, wohin du gehen möchtest.«
Der Kommandant rief den Mann, der vor dem Zelt gestanden hatte, und sagte: »Bring ihn hinaus.«
»Ich kenne mich hier nicht aus«, wandte Benjamin ein und sah von einem Mann zum anderen.

»Du hast den ganzen Weg zurückgelegt, ohne zu wissen, wohin du gehst? Du wirst dir etwas besseres ausdenken müssen, tut mir leid. Ich habe solche Geschichten wie deine schon öfter gehört. Sieh mal, ich bin bereit, dir zu helfen. Es war gefährlich für dich, die Grenze ganz allein zu überqueren, und es ist noch gefährlicher, allein weiterzugehen. Ich gebe dir zwei Mann Begleitung mit, die dich zur Grenze zurückbringen.«

»Ich will nicht zurück.«

»Es ist gefährlich hier draußen. Auf jedem Quadratkilometer sind Feinde, und selbst wenn ihre Kugeln und Bomben dich nicht treffen, ist hier alles gegen dich – Hunger, Krankheiten, Tod. Das ist kein Leben für einen Jugendlichen wie dich. Du bist zu jung, um dein Leben so aufs Spiel zu setzen. Ich helfe dir, nach Hause zu kommen.«

»Ich will nicht nach Hause zurück. Ich will bleiben.«

»Gut, wenn du meinen Rat nicht annehmen willst, läßt du mir keine andere Wahl.«

Sie brachten ihn noch einmal in die unterirdischen Gänge.

Er saß allein im Dunkeln und lauschte auf die verwirrenden Geräusche über ihm. Er war sich so sicher, daß dies ein Lager der Guerilla war. Er war sich bewußt, daß sein Zusammentreffen mit einer Gruppe an der Grenze ungewöhnlich erscheinen mußte, aber er konnte nicht verstehen, warum der Kommandant ihn zurückschicken wollte.

Er zog Schuhe und Strümpfe aus und entfernte Hautfetzen zwischen seinen Zehen. Ein dicker schmutziger Belag bedeckte seine Zähne. Sein Atem war säuerlich. Er wünschte, er hätte eine Tasse Wasser und eine Zahnbürste – oder wenigstens ein Zahnputzholz – um seinen Mund zu reinigen. Er steckte die Nase ins Hemd und schreckte vor dem Geruch nach Schweiß, Staub und seinem ungewaschenen Körper zurück. Zwischen seinen Beinen roch es nach faulendem Kohl. Er fuhr sich mit der Hand durch das ungekämmte Haar und wischte sich den Mund am Hemdkragen ab.

Er dachte über die letzten drei Tage nach und konnte selbst nicht glauben, was ihm passiert war – die Fahrt mit dem Zug und mit dem Bus, die Soldaten an der Straßensperre, die Flucht durch das Gras und nun dieser unterirdische Tunnel. Und er dachte an die Woche vor diesen drei Tagen, an die Missionsschule, die Diskussionen über die Zeitungsmeldungen, das Malen von Plakaten – eine Woche voller Wut, Angst und Hysterie. Zum ersten Mal türmten sich jetzt die Trümmer dieser Woche in seiner Seele groß und deutlich auf. Es kam ihm vor, als hätte irgendeine ihm unbekannte Macht ihn durch all das hindurchkatapultiert, eine Macht, die ihn durch nebelhaft erscheinende Menschenmengen, Orte und Ereignisse gerissen hatte und ihn nun allein mitten in dieses Dilemma stürzen ließ.

Wo befand er sich jetzt und warum war er hier, wo er war? Was war mit ihm, daß er sich hier in dieser Grube befand? Warum war er hergekommen, wenn er jetzt nur hier in dieser Grube saß? Was würde mit ihm geschehen? Ob jemand in der Außenwelt wußte, daß er hier war, wo er war? Wann würde seine Mutter es erfahren? Was würde sie tun, wenn sie erführe, was sie erfahren sollte und mußte? Würde sie noch einmal versuchen sich aufzuhängen? Würde sie schwarze Kleidung tragen und weinen? Oder würde sie ihn verstoßen? Was würde sein Vater sagen? Würde er vor Zorn rasen oder würde er in monatelanges Schweigen verfallen? Würde jemals jemand erfahren, was mit ihm geschehen war, falls das, was geschehen würde, mit ihm geschah? Was würde mit ihm geschehen? Wer würde erfahren, was mit ihm geschehen war, wenn das geschah, was geschehen würde? Wann würden sie ihn herausholen und was würden sie tun, wenn sie ihn herausholten, falls sie ihn herausholten? Wie war er hierher geraten? Wie konnte er nur hierher kommen? Wer hätte vor einer Woche angenommen, daß er hier enden würde? Welcher Anfall von Mut hatte ihn wohl davon träumen lassen, einmal hier zu enden? Warum hatte er jetzt plötzlich Angst?

Wann würden sie ihm etwas zu essen bringen?

Sie kamen zu ihm, als es dämmerte. Er sank in den Stuhl, der vor dem Kommandanten stand.

»Wer hat dich hergeschickt?«

Die Stimme des Kommandanten hämmerte wie ein Stein gegen seine Seele. Er starrte auf den Kommandanten. Der Kommandant saß dort in seiner frischen Tarnuniform mit seiner Digitaluhr, dem glattrasierten Gesicht und den blanken Augen, und das Transistorradio, das gelbe Papierknäuel, der silberne Stift und die Pistole auf den Landkarten waren auf seinem Schreibtisch verteilt. Er saß so da, als hätte er die ganze Nacht unbeweglich so gesessen. Er schob seine Pistole bedächtig über die Landkarte.

»Du bist ein Spion!«

Der Kommandant ballte seine Hand zu einer Faust und schlug auf den Tisch. Der Kommandant schlug auf den Tisch und runzelte voll Zorn seine Stirn.

»Du bist ein Spion!«

Sein Körper war steif vor Hunger und in seinem Kopf herrschte von dem Schock völlige Leere. Er versuchte zu sprechen, aber die Worte wollten ihm nicht über die Lippen.

»Nein«, weinte er, »nein.«

Der Kommandant schob seine Pistole bedächtig über die Landkarte. Er schob seine Armbanduhr vom Handgelenk nach oben. »Was hast du an der Grenze gemacht?« fragte der Kommandant. »Warum bist du allein gekommen, ohne mit jemandem Kontakt aufzunehmen? Warum bist du plötzlich aufgetaucht, als die Soldaten das Feuer eröffnet haben? Warum warst du allein? Wie konntest du den ganzen Weg zurücklegen, ohne zu wissen, wohin du wolltest? Wie bist du durch die Armeelinien gekommen, wenn sie dir nicht dabei geholfen haben?«

»Nein, nein.«

Der Kommandant schob seine Pistole bedächtig über die Landkarte.

»Ich gebe dir eine letzte Chance. Es war dumm von dir, hierherzukommen. Weil du noch jung bist, bin ich bereit, dir zu helfen. Ich gebe dir die letzte Chance, diesen Ort zu verlassen. Meine Männer werden dich an die Grenze zurückbegleiten. Ich lasse dich nur unter einer Bedingung laufen – daß du denen, die dich geschickt haben, wer sie auch immer seien, erzählst, du hättest die Informationen nicht erhalten, die sie von dir haben wollten.«

»Nein, ich will nicht zurück.«

»Warum? Weil sie dich töten werden?«

»Ich kann es nicht.«

»Du vergeudest meine Zeit, mein Freund. Weißt du, was ich normalerweise mit Spionen mache?«

»Ich bin kein Spion! Ich bin hergekommen, um zu kämpfen. Ich bin aus der Schule weg ... sie wollten uns in die Armee zwingen. Ich kann nicht zurückgehen. Bitte lassen Sie mich hierbleiben.«

»Warum willst du nicht zurück?«

»Die Polizei, mein Direktor ... sie haben meinen Namen registriert.«

»Du bist also ein Krimineller, heh? Was hast du gemacht? Etwas gestohlen?«

»Als Kind habe ich eine Bierhalle angezündet ...«

»Bierhallen anzünden macht noch keinen Freiheitskämpfer aus. Das beweist nicht, daß du kein Spion bist.«

»Wir haben letzte Woche demonstriert. Meine Schule. Sie hatten meinen Namen schon registriert ...«

»Was für eine Demonstration?«

»Gegen die Einberufung von Schwarzen.«

Der Kommandant lehnte sich in seinem Stuhl zurück und schob seine Pistole bedächtig über die Landkarte. »Erzähl mir von der Demonstration«, sagte er.

17

In der Morgendämmerung liefen sie ihre zehn Meilen im Gänsemarsch durch den Wald, eine schmale, in den Wald geschlagene Schneise entlang; die Blätter glänzten wie Ölschiefer, das Gras wogte gelb, und der Himmel über ihnen war ein orangefarbener Pinselstrich. Dreihundert singende Gestalten, ein Fünftel oder ein Viertel davon Frauen, in kurzärmeligen T-Shirts, Shorts, Jeans, Khakiuniformen oder auch Trainingsanzügen.

Als er zum ersten Mal morgens mitlief, stolperte er als letzter zurück ins Lager, seine Brust kochte, das Blut schmerzte in seinen Lungen und pochte in seinen Ohren. Er ließ sich auf die Knie fallen, krallte seine Hände ins Gras und war nahe daran, ohnmächtig zu werden. Dann ging es vorüber, wenn auch langsam. Er schmeckte Blut und Salz, seine Sehkraft kehrte zurück.

»Hier laufen wir, Genosse«, grinste der Kommandant spöttisch zu ihm hinunter, »wir laufen nicht vor Polizeihunden weg – sondern richtig!«.

Am zweiten Tag erinnerte er sich an den Rat eines früheren Leichtathletikmeisters und kontrollierte seinen Atem und seinen Schritt. Er kam wieder als letzter an, aber diesmal in einem erträglichen Zustand.

»Du hast noch einen langen Weg vor dir, Herr Politiker«, sagte der Kommandant. »Du läufst noch immer, als wärst du auf einer Demonstration. Vergiß den himmelschreienden Unsinn von Plakaten. Hier laufen wir mit Steinen auf dem Rücken!«

Nach dem Lauf kamen Liegestütze im Gras, und der Kommandant ging vor sich hinsummend durch das Labyrinth der ausgestreckten Körper. Jeder Zentimeter seines Körpers schmerzte, unter seinem durchgeweichten T-Shirt glitzerten Schweißperlen, als er sich nach einer Kelle Haferbrei und einer Blechtasse Tee ohne Milch und Zucker in der Reihe anstellte.

Nach dem Frühstück mußte das Lager saubergemacht werden, und es gab einige Abortrinnen auszuheben, Dickicht zu beseitigen und Wasser zu holen, in großen Tonnen, die zum Fluß hinunter und wieder hinaufgerollt wurden. Er wusch sich wie alle hinter einer Wand aus Stroh, schöpfte das Wasser aus einem Blechbehälter und schrubbte sich mit einem kleinen Stück blauer Seife ab. Dann lieh er sich von irgendjemandem einen Kamm und fuhr durch sein fettiges, struppiges Haar, kratzte mit einem grünen Stöckchen seine Zähne sauber und legte sich zu den anderen in den Schatten der Bäume, mit einer inneren Zufriedenheit über die zeitweise Befreiung von Schweiß und Staub und den Duft von blauer Seife auf seiner Haut.

Das Mittagessen bestand aus einem Schlag *sadza* und zwei oder drei kleinen gesalzenen Fischen, an denen man nur vorsichtig knabbern durfte – wie eine Mutter, die nur kleine Stückchen abbiß, um ihre Kinder zum Essen zu animieren – wenn sie für die ganze *sadza* reichen sollten. Wenn es nachmittags kühler wurde, gab es Vorträge über Buschkrieg, auf einem Stück Wandtafel wurden Skizzen gemalt und alle schrieben mit stumpfen Bleistiften fleißig Notizen in kleine gelbe Büchlein.

Danach gab es praktische Routineübungen mit Seilen, großen Reifen und in die Erde gerammten Holzklötzen, um einige Gegebenheiten des Terrains zu simulieren – sich über Abgründe zu schwingen, Höhen zu erklimmen, vorstehende Felsen zu überwinden, Abhänge hinunterzurollen ...

Die Schatten wurden länger, die Vögel flogen zu ihren Nestern, um auszuruhen, und die Sonne versank; die Dunkelheit brach vom Himmel wie eine Verschwörung, und ein weiterer Tag schwand so rasch dahin, daß man fast vergaß mitzuzählen, welcher Tag war und wie lange man sich schon im Lager aufhielt; und wenn man zum Kochen eingeteilt war, dann ging man hinunter, um das Feuer mit Reisig zu unterhalten und *sadza* in den großen Kesseln zu machen, dazu schüttete man Teller voll gelbem Maismehl in das zischende Wasser und rührte es mit Holzstangen zu einem glatten Brei, der immer wieder umgerührt werden mußte, man zerdrückte die Klumpen und schob das trockene Mehl vom Rand in die breiige Masse und trat immer wieder einen Schritt zurück, um den Kopf nicht in dem heißen Wirbel platzen zu lassen und sich die Schweißtropfen vom Gesicht zu schütteln, während die anderen, die auch zum Kochen eingeteilt waren, tief in den Kesseln rührten oder sich um die Bohnen kümmerten, und wenn ein Mädchen darunter war, das wußte, wieviel Wasser man auf die Bohnen tun, wieviel halbvolle Blechnäpfe Salz man nehmen oder wie man den Fisch umdrehen mußte, damit er nicht zerfiel, war die Sache einfacher und schnell gemacht, und dann konnte man die *sadza* eine Weile brodeln und blubbern, zischen und furzen lassen, bevor man eine Handvoll Blätter auf den Rand des Kessels klatschte und ihn mit einem Ruck vom Feuer zog, bevor einem die Finger in der Hitze schmolzen; und manchmal war ein Mädchen in deiner Gruppe, dessen Kräfte nicht ausreichten, um den Kessel fest genug zu packen, und er kam ins Rutschen, während sie auf ihre angesengten Finger pustete, und schwankte und landete wie ein Schwein, das vom Karren fiel, einen Zentimeter neben deinem Fuß und trennte dir beinahe die Zehen ab, und das Mädchen drehte sich um und prallte gegen dich, um Halt zu finden, und ihre Brüste schwangen gegen deine Brust und du konntest die blaue Seife riechen und den frischen Schweiß und den Geruch ihres Körpers, und du mußtest den Kessel stützen und warst bemüht, sie anzugrinsen, wenn du nicht zu mitgenommen warst, und dann gabst du dem Kessel einen letzten Stoß und drehtest dich herum, um die wartende Schlange zu bedienen, und wenn du alle bedient hattest, fuhrst du mit einem Teller auf den Boden des Kessels, um dir selbst etwas zu nehmen, und du hast dich hinübergelehnt und deinen Kopf in den gelben Abgrund hineingesteckt, die Klumpen *sadza* abgeschöpft und dabei sorgfältig darauf geachtet, den verbrannten Bodensatz nicht aufzukratzen, und du hast in der braunen Soße im Eimer nach Bohnen gefischt und dich beim Essen beeilt, weil die Kessel noch abgewaschen werden mußten und das Feuer zu löschen war ...

Und dann bist du losgelaufen, zwischen den dunklen Zelten hindurch bis zu der Lichtung, wo die anderen saßen und ihren politischen Unterricht hatten, und du hast einen Platz im Gras gefunden und dich vorsichtig hingesetzt, um nicht zu viel Staub aufzuwirbeln, und du hast deine Beine hochgezogen und an den Knöcheln umklammert, um den Rücken des vor dir Sitzenden nicht mit den Zehen zu berühren, und hast zugehört, die Faust über den Kopf gereckt und in die Luft gestoßen, Parolen gerufen, und du hast etwas von Kapitalismus, Sozialismus, Demokratie, der gerechten Verteilung der Reichtümer, Rassismus, Diskriminierung, gleichen Rechten, Ungerechtigkeit und Gerechtigkeit, Landreform, Rassentrennung, Ausbeutung, Neokapitalismus und viele andere Wörter gehört, von denen du zuvor nie etwas gehört hattest, und dir hat der Atem gestockt, als berichtet wurde, daß fünf Prozent der Bevölkerung mehr als die Hälfte von Rhodesien besäßen und mehr verdienten als die übrigen fünfundneunzig Prozent zusammen, daß sie die besten Arbeitsplätze, Wohnungen, Schulen, Krankenhäuser – einfach alles – hätten, nur weil ihre Haut heller war als deine. Du hast das alles gehört, als du da im Gras gesessen hast, irgendwo da draußen im Nichts, und die Sterne über dir sagten ja, ja, und du hast erkannt, daß du unberührt von all dem aufgewachsen bist und es stets als selbstverständlich betrachtet hast, du hast es erkannt, als du von zu Hause fortgegangen und die Schule verlassen hast, aber du hast es solange nicht richtig gewußt, bis zu diesem Hunger, dieser Dunkelheit und diesen Sternen, und es jetzt zu hören, ließ den Ärger in dir hochsteigen, wie Pfeffer in der Nase, und du hast dich gewundert, wie du so blind und passiv hattest sein können; und du hast Lieder gesungen, und jemand trommelte, und du hast im Gras getanzt und dich gut dabei gefühlt, mit allen anderen zusammen zu tanzen, und du hast dich bemüht, nicht an zu Hause zu denken oder daran, was mit dir geschehen würde, und auch nicht an den Zehn-Meilen-Lauf frühmorgens, und du hast getanzt und gesungen und die Fäuste in die Luft gereckt ...

Und du hast die Leute erzählen hören, einige berichteten, man hätte sie aus der Schule oder vom Arbeitsplatz geworfen oder ihnen keine Arbeit mehr gegeben oder sie aus ihren Dörfern vertrieben, einige waren dabei, deren Familien man getötet oder verstümmelt hatte und deren Häuser bombardiert worden waren – ihre Stimmen erfüllten dich mit Empörung ...

Und dann hast du wieder gesungen und getanzt, so laut, daß du das Echo des Himmels hören konntest, und du hast dich darüber gewundert, daß die Soldaten an der Grenze den Lärm nicht hören konnten, oder, wenn doch, warum sie nicht kamen, und schließlich haben sich alle zerstreut und sind zum Schlafen in ihre Zelte gegangen, und manchmal konntest du die bewaffneten Leute, die das Lager bewachten, leise durch das Laub gehen hören, und du hast an dem kratzigen Stück brauner Decke gezogen und versucht, es dir auf der Strohmatratze bequem zu machen, die jemand angefertigt hatte, und vielleicht hast du gehört, wie im Nachbarzelt ein Mädchen hustete, und du hast versucht einzuschlafen und nicht an es zu denken oder an zuhause und daran, was deine Leute dort dachten, und du hast vielleicht in der Nacht Stimmen murmeln hören und Tabakgeruch in der Luft hat dich an deine letzte Packung Zigaretten im Zug erinnert, und du hast darüber nachgedacht, ob ein Gebet es wert war, gesprochen zu werden, und du hast die Augen geschlossen und zu schlafen versucht, und du hast draußen in der Nacht Geräusche gehört, als ob sich dort im Gras Tiere bewegten und Schlangen raschelten, und du hast durch das offene Zelt auf das Stück gleichgültigen Himmel hinausgeschaut, und die Sterne nickten und blinkten von dort so hoch oben, und du bist langsam in den Schlaf gesunken und hast vielleicht davon geträumt, am Sonntagabend im Internat Reis mit Huhn zu essen, oder davon, daß deine Mutter in ihrem Holzofen einen Kuchen gebacken hat, oder daß die Leute in einem Krankenhaus beteten oder daß eine aufgedunsene Leiche im Baum knarrte ...

Du hattest noch kein Gewehr und bist nur mit einer hölzernen Attrappe marschiert, die du nach ihrer Anleitung aus einem Holzklotz geschnitzt hattest; du hattest mehr Übungen und mehr theoretischen Unterricht, aber noch immer kein Gewehr ...

Tage vergingen, Wochen vergingen, und dein Körper stählte sich durch das Laufen. Dein Magen war an Flußwasser, Maismehl und Bohnen gewöhnt und gierte nach den Gerüchen von den Feuerstellen. Dein Rücken gab der Erinnerung an Matrazen den Laufpaß und deine Haut wurde gegen Insektenstiche unempfindlich. Du hast mit deiner Haarmähne Frieden gemacht oder sie einfach abgemäht, wie bei einer bestraften Braut.

Noch immer hattest du kein Gewehr.

Immer mehr Leute kamen in das Lager, einige wurden von Guerilleros gebracht, andere kamen allein, und ab und zu war jemand im unterirdischen Tunnel, einige Kämpfer gingen und andere kamen, und du wurdest zu verschiedenen Zeiten von verschiedenen Leuten trainiert, und das Lager wuchs und Strohhütten breiteten sich am Rand der Zelte aus.

Manchmal hast du dich mit diesen Leuten unterhalten, und wenn du Glück hattest, waren einer oder zwei darunter, die aus deiner Stadt kamen oder sogar auf deiner Schule waren, aber du konntest nicht so lange mit ihnen sprechen, und du hast ihnen deinen richtigen Namen nicht gesagt, so daß sie dich nur mit deinem Kriegsnamen ansprachen. Noch immer hattest du kein Gewehr und manchmal waren aus der Ferne Schüsse zu hören und dein Herz schlug wie wild, und du warst erleichtert, wenn die Wachen einen Bock oder einen Büffel brachten, die sie erlegt hatten, und du wußtest, daß es keine Kämpfe waren und daß es zu den Bohnen frisches Fleisch geben würde.

Dann erklärten sie dir eines Tages aus heiterem Himmel, daß du in ein anderes Lager gehen würdest. Du hast das Lager so plötzlich verlassen, wie du gekommen warst, ohne Gepäck, nur mit deinem Kriegsnamen, und hast die Leute zurückgelassen, die du gerade etwas besser kennengelernt hattest, und das Mädchen, mit dem du zusammen gekocht und vielleicht beim Tanzen geflirtet hast. Du bist weggegangen und mit den anderen durch den Busch zur Straße marschiert. Es hat dich überrascht, wieder den Schotter der Straße zu sehen, und zu entdecken, daß es noch Straßen gab, Straßen, die irgenwohin zu einem Zuhause und einem unzerstörten Leben führten, und dann hast du dich daran erinnert, daß du in einem anderen Land warst, einem Land, das einen ähnlichen Krieg durchgemacht hatte und dir nun half. Und dann kam ein Lastwagen durch die flirrende Hitze getuckert, und du bist mit den anderen hinaufgesprungen, und der Lastwagen fuhr ab, ohne dir Zeit für nostalgische Erinnerungen zu lassen, und pflügte eine Staubwolke hinter dir auf, und du steuertest einem neuen Ort entgegen ...

18

In dem neuen Lager waren mehr als dreitausend Personen, zwei Drittel davon Frauen und Kinder. Es gab vielleicht acht oder zehn weitere Lager wie dieses im Abstand von mehreren Tagesmärschen voneinander über das große weite Land verstreut.

Jede Woche wuchsen die Lager. Es kamen Kämpfer, Flüchtlinge, Leute, die zwischen die Linien geraten waren, Menschen, die durch die schrecklichen Erlebnisse, die hinter ihnen lagen, ihre Sprache verloren hatten, deren Augen aber stumm von ihrem Leid erzählten.

Das Geschrei von Säuglingen kündigte im Lager der Zivilisten morgens den Sonnenaufgang an. Dann erwachte das Lager zum Leben und zu geschäftigem Treiben; Frauen kümmerten sich um Kinder, Wäsche, Windeln, Decken und Feuer, eilten mit Küchengeräten oder Gepäck in den Händen hin und her; alles erinnerte stark an den Wartesaal eines belebten Bahnhofs oder an ein großes Krankenhaus auf dem Land. Die Luft war erfüllt vom Geruch von Babys, Decken und Rauch.

Auf der militärischen Seite wurden bereits die Muskeln bis an die Schmerzgrenze strapaziert ...

Sein neuer Name war Pasi NemaSellout, und er lebte mit anderen Kämpfern in einem der Zelte in der militärischen Hälfte des Lagers. Aus dem Vorratszelt erhielt er eine grüne Mütze und ein geflecktes braunes T-Shirt, das eine Nummer zu groß war. Stiefel sollte er bekommen, wenn und falls die nächste Lieferung kam.

Hier schoß er zum ersten Mal mit einem Gewehr.

Er schoß zum ersten Mal im Wald außerhalb des Lagers und kniete sich vor die anderen hin, als er an der Reihe war.

Das Gewehr war viel leichter, als er erwartet hatte. Er hielt es mit beiden Händen fest, legte den Finger um den Abzug und drückte ab. Die Kugel warf den Holzblock um.

Er reichte das Gewehr weiter und trat zurück, betäubt, die Nase schmerzte von der Hitze des Metalls. Seine Hände zitterten noch vom Rückstoß und trotz der baumwollnen Ohrenschützer war er zu taub, um den schwachen Applaus um ihn herum zu hören.

Als er eines Tages nach den Schießübungen zu seinem Zelt zurückkehrte, traf er ein Mädchen, das einen kleinen Jungen in die Flüchtlingsabteilung des Lagers begleitete.

Das Mädchen war schlank und dunkel und trug ein Baumwollkleid. Sie war vielleicht achtzehn, sah aber jünger aus: wären die scharfen Züge um ihre Augen und die dunklen verhärteten Knöchel auf ihren Händen nicht gewesen, hätte er sie für vierzehn gehalten.

»Hast du den Genossen Utano gesehen«, fragte sie ihn und spreizte ihre dunklen, schmalen Finger über dem Kopf des Jungen, wie ein Fußballspieler über einem Ball.

»Wen?« fragte er und beantwortete ihren eindringlichen Blick.

»Den Genossen Utano. Er ist für die medizinische Versorgung zuständig.«

»Ich glaube, den kenne ich nicht.«

»Diesem Jungen geht es nicht gut«, erklärte sie und nahm die Wangen des Kleinen in beide Hände, so daß seine Unterlippe langsam herunterklappte.

»Ist er dein Bruder?«, fragte er, weil ihm nichts besseres einfiel, nur um ihrem eindringlichen Blick irgendwie auszuweichen.

»Nein«, antwortete sie mit einem kurzen Auflachen, das um ihre Augen Fältchen hervorrief. »Er ist in meiner Klasse. Ich gehöre zu den Lehrern im Lager. Du hast nicht zufällig ein Schmerzmittel bei dir – Disprin oder so etwas?«

Sie warf ihm einen erwartungsvollen Blick zu, ihr Mund war leicht geöffnet und ihre Augen bewegten sich lebhaft hin und her. Er schüttelte den Kopf. Die Anspannung wich aus ihrem Gesicht. Ihre langen Finger bearbeiteten wieder den Kopf des Jungen und dabei drückte sie ihn gegen ihr Becken.

»Irgendetwas ist los mit diesen Kindern«, sagte sie und suchte plötzlich etwas in den Taschen ihres Baumwollkleides, als hätte sie ein Sahnebonbon bei sich, das sie dem Kind geben wollte. Sie fingerte im Vorderteil ihres Kleides herum, da, wo ihre Brüste waren, und brachte schließlich eine Schachtel Zigaretten zum Vorschein.

Sie nahm eine aus der Schachtel, zündete sie mit nervösen, hungrigen Fingern an und zog daran, als sie brannte. Aber sie erstickte dabei fast. Sie mußte husten, als ob sie das Rauchen erst lernen würde. Sie sah ihn plötzlich an und hielt ihm die Schachtel hin, als wäre ihr mit einem Mal eingefallen, daß er eigentlich rauchen mußte.

Er griff äußerst bereitwillig danach, wie ein Kind nach etwas Wertvollem schnappt, das man ihm lange vorenthalten hat. Er hatte wochenlang nicht geraucht, seinen letzten Zug hatte er an einer aus rohem Farmtabak und einem Stück Zeitungspapier Selbstgedrehten getan – die hatte er von einem Genossen bekommen, mit dem er früher das Zelt geteilt hatte.

»Ich heiße Ropa. Und du?

»Benjamin.«

»Ist das dein Kriegsname?«

»Nein. Pasi. Pasi NemaSellout.«

»Ich hätte mit dem Rauchen längst aufhören sollen, weil mein Husten davon schlimmer wird. Ich weiß gar nicht mehr, wie es damit anfing«, erklärte sie, als wollte sie die Geschichte ihrer Angewohnheit jetzt vertiefen, aber dann fixierte sie ihn wieder mit einem ihrer überraschenden Blicke, weil eine neue dringende Sache sie plötzlich davon ablenkte. »Heh, hast du es eilig?«

»Nein, warum?«

»Komm mit und setz dich in meine Klasse. Wir tun so, als wärst du... wie heißen diese Leute vom Erziehungsministerium?«

»Schulräte.«

»Ja. Du kannst meinen Unterricht hinterher beurteilen.«

»Gut.« Er mußte lachen.

Er folgte ihr und dem Jungen den belaubten Weg entlang, vorbei an einer Gruppe von Frauen, die Wasser aus einem Bohrloch pumpten, um einen Garten zu bewässern. Sie gingen durch einen anderen Garten, in dem drei Jungen von etwa zwölf Jahren sich um ein schmales Beet mit Kohl und Tomaten kümmerten.

Sie sprach die Jungen an, beugte sich hinüber, entfernte eine Handvoll Gras aus einem Saatbeet und klopfte mit den Fingernägeln einen Erdklumpen glatt.

»Das ist unser Schulgarten«, erklärte sie ihm.

Unter den Bäumen vor ihnen saßen achtzig oder neunzig Kinder, Jungen und Mädchen im Alter zwischen sechs und fünfzehn, und hatten die Köpfe eifrig über Übungshefte gebeugt.

Das mit der Schule hatte sie sich also nicht nur so ausgedacht, ging ihm durch den Kopf.

Die Kinder lösten gerade eine Mathematikaufgabe, die mit Kreide an die Wandtafel geschrieben war. Immer wieder sahen sechs bis acht Köpfe vom Boden hoch und Augen huschten über die Tafel wie Vögel, und die kleinen Schnäbel pickten gierig nach dem geistigen Futter, das die stumpfen Bleistifte aufnahmen.

Nur Husten unterbrach die Stille und ab und zu ein leises Gespräch, wenn zwei oder drei ihre Köpfe zusammensteckten, um sich zu beraten, zunächst zaghaft, dann wurde das Gezwitscher mitunter kühner, und plötzlich ertönte ohne Warnung ein derber Trompetenstoß und durchbrach die Stille wie das Zerreißen von alten Kleidern; ein Chor von Protesten und eine Kanonade von Pfuirufen brach los, und sofort dienten die geheiligten Übungshefte lachenden Gesichtern als Fächer.

»Wer war das?« fragte Ropa verantwortungsbewußt, und ein Lachen huschte in ihre Mundwinkel. »Was habt ihr gestern abend gegessen? So, wer hat noch Probleme? Wer Hilfe braucht, soll die Hand heben.«

Zehn, zwölf Hände schossen hoch. Sie ging herum und erklärte, und als sie fertig war, sagte sie: »Nun, gut. Lassen wir die Rechenhefte. Jetzt ist es Zeit für Englisch. Wir haben heute den Genossen Pasi hier, der den Unterricht beobachten möchte.«

Einhundert neugierig aufgerissene Augen schwenkten zu Pasi hinüber, blieben einige Sekunden auf ihm ruhen und wendeten sich dann wieder Ropa zu. Pasi lächelte gequält, seine Finger spielten an seiner Mütze und er wünschte, er sähe etwas repräsentativer aus, um seiner Rolle mehr Glaubwürdigkeit zu verleihen.

»Wir wollen eine Vokabelübung mit Buchstaben des Alphabets machen. Wir sagen erst einmal alle zusammen das Wort vo-ca-bu-la- ry.«

»Vo-ke-byu-ra-ri!« riefen achtzig fröhliche Stimmen im Chor.

»Gut. Wie heißt der erste Buchstabe des Alphabets?«

Sechzig Hände flogen hoch, Finger schnipsten. Die Lehrerin schritt durch die Reihen, drehte den Kopf nach allen Seiten und ermunterte die Schüchternen und Unentschlossenen.

Arme sanken hinunter, kamen wieder hoch und folgten ihr wie Sonnenblumen dem Licht.

»Nhamo.«

Ein siebenjähriger Junge sprang auf und sagte »Aaaa.«

»Äi«, widersprach die ältere Stimme eines Mädchens, das wie zehn oder elf aussah.

»Das stimmt«, sagte Ropa und schrieb den Buchstaben an die Tafel. »Man kann ihn auf zweierlei Weise aussprechen, je nachdem, ob man Englisch spricht oder Shona beziehungsweise Ndebele. Wer kann Wörter nennen, die mit dem Buchstaben ›a‹ anfangen? Ja?«

»Aeroplane!«

»Army!«

»Against!«

»Apple!«

»Enemy!«

»Enemy?« fragte Ropa prüfend und ließ die Hand von der Tafel sinken, auf der sie die richtigen Antworten festhielt. »Fängt ›enemy‹ mit einem ›a‹ an?«

»Es fängt mit ›e‹ an.«

»Wir wollen noch zwei weitere Wörter suchen. Zwei Wörter, die mit ›a‹ anfangen.«

»America!«

»Ja, aber das ist der Name eines Landes.«

»Among!«

»Gut. Jetzt wollen wir Sätze mit diesen Wörtern bilden. Wer kann einen Satz mit dem Wort ›aeroplane‹ machen? Ja ...«

»An aeroplane were flying in the sky.«

»Etwas an diesem Satz ist falsch. Ein kleiner Fehler«, sagte sie und preßte Zeigefinger und Daumen aufeinander. »Wer kann sie verbessern? Ja, Mabasa.«

»An aeloprane was swimming in the sky.«

Gelächter brach los.

»Nein, Mabasa. Du hast den Satz noch schlimmer gemacht. Flugzeuge schwimmen doch nicht, oder? Wer kann den Satz verbessern? Ja ...«

»An aeroplane was flying in the sky.«

»Sehr gut. Was müßt ihr alle tun, wenn ihr ein Flugzeug am Himmel fliegen seht? Ja, Sithembile.«

»Ich winke ihm zu.«

Ein Chor von Buhrufen.

»Zuhause kannst du einem Flugzeug zuwinken. Aber sollst du das hier im Lager tun? *Ungabhaibhisa ndege muno mucamp?* Kefasi, was würdest du tun?«

»In Deckung gehen«, sagte ein neunjähriger Junge in einem zerrissenen T-Shirt.

»Kannst du uns zeigen, wie man in Deckung geht, Kefasi?«

Der Junge trat aus der Menge heraus, duckte sich unter einen Busch und warf sich flach auf den Boden, wobei er den Kopf mit den Händen umklammerte. Ein Beifallsturm erhob sich. Er stand auf, klopfte den Staub von seinen Kleidern und kehrte an seinen Platz in der Menge zurück.

»Sehr gut, Kefasi. Nächstes Wort: army. Ja, Vongai.«

»The big army ...« murmelte ein zehnjähriges Mädchen mit stumpfem Blick.

»Ja, weiter. Beende deinen Satz.«

»The big army ...«, wiederholte das Mädchen, und seine Brust hob sich, als müsse es etwas aus sich herauspumpen.

»Ja, was hat die große Armee getan? Mach weiter, beende deinen Satz. Was hat die große Armee getan?«

»Was burnt a house ...«

Gelächter. Das Mädchen blickte starr um sich.

»Sag es noch einmal. Verbinde die beiden Teile miteinander.«

»The big army was burnt a house ...« sagte das Mädchen mit Nachdruck.

»The big army burnt a house. Sag mir das nach.«

»The big army burnt a house ...«

»Gut. Nächstes Wort. Against. Wer hat heute morgen noch nichts gesagt?«

Ein Wald von Fingern schnellte ihr entgegen.

»Muchadei.«

»The comrades fought against the army.«

»Sehr gut. Noch ein Satz mit ›against‹. Ja ...«

»The car bumped against a mountain.«

Ropa zog hilflos die Augenbrauen hoch. Sie dachte einen Moment lang über die Konstruktion nach.

»Ist das richtig?«

»Crashed«, sagte eine Stimme.

»Ja. The car crashed ... over a mountain.«

Die übrigen Wörter wurden besprochen, dann ging die Klasse zu den Buchstaben ›b‹ und ›c‹ über.

»Möchtest du sie mal unterrichten?«

Pasi zuckte die Achseln und schüttelte den Kopf. Er konnte sich nicht vorstellen, eine Minute da vorn zu überleben, mit diesen eifrigen Händen, die einen attackierten. Ropa schnappte sich ein Übungsheft und hakte so heftig ab, als müßte sie den ganzen Stapel in dreißig Minuten bewältigen.

»Wir haben keine Textbücher und die Kinder sind alle verschieden alt«, erzählte sie ihm. Sie drehte sich wieder zur Klasse um und sagte: »Ich möchte, daß ihr jetzt neun Sätze in eure Hefte schreibt, mit einigen der Wörter, die wir besprochen haben.«

Pasi korrigierte ein halbes Dutzend Hefte. Einige hatten überraschend gut gearbeitet, andere zum Erbarmen.

»Manchmal mache ich nur einen großen Haken, wenn ich zu müde bin, weiter anzustreichen«, gestand sie ihm mit gesenkter Stimme, damit die interessierten Ohren in den hinteren Reihen der Klasse es nicht hörten. »Wie weit hast du die Schule gemacht?«

»Ich bin aus dem *O-Level* geworfen worden, weil ich gegen die Einberufung der Schwarzen demonstriert habe«, erzählte er ihr.

»Ich bin einfach aus der Schule weggegangen. Kannst du dir das vorstellen? Eine Gruppe von Guerilleros ist an unsere Schule gekommen und hat mit uns gesprochen, und sechs Mädchen haben beschlossen mitzugehen. Die Guerilleros waren so mutig und haben zu einer Versammlung aufgerufen, obwohl Soldaten in der Gegend patrouillierten. Es hatte dort gerade Zusammenstöße gegeben, bei denen einige Soldaten getötet worden waren. Die Armee hat zur Vergeltung ein Dorf bombardiert. Wir haben beschlossen, wegzugehen. Ich war eine von den sechs. Ich war auch gerade im *O-Level*. Ich hatte unsere Direktorin satt. Sie war eine unerträgliche Rassistin. Sogar den anderen weißen Lehrern war sie peinlich. Wenn ich ein Kämpfer wäre, würde ich sie als erste zur Strecke bringen!«

»Bekommst du keine Kampfausbildung?«

»Etwas. Nur um zu wissen, wie man sich bei Gefahr verhält. Ich bleibe wahrscheinlich als Lehrerin hier oder gehe in ein anderes Lager. Zur Zeit gehen noch nicht viele Mädchen raus, um zu kämpfen. Glaubst du, daß der Kampf irgendwann mal vorbei ist?«

»Ich weiß nicht.«

»Wann wirst du einer Einheit zugeteilt?«

»Das hat man mir noch nicht gesagt. Ich bin erst seit drei Wochen hier.«

»Du gehst wahrscheinlich bald raus. Normalerweise werden die Leute, die hierherkommen, nach fünf oder sechs Wochen einer Einheit zugeteilt. Hast du keine Angst?«

Er zuckte die Achseln. Sie machte inzwischen in einem anderen verschmierten Heft ihre Häkchen. Er hatte nie richtig darüber nachgedacht, wie es sein würde, in den Kampf zu gehen. Noch nicht. Er war zu sehr damit beschäftigt gewesen, die vielen Veränderungen zu verkraften. Jetzt ließ der Gedanke daran sein Herz heftig schlagen.

Ropa ging in der Klasse umher und sah nach, welche Fortschritte die neu gestellte Aufgabe machte. »Nein«, sagte sie zu einem Schüler, »ihr sollt nur drei Sätze mit ›a‹-Wörtern schreiben.« Oder sie sagte: »Dieses Wort ist falsch geschrieben« oder »Das ergibt keinen Sinn«.

Pasi war sich ganz sicher, daß ihn schon das Reden allein aus der Puste bringen würde, wenn er unterrichten müßte.

»Was ist mit dir los?« fragte sie ein kleines Mädchen, das alle fünfzehn Minuten in die Büsche hinüberging.

Das Mädchen legte die Hand auf seinen Bauch.

»Mabasa, such den Genossen Utano. Sag ihm, daß wir Hilfe brauchen.«

Der Junge rannte los, und Ropa kam zu Pasi und sagte wieder: »Ich mache mir Sorgen um diese Kinder.«

Schon stiegen starke Gefühle der Vertrautheit in ihm auf. Ihm ging durch den Kopf, daß sie etwas schwächlich war, weil sie Hefte korrigierte und sich um Kinder sorgte. Vielleicht war sie einmal kräftiger gewesen. Ihre Stimme, ihre Augen, ihr Mund und ihre langen Fingernägel riefen sein Interesse hervor, aber ihr heftiges, ruheloses Auftreten, die scharfen Linien um ihre Augen und ihre Eigenart, von einem Moment zum anderen zu lachen und wieder ganz still zu sein, verwirrten ihn. Er nahm an, daß sie ungefähr in seinem Alter war. Ihr Alter und ihr jüngeres Aussehen reizten ihn, aber dieser Reiz war mit Furcht vermischt, dieser uneingestandenen jungenhaften Furcht vor Blut und Speichel – der Furcht des heranwachsenden Mannes davor, einer Frau ins Netz zu gehen.

In den Monaten, die er mit Laufen und anderen Übungen verbracht hatte, war ihm das wenige, das er darüber wußte, wie man mit einem Mädchen sprach, fast wieder entfallen. Er hatte noch keine Freundin gehabt, und er hatte bisher mit Mädchen in dem unbekümmerten, scherzhaften Ton gesprochen, den man gegenüber Klassenkameraden anschlägt. Er hatte sich noch nie in einer vertraulichen Art mit einem Mädchen unterhalten, und ihre Offenheit überrumpelte ihn.

Plötzlich wurde ihm bewußt, wie lange er schon hier bei ihr und ihrer Klasse war und daß vielleicht auf der anderen Seite des Lagers, wo die Kämpfer lebten, jemand nach ihm suchen könnte.

»Ich muß jetzt gehen«, erklärte er ihr.

»Was hältst du denn nun von meinem Unterricht?« fragte sie mit erwartungsvollem Blick.

»Du kannst sehr gut mit ihnen.«

Sie lächelte, drehte sich zum Weg um und sagte: »Da kommt Genosse Utano.«

Utano war ein hühnenhafter Mann mit einem runden, fleischigen Gesicht und riesigen Füßen, die in schwarzen Stiefeln steckten. Er trug einen Tarnanzug und hatte über der Schulter eine Maschinenpistole hängen. In einer Hand hielt er einen Erste-Hilfe-Koffer. Er hatte den Kämpfern während ihrer Ausbildung zwei Vorträge über medizinische Grundversorgung gehalten, mit einer Fachkenntnis, von der Benjamin beeindruckt gewesen war. Vielleicht hatte er an der Universität Medizin oder Naturwissenschaften studiert, bevor er in den Busch kam.

Benjamin nahm Haltung an und Utano grüßte mit einem Kopfnicken zurück. »Das ist Genosse Pasi«, erklärte Ropa schnell. »Er ist zu mir in die Klasse gekommen, um mir beim Korrigieren zu helfen.«

Benjamin spielte unsicher mit dem Rotstift, den Ropa ihm gegeben hatte. Utano warf ihm ein halb dienstliches Lächeln zu und drehte sich dann zu Ropa um.

»Hast du irgendwelche Probleme mit den Kindern gehabt?«

»Einige von ihnen haben anscheinend Magenbeschwerden.«

»Ich hoffe, es ist nicht das, was ich befürchte«, sagte Utano und öffnete grimmig seinen Koffer.

»Was ist es?« fragte Ropa und sah ihn eindringlich an. »Ist es Ruhr?«

»Das könnte sein. Und wir haben noch keine neue Medikamentenlieferung vom Hauptquartier bekommen. Was ich habe, reicht nur für die kritischen Fälle. Etliche Mütter haben berichtet, daß ihre Kinder die gleichen Probleme haben. Wie viele sind es hier bei dir?«

Ropa rief den Jungen und das Mädchen herbei, die krank waren, damit sie sich Tabletten holten, die sie ihnen selbst in die flache Hand abzählte.

»Nehmt zwei davon jetzt sofort«, erklärte sie ihnen, »und noch zwei, bevor ihr schlafen geht.«

Die beiden kranken Kinder nahmen die Tabletten in die Faust und gingen zur Wasserstelle.

»Sag mir Bescheid, wenn es noch mehr Probleme gibt«, sagte Utano und machte seinen Koffer zu. »Wann sehe ich dich wieder?«

»Ich weiß nicht«, murmelte Ropa.

Utano grinste sie an, nickte Benjamin kurz zu und ging den Weg zurück, den er gekommen war.

»Er will etwas von mir, stell dir vor«, erzählte Ropa Benjamin, als der Mann gegangen war. »Er hat mir auch die Zigaretten gebracht. Aber seine Frau ist hier im Lager. Sie bildet die Frauen aus. Ich glaube, sie weiß, daß er hinter mir her ist, aber sie hat noch nichts zu mir gesagt. Was würdest du an meiner Stelle tun?«

»Ich weiß nicht.« Er gab ihr den Stift wieder und rückte seine Mütze zurecht.

»Ich mache morgen einen Test mit ihnen«, erzählte sie ihm, und die Kinder in den hinteren Reihen, die es hörten, zischten und machten widerwillige Grimassen nach Schülerart.

»Wenn du vielleicht Zeit hättest, könntest du mir helfen, die Blätter zu korrigieren. Wenn du Zeit hast.«

»Gut.«

Er eilte auf die andere Seite des Lagers zurück. In der Nähe des Gartens drehte er sich um und sah, wie sich Ropas Klasse um Töpfe mit Essen scharte, die einige Frauen gebracht hatten.

Die Kinder hielten ihre Teller in Augenhöhe vor sich, und ihre Lehrerin, welche die meisten von ihnen kaum überragte, ging herum, stellte sie in Gruppen auf, zog das eine oder andere Kind herüber und zählte Köpfe wie eine junge Sonntagsschullehrerin bei einem Kirchenpicknick. Die Stimmen der Kinder waren laut und klangen hungrig und ungeduldig – fast wild. Er konnte Ropas Stimme hören, scharf, nervös und eindringlich, manchmal wie bei einer Schulleiterin mit einem Anflug von Ärger, der dann fast urplötzlich in hilfloses Lachen umschlug.

Als er in sein Lager zurückkam, erfuhr er, daß der Versorgungsoffizier ihn gesucht hatte, um ihm ein Paar Stiefel auszuhändigen. Er ging sofort zum Vorratszelt, mußte aber feststellen, daß alle Stiefel der passenden Größe inzwischen ausgeteilt worden waren, so daß er es mit einem Paar bewenden lassen mußte, das eine halbe Nummer zu klein war und an den Zehen drückte.

An diesem Abend humpelte er mit Schmerzen in den Schuhen herum, weil er wußte, je eher er anfing, sich an sie zu gewöhnen, desto besser.

Es herrschte Aufregung im Lager – eine Wagenladung neuer Waffen war am Nachmittag angekommen, und die Kommandeure der Kampfgruppen waren mit der Verteilung beschäftigt. Pasis Blick fiel auf eine Holzkiste mit nagelneuen Maschinenpistolen, und er fühlte eine unbekannte Woge der Erregung in sich aufsteigen. Die heiße metallische Kraft der Waffe war ihm noch in Erinnerung.

Als sie an diesem Abend bei einem Vortrag über die Mobilisierung der

Landbevölkerung saßen, hörte er den Lärm von Kindern, die drüben auf der Lagerseite der Zivilisten zu einer Trommel sangen und spielten. Er meinte, Ropas Stimme aus dem aufgeregten Geschrei herauszuhören, aber dann kam ihm der Gedanke, es könnte auch die Stimme von jemand anderem sein, vielleicht die einer der Mütter. Er dachte auch an die nagelneuen Waffen. Er erinnerte sich daran, wie Ropa ihn gefragt hatte, was er wegen der Zuteilung zu einer Kampfgruppe fühlte, und plötzlich überlegte er, ob er sich wohl nach dem Vortrag auf die andere Seite des Lagers hinüberschleichen könnte, um Ropa zu sehen.

Er könnte vielleicht wegschleichen und sie suchen, aber er wußte nicht genau, wo sie schlief oder wen er fragen sollte. Er war sich nicht einmal sicher, was er ihr sagen sollte, wenn er sie fände – der Gedanke ließ sein Herz heftig schlagen. Womöglich lief er auch den Lagerwachen in die Arme lief und würde fälschlicherweise für einen Eindringling gehalten. Je länger er darüber nachdachte, desto lächerlicher erschien ihm die Idee, hinüberzugehen und sie zu treffen.

Er saß dort im Gras und spürte den scharfen Geruch seiner neuen Stiefel, und er erinnerte sich an den sanften Schimmer der neuen Waffen in der Holzkiste. Er hatte das Gefühl, als füllte sich seine Nase mit dem Geruch von Metall und neuem Leder. Der Lärm der Kinder brandete an seine Ohren.

Er versuchte angestrengt, sich auf den Vortrag zu konzentrieren. Schweiß tropfte aus seinen Achselhöhlen; er war aufgeregt und gleichzeitig voller Angst.

Und dann war der Vortrag zu Ende, und er ging zu seinem Zelt, um wie die anderen zu schlafen. Das Lachen und Singen auf der anderen Seite des Lagers hatte unmerklich aufgehört. Dort drüben mußte sie schlafen, vielleicht mit den Kindern zusammen. Die Stille der Bäume und die dunkle Ordnung der Zelte machten seine Pläne, hinüberzugehen und nach ihr zu sehen, zunichte.

Am Morgen bekamen sie Gewehre.

Sein Gewehr trug seine Nummer, die er sich merken mußte wie einen zweiten Namen.

An den beiden nächsten Tagen lernten sie, wie man das Gewehr auseinandernahm, reinigte und das Bajonett aufpflanzte und abnahm. Sie erhielten nur ein paar kostbare Schuß Munition, um es auszuprobieren, und nach dem Gebrauch stellten sie die Waffen in das unterirdische Waffenlager zurück.

Als er hinüberging, um Ropa zu besuchen, erfuhr er, daß ihr Unterricht abgesagt war. Viele Kinder waren an Ruhr erkrankt, und die gesunden saßen in Gruppen beieinander, schwatzten oder spielten etwas. Ropa eilte hin und her und verabreichte ihnen Tabletten. Sie lachte nicht mehr so viel. Sie sah besorgt aus, und das machte ihn verlegen und nervös. Er fühlte sich schuldig, weil er ihr angesichts dieser Krankheit die Zeit stahl. Die Krankheit um sie herum machte sie ruhelos und raubte ihrer Stimme den Klang, auf den er sich gefreut hatte.

Tagelang wütete die Ruhr im Lager, dadurch begünstigt, daß die Medikamente knapp waren. Auch einige der Kämpfer erkrankten. Zwei kleine Kinder starben. Pasis Bauch verkrampfte sich, dann durchlief ihn ein Zittern. Zwei Tage lang wartete er voller Furcht auf die gewaltsame Darmentleerung. Dann verschwand der Schmerz auf geheimnisvolle Weise, als hätte er sich alles nur eingebildet. Er war wie durch ein Wunder verschont geblieben.

Er sah seine Genossen dutzendmal zu den Gräben rennen und war heilfroh.

19

Es war einmal, da war jede Mutter ihr eigener Hausarzt. Jeder Haushalt hatte seine zerstoßenen Kräuter und sein eigenes in Fläschchen abgefülltes Gebräu. Immer wieder kam es vor, daß eine Epidemie stärker war als die Kräuter und daß ganze Familien auslöschte, aber es gab immer Überlebende.

Auch heute suchen uns geheimnisvolle Kräfte mit seltsamen Krankheiten heim, die stärker sind als die Spritzen der Ärzte, und dann erinnern sich unsere Mütter mit verzweifelter Hoffnung.

Jede Mutter hat immer noch eine Hacke. Manchmal gräbt sie frühmorgens, manchmal bei Einbruch der Dunkelheit. Sie zieht ihre Strümpfe und die hochhackigen Schuhe aus und schleicht sich in den Busch, wenn niemand in der Nähe ist, der sie sehen könnte.

Wenn sie ein Baby hat, schleicht sie sich mit ihrer Hacke fort oder jemand, der sich auskennt, bringt ihr etwas.

Überall gibt es Busch, auch in den Vororten der Städte. Jeder Quadratmeter Boden wimmelt von Wurzeln. Knollengewächse dringen aus den Betonfundamenten der Häuser, tote Pfähle treiben Blätter durch die Schlammschicht auf den Hütten, Ranken machen sich auf Eingangstreppen bemerkbar.

Wenn sie sich selbst nicht auskennt, fragt sie. Sie fragt ruhig, mit der gedämpften Stimme desjenigen, dessen Vergangenheit von einer angeblich höheren Kultur zerstört worden ist.

Auch im Lager gab es Mütter. Die Epidemie rüttelte sie aus ihrem Schlaf und sie erinnerten sich. Einige von ihnen hatten das Wissen noch, einige hatten es verloren. Andere hatten es nie besessen ...

Auch einige Männer kannten sich aus.

Als die Medikamente ausgingen, wandten sie sich also dem Wald zu.

Sie gruben Wurzeln aus. Sie zerkleinerten sie, mischten sie mit Wasser und tranken die Medizin.

Die Epidemie wütete hartnäckig – sechs, acht, elf starben – und zerstörte alle Hoffnung im Lager. Dann beruhigte man sich, Wurzel kämpfte gegen Erreger, Natur gegen Natur, und die Menschen warteten ab. Vielleicht war es einfacher, verzweifelter Glaube.

Das Sterben hörte auf.

Nach fünf, sechs Tagen kehrte das Lachen zurück und ein Mann vom Widerstandssender kam, um eine Vorführung aufzunehmen.

Das ganze Lager strömte zusammen – Frauen, Kinder, Kämpfer. Lieder wurden gesungen, Reden gehalten, Grußadressen und andere Botschaften wurden sogar für begierige Hörer in Rhodesien live übertragen.

Ropas Klasse sang zwei Lieder und trug Gedichte vor. Als sie fertig waren und sich wieder unter die Menge mischten, kam sie an Pasi vorbei, der im hinteren Teil der Menge stand, und sagte lachend: »Wir haben nur zweimal geübt.«

»Sie haben schön gesungen«, erklärte er ihr.

»Wir haben eine ganze Liedstrophe ausgelassen«, gab sie aufgeregt zurück, »jeder muß das gemerkt haben. Du nicht?«

Sie sah aus, als ob sie gehen wollte. Eine Gruppe von Frauen war in den Kreis getreten; sie tanzten in der Formation einer Raupe und schwangen zum Klang der Trommel aufreizend die Hüften. Die Menge jubelte. Sie erzählte ihm, sie müsse von ihrer Seite des Lagers etwas holen gehen – die Kopie einer Liste mit den Namen der Kinder, die der Radioreporter für die Berichte ins Hauptquartier mitnehmen sollte. Er bot ihr an mitzukommen.

Sie verließen die Menge und gingen langsam durch das im Dunkel liegende Lager, und als sie die Seite für die Zivilisten erreichten, blieb sie vor einer der niedrigen runden Strohhütten stehen und sagte mit einem Lachen: »Das ist das Haus der Lehrerin.«

Sie gingen gebückt durch den Eingang der Hütte. Er mußte sich tief hinunterbeugen, um nicht mit dem Kopf gegen das Dach zu stoßen. Sie kramte auf dem Boden, entzündete ein Streichholz und machte eine Paraffinlampe an.

Er sah eine Strohmatratze, eine Decke, einen afrikanischen Kamm, ein

Stück blaue Seife, ein Fläschchen Vaseline, einen kleinen Plastikbeutel mit Watte und zwei Stapel khakifarbene Übungshefte.

Sie griff unter den einen Stapel mit Heften und holte eine Liste auf braunem Manilakarton hervor.

»Ich habe vergessen, einen Namen auszustreichen«, sagte sie mehr zu sich selbst und fuhr mit dem Fingernagel die Reihe der Namen entlang.

Er kniete auf einem Bein und sah über ihre Schulter auf die Liste. Die Vornamen waren in kleinen, die Nachnamen in Großbuchstaben geschrieben. In den anderen Spalten standen die Geburtsdaten, die Namen von entfernten Städten und Dörfern, die er zwar kannte, die ihm aber auf diesem braunen Karton trotzdem obskur und fremd vorkamen. Einige Namen, sechs oder vielleicht sieben, waren ausgestrichen, und nun strich sie einen weiteren.

»Es ist letzte Woche gestorben.«

Er hatte gesehen, wie die Frauen aus dem Busch zurückkamen, still, die Hände auf dem Rücken verschränkt, und eine nach der andere die Hände in einer Waschschüssel wuschen.

Sie schloß das Aktenstück wieder. Sie zeigte ihm ein anderes Buch und sagte: »Hier stehen meine Gedichte drin.«

Er blätterte das Buch durch – es waren Gedichtzeilen, die sie in ihrer kühnen, flüchtigen Handschrift, meist nicht mehr als zwei Strophen, manchmal eine Zeile durchgestrichen, so als seien sie sehr eilig heruntergeschrieben worden. Sie handelten alle vom Krieg.

Er hatte sich nie viel aus Poesie gemacht, aber diese Zeilen gefielen ihm. Ihr Gesicht war dicht bei seinem und suchte im gelben Lichtschein unruhig nach Bestätigung.

»Ich habe sie noch keinem gezeigt. Ich schreibe nur nachts, wenn ich nichts anderes zu tun habe ...«

Plötzlich wußte er, daß er sie umarmen würde.

Ihr Mund roch nach Zigaretten, aber es war kein so starker Geruch, wie er erwartet hatte. Ihre Zunge war nicht so naß, wie die Zunge eines anderen Menschen nach seiner Erwartung hätte sein müssen. Sie hatte einen leicht salzigen Geschmack, als hätte sie gerade einen Streifen von gewürztem Trockenfleisch gegessen. Ihr Körper roch nach Vaseline, mit einem Hauch von Staub, und ihr Haar nach Decken, Seife und Feuer. Er spürte ihre Fingernägel auf seinem Nacken, seinem Gesicht, seiner Brust, fühlte ihre Bluse, ihre Hände, die sein Gesicht an ihre Brüste zogen, ihre Hände, die sein Gesicht zu den beiden Spitzen ihrer Brüste hinzogen.

Ihre Brustwarzen in seinem Mund.

Seine Hände streichelten sie, umarmten sie, drückten sie fest an sich und suchten voller Angst, aufgehalten zu werden, nach ihrem Zentrum.

Er berührte etwas, etwas festes und weiches, von dem er wußte, daß es nicht zu ihrem Körper gehörte ...

»Ich bin in zwei Tagen wieder in Ordnung«, sagte sie und hielt ihn auf. Sie blies das Licht aus, und beide verließen sie die Hütte.

Benommen folgte er ihr zurück zu der lärmenden Menge.

Er wachte von einem ungewohnten Geräusch auf.

Es waren mehrere laute Sirenen, deren Lärm erst anschwoll, dann in Explosionen zerbarst und schließlich wieder schwächer wurde.

Ein wildes Durcheinander von Schreien brach in der Morgendämmerung aus. Er sprang durch die Zeltöffnung in den Staub und den Rauch und versuchte, die Bäume zu erreichen. Im gelblichen Lichtschein sah er überall Gestalten fliehen und stolpern.

Das Heulen kam wieder und stürzte vom Himmel. Ein Dutzend Hunter-Flugzeuge raste vorbei und ließen Rauchpilze hinter sich. Er wurde von der Erschütterung zu Boden geworfen. Vor lauter Staub hustend und blind vom Rauch sprang er über ein brennendes Zelt und stolperte über Körper, die sich in den Trümmern verfangen hatten.

In der vorübergehenden Stille hörte er Stimmen rufen, gellend schreien, weinen und Füße durch das Laubwerk stürzen, und er rannte zwischen den Bäumen durch.

Neue Geräusche tauchten vom Himmel auf – das Knattern von Hubschraubern. Eine Reihe von Hubschraubern glitt im Bogen über das Lager und schloß die Flüchtenden ein.

Eine Gruppe von Leuten machte kehrt und rannte den Weg zurück, den sie gekommen war, zurück in die Mitte des Lagers. Körper wurden von den Maschinengewehren der Hubschrauber umgemäht.

Er hastete durch die wilde Menge, die sich in die Mitte zurückbewegte. Blätter regneten auf ihn nieder, Kugeln spritzten rechts und links von ihm auf die Felsen.

Er sah vor sich Kinder ausgestreckt im Gras liegen. Eine nackte Frau kam an ihm vorbei durch die Büsche gestürmt, sie ruderte mit den Armen und ihre dicken schlaffen Brüste schwappten um sie herum. Vor ihm schwenkten zwei Kämpfer ein Luftabwehrgeschütz aus dem Blattwerk.

Die Hubschrauber brausten über die Baumwipfel hinweg vorwärts, dorthin, wo er gerade lief, zogen einen größeren Kreis und jagten die Menschen nach innen zurück. Die Kinder kehrten um in Richtung auf die Mitte des Lagers. Vor ihm wurde die dicke Frau in die Luft geschleudert, dann stürzte sie zu Boden. Er hastete an ihr vorbei weiter über eine Reihe von kleinen Körpern weg vom Lager.

Er befand sich im offenen Gelände und stampfte durch den Garten. Kohl knickte links und rechts von ihm um, mit Blei vollgepumpt. Die Kugeln heulten in seinen Ohren, und er rannte weiter.

Die Hubschrauber flogen bis zur Mitte, dann machten sie immer noch feuernd kehrt, tauchten wieder hinab und flogen nach außen, um ein neues, noch größere Netz zu spinnen. Hinter sich hörte er das Dröhnen der Flugabwehrgeschütze und das Hämmern der AK 47 der Guerilla über dem tack tack tack der rhodesischen FNs, auf das ein Knirschen von Metall folgte. Zwei der Hubschrauber kamen ins Trudeln, stießen Rauch aus und stürzten zwischen die Bäume. Die Gewehre knallten wieder und die übrigen Hubschrauber verteilten sich, fegten noch einmal lärmend über das Lager und verschwanden am Horizont.

Er arbeitete sich durch die Bäume, bis er an den Fluß kam. Atemlos sank er auf die Knie. Trotz des Aufruhrs in seinem Herzen nahm er Geräusche vom Lager her wahr – Stimmen kreischten und schrien gellend, Feuer knisterte.

Die Sonne war aufgegangen und Vögel zwitscherten. Er stand auf und kroch langsam zurück zum Lager.

Der Wald war mit Körpern und Kleidungsstücken übersät. Eine in eine Decke gehüllte Frau stieß mit ihm zusammen, sie hatte die Hände um den Kopf geklammert, weinte und stampfte mit den Füßen auf den Boden.

Ein nackter Junge lag auf einem Felsen und hielt seinen Arm fest, der halb von Napalm zerfressen war.

Er sah, wie zwei Mädchen aus der Abortgrube kletterten, über und über voll von Exkrementen.

An einem Flugabwehrposten kniete ein Kämpfer über seinem Kameraden, der einen Kopfschuß abbekommen hatte.

Er stolperte weiter zu dem qualmenden Wrack eines ausgebrannten Hubschraubers. Zwei rhodesische Soldaten waren aus dem brennenden Wrack geschleudert worden und lagen tot über einem Termitenhügel. Ihre blauen Augen starrten fast lebendig aus Gesichtern, die absichtlich geschwärzt waren. Der Vorderteil des Hubschraubers sah wie der Totenschädel eines riesigen Vogels aus. Im Innern sah er zwei weitere verkohlte Gestalten, die über Maschinengewehren kauerten.

Das Zentrum des Lagers war ein einziges Feuermeer. Eine Gruppe von Männern schlug die Flammen mit grünen Ästen aus. Es schien, als gehörte zu jeder verstümmelten Gestalt, die durch diesen Rauch stolperte, ein zerfetzter Körper, ein körperloses Bein oder eine Hand, eine Masse napalmverbrannter Glieder oder Klumpen von verkohltem Fleisch, die auf dem Boden oder im Gebüsch herumlagen.

Ein Kämpfer stürmte mit hoch erhobener Maschinenpistole in einer Hand durch den Rauch und schrie: »Bastarde! Bastarde!« Ein Gruppe von Männern schleppte unter Aufsicht eines Kommandeurs eilig Kisten mit unbeschädigten Waffen und Munition aus der Reichweite des Feuers weg.

Er nahm sich einen herumliegenden Ast und schlug mit mechanischen Bewegungen und verzweifelter Energie das Feuer aus. Plötzlich rannte er mitten durch die Feuerherde zwischen Männern, Frauen und Kindern hindurch. Er sprang von einer brennenden Hütte zur anderen, wich den züngelnden Flammen aus und drehte auf dem Boden liegende Körper um, damit er die Gesichter sehen konnte.

Er sah wieder die in eine Decke gehüllte Frau, die vor ihm wie ein geköpftes Huhn umherlief und mit den Füßen aufstampfte. Einige bewaffnete Kämpfer trugen verletzte Kinder auf den Armen vorbei.

»Ropa, Ropa!« schrie er.

Sie lag ausgestreckt, das Gesicht auf dem Boden, unter dem Baum, dort, wo einmal ihr Klassenraum gewesen war und hielt in jedem Arm ein Kind umklammert. Sie trug nur einen Rock. Es mußte sie erwischt haben, als sie gerade aus ihrer Decke herausgekommen war. In ihrem Rücken waren Einschußlöcher, als wäre sie ein Pappkarton, den man mit Nägeln durchlöchert hatte.

Er schüttelte sie. Er drehte sie um. Er drehte ihr Gesicht nach oben.

Ihre Augen waren geöffnet und starrten ihn an, starrten durch ihn hindurch; ihr Mund war zu einem letzten Ausdruck des Schmerzes verzerrt. Dieses Mädchen mit den Falten auf der Stirn, diese Kindfrau, deren richtigen Namen er nicht kannte, die ihn gebeten hatte, zwei Tage zu warten.

Ihr Gesicht erschreckte ihn. Es erzählte in einer seltsamen Sprache von Blut und plötzlichem Tod. Er ließ ihren Kopf langsam in den Staub zurückgleiten, und plötzlich rannte auch er schreiend los, die Fäuste zum Himmel gereckt, rannte überall und nirgendwo hin und brüllte »Bastarde! Bastarde!«

20

Du wirst diese Worte niemals sehen oder hören, weil ich weder Stift noch Papier habe, um sie aufzuschreiben, und nicht einmal diese Bäume und Felsen können sie hören.

Ich sage diese Worte nur zu mir selbst, weil du dir um mich Sorgen machen mußt, obwohl ich nicht das Gefühl habe, daß ich zu irgendetwas anderem gehöre als zu dieser Erde, auf der ich schlafe.

Ich sage dies nur, weil sie dir Ärger gemacht haben müssen, als sie erfahren haben, daß ich weggegangen bin, aber ich nehme an, es geht dir gut.

Ich weiß, daß du dir um mich Sorgen machst, aber das solltest du nicht.

Ich habe keine Angst.

Ich sage dies, weil ich manchmal etwas sagen muß, denn wir sprechen untereinander nicht über solche Dinge, und gerade wenn letztlich niemand diese Worte hört, kann ich sie sagen.

Wenn du gesehen hättest, wie diese kleinen Kinder tot unter den Bäumen lagen, mit abgerissenen Armen, und wie diese nackten Mütter durch den Busch gerannt sind, dann wüßtest du.

Wenn du diese Feuer gesehen hättest, vielleicht würdest du dann nicht mehr schimpfen.

Wenn du gesehen hättest, wie sie da lag, mit beiden Händen ein Kind umklammert, dann wüßtest du, daß es keinen anderen Weg gibt als diesen.

21

Die alte Frau kniete am Rand des Brunnens und lehnte sich hinüber, um ihren Eimer in das Wasser hinabzulassen. Sie ließ ihn zur Hälfte vollaufen, dann zog sie ihn hoch. Ihre Schultern knirschten von der Anstrengung. Sie hielt den Eimer vorsichtig schräg. Etwas Wasser platschte in den Brunnen zurück. Sie zog den Eimer ganz hinauf und stellte ihn mit einem sanften Aufprall neben ihren Füßen ab. Sie kniete vorsichtig am Eimer, tauchte einen Flaschenkürbis in den Brunnen und leerte den Inhalt solange in den Eimer, bis dieser voll war.

Sie tauchte den Flaschenkürbis ein letztes Mal flach unter, ließ ihn über die graue Wasseroberfläche gleiten, neigte den Kürbis zu ihrem Gesicht und trank daraus. Sie legte den naß glänzenden Kürbis ins Gras und brach, noch immer auf den Knien, grüne Zweige von den Büschen um sie herum ab, die sie über den Eimer legte, damit das Wasser nicht herausschwappte, wenn sie ihn auf den Kopf hob.

Sie hielt inne, um sich eine Pause zu gönnen und wieder Atem zu schöpfen, bevor sie ihn hochhob.

Die Sonne stand über den Baumwipfeln. Bis zum Sonnenuntergang würde es noch einen flüchtigen halben Nachmittag dauern, aber trotzdem dachte sie bereits an die Dunkelheit, an ihren Topf *mfushwa*, das auf dem Feuer schäumte, und an die nächtlich wiederkehrende Schlaflosigkeit. Sie lauschte auf das entfernte Rasseln der Kuhglocken und auf die schallenden Rufe der Hirtenjungen, die mit dem Wind lauter und leiser erklangen, und sie dachte daran, ob ihr Enkel wohl schon begonnen hatte, seine Herde zusammenzutreiben, um nach Hause zurückzukehren. Vielleicht war er auch noch am Damm und fischte. Dann würde er erst nach Einbruch der Dunkelheit mit einem Eimer Brassen heimkommen und wie ein Phantom aus der Dunkelheit hereinschlüpfen.

Ein geborgtes Kind, um das sie sich mehr Sorgen machte als um sich selbst. Seine Eltern lebten weit weg in der Stadt und sie hatten ihn, ihr jüngstes Kind, an sie verliehen. Ihn an sie verliehen, diesen zwölfjährigen Jungen, zusammen mit dem fünf Morgen großen Feld und den sieben Stück Vieh und zwei Hütten, in denen sie sich die letzten Jahre ihres Lebens kümmerlich durchschlug. Sie machte sich Sorgen, so wie alte Leute Gespinste der Angst um die Jungen weben. Wenn er schwimmen ging, fürchtete sie, er könnte ertrinken. Wenn er nach Einbruch der Dunkelheit heimkam, fürchtete sie, eine giftige Schlange könnte auf dem Weg auf seine Ferse lauern. Wenn er Fisch aß, fürchtete sie, er könnte eine Gräte verschlucken. Wenn er auf Obstbäume kletterte, konnte er hinunterfallen und sich das Genick brechen. Wenn er neben dem Feuer einnickte, konnten seine Kleider Feuer fangen. Wenn es regnete und er war draußen im *vlei*, konnte ein Blitzstrahl sein Lebenslicht ausblasen. Wirbelwinde konnten ihn davontragen, Fremde ihn entführen (tatsächlich war einmal ein Kind gestohlen und tot, mit herausgeschnittenem Herzen aufgefunden worden – man wußte ja, was die Brut von Geschäftsleuten alles tat, um mehr Leute in ihren Laden zu locken). Für sie war nichts sicher. Die Elemente selbst, Luft, Wasser, Erde, schienen sich gegen sie verschworen zu haben.

Manchmal wollte sie es nicht glauben, daß sie eine alte Königin hätte gewesen sein können, eine Matriarchin mit einer Menge Enkelkindern, die am Feuer wunderbar Geschichten erzählte, gemütlich in einem großen Haushalt lebte, mit einer Reihe von Schwiegertöchtern, die ihr Ehrerbietung zollten und ihr den Weg ins Grab erleichterten. Die Städte waren schuld, sie hatten ihr den Glanz ihrer letzten Jahre geraubt und ihr nichts gelassen als diese Asche der Einsamkeit und dieses eine Kind, um das sie sich kümmerte ...

Die Büsche um sie herum knackten und sieben junge Männer sprangen heraus und umringten sie. Ihr plötzliches Erscheinen, der Weg, den sie gekommen waren und ihre unter großen Lasten gebeugte Rücken erschreckten sie.

Wenige Schritte von ihr entfernt blieben die jungen Männer stehen, schlugen die Hacken zusammen und nahmen die Mützen ab. Einer von ihnen sagte: »Sei gegrüßt, Großmutter.«

Ihre runzlingen Lippen öffneten sich und zuckten.

»Seid gegrüßt, meine Söhne«, stimmte sie an und legte ihre knorrigen Hände übereinander.

»Wie ist deine Gesundheit, Großmutter?«

»Ganz gut, meine Söhne... so gut es Leuten wie mir eben gehen kann...«

»Und wie geht es unseren Müttern?«

»Es geht ihnen gut«, sagte sie wieder.

»Und unseren Brüdern und Schwestern?«

»Auch ihnen geht es gut.«

»Und den ganzen kleinen Kindern?«

»Es geht ihnen gut, allen geht es gut. Nur die kleinen Unpäßlichkeiten des menschlichen Körpers – Schnupfen, Husten, aber habt ihr schon mal etwas von einem Medikament gegen Erkältungen gehört?«

»Können wir etwas Wasser haben, Großmutter?«

»Ja, natürlich ... ihr braucht nicht zu fragen.«

Sie schöpfte einen Flaschenkürbis voll aus dem Brunnen und reichte ihn dem Sprecher. Er trank aus und gab ihr den Kürbis zurück. Sie füllte den Kürbis wieder und der Sprecher trank noch einmal, als hätte er den Magen von zwei Männern. Immer wieder füllte sie den Kürbis; die anderen traten einzeln vor und tranken in so großen Zügen wie Rinder, die aus einer tiefen Senke zurückkehrten oder Ochsen, die gerade vom Joch befreit worden waren.

»Meine alten Augen sind leere Hülsen, meine Söhne«, erklärte sie, als sie getrunken hatten und der Kürbis im Gras ruhte, während sie sich ihre müden Stirnen abwischten. »Ich bin wie ein altes Huhn, das seine Küken nicht wiedererkennt ...«

Dies sagte sie, um sich zu entschuldigen, um ihre Zweifel und ihre Angst zu mildern und die Überraschung über den Durst der Männer zu verbergen.

»Weißt du, wer wir sind, Großmutter?« fragte der Sprecher. Sie wunderte sich über das jugendliche Selbstvertrauen in seinem Lächeln und über das aufmerksame Schweigen seiner Kameraden, die ihr plötzlich das Gefühl gaben, als könnte es sich nur um Leute handeln, die sie eigentlich wirklich kennen müßte. Sie warf einen tiefen, argwöhnischen Blick auf die Gesichter um sie herum, in ihren Augen stand immer noch der Zweifel.

Sie schüttelte den Kopf.

»Hast du schon von *chimurenga* gehört?«

Sie starrte die jungen Männer an.

»Was ist mit *Chaminuka* und *Nehanda*? Hast du etwas von ihnen gehört?«

Jetzt schüttelte sie den Kopf langsam und ungläubig.

»Wir sind die Kinder von *Chaminuka* und *Nehanda*.«

Das Lachen auf ihren Gesichtern verwirrte sie. Sie schienen sich einen Scherz mit ihr zu erlauben.

»Danke für das Wasser. Du siehst uns wieder: oder wenn nicht uns, dann unsere Freunde. Auf Wiedersehen.«

Damit standen sie auf und gingen davon. Sie hob ihre runzlige Hand und winkte, zu spät, denn sie waren schon verschwunden.

Das konnten alle möglichen Leute gewesen sein – dachte sie. Es kamen neuerdings viele Fremde ins Dorf. Vor einigen Jahren waren *vanhu vemakandiwa* vom Büro des Bezirkskommissars dagewesen, die auf den Feldern der Leute mit langen farbigen Stangen auf- und abgingen, Pflöcke in den Boden stießen und veranlaßten, daß jedes Feld durch Grasstreifen oder Gräben zerstückelt wurde. Um den Boden zu schützen, sagten sie. (Wer hatte je gehört, daß man Boden schützen mußte? Wer hatte je gehört, daß Felder Grasstreifen haben müßten, damit Mäuse darin brüten konnten, und Gräben, über die man kriechen mußte? War das nicht wieder eine von den neuen Methoden des weißen Mannes, mit denen er den Schwarzen das Leben schwer machte, so wie er auch angeordnet hatte, die Stückzahl der Viehherden zu senken?) Und *vanhu vesenzasi* waren dagewesen, um die Angehörigen jedes Haushalts zu zählen. (Wer hatte je gehört, daß man Menschen wie Rinder zählte?) Und zuvor, im gleichen Jahr, in dem die letzte ihrer Schwestern gestorben war, zu der Zeit, in der die Erdnüsse blühten und die *maroro*-Früchte reif zum Anzapfen im *vlei* hingen, da waren *vanhu vetsetse* gekommen und mit kleinen Eimern und Schläuchen auf dem Rücken herumgelaufen, und sie hatten kleine weiße Rauchwolken in die Bäume geblasen, um die Tsetsefliegen zu vernichten. Dann waren in dem Jahr, in dem die Heuschrecken über das Land schwärmten, Straßenbautrupps dagewesen, deren Monster aus Eisen und Gummi ganze Bäume mit den Wurzeln aus der Erde rissen, lärmende, geschäftige Männer, die in Kesseln *sadza* kochten und von genau solchen Schaufeln aßen wie die, mit denen sie die Erde aufrissen. (Wer hatte je von Männern gehört, die von Schaufeln aßen?) Daran erinnerte sie sich, ja, und an die Männer in den weißen Lastwagen, die den Dorfbewohnern Spritzen gaben, als *gwirikwiti* ausgebrochen war.

Diese jungen Männer hätten solche Leute sein können, dachte sie, die neue Anweisungen des weißen Mannes überbringen.

Zeit ihres Lebens hatte es Veränderungen gegeben, so viele neue Dinge geschahen. Zu viele, um sie in ihrem alten Kopf zu behalten. Sie hatte gesehen, wie Autos und Radios ins Dorf kamen; sie hatte gesehen, wie Kinder geboren wurden und zu Männern heranwuchsen, die nicht mit der Sonne aufstanden, um in der taufrischen Morgendämmerung den Bock zu jagen, sondern die unter den Dachvorsprüngen saßen und zusammen mit Frauen Tee schlürften, die keine Bastmatten oder Körbe mehr flechten und nicht mehr auf einem Stein Erdnußbutter mahlen konnten – eine ganze Generation von Menschen, die nicht die Loblieder auf ihre Totems singen konnten. Wie andere Angehörige ihrer Generation hatte sie längst aufgehört, über die Veränderungen zu murren, sondern sich mit ihnen abgefunden. Sie war stolz darauf, daß sie sich auf die Veränderungen eingestellt hatte.

Aber noch keine dieser Gruppen, die ihr jetzt ins Gedächtnis rückten, waren auch nur annähernd so gewesen wie diese jungen Männer, die nur um Wasser gebeten hatten. Keine von ihnen hatte solche Kleidung getragen oder so gesprochen. Keine von ihnen hatte solche Fragen gestellt oder *Nehanda* und *Chaminuka* erwähnt.

Diese Namen aus der Vergangenheit auf den Lippen solcher Kinder (ja, diese jungen Männer kannten wirklich ihre Geschichte), das hatte sie verblüfft. Das verschmitzte Lachen dieser jungen Gesichter ließ sie sich fragen, ob sie ein Spiel mit ihr trieben. Trotzdem waren sie Fremde, ja. Die Lasten auf ihrem Rücken, der Schmutz auf ihrer Haut und der Durst in ihren Gesichtern sprachen wortlos von weiten Wegen. Als sie sich umdrehten, hatte sie die Gewehre auf ihren Rücken gesehen.

Sie konnte ein Gewehr erkennen, wenn sie eines sah. Sie kannte sie. Ihr Vater hatte einmal vor ewig langer Zeit ein Gewehr besessen, bevor die Wälder Straßen und menschlichen Ansiedlungen wichen und als man die Weißen, die in der Gegend wohnten, noch an beiden Händen abzählen konnte; lange bevor große und kleine Städte Hügel und Täler verschlangen, als die Wälder noch so dicht waren, daß ein Jäger, wenn er aus seiner Hütte schlich, schon auf Wild gestoßen war, bevor der Topf mit Wasser, den seine Frau aufs Feuer stellte, auch nur zu kochen anfing. Das Gewehr ihres Vaters war lang und schmal gewesen, anders als die Waffen der jungen Männer. Er hatte es benutzt, um Böcke zu jagen, aber zur Erntezeit hatte er es manchmal auch bei Trommel- und Bierfesten auf dem Höhepunkt eines Kriegstanzes drohend geschwungen und damit in die Luft geschossen hatte. Daran erinnerte sie sich, obwohl sie damals erst ein kleines Mädchen von wenigen Jahren gewesen war, das den Ellbogenstößen der älteren ausweichen mußte und gerade alt genug war, sich die Nase zu schnauben.

Chimurenga. Hatte der junge Mann *chimurenga* gesagt? Sogar das kannte sie. Als sie gerade sprechen konnte, hatte ihre Mutter sie einmal zusammen mit den Säuglingen anderer Frauen in einer Höhle verstecken müssen. Die Männer waren fortgegangen, um gegen die Weißen Krieg zu führen, und das Dorf war verlassen gewesen. Viele Männer waren ums Leben gekommen – Großväter, Väter, Ehemänner und junge, unverheiratete Männer, Männer, deren Tod monate-, jahrelange Trauerzeremonien nach sich gezogen hatten. Ja, und die Namen *Chaminuka* und *Nehanda* waren damals gefallen, lange bevor die römisch-katholischen Mönche eine Kirche in der Township errichteten.

Das war viele Jahre her – so lange, daß die Männer, die damals geboren wurden, bereits Kinder hatten und diese Kinder Enkel. So lange, daß drei Generationen dieser Nachkommenschaft das Land verlassen hatten, um auf den Farmen, in den Häusern und Städten der Weißen, die ihnen ihr Land weggenommen hatten, Arbeit zu suchen.

Hatten diese jungen Männer gesagt, sie wären Kinder von *Nehanda* und *Chaminuka*?

Warum, ja, sie hatte von ihnen gehört, von diesen jungen Männern, die Gewehre trugen und von einem neuen Krieg gegen die Weißen sprachen. Die Nachrichten kamen in dünnen Fetzen wie der Rauch vom Feuer eines Räubers. Jahrelang hatten die Leute über sie gesprochen, und ab und zu brachte irgendjemand im Dorf Geschichten von jemandem mit, den sie getroffen hatten und der vielleicht mit ihnen zu tun gehabt hatte. Sogar die Radiosender waren voller Neuigkeiten über sie, obwohl die Berichte wie erfundene Geschichten klangen, die man sich am Feuer erzählte. Waren dies die jungen Männer gewesen, von denen man behauptete, sie könnten sich in Löwen oder Chamäleons verwandeln ... oder sogar in Luft auflösen und deren Fußstapfen von selbst verschwänden, sobald sie fortgegangen waren?

Sie dachte daran, was die jungen Männer gesagt hatten, und wurde von Erregung ergriffen.

Sie hatte Lust, ins Dorf zurückzulaufen, um jemandem die Neuigkeiten zu eröffnen. Sie hatte Lust, ihrem Enkel zu erzählen, daß sie ›sie‹ getroffen hatte, diese Jungen im Busch, von denen alle Welt sprach, daß sie sie mit ihren eigenen Augen gesehen und mit ihnen gesprochen hatte und daß sie aus ihrem höchsteigenen Kürbis getrunken hatten.

Aber dann spürte sie einen Druck in sich aufsteigen, der sie mit einer prophetischen Furcht erfüllte. Ihr sechster Sinn warnte sie: »Vorsicht. Sei still.« In ihrem Kopf malte sie sich bereits neue Katastrophen aus. Plötzlich wollte sie nur noch nach Hause, nach Hause zu ihrem Enkel.

Sie ging schwankend durch den Busch, und der Eimer auf ihrem Kopf bespritzte sie über und über mit Wasser und durchnäßte ihr Kleid. Sie bemerkte die verdrehte Wurzel nicht, die aus den Weg ragte und sich an ihrer Ferse verfing und sie samt dem Eimer auf ihrem Kopf zu Boden stürzen ließ ...

Geschäftsmann Mlambo war damit fertig, die Tageseinnahmen zu zählen, verstaute das Geld in einem kleinen weißen Beutel, blies die auf dem Ladentisch aufgereihten Kerzen aus und ging hinaus, um seinen Laden abzuschließen. Auf der dunklen Veranda suchte er in seiner Tasche nach den Schlüsseln. Die Luft war staubgeschwängert. Ein Lastwagen war gerade auf der sandigen Straße vor seinem Laden vorbeigefahren. Er konnte noch den Schein der Lichter erkennen, die den Waldrand am Horizont durchschnitten, während das Brummen und Rattern des Motors mit zunehmender Entfernung leiser wurde. Bald setzten wieder die nächtlichen Geräusche ein – Glockengeläut von einer Kuh, die sich in die Felder verirrt hatte, Froschgequake vom Fluß, das Zirpen der Grillen, Frauenstimmen, die von irgendeinem Haus auf einem Hügel durch die Nacht drangen.

Jedesmal, wenn er seinen Laden abgeschlossen hatte, blieb er auf der Veranda stehen, um die Nacht zu beobachten. Er verbrachte den ganzen Tag im Geschäft hinter dem Ladentisch und verkaufte blaue Seife, Brot, Paraffin, Kerzen, Speiseöl und billige Baumwollkleidung an die Landbevölkerung. Jeden Tag war er vom Morgengrauen bis zur Abenddämmerung in diesem Laden und kam nur für wenige Minuten an die Sonne, wenn die Lieferwagen vor seinem Laden hielten und er hinausgehen mußte, um die Waren zu überprüfen, oder wenn er einen Freund, der ihn besucht hatte, auf die Straße hinausbegleitete. Seit er seinen Job im Kaufhaus, das einem Inder gehörte, aufgegeben und sein eigenes kleines Geschäft mitten in der kargen Provinz eröffnet hatte, dort, wo Leute mit seiner Hautfarbe sich selbständig machen durften, verbrachte er nun schon jahrelang die Tage im Halbdunkel dieses Ladens und die zwei oder drei Abendstunden bei Kerzenlicht. Wenn er nach Ladenschluß herauskam, wartete deshalb auf seiner Türschwelle immer schon die Nacht mit ihren Gerüchen nach *muhacha*, Kuhdung, Feuer und Elefantengras und flüsterte aus dem Obstgarten vor seinem Laden: »Na, na, Mlambo, du hast immer, jeden Tag, dein ganzes Leben lang hart gearbeitet. Der Tag ist vorbei, die Sonne untergegangen. Die Fledermäuse sind unterwegs und streichen durch den Abendnebel. Die Eulen schreien auf den Bäumen. Die Kühe käuen schläfrig in ihren Ställen wieder. Deine Frau und deine Kinder sind längst von den Feldern zurück und sitzen ums Feuer und warten darauf, daß du nach Hause kommst. Dein Platz oben an der Feuerstelle ist leer. Du kannst wenigstens eine Minute lang hier stehenbleiben und mich einatmen, bevor du schlafen gehst.«

»Ich werde Urlaub nehmen«, antwortete er dann und rüttelte an den einbruchsicheren Türen, um sich zu vergewissern, daß sie verschlossen waren. »Dieses Jahr werde ich Urlaub nehmen. Den Laden schließen und mit meiner Familie irgendwo hinfahren, einige Orte besuchen, irgendwo...«

»Ich werde eine Pause einlegen«, erzählte er den Krähen, die im Obstgarten lachten und kreischten: »Dein Urlaub sieht so aus, daß du in dein Dorf gehst, um zu pflügen und zu säen, Mlambo«.

»Ich werde Urlaub machen«, beharrte er eigensinnig, vergeblich, Jahr für Jahr, wenn er zu seinem Datsun-Lieferwagen hinüberging, den er unter einem Mangobaum geparkt hatte, jede Nacht ...

»Wer ist da?«

»Wer ist da?« rief er ein zweites Mal, als eine Gestalt hinter seinem Lastwagen hervorsprang. »Was willst du?«

Seine Gedanken rasten und überschlugen sich. Nun war es also soweit. Früher oder später mußte es passieren. Jeder Geschäftsmann mußte damit rechnen. Es war ihm schon einmal passiert, fünf Jahre zuvor. Drei Männer bei Ladenschluß. Sie waren aus dem Obstgarten gekommen und hatten ihn von hinten gepackt. Er hatte aus irgendeinem Grund nicht geschrien. Es hätte ihn ohnehin niemand gehört. Sie hatten ihm in den Magen geboxt, den Beutel gepackt und waren mit den Einnahmen vom Monatsende in den Busch gerannt. Leute, die er vielleicht am selben Tag auch hinter dem Ladentisch bedient hatte.

Er dachte schnell.

Er könnte zu den Bäumen hinter dem Laden fliehen, wenn er es wagte, oder sich blind in die Dunkelheit stürzen und den Fremden mit dem Wagen machen lassen, was er wollte, solange er nur den Beutel und sein Leben rettete.

»Hab keine Angst«, sagte der Fremde und kam langsam näher.

»Was willst du?«, keuchte Mlambo und trat mißtrauisch zurück.

Andere Gestalten näherten sich und umringten ihn.

»Mach nur leise deinen Laden auf«, sagten sie.

Er ging langsam zurück, während die Männer ihm folgten, und schloß die Türe auf.

»Mach das Licht an.«

Er hantierte mit einer Streichholzschachtel, brachte ein Streichholz zum Brennen und zündete eine Kerze an.

»Weißt du, wer wir sind?«

Im Schein der Kerze erkannte er, daß es sich um bewaffnete Männer handelte.

Er hatte sie nie zuvor gesehen, aber er wußte sofort Bescheid. Seine Überraschung über ihren Anblick ging im Sturm seiner Gedanken unter. Von Räubern, Mördern, Brandstiftern hatte man im Radio gesprochen, von Plünderung, Tod und Blut.

»Weißt du, wer wir sind?«

Er blickte von einem zum anderen. Er schüttelte den Kopf.

»Hast du von der Guerilla gehört?«

Instinktiv umklammerte Mlambo den Geldbeutel fester und drückte ihn zusammen. Die Geldscheine darin knisterten. Einer der Männer nahm ihm den Beutel ab und sah hinein.

»Zwölf Jahre, wenn du ihre Anwesenheit nicht meldest«, hämmerte es in seinem Kopf, »zwanzig Jahre, wenn du ihnen hilfst.«

Der Mann schloß den Geldbeutel wieder und gab ihn ihm zurück.

»Hab keine Angst. Wir möchten, daß du uns hilfst. Hör mal zu, hör gut zu ...«

Nachdem sie Brot, Büchsenfleisch und Bohnen gegessen, Coca Cola getrunken und etliche Päckchen Zigaretten und Streichhölzer in ihre Taschen gepackt hatten, schloß er wieder auf und ließ sie zum Lastwagen hinausgehen. Zwei von ihnen saßen bei ihm vorne, die anderen kletterten auf die Ladefläche.

»Nette Maschine, heh?« sagte der eine, der offensichtlich der Anführer war.

Er nickte nervös und bemühte sich, den Wagen auf dem holprigen Schotter der sich vor ihnen windenden Straße in der Spur zu halten. Nach wenigen Kilometern kamen ihnen die Lichter eines anderen Wagens aus der entgegengesetzten Richtung entgegen.

»Fahr immer geradeaus und gib Gas.«

Er bemerkte mit einem kurzen Blick, wie die beiden Männer die Mündung ihrer Gewehre hinter ihren Rücken schoben, und schon rauschte der andere Wagen, was immer es für einer war, vorbei.

Von der Straße spritzte ein Hagel von Steinchen gegen die Windschutzscheibe. Der Lastwagen bremste mehrmals ab, als er durch den aufgewirbelten Staub preschte.

»Hast du hier in der Gegend irgendwelche Soldaten gesehen?«

Er schüttelte den Kopf.

»Armeelastwagen? Hubschrauber?«

Er schüttelte wieder den Kopf. Seine Hände auf dem Lenkrad waren feucht. Er konnte nicht stillsitzen. Er hörte sich sagen: »Einen.«

»Einen was?«

»Einen Hubschrauber. Er ist über das Dorf geflogen, vor ein paar Wochen ... einem Monat.«

»Wohin flog er?«

»Zu den Farmen.«

Es war wieder still. Nur der Lastwagen ratterte weiter, jagte die geschlängelte Straße entlang durch die nebelhaften Schatten.

Der Zeiger der Benzinuhr bewegte sich auf eine rote Null zu, die wenigen letzten Tropfen versickerten ...

»Wir ... wir haben kein Benzin mehr.«
»Wir weit haben wir es noch?«
»Zehn, fünfzehn Meilen.«
»Wie weit kommst du noch?«
»Vielleicht drei Meilen.«
»Was ist das hier?« fragte einer von ihnen und deutete auf den Straßenrand, wo etwas wie Zinkblech in den Dunkelheit aufblitzte.
»Eine Straßenmeisterei«, erklärte Mlambo.
»Hast du einen Kanister auf dem Wagen?«
»Ja, hinten.«
»Fahr nach dieser Kurve von der Straße runter.«
Die beiden, die vorne sitzen, springen hinaus, holen sich den Kanister und schleichen zurück zur Straßenmeisterei, während ihre Kameraden aus dem hinteren Teil des Wagens klettern und sich zwischen den in der Nähe stehenden Bäumen verstecken. Drei Minuten später hört man einen Hund anschlagen, dann herrscht Stille.

Mlambo sitzt mitten in dieser Stille und überlegt. Eine Eule schreit in den Bäumen; etwas raschelt im Gras. Der Himmel tut sich grün auf und der Lichtfleck des Mondes macht im Westen vage Versprechungen.

Mlambo sitzt mitten in dieser Stille, hofft und betet: Oh, Mutter, die du auf einem Termitenhügel liegst! Wo können sie nur sein? Eine Viertelstunde kann so lange dauern wie ein ganzes Leben. Solche jungen Männer, ich könnte ihr Vater sein! Sind es wirklich die?

Dann hört er Schritte und sieht die Schatten wieder auftauchen. Er hört, wie der Tankdeckel quietscht und dann ein Aufplatschen tief im Bauch des Lastwagens. Er setzt sich erstaunt wieder ans Steuer, als sie einsteigen und der Lastwagen sich unter dem Gewicht ihrer Körper senkt.

An der ersten Abzweigung zu einer Farm läßt er sie aussteigen. Stacheldraht zieht sich an der Straße entlang und im rechten Winkel von silbernen Eckpfosten. Eine verkohlte schwarze Tafel in der Form eines Pfeils zeigt in Richtung auf die Spur von Zwillingsreifen im Gras. Die roten Buchstaben auf der Tafel leuchten im Strahl der Autoscheinwerfer.

WEISSE EICHE
(ERBAUT 1907)
(Eigentümer: J.M.P. Mellecker)

Er kann es noch nicht fassen, daß sie den Wagen verlassen haben und daß er zurückfahren kann. Er kann es nicht erwarten, umzukehren. Er möchte die Straße entlangrasen, ohne anzuhalten. Er startet gerade, als der Anführer ans Fenster kommt, um ihm noch etwas zu sagen. Er hört kaum hin, was der Mann von ihm will. Er ist erst beruhigt, als er einen u-förmigen Bogen fährt. Die Scheinwerfer lassen die Mündungen der Gewehre aufblitzen, erfassen die Augen der Männer, beleuchten ihre Stiefel und schwenken zum Wald hinüber. Dann lenkt er den Wagen zurück auf den Schotter; die Bäume auf beiden Straßenseiten huschen vorüber und stellen sich in dichten Reihen zusammen, um seinen Abzug zu sichern. Hinter ihm sind die Gestalten mit der Dunkelheit verschmolzen, der Wegweiser ist nur noch grau und verschwommen im Staub zu erkennen. Sie sind weg, und er fährt davon, aber ihre letzten Worte klingen wie ein Refrain in seinem Ohr: »Du hast uns nie gesehen. Du hast uns nie gesehen.«

Msindo liegt im Dunkeln auf dem Rücken und raucht eine selbstgedrehte Zigarette. Wenn er daran zieht, leuchten seine Augen, vom Blechdach seiner Hütte kommt ein Schimmer fahlgelben Lichts und der Primus-Herd glänzt in einer Ecke. Der Raum riecht nach Paraffin, angebautem Tabak, Bohnen und Liebe.

Seine Frau liegt neben ihm und schmiegt ihren Kopf in seine Achselhöhle. Sie schnarcht nun schon einige Zeit, wie immer, wenn er sie zur Erschöpfung gebracht hat. Er legt eine Hand auf den *doek* auf ihrem Kopf, das einzige, womit sie bekleidet ist, und denkt plötzlich: »Sie könnte gut meine Enkelin sein.« Sie ist achtzehn oder neunzehn, ungefähr ein Drittel seines Alters. Außerdem ist sie eine zierliche Frau – er kann beide Hälften ihres Hinterteils in eine Handfläche nehmen. Wenn beide nebeneinander stehen, paßt sie fast unter seine Achselhöhle.

Msindo hat sich nie genug darüber wundern können, mit welcher Ausdauer sie ihn aufnehmen und in sich behalten kann, obwohl sie jetzt schon drei Monate lang zusammenleben. Er ist ein großer Mann mit riesigen Händen und Füßen, eines dieser Wunder menschlicher Genetik. Er hat es beim Kleiderkaufen immer schwer – immer, wenn Baas Mellekker zu Weihnachten jedem Landarbeiter seinen jährlichen Gutschein für eine Hose gibt, findet Msindo nicht die passende Größe. Seine Taille ist nicht das Problem, sondern seine Beine sind das *skellem;* selbst die längste Hose ist zu kurz und reicht nur bis zur Hälfte über die Knie. Er kann nur Sandalen aus Autoreifen tragen, da es keine passenden Schuhe für ihn gibt. Er macht sich nichts daraus, obwohl er der Vorarbeiter der Farm ist. Außerdem lassen die neunundzwanzig Tage Arbeit im Monat auf den Tabak- und Kartoffelfeldern seinen Füßen zu wenig Zeit für ordentliche Schuhe.

Die Landarbeiter nennen ihn *rangwani,* den »Langen«. Es macht ihm nichts aus. Er weiß, daß Männer mit seinen Maßen immer Spitznamen abbekommen, und daß die beste Methode, einen Namen harmlos zu machen, darin besteht, ihn mit Würde zu tragen. Er verfügt über einen erfreulichen Humor, der ihm manchmal erlaubt, sich selbst mit der Vorstellung zu schmeicheln, sein Spitzname sei eine neiderfüllte Anerkennung seiner Stärke.

Seine erste Frau ist vor zwei Jahren an Tuberkulose gestorben. Sie hatte ständig gehustet und die Arbeit auf der Farm verschlimmerte ihren Zustand. Im Laufe der Jahre hatte sie an Gewicht verloren. Als Baas Mellecker schließlich anbot, sie ins Krankenhaus zu fahren, war es zu spät – sie war kraftlos, ein Bündel Knochen, das die jungen Krankenschwestern herumfahren mußten.

Manchmal vermißt er sie. Manchmal, wenn er ein scharfes Stechen in seinen Lungen spürt, denkt er, er habe sich bei ihr angesteckt, doch dann tröstet er sich mit dem Gedanken, daß es nur die Folge all der Jahre in der Scheune ist. Sie war eine gute Frau, obwohl sie kurzatmig und stur war und es haßte, wenn er trank; obwohl sie manchmal nachts vor ihm floh, weil sie seine übermäßigen Forderungen im Bett nicht erfüllen konnte, eine Tatsache, aus der sie gegenüber den Frauen auf der Farm, in deren Häusern sie Zuflucht suchte, kein Geheimnis machte. Er hatte sie einmal deswegen geschlagen, wofür er sich jetzt schämt, obwohl ihre dauernden Klagen gegenüber den Nachbarn seiner Würde als Vorarbeiter einen häßlichen Kratzer verpaßt hatten.

Ja, sie ist eine gute Frau gewesen, gehorsam und fleißig, solange ihr Körper es ihr erlaubt hat. Sie hat ihm vier Söhne geboren, große Männer wie er, denen es allen gut geht. Der erste ist Traktorfahrer auf der Farm und hat inzwischen eine eigene Familie. Er verdient schon zweiundzwanzig Dollar im Monat, fünf Dollar mehr als die anderen Männer, und Baas Mellecker hat angedeutet, daß er vielleicht stellvertretender Vorarbeiter werden könne.

Der zweite arbeitet auf der Nachbarfarm als Melker. Der arme Kerl, ein Mädchen von derselben Farm ist gerade unerwartet zu ihm durchgebrannt, und er möchte es heiraten, wenn die Forderungen der Eltern im Rahmen des Annehmbaren bleiben. Msindo hat das Mädchen ein oder zwei Mal getroffen und meint, es könne ihm als *mroora* gefallen. Sie ist groß, hübsch und offensichtlich sensibel. Das mit dem Durchbrennen macht ihm wirklich nichts aus. Es ist heute an der Tagesordnung, und er möchte als einziges, daß sein Sohn die Sache schnell regelt und sein Glück findet.

Der dritte Sohn ist Soldat in der rhodesischen Armee und hat mit achtundfünfzig Dollar pro Monat mit Leichtigkeit den höchsten Verdienst der Familie, abgesehen von den Risiken seines Jobs. Msindo weiß, daß der Krieg heftiger geworden ist, sogar sein Boß läuft schon mit einer Pistole an der Hüfte herum. Manchmal liegt er wach und grämt sich um seinen drittältsten Sohn. Einige Leute haben mit ihm gesprochen und ihm den Rat gegeben, er solle seinen Sohn auffordern, aus der Armee Jan Smiths auszutreten, aber er weiß, daß die Söhne vieler anderer Schwarzer auch in der Armee sind. Es ist ein Job, den irgendjemand tun muß – so wie man öffentliche Toiletten saubermachen und die Leichen von Banditen, die im Gefängnis gestorben sind, beerdigen muß. Er hält die Bezahlung für ausreichend, und die zusätzlichen Vergünstigungen – das Büchsenfleisch, die Zigaretten und die getragene Unterwäsche, die er öfters nach Hause bringt – sind unwiderstehlich. Wohin sollte er außerdem gehen, wenn er die Armee verließe? Wegen der Sanktionen schließen die Minen eine nach der anderen und die Jobs als Hausangestellte, die es früher für Schwarze ohne weiteres gab (Stellen als Köche, Kindermädchen, Gartenpfleger) werden immer seltener, da viele Weiße nach und nach das Land verlassen und nur wenige sie ersetzen. Nein, er soll lieber bleiben und genug verdienen, um sich zumindest seine Kleidung selbst kaufen und etwas für seine *lobola* sparen zu können. Die Dinge werden sich bald beruhigen, es werden wieder mehr Weiße kommen, und es wird mehr Jobs geben.

Der Jüngste ist im fünften Schuljahr an der örtlichen Grundschule. Für die sechste Klasse wird er wahrscheinlich keinen Platz bekommen, da nur jedes vierte schwarze Kind von der fünften in die sechste Klasse gehen darf. Msindo hofft, ihm auf der Farm eine Stelle besorgen zu können – Baas Mellecker hat davon gesprochen, daß er sich eine Rinderherde zulegen möchte und vielleicht noch eine zusätzliche Arbeitskraft für das Vieh benötigt. Ja, er wird mit Baas Mellecker darüber reden. Das ist einer der Vorteile, wenn man Vorarbeiter ist.

Der Gedanke daran, um solche Vergünstigungen zu bitten, macht ihn trotzdem immer nervös. Wie die meisten Weißen, die Msindo kennt, ist auch Baas Mellecker ein Mann mit unvorhersehbaren Stimmungen. Er kann zum Beispiel dann und wann in einem plötzlichen Anfall von Freundlichkeit eine halbe Flasche Whisky, zusätzliche Rationen oder ein schmutziges Hemd verschenken. Aber man muß sich vor ihm in Acht nehmen – er kann zuschlagen wie eine grüne Mamba, wenn er sich provoziert fühlt. Im Laufe der letzten Jahre, seit seine Frau ihn verlassen hat, hat Baas Mellecker einen bösartigeren Charakter bekommen. Msindo kann nicht verstehen, warum Leute, die dreißig Jahre zusammengelebt haben, es für nötig halten, sich zu trennen. Ein Mann ist kein Mann, wenn er keine Frau hat, die nachts bei ihm schläft, denkt er. Er ist sich nicht einmal sicher, ob sie geschieden oder nur in einen langen Familienboykott getreten sind. Frau Mellecker kommt noch immer zwei, drei Mal im Jahr zu Besuch – ihm ist zu Ohren gekommen, daß sie allein in einer Stadtwohnung lebt. Der Koch erzählt, daß sie sich ihre Schecks abholen kommt, wenn diese nicht rechtzeitig bei ihr eintreffen, und wenn sie zu Besuch da ist, schläft sie in einem getrennten Schlafzimmer oben im Haus.

Wenn ich in diesem großen Haus allein, ohne Frau, leben müßte, denkt Msindo, würde ich verrückt. Msindo kennt seinen Boß auf eine so vertraute, intime Art, wie sie sonst nur ein Koch oder Gartenpfleger aus den vielen kleinen Details um ihn herum ins Gefühl bekommen kann. Manchmal erdreistet er sich, so etwas wie Mitleid mit seinem Boß zu empfinden und diese Einsamkeit als Entschuldigung für vieles gelten zu lassen. Baas Mellecker ist in letzter Zeit gewalttätiger geworden. Das kommt alles von den Lenden her, denkt Msindo, und dann steigt es in den Kopf.

Jedesmal, wenn Msindo um etwas bitten muß, ist er voller Sorge, wie ein Hirtenjunge, der zu einem Farmer gerufen wird, weil das Vieh des Jungen in dessen Felder eingedrungen ist. Er wartet, bis die Dämmerung kommt und die Arbeiter nach Hause gegangen sind, und rennt dann zurück, an der Molkerei vorbei und über den Rasen zu Baas Melleckers Haus. Baas Melleckers deutsche Schäferhunde kennen ihn gut, sind aber immer wachsam. Sie sind darauf abgerichtet, allen Besuchern des Hauses zu mißtrauen, auch Leuten, die sie kennen. In der Abenddämmerung sind sie in besonders gereizter Stimmung, weil sie wissen, daß Baas Mellecker im Haus und noch auf ist. Sie springen an Msindo hoch und knurren. Er scheucht sie weg, wobei seine Stimme vor Angst zittert, denn er befürchtet, der Farmer könnte hören, wie er sie ausschimpft.

»Platz, Spark! Platz Shumba! *Satan wako!*«

Und doch hofft er, umringt von all dem Geknurre, daß er gehört und gerettet wird.

Der Farmer ist schon draußen auf dem Vorbau, sein rosa Schädel glänzt im grellen Lampenlicht.

»Bist du's, Msindo?«

»Ja, Boß, ich bin's, Boß.«

»Was willst du?«

»*Mina buyire buzu small ferhu*, Baas«, stößt er in *Chiraparapa* hervor und tritt aus dem Schatten, wobei er mit feuchter Hand seinen Hut zusammenknautscht. Unsicher steht er im Licht, das ihn blendet, und verbeugt sich. Für einen Moment ist seine Zunge gelähmt, und er überlegt, ob er genug außer Reichweite ist, außer Reichweite des Atems des Farmers, und dann kommt ihm stockend seine Bitte über die Lippen, mit einem ähnlichen Drang wie ihn ein Betrunkener vor einer klemmenden Toilettentür verspürt. Aber plötzlich sprühen die Worte nur so aus ihm hervor, und dann ist es heraus – es ist heraus, und er zieht seine Hose nach oben und tritt zurück, und seine Ohren dröhnen vom Geräusch seiner Torheit, seiner Furcht, so daß er den Scherz des Farmers kaum hört.

»Du denkst wohl, Jobs wachsen auf den Bäumen, wie? Was ist mit den zwei Dollar, die ich dir im letzten Monat gegeben habe? *Hini wena enza,* Msindo? *Wena kumbula fanika pickanniny skati zonke?*«

»Nein, Baas. Ich frage ja nur, Baas.«

»Ho'right. *Hamba karokhaya. Mina chere wena* tomorrow.«

Zwei, drei Monate später ist noch immer nichts geschehen. Msindo verhält sich still und arbeitet schwer wie immer, bis eines nachmittags, als sie gerade auf einem Feldstück beschäftigt sind, der Farmer zu Pferd oder mit dem Lastwagen vorbeikommt und sagt: »Msindo, komm mal her.« Er reißt sich den Hut vom Kopf, klopft seine Wangen mit einem grauen Taschentuch ab, stapft durch den Lehm und erfährt, daß er eine Lohnerhöhung von zwei Dollar bekommt oder daß einer seiner Söhne für den Job mit den Kühen auserkoren worden ist oder daß er als Vorarbeiter sich ein Haus mit einem Wellblechdach bauen darf, während alle anderen Hüttendächer nur aus Stroh sind.

So ist er vorwärtsgekommen, wie eine Heuschrecke durchs Gras springt. Jahrelang hat er diese Scherze von seinem Boß gehört und nie die Dummheit begangen, sie auf die leichte Schulter zu nehmen. Er weiß, daß er bekommt, was er will, wenn er sich zurückhält. Die Beziehung zwischen ihm und seinem Boß ist überlebensfähig – er ist ziemlich vertraut mit diesem Katz-und-Maus-Spiel. Er arbeitet seit vierzig Jahren auf der Farm, schon, als er noch ein Kind war und Baas Mellecker ein pausbäkkiger kleiner Kerl, der Dreirad fuhr und unter den Rockschößen seiner Mutter durch das ganze Landhaus tollte. Diese Farm ist Msindos Leben. Er kennt jeden Quadratmeter Boden und jeden Graben. Er kann sich nicht vorstellen, woanders, ohne die Farm zu leben. Der Boden klebt an seinen Sandalen, seine Haut ist rötlich ausgebleicht, sein Haar mit Grassamen verfilzt. In jedem Jahr verdunkeln Buschfeuer den blauen Himmel, Donner rollt von den Bergen, Regen prasselt nieder und der Fluß strömt mit Gesang dahin. Die Felder müssen gepflügt, die Erntekolonnen überwacht, Kartoffeln und Tabak geerntet, gepflückt und geschnitten werden. Die Kühe sind zu melken, Dünger ist zu lagern und zu verteilen, Löschgeräte müssen einsatzbereit gemacht werden, Rationen verteilt, Wilderer dingfest gemacht und Streitigkeiten im Compound geschlichtet. Er kennt diese Abläufe genauso gut wie Frauen ihren Zyklus. Er ist inzwischen mit der Farm so vertraut, daß es seine Farm ist, jedenfalls beinahe.

»Was macht dein Tabak?« fragt er den Vorarbeiter der Nachbarfarm, wenn er ihn bei einer *shebeen* über einem Krug *chibuku* antrifft. »Du solltest meinen sehen. Es ist der beste, den meine Farm bisher produziert hat!«

»Mein Landhaus muß neu verputzt und gestrichen werden«, erzählt er grinsend einem anderen, »ich brauche neue Teppiche für meinen Boden und mein Rasen braucht Dünger. Mein Traktor braucht neue Reifen. Ich werde mich darum kümmern, sobald ich die Kartoffeln eingefahren habe.«

Und jetzt fühlt er sich mit dieser jungen Frau auf der Brust verjüngt, wie ein zur neuen Saison frisch gedüngter und bewässerter Obstbaum. Morgen ist Zahltag, und der Gedanke an die siebenundzwanzig Dollar in seiner Hand läßt den Wunsch in ihm aufsteigen, sie zu wecken und sich noch einmal mit ihr zu lieben. Vielleicht kauft er ihr ein neues Kleid – es gibt da so ein grün-gelbes, das er letzte Woche im Laden auf der Farm gesehen hat, für sechzehn Dollar und wahrscheinlich ihre Größe. Er wird ihr ein Kleid kaufen, so wie er ihr den Primus-Herd und den *doek* gekauft hat, damit sie merkt, daß sie begehrt wird und daß er ein ebenso guter Ehemann ist wie jeder andere. Nicht, daß er sich unsicher fühlt, weil er eine so junge Frau hat; er weiß, daß sich jede Frau in der Gegend darum reißen würde, seine Ehefrau, die Frau des Vorarbeiters, zu sein. Er möchte sie gern mit Liebesbeweisen überhäufen, die sich nur ein Mann leisten kann, dessen Kinder schon fast alle groß und aus dem Haus sind und dessen erste Frau tot ist.

Er wird ihr das grün-gelbe Kleid kaufen, damit sie auffällt und alle Leute wissen, daß sie die Frau des Vorarbeiters ist.

Seine Hand streicht über ihren festen Leib. Sie hat diesen Monat noch nicht um Geld für Watte gebeten. Sie hat schon über Kopfschmerzen und Übelkeit geklagt. Er denkt an einen Samen, einen winzigkleinen glänzenden Samen, der in ihr aufgeht, von ihrem Blut benetzt. Er möchte in sie eindringen und diesen Samen befruchten ...

»Wer ist da?«

»Wer ist da?« ruft er noch einmal, und das niedrige Blechdach über seinem Kopf reflektiert seine Stimme in der Dunkelheit.

Das Geräusch ist wieder da, ein Klopfen an der dünnen Holztür, hartnäckig, nur gerade laut genug, um gehört zu werden. Er tastet nach dem Stuhl, springt aus dem Bett und zieht sich die Hose an. Er stößt mit den Füßen an Gegenstände – einen Pappkarton, einen Koffer, den Primus-Herd. Eine Streichholzschachtel bricht krachend unter seinem Hakken zusammen. Er duckt sich im Dunkeln.

»Wer ist da?« ruft er laut.

Das Klopfen ist jetzt am Fenster, dem Holzrahmen um das Loch in der Mauer, der ein Fenster sein soll.

»Mach auf«, sagt eine Männerstimme draußen.

»Wer bist du«, gibt er keuchend zurück, »Was willst du?«

»Mach mal leise auf und laß das Gebrüll.«

Die Ruhe in dieser Stimme veranlaßt ihn, sich der Türe zu nähern.

Draußen knirschen Schritte. Er zieht einen dicken Stock unter dem Bett hervor, verbirgt ihn hinter dem Rücken und entriegelt langsam die Tür. Ein Streifen Mondlicht fällt durch die Tür und glänzt auf dem Betonboden. Drei bewaffnete Männer stehen an der Tür und umringen ihn. Sein nutzloser Stock fällt klappernd zu Boden.

»Wer ist da?« kreischt seine Frau, aus dem Schlaf gerissen. Die Männer an der Tür bleiben still stehen, weil ihre schrille Stimme Schutzbedürftigkeit verrät und ein warmer Dunst von Schlaf aus dem Innern des Raumes herüberweht.

»Weißt du, wer wir sind?«

Nein, sagt er ihnen, er weiß nicht, wer sie sind. Aber er weiß mehr oder weniger intuitiv, wer sie sind, noch bevor sie es ihm erzählen.

»Komm mit hinaus!«

»Wohin nehmt ihr ihn mit?« jammert das Mädchen und klammert sich im Eingang an seinen Mann.

»Wenn sie noch einen Ton von sich gibt, werden wir ...«

Msindo beruhigt sie mit einer Hand und macht einen Schritt vorwärts. Irgendwie hält er sich für mutig; er weiß, das Dümmste, das er tun könnte, wäre, ihnen nicht zu gehorchen.

»Schließ sie von außen ein. Wenn sie auch nur einen Laut von sich gibt, wenn sie versucht, jemanden zu wecken, ist das ihr Ende.«

Msindo schließt die Tür ab und geht mit den Männern. Im Haus hinter ihnen bleibt es ruhig, das Dach schimmert leicht zwischen den Strohhütten des Compound. Sie wimmert noch leise hinter der Tür weiter. Still! Die Männer halten ihre Gewehre in der Hand, und er stolpert vor ihnen her und stapft durch den Busch. Das Landhaus schimmert weiß auf einer Anhöhe.

»Zusammen waren es sieben«, zählt Msindo viele Male nach. »Sieben, und drei von ihnen sind in mein Haus gekommen, haben mich geweckt und mich hinaus in den Busch mitgenommen und haben mich gefragt, wieviele Leute arbeiten auf dieser Farm und wieviele Stunden arbeitet ihr und wieviel bezahlt er euch, und ich habe es ihnen erzählt, und sie haben gesagt, was soll das, daß ein großer Mann wie du siebenundzwanzig Dollar im Monat bekommt und dafür zwölf Stunden am Tag arbeitet, und warum arbeitest du für ihn, wir haben so viele schlimme Geschichten darüber gehört, wie er seine Arbeitskräfte behandelt, glaubst du, die Farm gehört ihm, weißt du nicht, daß das unser Land ist, das Cecil John Rhodes unserem Volk weggenommen hat, und ich habe ihnen nicht geantwortet, weil ich nicht gewußt habe, wer Cecil John Rhodes war, ich habe diesen Namen noch nie gehört, aber sie haben ernst ausgesehen, und ich habe nur so dagestanden und überlegt, ob sie vielleicht Ian Smith meinen und ob sie mich töten oder zusammenschlagen werden, aber sie haben mich nicht angerührt, und dann haben sie mich gefragt, wo der Farmer ist, und ich habe es ihnen erzählt, und sie haben gesagt, sein Name ist Mellecker, nicht wahr, und ich habe geantwortet, ja, Baas Mellecker, und einer von ihnen hat mit dem Fuß aufgestampft und gefragt, kennst du meinen Namen, und ich habe nein gesagt, und er hat noch mal aufgestampft und gesagt Baas stirb! und sie haben alle ihre Daumen nach unten gehalten und gesagt Pasi Na Baas! Baas! und ich mußte es ihnen nachsagen, und ich habe es getan, und dann haben sie gesagt, bring uns zu seinem Haus, und ich habe es getan, und sie haben gefragt, wieviele Hunde hat er, und ich habe gesagt vier, und einer von ihnen hat eine Büchse Rindfleisch aufgemacht, die er in der Tasche hatte, und etwas hineingetan und sie mir gegeben und gesagt, gib das den Hunden, und ich habe die Büchse genommen, und sie sind hinter den Obstbäumen stehen geblieben, und ich bin ganz allein auf das Haus zugegangen und habe mich die ganze Zeit umgesehen und Angst gehabt, daß die Hunde kommen und mich anspringen, und dann habe ich die Büchse in den Zwinger geworfen, in dem die Hunde schlafen, und die Hunde sind herausgekommen und haben an dem Fleisch gerochen und es gefressen, und ich bin zurückgegangen und habe ihnen gesagt, daß ich es gemacht habe, und sie haben noch etwas gewartet und sind dann zum Haus gegangen, und die Hunde lagen schon im Gras, und nur einer hat noch mit den Beinen in der Luft gezuckt, und drei von den Männern sind ins Haus gegangen...«

»Sieben«, sagt er und etwas schnürt ihm die Brust zusammen und er schluckt und seine großen Hände zittern. »Und sie haben später gesagt, die Farmarbeiter sollten alle Sachen aus dem Haus holen und in den Compound mitnehmen, und zwei von ihnen haben mich mit in das Haus genommen, und ich habe Baas Mellecker in einer Blutlache auf dem Boden liegen sehen, mit durchgeschnittener Kehle, und wir sind wieder hinausgegangen, und sie haben gesagt, ich sollte um acht Uhr morgens die Polizei rufen und erzählen, was passiert war, keine Minute früher oder später, genau um acht, und ich sollte sagen, daß es die Guerilla war, und sie würden es mit jedem Farmer so machen, der seine Arbeitskräfte wie Tiere behandelt, und wenn die Soldaten sie kennenlernen wollten, dann sollten sie zu den Hügeln kommen, und dann haben sie mir gesagt, ich sollte auf die Uhr an der Wand sehen und meine Frau nicht vorher aufwecken und auch keinen sonst wecken, und wenn ich früher rufen würde, wüßten sie, daß ich ein Verräter wäre, und würden zu mir zurückkommen, und nachdem sie das gesagt haben, sind sie ganz schnell in Richtung der Straße zur Farm verschwunden.«

»Es war noch dunkel, zwei oder drei Stunden vor Sonnenaufgang, und als sie weg waren, habe ich dagesessen und nicht gewußt, was ich tun soll, und ich habe überlegt, ob ich ins Haus gehen und Wasser über ihn schütten oder ihn hinausbringen soll, aber ich wußte, daß er schon tot war, denn sie haben ihn mir ja gezeigt, deshalb habe ich nur so dagesessen und gedacht, ich hätte ihnen sagen sollen, daß er weg ist in der Stadt, um jemanden zu besuchen, oder vielleicht hätte ich die Hunde zum Bellen bringen sollen, um ihn aufzuwecken oder ich hätte mich an seiner Stelle töten lassen sollen, und dann nach Stunden ist die Sonne aufgegangen und ich habe gehört, wie die Arbeiter zu den Feldern hinuntergegangen sind, ohne mich, denn ich habe immer noch dort auf dem *stoep* gesessen, und um acht Uhr bin ich hineingegangen und habe gehofft, er wäre auf den Beinen und würde herumlaufen oder wenigstens in seinem Bett liegen, und ich habe mir gesagt, du hast nur geträumt, es ist nicht passiert, Baas Mellecker kann nicht tot sein, heute ist Zahltag, und wer soll die Arbeiter bezahlen, und was wird aus den Arbeitern, was wird aus dem neuen Traktor und der Farm, aber er war noch dort und hat in seinem blauen Pyjama auf dem Boden gelegen, mit durchgeschnittener Kehle und offenen Augen, und der Bart auf seiner Lippe war voll getrocknetem Blut, und als ich ihn gesehen habe, haben meine Hände so gezittert, daß ich das Telefon nicht halten konnte, aber ich mußte, ich mußte den Anruf machen, ich kann mich nicht erinnern, mit wem ich gesprochen habe oder was ich gesagt habe, ich sagte, Baas Mellecker ist tot hier, Baas Mellecker ist tot, und als ich fertig war ... ich weiß nicht, was ich dann gemacht habe, ich habe versucht, ihn zu schütteln, ihn aufzuwecken, aber er rührte sich nicht mit diesem Schnitt in der Kehle und diesen offenen Augen, und es war Blut an meinen Händen, sein Blut, und ich bin zum Wasserhahn gegangen und habe mir die Hände gewaschen, dann bin ich hinaus auf den *stoep*, auf die Veranda, gegangen, und bin die ganze Zeit im Obstgarten auf und ab gegangen und habe ihn dauernd vor mir gesehen, wie er da in seinem Pyjama auf dem Boden lag, mit offenen Augen, und sein getrocknetes Blut auf dem Boden ...«

»Ich habe es keinem erzählt und bin nicht in den Compound zurückgegangen, die ganze Zeit bin ich um das Haus herumgegangen und habe überlegt, was ich tun sollte, und überlegt, ob ich Baas Devillers oder Baas Van Dyke auf den Nachbarfarmen anrufen sollte und ob sie ihn ins Krankenhaus fahren würden. Dann habe ich Autos gehört und gewußt, daß es die Polizei war. Die Sonne war aufgegangen, und ich habe durch das hohe Gras gesehen, wie der Polizeilastwagen die Straße zur Farm heruntergefahren kam und hinter ihm fuhr ein Armeelastwagen, und ich habe durch das Gras gesehen, wie sie den *donga* überquert haben, wo die Kinder manchmal spielen, und ich wußte nicht, ob ich ihnen entgegenlaufen oder wegrennen sollte oder da bleiben, wo ich war, und plötzlich hat es ein sehr lautes Krachen gegeben, so ein Krachen, wie man es in den Minen hört, wenn die Minenarbeiter Dynamit benutzen, und ich habe gesehen, wie der Armeelastwagen mit einer Wolke von Rauch und Staub in die Luft geflogen ist ...«

Von seinem Posten aus kann Pasi NemaSellout das Emaillegeschirr glänzen sehen. Eine Reihe von Köpfen erscheint auf dem Kamm des Hügels, dann tauchen die ganzen Gestalten mit den Händen am Kopf im Gänsemarsch zwischen den Felsen auf.

Er verhält sich still, schiebt vorsichtig den Kopf über die Felsbarriere, hinter der er steht, und späht ins Tal hinunter. Ein Adler gleitet über den Waldrand dahin. Sonst ist der Nachmittag ruhig. Er zählt sechs Gestalten. Sie sind jetzt so nah, daß er die Farben ihrer Kleidung unterscheiden kann – olivgrün gefleckt, orange, himmelblau, schwarz und rot.

Plötzlich bleiben die Mädchen stehen, die Hände noch immer am Kopf; sie sind jetzt so dicht vor ihm, daß er die schwarzen und braunen Flecke der Töpfe auf ihren Köpfen sehen kann. Sie stehen wie angewurzelt in einer Reihe, als ob eine unsichtbare Hand sie angehalten hätte, dann macht die vorderste einen Schritt zur Seite, hält den Topf mit einer Hand im Gleichgewicht und gibt mit der freien Hand Zeichen in der Luft.

Pasi läßt noch einmal den Blick über das Tal schweifen, dann tritt er hinter dem Felsen hervor und zerteilt die Luft mit drei langsamen, aber kräftigen Schlägen seines Arms.

Die Prozession unter ihm stellt sich wieder auf, setzt sich in Bewegung und kommt den Abhang hinauf; dabei verteilen sich die Mädchen, bis sie zehn Meter vor ihm einen Halbkreis bilden. Er geht drei Schritte hinunter und bleibt dann stehen. Er befindet sich noch immer über ihnen und ragt über sie hinaus. Seine Knie sind ungefähr auf der Höhe ihrer ausgestreckten Arme.

»Stellt sie dort ab«, sagt er.

Die Mädchen setzen ihre Lasten ab, gehen hinter ihren Töpfen in die Hocke und fragen nacheinander: »*Maswera sei*, Genosse?«

Er beantwortet jeden Gruß mit einem Brummen. Er fühlt sich unbehaglich, wie er so über ihnen steht und von oben die schmalen Streifen Haut zwischen den dicken geflochtenen Haaren auf ihren Köpfen, die ausgeschnittenen Kragen ihrer Blusen und die dünnhäutigen Spalten zwischen ihren staubbedeckten Zehen sehen kann. Still blicken sie zu ihm hinauf. Die Töpfe vor ihnen sind heiß, Dampfwölkchen steigen aus ihnen auf, und die Schläfen der Mädchen sind vom Tragen und von der Sonne schweißbedeckt.

Die Stille ist unangenehm, aber er bleibt bewegungslos stehen. Er läßt den Blick über den Hügel schweifen und sagt: »Wartet hier.«

Er dreht sich um, klettert den Hügel ein Stück hinauf und biegt dann ab zur anderen Seite des Abhangs.

Baas Die weiß schon Bescheid und wartet dort, aber Pasi tritt vor ihn hin, schlägt die Hacken zusammen und sagt mit gerade ausgestreckter Hand und in strammer Haltung: »Die Mädchen sind mit dem Essen gekommen.«

»Schick sie weg und sag ihnen, sie sollen morgen wiederkommen«, erklärt Baas Die.

Pasi klettert wieder hinauf. Die Mädchen hocken noch hinter ihren Töpfen.

»Hat jemand euch hierher kommen sehen?« fragt er.

Sie schütteln den Kopf und überlegen, ob etwas nicht stimmt. Plötzlich erinnert er sich daran, was er ihnen sagen wollte.

»Zieht dunkle Kleidung an, wenn ihr das nächste Mal kommt – grüne oder braune. Keine hellen Farben, ja? Kommt morgen um die gleiche Zeit wieder.«

Jedes der Mädchen öffnet seinen Topf, ißt eine Handvoll von dem Essen, das es mitgebracht hat und schließt den Topf wieder. Die Mädchen wissen, daß sie weggeschickt worden sind, aber sie brechen nicht sofort auf. Die vorderste räuspert sich. Sie hat etwas zu sagen.

»Einige Frauen im Dorf sind nicht sicher, ob das *pungwe* heute oder morgen abend ist.«

Er konzentriert sich zum ersten Mal auf ihr Gesicht. Bisher hat sein Blick sie nur gestreift und ihre Gesichter gemieden, aber jetzt muß er eine Antwort geben. Er runzelt die Augenbrauen und kaut auf seiner Unterlippe, um seine Ungeduld zu beherrschen.

»Heute abend«, sagt er schroff und wirft den Kopf hoch. Die Mädchen kauern noch an ihrem Platz. »Ihr könnt jetzt gehen.«

Sie stehen entschlossen auf, klopfen sich den Sand von den Knien und steigen den Hügel hinab. Eine von ihnen dreht sich um und ertappt ihn dabei, wie er ihnen nachstarrt. Er sieht schnell zur Seite, aber sie sind schon um die Felsen herum und außer Sicht.

Baas Die kommt als erster hervor, ein schlanker, hochgewachsener Mann mit scharfen Gesichtszügen und einem Spitzbart, dazu schütteres Haar mit zurückweichendem Ansatz, das ihn ein halbes Dutzend Jahre älter macht als seine einundzwanzig. Seine Hände sind klein, aber schön geschnitten – einen Daumen hat er in Höhe des Schlüsselbeins unter den Riemen der Maschinenpistole auf seinem Rücken gehakt. Mit dem anderen Daumen kratzt er sich die leichte Aushöhlung zwischen den Rippen bis zum Nabel, der an einen Pfirsichkern erinnert. Sein kurzärmliges blaues Sting-Hemd steht offen, der weiße Kragen ist voller Schweißflekken. Die Tasche wird von einer *chipako* ausgebeult, die er darin aufbewahrt – immer wieder einmal schnupft er eine Prise. Er spricht durch die Nase, wie jemand, der ständig erkältet zu sein scheint. Nur ein Knopf seines Hemdes ist geschlossen, so daß der Blick auf eine fast weibliche, unbehaarte Brust frei wird. Um seine Beine schlackern Bootlegger-Jeans von blau moirierter Farbe, die durch eine graue Staub- und Fettschicht am Ausbleichen gehindert werden, da sie bereits wie Stärke in das grobe

Gewebe eingedrungen ist. In der Taille sind die Jeans eine Nummer zu groß, so daß sie ihm immer wieder über die Hüften rutschen und den roten Gummizug seiner Unterhose enthüllen, und sie drohen auf seine beigefarbenen Bauernschuhe zu fallen, wenn er sie nicht mit einer schnellen Handbewegung hochzieht. Für gewöhnlich trägt er eine grüne Feldmütze auf der rechten Kopfhälfte und ein Feldstecher baumelt über seiner Brust, aber heute bleiben seine funkelnden braunen Augen ungeschützt durch den Schatten einer Mütze.

Dem Anführer folgen Mabunu Muchapera und Torai Zvombo, beide schlank und siebzehnjährig, die jüngsten der Gruppe. Zufällig sehen die beiden aus wie Brüder. Sie sind gleich groß und tragen die gleichen braunen Sting-Hemden. Ihre scharfkantigen unbeweglichen Gesichter machen den Eindruck, als seien sie aus dem gleichen Stein gemeißelt – bei beiden erhebt sich die Nase über einer vorstehenden Oberlippe, die Nasenflügel sind mit einem Anflug von Arroganz leicht gebläht. Der Unterschied zwischen beiden liegt in ihren Stimmen. Die von Mabunu Muchapera ist laut und nörgelig, was seine dünnen Lippen mit feuchter Aussprache nach Luft schnappen läßt, während Torai Zvombos Stimme rauh wie Schmirgelpapier ist und trocken und monoton klingt. Die Büsche rascheln, als die beiden erst nebeneinander, dann getrennt jeder auf seinem eigenen Weg den Hügel hinunterstürzen.

Shungu Dzangu stürmt von der anderen Seite des Hügels hinunter, ein dunkler, stämmiger Neunzehnjähriger mit einem runden Gesicht und fleckiger Haut. Er füllt seine Kleider völlig aus – sein Hemd ist unter den Achselhöhlen zerrissen und seine Cordhosen sind an den Innenseiten durchgescheuert, weil seine Schenkel ständig aneinanderreiben. Seine Haut hat ein Flickenmuster von *nyora*, allein auf seinen Handgelenken sind dutzende. Er ist rundlich, aber nicht fett – der kurze Hals und die kräftigen Arme erinnern an die geballte Kraft von Männern, die ständig Zweizentnersäcke Mehl auf den Köpfen tragen. Sein Gesicht ist zu einem endlosen Lächeln verzogen, sogar seine Kiefer scheinen über seine Gedanken nachzugrübeln, bevor seine weiche Tenorstimme einsetzt. Er spricht bedächtig und stößt die Worte wie kleine Rauchwölkchen aus, während seine Lippen lächeln, und wenn man ihn unterbricht, vertreibt er die Wortfetzen mit einem schmerzvollen, abrupten Lachen; dadurch vermittelt er den Eindruck, als verberge er etwas und halte es tief in seinem Innern zurück.

Gidi Ishumba ist ein dunkler, schmächtiger Mann, der schnelle kurze Schritte macht, wobei er die Hände ausstreckt und den Kopf hoch trägt, um seine geringe Größe auszugleichen. Er wirkt wie ein kleiner, aber kräftiger und angriffslustiger Bulle, der auf mächtige, aber weniger mutige Artgenossen losgeht. Sein Kopf ist etwas zu groß für den Körper. Die breite Stirn glänzt über einem eindringlich blickenden, runden braunen Augenpaar, einer plattgedrückten Nase und eindrucksvollen Zähnen, die an Körner von *R-200*-Saatmais erinnern. Von weitem betrachtet, kann man ihn für einen Jungen halten, obwohl er vermutlich zweiundzwanzig ist – der älteste der Gruppe. Seine schmalen knochigen Finger lassen einen sofort an Schraubenschlüssel, Muttern und Schrauben denken – die Hände eines Mechanikers – und die Art, wie er seinen Kopf bewegt, kennzeichnet ihn als streitlustig.

Als letzter kommt Sub Musango, hellhäutig, mit pickligem Gesicht, das jetzt noch grantiger aussieht, da er gerade erst von einem Mittagsschlaf aufgestanden ist. Seine Körperformen sind nahezu perfekt – gut proportionierte Glieder, dichtes, langes Haar, Hände wie die einer Frau. Er trägt ein derbes grünes T-Shirt und Hosen in schokoladenbraunen und feldgelben Tarnfarben. Er ist ein unruhiger Mensch, der manchmal lange mit leerem Blick vor sich hinstarren und dann plötzlich wie ein Wasserfall reden kann.

Pasi ist bald von seinen Kameraden umringt. Die Männer hocken sich auf den Boden und halten ihre Gewehre zwischen den Knien. Sie öffnen die Töpfe und stürzen sich auf das Essen. Sie haben seit vierundzwanzig Stunden nichts zu sich genommen, die Beseitigung des Hungers macht alle Formalitäten überflüssig. Hände werfen die Deckel beiseite, fahren in die Töpfe, kommen sich in die Quere und schaufeln Reis, *sadza* und Huhn heraus. Rinnsale von Fett laufen die Arme hinunter. Es ist genug Essen da für zwanzig Männer, aber schon bald sind die Töpfe fast leer. Das restliche Essen wird verteilt, Fleischbrocken gehen von Hand zu Hand, *sadza*-Klumpen und Unmengen Reis werden ausgeschüttet. Jeder der Männer steht auf und tritt mit einem Topf in der Hand zurück. Alle essen jetzt langsamer. Bald sind die Töpfe bis auf den Grund geleert. Der Hunger, der strenge Zuchtmeister der Zeit, ist in Minuten vertrieben.

Pasi knackt jeden Knochen und saugt das Mark heraus, zerkleinert die scharfen Splitter zu einer weichen Masse und schluckt dann alles hinunter.

Hinterher sammelt er die Töpfe ein und stellt sie in die Höhle.

Sub Musango schlendert an Pasis früheren Posten, Shungu Dzangu stürmt zum Fuß des Hügels hinunter, Gidi Ishumba verschwindet hinauf zur Luftabwehrstellung; jetzt sind Pasi und Mabunu Muchapera mit Schlafen an der Reihe.

Eine weiterer Turnus ist beendet.

Pasis Wache ist nun vorbei, er wird schlafen, bis die Sonne untergeht und der Mond am Himmel erscheint.

Er rülpst leise und kratzt die Stellen seines Gesichts, auf denen er einen Anflug von Sonnenbrand hat. Etwas Reis und Fleisch kommen ihm hoch und er zerdrückt es zwischen Zunge und Gaumen. Seine Hand ist voller Knochen. Die Kronen der *mpfuti*-Bäume bilden über ihm ein Geflecht vor dem blauen Himmel. Er legt sich flach auf den Rücken, kaut und spürt den Windhauch auf seinem Gesicht. Seine Kiefer mahlen jetzt langsamer, die Vögel zwitschern in den Ästen, seine Lider fallen ihm zu. Das wohlige Völlegefühl saugt ihn in den Schlaf ...

Schon als Kind beunruhigte ihn der aufgehende Mond, wenn dieser über den flackendernden Lichtern der Township hervorbrach und dann die Züge beleuchtete, welche die ganze Nacht lang in eine geheimnisvolle Ferne ratterten.

Hier draußen zwischen den Hügeln, wo keine anderen Lichter konkurrieren, ist das Ereignis ein Ritual. Zuerst taucht im Osten dieser unglaubliche Dunst auf, als stünde ein Teil der Welt in Flammen, dann ergießt sich der Mond, rund und rötlich gelb, über die dunklen Bergkämme. Pasi blickt in sein Gesicht und versucht, das Bild darin zu erkennen. Ein einsamer Mann, der seine eigenen Töpfe auf die Felder trägt? Eine Frau, die mit einem buckligen Rücken dafür bestraft worden ist, daß sie am Sonntag gearbeitet hat? Ein Bulle, der sich in eine Hütte stürzt. Geschichten über das Gesicht des Mondes fallen ihm ein. Er erinnert sich an den Tag, an dem Neil Armstrong als erster den Mond betrat – ein schauriger Julimorgen, und wie sein Lehrer in der *Grade Four* den halben Vormittag im Klassenzimmer auf und ab marschierte und keuchte: »Was treibt sie dazu, die Erde zu verlassen und auf den Mond zu gehen?« und er hat nie aufgehört, darüber nachzudenken, warum sein Lehrer das gesagt hat, obwohl der Lehrer Jahre schon vor vielen Jahren an einer geschwollenen Leber gestorben ist.

Er haßt die Dunkelheit, wenn die Bäume und das Land zu einer endlosen undurchdringlich schwarzen Masse verschmelzen. Sogar die Luft lastet auf dir wie ein Tuch, das von großen unsichtbaren Händen festgehalten wird. Das einzige, was du erkennen kannst, ist der Glanz deines Bajonetts. Er haßt die Dunkelheit, weil die Sinne sich auf die Ohren beschränken. Schon ein Zweig, der im Dunkeln zu Boden fällt, kann einen plötzlich herumfahren lassen.

Von der Astgabel des Baumes aus, in der er von Blättern umhüllt mit dem Gewehr zwischen den Knien hockt, ist das Tal unter ihm lichtüberflutet. Jenseits des Tals ragt der Hügel – ihr Hügel – über dem sanft gebogenen Horizont auf; er weiß, daß einige seiner Kameraden dort draußen sind. Ab und zu schiebt er den Blättervorhang beiseite und lugt durch ihn hindurch nach unten. Wenn ein Kaninchen aus dem Gras huschen würde, entginge ihm das nicht, denkt er.

Am frühen Abend sah er, wie sich die Dorfbewohner langsam zum *pungwe* versammelten. Diejenigen, die von den Hügeln kamen, konnte er nicht sehen, aber die aus dem Tal, das er gerade überwacht, gingen unter dem Baum durch, auf dem er postiert ist. Während er dort in der Astgabel saß, sah er sie in vereinzelten Gruppen von zwei oder drei Personen kommen, ihre Körper waren von oben verdeckt, so daß er nur ihre Köpfe und Füße sehen konnte. Sie bewegten sich langsam und blickten sich ängstlich um. Er sah sie – die Männer und Frauen, Jungen und Mädchen, kleine Kinder. Ihm war, als habe er die Stimme des Häuptlings Sachikonye gehört. Er fühlte eine seltsame Befriedigung, wie er so in seinem Baum saß, mit dem Gewehr in die Richtung zielte, aus der sie kamen, und ihr Flüstern hörte, als sie vorbeigingen, ohne etwas von seiner Anwesenheit zu merken.

Und nun hört er, wie hinter dem Hügel, wo sie sich versammelt haben, Baas Die seine Stimme erhebt. Er kann nicht hinter den Hügel sehen, dorthin, wo sie sich befinden, aber er war früher schon dabei, so daß es ihm nicht schwerfällt, sich das Bild vorzustellen.

Er sieht die beiden Halbkreise von Leuten vor sich. Die Frauen, Mädchen und Kinder bilden den einen, die Männer und Jungen den anderen. Die Jüngeren stehen innen, während die Älteren sich am äußeren Rand aufhalten. Frauen und Kinder sitzen mit überkreuzten Beinen, die Männer und Jungen drängen sich auf dem Boden oder lehnen an den Felsen. Einige der Frauen haben Säuglinge auf den Rücken gebunden, andere stillen ihre Kinder im Sitzen. Manche der Männer stützen sich auf Stöcke, die sie vor sich in den Boden gesteckt haben, und ihre Bärte leuchten im Dunkeln. Ihre Gesichter sind ernst und aufmerksam. Selbst die kleinen Kinder verhalten sich still.

Baas Die steht mit gespreizten Beinen auf dem offenen Platz in der Mitte der Versammlung. Gidi Ishumba schreitet wahrscheinlich den äußeren Rand der Versammlung ab. Mabunu Muchapera, Torai Zvombo, Sub Musango und Shungu Dzangu bilden im Abstand von einer Viertelmeile eine Art Schutzzaun um den Hügel.

So stellt er das sich vor, während er in der Astgabel auf seinem Posten sitzt. Und nun dröhnt Baas Dies Stimme hinter dem Hügel hervor, und der Widerhall trägt seine Worte ungehindert in die Nacht hinaus.

Pasi hat fast das Gefühl, als sei er dort, inmitten der Versammlung.

»*Icho!*« ruft Baas Die.

»*Charira!*« schreit die Menge zurück.

»*Icho!*«

»*Pamberi neChimurenga!*«

»*Pamberi!*«

Eine Reihe von Parolen schließt sich an, die Nacht hallt von den Antworten der Menge wider. Dann herrscht Stille.

»*Ndichambokuitirai ngano yangu*«, sagt Baas Die, »ich werde euch eine kleine Geschichte erzählen.«

Es war einmal – erzählt Baas Die – es war einmal vor langer Zeit, da kam eine Gruppe von Besuchern in ein bestimmtes Dorf. Diese Besucher sahen ganz anders aus als alle, die man bisher dort gesehen hatte. Sie standen an den Palisaden der *musha* und schielten hinein.

Die Kinder, die auf die Ziegen aufpaßten, sahen sie zuerst, flohen mit gellendem Geschrei und verbargen ihre Köpfe bei ihren Müttern. Die Mütter stießen die Kinder beiseite und liefen hinaus, um nachzusehen, aber auch sie erschraken durch das, was sie sahen, und rannten zurück in ihre Hütten, um sich hinter dem *maturi* zu verstecken. Da nahmen die Männer, die auf dem *dare* saßen, ihre Äxte und gingen hinaus, um zu sehen, was da zu ihren Häusern gekommen war und ihre Frauen und Kinder so erschreckt hatte, aber als sie die Fremden an den Palisaden sahen, waren auch sie angsterfüllt. Einige näßten ihren *nhembe* ein, einige ließen die Äxte fallen, andere schlichen zurück und versteckten sich hinter den Hütten. Die Fremden an den Palisaden lächelten und winkten, und plötzlich zog sich auch die übrige Gruppe von Männern schnell zum *dare* zurück.

Die Frauen und Kinder sahen die Männer rennen, und die Männer schämten sich deshalb, denn wenn sie als Männer wegliefen, wer sollte dann die Frauen und Kinder schützen? Die Männer besprachen sich untereinander und sagten: »Wer sind diese Fremden vor unseren Häusern, mit ihrer Haut wie die Haut von Neugeborenen und Haaren wie die Haare von Maiskolben? Wer sind diese Wesen ohne Knie und Zehen? Sind es Menschen oder Geister?« Eine neue Welle der Panik fuhr durch das *musha*, denn die Fremden öffneten nun die Tore der Palisaden und kamen herein.

Die Frauen und Kinder blieben wie gelähmt in den Hütten und die Männer drängten sich zusammen wie Hühner, die einen Adler am Himmel gesehen haben. Die Hunde bellten nicht, sondern scharten sich um die Männer und selbst das Winseln blieb ihnen in der Kehle stecken. Die Fremden gingen langsam über den *ruwanze*, wandten den Kopf abwechselnd nach beiden Seiten und lächelten. Da sahen die Dorfbewohner, daß die Fremden zwar eine Haut wie Neugeborene hatten und Haare so lang wie die Haare des Mais, daß aber ihre Knie und Zehen nur in ihren Kleidern verborgen waren und daß sie Köpfe, Arme, Hände und Füße hatten wie sie selbst.

Einer der Fremden nahm ein kleines Kind hoch, das sich von seiner Mutter entfernt hatte und über den Torweg tapste. Die Leute zischten vor Angst, aber der Fremde gab dem Kind etwas zu essen, das er aus der Tasche seiner Kleidung holte, und setzte es dann wieder auf die Erde. Als die Mütter das sahen, hatten sie keine Angst mehr vor den Fremden und kamen langsam aus den Hütten, hielten aber ihre Kinder noch zurück. Die Männer schämten sich wegen ihrer Furcht und ihres falschen Verhaltens und rannten herum, um für die Fremden Stühle zum Sitzen und Wasser zum Trinken zu holen.

Als die Besucher sich gesetzt hatten, kamen die Leute näher heran, um sie genauer zu betrachten. Kinder berührten die Schuhe an ihren Füßen und befühlten ihre Hände mit den Fingern. Die Besucher kramten in ihren Mänteln und gaben den Kindern Kleinigkeiten zu essen, unterhielten sich und lächelten, und die Leute lachten, denn wenn die Besucher sprachen, schienen ihre Stimmen aus der Nase zu kommen, aber die Besucher lachten zurück. Dann brachten die Frauen Essen für die Besucher, und diese aßen und tranken ein wenig, und ihre Gastgeber meinten, sie würden nicht viel nehmen, weil sie an das Essen nicht gewöhnt waren. Und als die Besucher gegessen hatten, öffneten sie ihre Taschen und überreichten den Frauen Geschenke – Glasperlen, wertlosen Schmuck, Stoff, Spiegel. Für die Männer hatten sie Tabak und Kleider wie die, die sie selbst trugen, es waren jedoch nur gerade einmal genug für einige der alten Männer.

Alle waren glücklich mit ihren Geschenken. Die Frauen glucksten vor Vergnügen, wenn sie ihre Gesichter im Spiegel sahen, und gurrten vor Freude über die Stoffe, die sie auf ihren Knien ausgebreitet hatten. Die Männer zogen ihre neuen Kleidungsstücke an und probierten den Tabak. Es dauerte lange, bis die Aufregung sich gelegt hatte, und als es endlich so weit war, setzten sie sich hin und warteten, was die Besucher tun würden und daß sie ihnen sagen würden, woher sie kamen und wohin sie wollten, aber die Besucher saßen nur da, sprachen kaum und scherzten mit den Kindern. Weil es so still war, beschlossen die jungen Leute, für die Besucher zu singen und zu tanzen. Aber die Besucher wandten ihre Gesichter ab. Die Tänzer entfernten sich etwas, denn sie dachten, sie seien zu nah und die Besucher müßten vom Staub husten, aber die Besucher schüttelten wild die Köpfe und machten abwehrende Handbewegungen. Die Tänzer hörten auf zu singen, nahmen ihre *hosho* ab und legten ihre *mbira* und die Trommeln beiseite. Daraufhin begannen die Männer zu überlegen, was sie gegen die Stille tun könnten, aber dann begannen die Besucher zu singen, und die Leute fanden das seltsam, denn während sie sangen, tanzten sie nicht, sondern jeder starrte auf ein Ding, das aussah wie ein Bündel dünner getrockneter Blätter, die zusammengeschnürt waren, und die er sich aufgeklappt vor die Augen hielt, und zwischen den Liedern knieten sie sich auf den Boden und verschränkten die Arme über der Brust, berührten Brust und Stirn, schlossen die Augen und sprachen langsam mit ernsten Stimmen in Richtung Himmel. Und anschließend nahmen sie die Kinder und ließen sie vor sich knien, tauchten ihre Hände in ein kleines Wassergefäß, berührten die Stirn der Kinder und murmelten dazu einige Worte über sie. Die Leute hatten so etwas noch nie gesehen und waren überrascht. Die Besucher waren freundlich zu ihnen gewesen und hatten ihnen Geschenke gegeben, aber was die Fremden jetzt mit den Kinder machten, verstanden sie nicht – vielleicht war dies eine Sitte in dem Land, aus dem sie kamen, oder eine neue Methode, um Krankheiten abzuwehren. So saßen die Leute und sahen zu, und einige der älteren unter ihnen traten vor und ließen sich auch die Stirn mit Wasser benetzen und Worte über sich murmeln. Danach sprachen die Besucher lange und sahen dabei wieder in die Blätterbündel, die sie in den Händen hielten. Ihre Stimmen klangen eifrig. Die Leute verstanden kaum etwas von dem, was sie sagten, aber sie hörten Wörter wie »Frieden«, »Freundschaft« und »Liebe«, und nickten mit den Köpfen, denn das waren gute Wörter, und sie nahmen an, daß es dort, wo die Fremden herkamen, Sitte war, als Besucher so zu sprechen, deshalb ließen sie sie sprechen.

Die Sonne war inzwischen längst untergegangen und es war langsam dunkel geworden. Die jungen Leute schliefen schon und schnarchten, und Männern und Frauen sank nacheinander der Kopf in den Schoß. Die Feuer waren heruntergebrannt. Sie begannen sich zu fragen, wann die Fremden wohl aufhörten zu sprechen. Schließlich kamen die Fremden zum Ende, und die alten Männer, die noch wach waren, dankten ihnen und zeigten ihnen die Hütte, in der sie schlafen konnten, denn es war offensichtlich, daß sie in dieser Nacht nicht mehr fortgingen, da es schon spät war. Dann gingen alle zur Ruhe und es war still im *musha*.

Etwas sehr merkwürdiges geschah am nächsten Morgen. Als die Männer hinausgingen, um die Besucher zu fragen, wie sie geschlafen hätten, fanden sie die Hütte leer vor! Sie warteten, denn sie nahmen an, die Besucher wären vielleicht in den Busch gegangen, um ihre Notdurft zu verrichten, aber die Besucher tauchten nicht mehr auf. Dann überlegten sie, daß die Besucher vielleicht zum Fluß gegangen sein könnten, um zu baden, und sie schickten ein paar Jungen, die nachsehen sollten, aber die Besucher waren nicht dort. Die Männer gerieten in Panik und fürchteten, ihre Gäste wären vielleicht in der Nacht von wilden Tieren gefressen worden; aber welches Tier konnte schon eine ganze Gruppe von Leuten fressen, ohne einen Knochen oder eine Blutlache oder Spuren eines Kampfes zu hinterlassen und ohne daß es nachts ein Geräusch gegeben hätte; oder wer konnte wissen, welcher böse Zauber sie im Dunkeln entführt hatte, die verbotenen Geister! Sie suchten in der Hütte nach einer Spur, fanden aber nur die merkwürdigen Fußabdrücke der Besucher, die von der Hütte zum Wald führten! Dann dachten sie, es wäre vielleicht Sitte in dem Land, aus dem die Besucher stammten, daß Reisende frühmorgens abreisten, ohne etwas zu essen und ihren Gastgebern Guten Morgen oder Aufwiedersehen zu sagen.

Die Dorfbewohner waren sehr erstaunt. Mädchen nahmen *matende* auf den Kopf, um zum Fluß zu gehen, und Jungen öffneten die Pferche, um Rinder, Schafe und Ziegen auf die Weiden zu bringen. Männer und Frauen standen mit Hacken in den Händen auf den Wegen zusammen und unterhielten sich laut, während ihre Felder ungejätet blieben. Wenig später kamen die Mädchen so schnell vom Fluß zurückgerannt, daß das Wasser über ihre Schultern spritzte. Die Leute scharten sich um sie, um zu fragen, was los war. Die Mädchen berichteten, sie hätten die Besucher durch den Wald gehen sehen. Bald darauf kamen auch die Jungen, die auf die Weiden gegangen waren, angerannt, um zu erzählen, sie hätten die Besucher auf den Feldern und um die Gärten im Tal herumgehen sehen.

Da nahmen die Leute an, die Besucher wären auf die Jagd gegangen (aber besaßen sie Waffen abgesehen von den dünnen Stöcken, die sie auf den Schultern getragen hatten?) oder ein Wanderzauber hätte während der Nacht von ihnen Besitz ergriffen, denn warum sonst sollten Fremde so in aller Frühe auf und ab gehen, ohne jede Begleitung, zu dieser ungesunden Zeit, wenn die Geschöpfe der Nacht genug umhergeschweift waren und ihre Aufträge erledigt hatten und nun in ihre Schlupfwinkel zurückkehrten? Wie konnten Besucher ohne Begleitung durch Felder und Wälder von Menschen laufen, die sie erst einen Tag zuvor kennengelernt hatten? Wer würde ihnen zeigen, wo sie hintreten durften und wo nicht? Oder war es vielleicht dort, wo die Besucher herkamen, Sitte, die Felder der Gastgeber am frühen Morgen zu inspizieren? Wie konnte man wissen, ob sie vielleicht eine Dorfschönheit heimlich verehrten und auf den Feldern und in den Gärten gearbeitet hatten, um ihre Gastgeber zu beeindrucken? Auf alle Fälle waren die Leute erleichtert zu wissen, daß ihre Gäste noch lebten und herumliefen und sich in der Gegend aufhielten, daß sie während der Nacht weder von wilden Tieren gefressen noch von einem schlimmen Zauber entführt worden waren. Wer wüßte denn, wie man die Ahnen der Besucher beschwichtigen sollte, wenn ihnen hier, in diesem Dorf, etwas zustieße. Wer wußte denn, woher sie kamen oder was ihre Totems waren, um den geheimen Fluch aus ihrer Vergangenheit zu bannen?

Die Leute beschlossen hinausgehen und die Besucher zu begrüßen. Sie gingen als Gruppe und begegneten den Besuchern, als diese gerade aus dem Wald kamen. Die Besucher trugen einen toten Bock auf ihren Schultern! Die Frauen nahmen Töpfe mit *maheu* von ihren Köpfen und knieten sich an den Wegrand, die Männer saßen in der Hocke und fingen an, in die Hände zu klatschen und sich bei ihren Besuchern zu erkundigen, wie sie geschlafen hätten. Die Besucher lachten und sagten etwas, das die Leute nicht verstanden, aber die Leute lachten auch, denn als die Besucher sprachen, kamen ihre Stimmen aus den Nasen, und sie knieten sich nicht hin, sondern blieben mitten auf dem Weg stehen, während sie sprachen, aber sie tranken von dem *maheu* und gaben den Männern den erlegten Bock zu tragen und ließen sich von ihnen ins Dorf zurückbegleiten.

Die Dorfbewohner waren verwirrt darüber, wie die Besucher den Bock ohne Speere oder Pfeile getötet haben konnten – denn außer einer kleinen Wunde im Genick trug der Bock keine ernstlichen Spuren einer Verletzung. Jedenfalls dankten die Männer den Gästen für das erlegte Wild, schlugen es aus der Decke und übergaben es den Frauen zum Kochen. Die Frauen bereiteten das Fleisch zu und alle aßen und gingen dann hinaus auf die Felder. Später am Nachmittag setzten sich die Männer zusammen, um die Lage zu besprechen. Sie suchten den Rat der *sviriko* und erhielten zur Antwort: »Hütet euch vor den Besuchern. Hütet euch vor ihnen, aber tut ihnen nichts an.«

Am Abend saßen die Besucher, die den Nachmittag im Schatten der Bäume verbracht hatten, auf Stühlen vor der Hütte, die man ihnen zugewiesen hatte, und lockten die Kinder mit Naschereien zu sich und lachten mit ihnen. Nachdem die Besucher gegessen hatten, begannen sie wie am Abend zuvor zu singen und zu sprechen. Die jungen Leute interessierten sich für ihre Stimmen und den fremden Klang und scharten sich um sie, um zuzuhören, obwohl sie die Sprache der Besucher überhaupt nicht verstanden. Die Männer saßen auf dem *dare* und sahen zu. Sie versuchten, die Kinder mit Gesten dazu zu bringen, daß sie zu ihnen kamen, aber die Kinder hofften auf Geschenke von den Besuchern und wollten nicht kommen.

Mehrere Tage lang ging das so. Wenn die Dorfbewohner aufwachten, waren die Besucher schon gegangen. Manchmal waren sie draußen im Wald, manchmal gingen sie über die Felder oder die Weiden oder durch die Gärten. Sie wurden sogar dabei gesehen, wie sie die Pferche inspizierten und die Gräber hinter den Hütten.

Manchmal tauchten sie tagsüber aus dem Wald am Rand eines Feldes auf und sahen den Dorfbewohnern bei der Arbeit zu, und es kam vor, daß einer von ihnen um eine Hacke bat und ein paarmal auf das Unkraut einschlug, und die Dorfbewohner amüsierten sich darüber, daß die Fremden in der Sonne mächtig schwitzten und schnell Blasen an den Händen bekamen. Und wenn einmal ein Kind bei den Frauen war, das eine starke Erkältung hatte, gaben die Fremden ihm Medizin aus ihren Taschen, und dann gingen sie zu den Gärten und man erzählte sich, daß sie einem

Mann Samen für eine neue Gemüsesorte gaben; oder sie gingen hinunter zum Fluß, um den Hirtenjungen beim Fischen zuzusehen. Manchmal angelten die Fremden auch, aber ihre Angeln sahen anders aus, und die Jungen lachten, wenn sie Ochsenfrösche fingen und nicht fortwarfen, denn die Fremden aßen Frösche. Einmal halfen sie den Jungen, ein Kalb herauszuziehen, das im Schlamm feststeckte.

Gelegentlich brachten die Besucher, wenn sie morgens aus dem Wald zurückkehrten, einen Bock mit, den sie erlegt hatten. Die Männer des Dorfes, die selbst erfahrene Jäger waren, verstanden nicht, wie die Besucher das Wild töteten, bis eines Tages ein Ochse, der beim Schlachten unglücklich im Genick getroffen worden war, sich von seinen Fesseln losreißen konnte und über den Hof stürmte, während das Blut ihm vom Genick floß. Die Leute flohen in die nächsten Hütten und der unglückselige Schlachter rannte hinter dem Ochsen her. Einer der Besucher, der die Szene zufällig beobachtete, trat lediglich einen Schritt zurück, nahm den glänzenden Stock von der Schulter und zielte auf den umherstürmenden Ochsen. Es gab einen so lauten Knall, daß alle Dorfbewohner sich zu Boden warfen, und wie durch ein Wunder fiel der Ochse tot um. Der Besucher, der den Ochsen erschossen hatte, ging zu dem toten Tier hin und versetzte ihm einen Tritt, dann winkte er mit dem Gewehr und lachte, um zu zeigen, daß alles in Ordnung war. Daraufhin fürchteten sich die Dorfbewohner, die so etwas noch nie gesehen hatten, sehr vor den Waffen der Besucher.

Abends sangen die Besucher und unterhielten sich mit den jungen Leuten, und auch die älteren gesellten sich dazu, und bald waren die neuen Lieder allgemein bekannt und wurden im Dorf gesungen, und das machte den alten Leuten nichts aus, denn die Besucher waren offensichtlich gutherzige und hilfsbereite Leute.

So vergingen die Tage. Eines abends kehrten die Fremden nicht aus dem Wald zurück. Sie waren wie gewöhnlich in der Morgendämmerung fortgegangen, aber niemand hatte sie tagsüber gesehen, obwohl ein Mann, der im Wald Holz gehackt hatte, berichtete, er hätte tiefer im Wald das Geräusch von Äxten gehört. Um die Zeit, als die Dorfbewohner schlafen gingen, waren die Besucher noch nicht zurückgekehrt. Am nächsten Morgen ging eine Gruppe von Männern aus dem Dorf in den Wald und entdeckte zu ihrer Überraschung, daß die Besucher tief im Herzen des Waldes eine Fläche gerodet und drei grobe Hütten darauf gebaut hatten!

Die Fremden kamen nicht zurück, um bei den Dorfbewohnern zu leben. Sie lebten in den Hütten, die sie sich gebaut hatten, und fingen an, im Umkreis der Hütten Felder anzulegen. Die Dorfbewohner waren erstaunt. Sie befragten die *sviriko*.

»Brennt die Hütten im Wald nieder«, sagte die *sviriko*, »brennt die Hütten nieder, dann werden die Fremden verschwinden.«

Auf dem *dare* gab es heftige Argumente, viel Zorn und Schwüre, man zog sich an den Bärten, schüttelte die Fäuste und rief Namen an, aber man konnte sich nicht auf eine Sache einigen, und es war klar, daß einige der Männer die Geschenke, die sie von den Fremden erhalten hatten, nicht zurückgeben wollten, sondern vielmehr scharf darauf waren, noch mehr zu bekommen. Wer sollte die Anordnung der *sviriko* befolgen? Wer sollte der Dunkelheit im Wald die Stirn bieten und sich zu den Fremden schleichen? Die Männer wurden sich nicht darüber einig, was sie tun sollten, aber sie würden der *sviriko* gehorchen müssen.

Dann machten die Männer eine schreckliche Entdeckung. Ihre eigenen Söhne arbeiteten für die Fremden. Zunächst fiel ihnen auf, daß die Rinder, Ziegen und Schafe tagsüber unbewacht blieben und daß einige Jungen kurze Hosen trugen, ähnlich denen, die die Männer von den Fremden erhalten hatten. Als man die Jungen befragte, gaben sie zu, daß sie die Kleider als Gegenleistung für ihre Arbeit von den Fremden bekamen. Die Männer waren wütend. Sie verprügelten ihre Söhne. Dann verlangten sie von ihnen, daß sie die Kleider zurückbrachten. Aber die Fremden schickten die Jungen nur mit noch mehr Geschenken für sie selbst und für ihre Väter zurück.

Einige Männer nahmen die neuen Geschenke an. Andere verbrannten sie. Wieder gab es viel Streit und Geschrei.

Die *sviriko* wiederholte: »Brennt die Hütten im Wald nieder. Brennt ihre Hütten nieder und sie werden verschwinden.«

Fünf tapfere Männer willigten ein, die Aufgabe zu übernehmen.

Die fünf Männer gingen nach dem Abendessen mit Äxten und Speeren fort. Einer von ihnen trug ein Bündel Hartholz mit glühenden Kohlen in einem Hohlraum. Als sie sich auf das Innere des Waldes zubewegten, sahen sie einen Feuerschein über den Bäumen.

Sie näherten sich vorsichtig der Lichtung und lugten durch die Blätter. Die Fremden saßen um ein großes Feuer herum. Ihre Gestalten leuchteten im Licht weiß wie Gespenster. Der Wind trug den Geruch von geröstetem Getreide und Fleisch vom Feuer herüber und hinter ihnen lagen die abgehäuteten Reste eines Wildtieres.

Die Männer hockten lange im Dunkeln und lauschten auf die Stimmen der Fremden, die der Windhauch zu ihnen hinüberwehte. Die Luft roch angenehm nach Fleisch, aber das Feuer ließ die Fremden zum Fürchten aussehen. Schließlich erhoben sich die Fremden vom Feuer und gingen in die Hütten, um zu schlafen. Plötzlich war den Männern schwer ums Herz. Sie wollten nur die Hütten niederbrennen und nicht den Fremden etwas antun, und nun schliefen die Fremden in den Hütten, was sollten sie also tun? Ihre Hände wurden kalt vor lauter Unsicherheit. Sie wollten umkehren. Aber einer von ihnen war mutig, schlich zum Feuer, das die Fremden hatten brennen lassen, nahm einen brennenden Ast und warf ihn in eine der Hütten. Das Strohdach der Hütte ging sofort in Flammen auf, aber fast unmittelbar danach kamen die Fremden aus den Hütten herausgerannt.

Die Männer flohen ins Dunkle und schlugen sich durch das Gebüsch. Hinter sich hörten sie ein donnerndes Krachen – ein Krachen, das sie jetzt kannten, und danach wildes Geschrei, aber in ihrer Angst rasten sie blindlings durch die Dunkelheit. Erst als sie die Gärten im Tal erreichten und sich wieder sammelten, merkten sie, daß ihr Freund – derjenige, der die Hütte in Brand gesteckt hatte – fehlte. Aber sie hatten zu große Angst, um zurückzugehen, deshalb kehrten sie ins Dorf zurück, um zu schlafen.

Die Fremden kamen am nächsten Morgen in aller Frühe ins Dorf. Sie waren sehr wütend. Sie schleuderten die Hühner mit Fußtritten beiseite, als die den *ruvanze* hinaufmarschierten. Die Dorfbewohner sahen sie kommen und liefen davon. Frauen liefen mit Säuglingen auf dem Rücken davon. Männer liefen davon. Kinder liefen davon. Die Fremden rissen die Dächer von den Hütten der Dorfbewohner. Sie gingen in den Kraal und erschossen drei Bullen. Dann gingen sie zum Wald zurück.

Die Dorfbewohner strömten wieder zusammen, als die Fremden weg waren. Sie sahen die toten Bullen, die zerstörten Hütten und die Hühner, die tot auf dem *ruvanze* lagen. Sie hatten den Knall der Gewehrschüsse gehört. Jetzt wußten sie, daß die Fremden wirklich wütend waren. Die Männer setzten sich auf den *dare* und besprachen sich. Sie wußten nicht, was mit dem Mann geschehen war, den in der Nacht ein Schuß getroffen hatte, ob er verletzt oder tot war. Sie befragten die *sviriko* und erfuhren: »Er lebt. Kämpft jetzt nicht gegen die Fremden. Beschwichtigt sie nur.«

Um zu zeigen, daß es ihnen leid tat, schickten die Männer ihre Söhne, damit sie die abgebrannte Hütte wieder aufbauten. Sie errichteten sogar noch mehr Hütten für die Fremden. Aber den Fremden war das nicht genug. Sie wiesen die Dorfbewohner an, mehr Bäume zu fällen, und vergrößerten die Lichtung um ihre Hütten. Die Dorfbewohner legten ein riesiges Feld für die Fremden an. Sie rodeten das Feld und bepflanzten es mit Mais, Erdnüssen und Hirse. Die Fremden ließen sie noch mehr arbeiten. Die Fremden ernannten den Mann, auf den sie in der Nacht geschossen hatten, zu ihrem Aufseher. Er war ins Bein geschossen worden, aber die Fremden gaben ihm Medizin und er erholte sich schnell wieder. Sie gaben ihm ein Gewehr und erklärten ihm, wie man damit umging. Sie sorgten dafür, daß er in einer Hütte an einem Ende des Feldes wohnte. Jedesmal, wenn sie von den Dorfbewohnern etwas wollten, schickten sie ihn. Er mußte ihnen über alles berichten.

Das Feld der Fremden wuchs und wuchs. Es verschlang den ganzen Wald. Es verschlang das Tal. Es verschlang die Gräber. Es verschlang die Weiden. Es verschlang die Spielplätze der Kinder. Es verschlang die Gärten. Es verschlang die Wege zum Kraal. Es regnete ausreichend und die Ernte war ausgezeichnet. Aber die Felder der Dorfbewohner erstickten im Unkraut. Es gab Probleme im Dorf. Weil die Jungen fort waren, um für die Fremden zu arbeiten, mußten die Männer das Vieh hüten. Und weil die Männer das Vieh hüten mußten, hatten sie nicht viel Zeit für ihre eigentlichen Aufgaben. Das Unkraut wucherte hüfthoch und erstickte das Getreide und das Gemüse auf den Feldern und in den Gärten. Paviane und Wildschweine verwüsteten ihre Felder. Die Frauen mußten Zäune und Mauern reparieren.

Der Aufseher der Fremden bewachte das Getreide. Einige Jungen halfen ihm. Jedes Stück Vieh, das auf die Felder der Fremden kam, wurde beschlagnahmt. Bald hatten die Fremden große Herden von Rindern, Schafen und Ziegen mit Hilfe der beschlagnahmten Tiere. Die Weide schrumpfte immer mehr. Die Dorfbewohner mußten ihr Vieh in die Berge hinaufbringen, da die Fremden ihre Herden im Tal grasen ließen.

Nach der Regenzeit bauten die Dorfbewohner Kornspeicher für die Fremden und brachten die Ernte von den Feldern ein. Von ihren eigenen Feldern ernteten sie kaum etwas. Da die Halme ihrer Hirse hart und dünn waren, war es die reinste Dornenernte. Sie hofften, daß sie etwas von den Erträgen der Fremden abbekommen würden. Aber die Fremden verlangten, daß sie ihnen die Nahrungsmittel abkauften, die sie doch selbst angebaut hatten. Die Dorfbewohner bezahlten mit Rindern, Schafen und Ziegen. Die Herden der Fremden wuchsen.

Den Dorfbewohnern ging die Nahrung aus. Sie hungerten. Sie waren wütend. Die ganze Zeit über glaubten sie, sie würden etwas von den Feldern der Fremden erhalten. Ihre Rinder wurden mager. Ihre Säuglinge wimmerten nachts. Eines Nachts gingen drei Männer los, um Nahrung aus den Kornspeichern der Fremden zu stehlen. Die Wachen faßten sie und schossen auf sie. Einer der Männer starb, die beiden anderen wurden schwer verletzt.

Jetzt waren die Dorfbewohner wirklich wütend. Einer von ihnen war von ihren eigenen Leuten getötet worden – durch Wächter, die von den Fremden ernannt worden waren. Sie nahmen Äxte, Speere, Bogen, Pfeile und Knüppel und stimmten Kriegsgesänge an. Niemand ging mehr zur Arbeit auf die Felder der Fremden. Sie brannten die Hütten der Wächter nieder und schlachteten deren Tiere. Sie versuchten, die Getreidespeicher zu plündern.

Die Wachen rannten zu den Hütten der Fremden. Die Dorfbewohner verfolgten sie dorthin. Aber mit ihren Waffen konnten sie gegen die

Gewehre nichts ausrichten. Fünf Männer wurden getötet. Die Dorfbewohner flohen in die Berge.

Dort befragten sie die *sviriko.*

»Vergiftet die Brunnen, aus denen sie ihr Wasser schöpfen«, erhielten sie zur Antwort. »Vergiftet die Brunnen, aus denen sie ihr Wasser schöpfen, und sie werden sterben.«

Bevor die Dorfbewohner den Auftrag der *sviriko* befolgen konnten, erfuhren die Wächter durch Verwandte im Dorf davon. Die Wächter verrieten den Fremden den Plan. Die Fremden stellten Wachen an den Brunnen auf. So scheiterte der Plan.

Die Fremden kamen ins Dorf. Sie brannten die Hütten nieder. Sie zerstörten die Gärten. Sie trieben das verlassene Vieh fort. Sie legten selbst dort noch ihre Felder an, wo das Dorf gewesen war.

Die Dorfbewohnern blieben in den Bergen. Sie bauten dort neue Hütten, aber das Land war abschüssig und unfruchtbar. Es gab nicht genug Land zum Pflügen und nicht genug Weidefläche für ihr Vieh. Sie hatten Land und Vieh an die Fremden verloren. Sie konnten im Tal kein Gemüse mehr anbauen. Sie konnten im Fluß keine Fische mehr fangen. Sie konnten im Wald kein Feuerholz mehr sammeln, keine Baumstämme und kein Grünfutter mehr holen. Sie konnten nicht mehr zur Jagd gehen.

Die Dorfbewohner brauchten etwas zu essen. Langsam begannen sie wieder, für die Fremden zu arbeiten, um Nahrungsmittel zu erhalten. Zuerst schickten die Männer ihre Söhne, dann gingen die Männer selbst. Sogar die Frauen gingen. Sie arbeiteten den ganzen Tag auf den Feldern, in den Gärten und den Häusern der Fremden. Die Fremden holten ihre Familien und bauten noch mehr Häuser.

Die Fremden stellten nun neue Regeln auf. Die Frauen der Dorfbewohner mußten gezählt werden. Ihre Kinder mußten gezählt werden. Die Narben auf ihren Körpern mußten gezählt werden. Ihre Rinder und Ziegen und Schafe mußten gezählt werden. Kein Dorfbewohner durfte ohne Erlaubnis der Fremden jagen. Kein Dorfbewohner durfte ohne Erlaubnis einen Baum fällen. Kein Dorfbewohner durfte ohne Erlaubnis ein Grasbüschel abschneiden. Kein Dorfbewohner durfte ohne Erlaubnis eine Hütte bauen. Kein Dorfbewohner durfte ohne Erlaubnis heiraten. Die Flüsse erhielten neue Namen. Die Berge erhielten neue Namen. Die Täler erhielten neue Namen. Die Tiere erhielten neue Namen. Die Vögel erhielten neue Namen. Die Blumen und die Bäume erhielten neue Namen. Die Kinder erhielten neue Namen.

Sie mußten neue Lieder lernen. Sie mußten neue Tänze lernen. Sie bekamen neue Geschichten erzählt. Trommeln waren im Dorf nicht mehr erlaubt. Die *mbira* war nicht mehr erlaubt. *Chisi* wurde abgeschafft. Die Kinder lernten die Sprache der Fremden sprechen. Die Kinder lernten, die Vorfahren der Fremden zu verehren.

»Schneidet den Kindern der Fremden die Kehlen durch«, verlangte die sviriko. »Schneidet ihren Kindern die Kehlen durch und sie werden fortgehen.«

Die Fremden kamen, nahmen die *sviriko* und erhängten sie. Jetzt hatten die Dorfbewohner kein Heiligtum mehr. Sie fürchteten sich, gegen die Fremden vorzugehen. Sie waren die Sklaven der Fremden...

»Das ist meine Geschichte«, sagt Baas Die. »Das ist meine kurze Geschichte.«

Das Kichern, das anfangs die Erzählung begleitet hat, ist erst zustimmenden, klagenden Tönen, dann einer tiefen Stille gewichen. Baas Die unterbricht sich, um seine Nasenlöcher voll Schnupftabak zu stopfen. Baas Dies Stimme fährt schneidend durch die Stille.

»Das ist meine Geschichte«, erklärt er. »Ihr könnt sie für komisch oder für traurig halten. Ihr könnt sie für eine Kindergeschichte halten, die man am Feuer bei einer Pfanne *maputi* erzählt, oder für eine von mir erfundene Geschichte, aber im Grunde wißt ihr alle, daß es die Geschichte unseres Landes ist.«

»*Pamberi neChimurenga!*«

»*Pamberi!*« schreit die Menge.

»Man hat uns mit Stoffetzen und Spiegeln gekauft. Und hier sind wir nun ...«

Pasi hört vom Baum aus zu. Er kennt fast jedes Wort, das Baas Die sagen wird. Die Metaphorik seiner Sprache ist erschreckend. Ihr Symbolismus ist so lebensnah wie Blut, das aus der Nase läuft. Schon dutzendmal haben ihn Ansprachen wie diese aufgewühlt, aber von hier draußen in der Astgabel, eine Viertelmeile von dieser großen und wichtigen Zuhörerschaft entfernt, erhält die Situation noch eine besondere Bedeutung. Die Vorgänge sind so klar wie das Licht dieser Vollmondnacht. Seine innere Erregung wird so stark, daß er meint, seinen Puls pochen zu hören.

Dort drüben lacht Baas Die, dann beginnt er zu singen. Die Menge stimmt ein, das Tal hallt vom Gesang wider. Die Hügel werfen den Schall ziellos zurück. In seiner Astgabel sing Pasi mit. Er singt innerlich, im Kopf, nur seine Lippen bewegen sich. Die Gesänge im Tal lösen in ihm eine Mischung aus Stolz und Nervosität aus. Seine Augen spähen mit einer solchen Intensität hinunter, in die Runde, in die Ferne, daß man fast meinen könnte, sie zögen die scharfen und dunklen Konturen der Hügel zu sich heran, um sie im Licht genauer zu betrachten.

Der Mond hat die Hälfte seines Weges am Himmel zurückgelegt. Pasi blickt wieder in sein Gesicht und kommt zu dem Entschluß, daß das Bild darauf einen Mann darstellt, der einen Sack Mais trägt.

Die Stimmen draußen wärmen sich erst auf. Die Nacht ist noch sehr jung. Baas Die hat noch nicht richtig zu sprechen begonnen. Seine Stimme ist noch nicht heiser. Die Parolen sind erst einmal gerufen worden. Dies war nur das erste Lied. Die Trommeln haben noch nicht gedröhnt, die Füße der Tänzer stecken noch in ihren Schuhen.

Baas Die hat noch nicht begonnen. Seine Geschichte muß erst interpretiert werden – die Besucher und Gäste müssen noch etikettiert, die Geschenke der Fremden breiter behandelt, die Taten der Gäste abgewägt und gedeutet und die Betrügereien der Fremden verurteilt werden; die Unterdrückungsmaßnahmen müssen von der Menge aufgezählt und Klagen vorgebracht werden; die Widerstandsaktionen müssen mit historischen Ereignissen verglichen werden. Dann sind noch die Kriegstechniken und die Rolle der Dorfbewohner zu erklären, deren Opferbereitschaft und Wachsamkeit sind zu wecken und die Verräter zu warnen. Die Ziele müssen konkretisiert werden, es ist ein Blick auf den Nutzen zu werfen und natürlich müssen die versprochenen neuen Regeln des Zusammenlebens erläutert werden.

Man wird noch mehr singen und tanzen.

Ein leichter Wind geht jetzt. Pasi NemaSellouts Kopf ist klar. Er hat am Nachmittag geschlafen und er weiß, daß seine Wache heute nacht einfach sein wird.

Er weiß, daß er dort draußen bleiben wird, bis der zweite Hahn kräht und Baas Dies Stimme rauh ist wie Sand und Gidi Ishumba ihn vielleicht abgelöst hat, während die antwortenden Rufe der Dorfbewohner schon undeutlich werden. Die Arme werden dann nicht mehr mit geballten Fäusten zum Himmel gereckt, sondern nur noch schwach über herabhängende Kopfe gehoben; die Zuhörer müssen mit Liedern aufgemuntert werden. Es findet ein hundertfacher Kampf gegen den Schlaf statt; Kinder liegen ausgestreckt im Staub, und die jungen Männer und Frauen drohen, im Mondlicht einzunicken. Nur die weißhaarigen Köpfe der Alten, die den Schlaf jahrzehntelang in aufregenden Nächten zu besiegen gelernt haben, bleiben aufrecht auf den Knien oder auf ihre Spazierstöcke gestützt und husten, keuchen, brummen und blicken finster vor sich hin.

Sein Kopf ist dann immer noch klar. Der Himmel über ihm ist lichtüberflutet. Er wartet. Es wird noch eine Weile dauern, bis der erste Hahn kräht – zuvor werden Eulen schreien und Krähen kreischen und vielleicht heult eine Hyäne. Es wird Stunden dauern, bevor die erste Unruhe und der erste wilde Schrei in kleinen Wellen vom Echo über das Land getragen werden; der Mond ist dann orangefarben, der Kopf des einsamen Mannes, der einen Sack Mais trägt, neigt sich gegen die Bäume.

Pasi NemaSellout wechselt auf dem Baum seine Lage. Er würde gern eine Zigarette rauchen, aber der Geruch zieht weit während der Nacht.

Er mag die Geräusche der Menge dort drüben. Ihre Anwesenheit gibt seinen Sinnen Auftrieb – etwas quält ihn, wenn sie auf unkenntlichen Wegen schlaftrunken nach Hause zurückkehren und den Hügel hinter sich in der Stille lassen.

Etwas quält ihn, wenn die Gruppe allein zurückbleibt.

23

Die rhodesischen Soldaten waren nicht taub. Sie hörten den nächtlichen Gesang von Sachikonyes Dorf her. Der Gesang brannte in ihren Ohren. Er juckte ihnen in ihren Fingern am Abzug der FNs.

Eines Nachmittags rollte ein Armeelastwagen die Straße zum Einkaufszentrum des fast städtisch wirkenden Dorfes hinauf. Sechs Soldaten saßen in dem Lastwagen, zwei Weiße in der Fahrerkabine und vier Schwarze im hinteren Teil. Die Soldaten sprangen heraus, marschierten in die Läden, packten vier Jugendliche, befahlen, die Läden zu schließen, und nahmen die Jugendlichen zum Verhör in ihr Lager mit. Die Jugendlichen kehrten am nächsten Tag mit geschwollenen Gesichtern und blauen Augen zurück. Einer von ihnen hatte einen Kieferbruch.

Die Nachricht erreichte Baas Die und seine Gruppe.

»Bestreitet unsere Anwesenheit ganz entschieden«, forderte Baas Die Häuptling Sachikonye auf. »Gebt nur etwas zu, wenn ihr extrem gefoltert werdet, und gebt ihnen dann irreführende Informationen.« Sachikonye ging mit eingeschüchtertem Gesicht weg. Er fühlte sich wie ein Mann, der einen Sack voller lebender Schlangen auf seinen Schultern trug. Er mußte sehr vorsichtig sein.

Die Verhöre der Soldaten gingen weiter. Frauen, die von der Maismühle zurückkehrten, wurden beschuldigt, Terroristen Essen zu bringen, und man beschlagnahmte ihre Eimer mit Maismehl. Die Mühle wurde geschlossen. Der Direktor der örtlichen Grundschule und drei seiner Lehrer wurden für drei Tage fortgeschleppt. Die Schule wurde geschlossen. Die Soldaten kamen in das Einkaufszentrum und in das übrige Dorf, aber sie wagten sich nie zu den Hügeln oder in den Wald. Sie wußten, daß die Leute, derer sie habhaft werden wollten, in diesem Gebiet waren – sie brauchten noch nicht einmal das erzwungene Geständnis der Dorfbewohner zur Bestätigung, aber ohne Kenntnis der genauen Lage des

Stützpunkts oder des Aufenthaltsorts ihrer Feinde war es für sie zu riskant, hinauszugehen.

Baas Die und seine Gruppe hielten sich eine Weile zurück. Sie setzten die *pungwe*s aus. Manchmal ließen sie Essen aus den Dörfern kommen, manchmal nicht. Wenn die Mädchen manchmal Essen brachten, das in Holz- und Grasbündeln versteckt war, trafen sie auf dem Hügel niemanden an. Manchmal wurden die Guerilleros auf dem einen Hügel gesehen, manchmal auf einem anderen. Wenn die *Mujhibhas* ihnen ein andermal Informationen über die Bewegungen der Soldaten brachten, fing einer der Guerilleros sie ab, bevor sie den vorher vereinbarten Treffpunkt erreichten.

Eines Morgens in der Dämmerung fuhr ein Lastwagen voller Soldaten zu Häuptling Sachikonyes Grundstück. Sachikonye hörte den Lastwagen kommen und kam aus seiner Hütte, während er noch die Gürtelschnalle seiner abgetragenen schwarzen Hose zumachte.

Die Soldaten, teils schwarz, teils weiß, bahnten sich ihren Weg durch das Gewirr von Hütten und schnatternden Hühnern und sahen den verwelkten alten, weißhaarigen Häuptling im Eingang seiner Hütte kauern. Sie umringten ihn und starrten zu ihm hinunter.

»Wo sind sie?«

»Ihr singt jede Nacht mit ihnen zusammen. Wo sind sie?«

»Wo ist wer?«

»Wo sind sie? Ihr füttert sie durch!«

Ein Gewehrkolben rammte sich in die Brust des alten Mannes und bohrte sich zwischen seine Rippen.

»Das ist eure letzte Chance, *mudhara*. Wir haben euch schon zu lange laufen lassen. Wenn du uns nicht jetzt sofort erzählst, wo sie sind, stecken wir dieses ganze Dorf in Brand!«

Sachikonye wußte, was er zu sagen hatte. Er hatte jede Nacht darüber nachgedacht, seit die *pungwe*s begonnen hatten. Er krümmte sich unter der Last seiner geheimen Generalproben. Sein Gesicht glänzte von Schweiß. Er furzte laut. Dann machte er sich in die Hose. Die Soldaten verzogen die Gesichter und rümpften die Nase. Einer von ihnen stieß ihm mit dem Fuß in die Seite.

Sachikonye schwankte. Dann hob er seinen knorrigen alten Zeigefinger und deutete auf den Hügel. »Dort«, sagte er, »ihre Basis ist hinter diesem blauen Hügel. Dort halten sie sich auf.«

»Du weißt, was passiert, wenn du uns anlügst?« Wieder fuhr ein Gewehrkolben gegen seine Brust.

»Ihr ... ihr werdet sie dort finden.«

Sie gingen zu ihrem Lastwagen zurück, sprachen in Sprechfunkgeräte hinein und fuhren in einer Staubwolke davon.

Sachikonye rappelte sich hoch und klopfte heftig gegen die Tür einer seiner Hütten.

Musa und Cheukai, seine beiden halbwüchsigen Söhne, waren durch den Lärm schon wach geworden und eilten heraus.

»Lauft zu den Genossen«, keuchte Sachikonye. »Sagt ihnen, daß die Soldaten hier waren und daß ich sie zum Mvuri-Hügel geschickt habe. Lauft so schnell ihr könnt. Lauft wie der Wirbelwind, hört ihr?«

Die beiden Jungen rannten durch die Büsche in die entgegengesetzte Richtung, in die der Lastwagen fuhr. Bald umringten ihn alle seine Frauen mit lautem Geschrei. Er starrte auf die Staubfahne am Himmel und den blau schimmernden Hügel, dann packte er seine Hose und eilte mit zusammengekniffenen Beinen durch die Schar seiner Frauen hindurch zu den Büschen hinter den Hütten. Er war noch nicht damit fertig, sich zu reinigen, als schon die Gewehre im Wald zu feuern anfingen.

Der Lastwagen kam plötzlich von der Straße mit der Doppelspur ab und landete krachend auf der Seite im Gras. Das Gewehrfeuer war kurz. Als die Soldaten aus dem rauchenden Lastwagen sprangen, um die Verletzten zu bergen, und andere rund um das Wrack Stellung bezogen, war der Wald ruhig. Das einzige Geräusch war das Brummen von Stimmen über Walkie-Talkie und das Echo schreiender Dorfbewohner auf der Flucht. Und aus der Ferne das Dröhnen näherkommender Hubschrauber.

Sie brachen auf, sobald die Dämmerung einsetzte. Der Mond schien nicht, die Dunkelheit legte ihre Hand über das Auge des Landes. Sie bewegten sich langsam vorwärts, niedergedrückt von der Last der schweren Waffen, die sie trugen.

Pasi NemaSellout konzentrierte sich darauf, tief einzuatmen und gleichmäßig auszuschreiten, um Energie zu sparen. Er hatte am Nachmittag geschlafen, ebenso am Tag zuvor, und er wußte, es würde einige Zeit dauern, bevor der Schlaf an seinen Schläfen zerrte. Die Kolonne formierte sich immer wieder neu. Manchmal ging Baas Die an der Spitze, manchmal Gidi Ishumba; er selbst befand sich in der Mitte oder näher am Ende und trabte hinter Sub Musango her.

Die Kolonne zog sich auseinander und rückte näher zusammen, je nachdem, wie das Gelände sie auseinanderriß oder die Engpässe zwischen den Felsen sie zusammendrängten, und manchmal schloß die Reihe dicht auf, wenn die an der Spitze gehende Person stehenblieb, um die Richtung zu überprüfen. Die Nacht saugte sie tief in diese leblose Welt hinein, in der sich die Schatten unter dem Gewicht der Dunkelheit duckten und hinter ihnen herstürzten. Sie passierten einen breiten Fluß, an dem Glühwürmchen kleine Flecken schwachen Lichts versprühten, und wateten durch weite Flächen mit hüfthohem Gras, und dann stießen sie manchmal zufällig auf den Rand eines bewohnten Grundstücks und ein kalkweißer Grabstein tauchte vor ihnen aus dem Busch auf, wie ein Bett, das jemand zurechtgemacht, aber unbenutzt gelassen hatte, hinter dem tintenblauen Farbklecks der Hütten, in denen die Menschen auch tot zu sein schienen – unter Dunkelheit und Schlaf erstickt, so daß nicht einmal ihre Hunde bellten.

Die Milchstraße hing wie ein großes weißes Krokodil am Himmel. Seine Augen verschwammen, und er bestand nur noch aus zwei gefühllosen Füßen, die im Staub hinter Gidi Ishumba hertrotteten, und andere tappten hinter ihm ...

Kurz vor Sonnenaufgang setzten sie sich hin, um auszuruhen.

Er ließ sich gegen einen Baumstamm fallen und schlief sofort ein. Er wachte zwei Stunden später durch das Geräusch einer Kuh auf, die in seiner Nähe muhte. Die Sonne stand am Himmel und in einer Entfernung von einer Meile war die Luft erfüllt vom Klang umherlaufender Rinder und dem Geläut von Kuhglocken. Er sprang hoch, denn er nahm an, eine Herde käme auf sie zu. Seine Kameraden waren nirgendwo zu sehen. Er blickte sich vorsichtig um und lauschte.

Die Geräusche wurden schwächer und entfernten sich von dem Platz, an dem er sich befand. Das vereinzelte Muhen erklang wieder, diesmal noch näher, und eine braune Kuh kam zwischen den Bäumen hindurch in sein Blickfeld. Sie stand schwerfällig da und hielt die Ohren in Richtung der Büsche an ihrer Seite.

Pasi hörte ein ganz schwaches Pfeifen aus den Büschen, auf welche die Kuh starrte. Die Kuh gab einen brummenden Laut von sich und trat einen Schritt zurück, ihre großen Augen quollen vor Neugier noch weiter hervor. Gidi Ishumba sprang vorsichtig hinter den Büschen hervor, pfiff leise, um die Kuh zu beruhigen, und band ihr einen Riemen um die Hinterbeine.

Die Kuh bemerkte Pasi. Sie trat wütend aus. Gidi Ishumba wich dem wirbelnden Huf aus und hob mit einem schnellen Griff den Riemen aus dem Gras auf.

»Beweg dich nicht.« Gidi Ishumba schlug der Kuh mit dem Riemen leicht gegen die Beine, redete ihr gut zu und pfiff sanft. Die Kuh stand einen Moment lang still. Gidi Ishumba schnürte den Riemen behend um die Beine der Kuh und zog an dem dünnen Ende.

»Halt das«, sagte er und hielt Pasi das Ende des Riemens hin.

Pasi ging hinüber, pflanzte sich in sicherer Entfernung hinter der Kuh auf und griff nach dem Riemen. Er zog leicht daran und stemmte sich gegen das Gewicht des Kuhrückens.

»Ich hatte vergessen, daß ihr Städter Angst vor Kühen habt«, gluckste Gidi Ishumba und kauerte sich unter den Bauch der Kuh. Das Euter der Kuh war dick und angeschwollen wie ein Fußball und die Zitzen hingen wie riesige cremefarbene Bananen herunter. Gidi Ishumbas schlanke schwarze Finger gruben sich in das Euter und zogen an den Zitzen. Die Milch spitzte heraus, direkt in seinen offenen Mund, der Strahl wurde dicker und floß über seine rosa Zunge. Die Kuh stand still und brummte etwas. Nach einer Weile stand Gidi Ishumba auf, wischte sich mit dem Ärmel die Milch vom Mund und nahm Pasi den Riemen ab.

»Willst du nicht trinken?«

Pasi bückte sich ängstlich unter die große warme Flanke der Kuh. Die Kuh wandte den Kopf langsam und sah auf ihn herab. Ihre Augen waren groß, rund und dunkel, wie geölte Pflaumen. Sie muhte neugierig und drehte sich weg, dann zog er an einer Zitze. Ein paar schaumige Tropfen spritzten über sein Gesicht.

»Drück langsam vom oberen Ende der Zitze nach unten«, erklärte Gidi Ishumba lachend. »Heh, hast du noch nie eine Kuh gemolken?«

Der Staub von Gidi Ishumbas Fingern klebte noch an den Zitzen und vermischte sich mit dem Schaum. Pasi griff mit den Fingern um das obere Ende der glitschigen Zitzen und zog langsam. Zwei Milchfontänen trafen sein Hemd und tropften an seiner Brust hinunter. Er senkte seinen Kopf mit geöffnetem Mund, zog noch einmal, und die Milch floß in seinen Mund und lief ihm über den Gaumen. Seine Nase füllte sich mit dem warmen, dumpfen Geruch am Bauch der Kuh – dem Geruch von Haut, wiedergekäutem Futter und Urin – die warme, cremige Milch sickerte in ihn hinein, solange seine Finger zuversichtlich die geschmeidigen Zitzen entlangstrichen.

»Ist das unser Frühstück?« hörte er hinter sich Baas Dies Stimme, und Mabunu Muchapera sagte: »Wo hast du die her?«

Pasi schloß die Augen und trank, bis Gidi Ishumba lachte und sagte: »Hast du irgendwann mal genug? Es steht schon eine ganze Schlange an!«

Alle lachten. Er spritzte sich noch ein paarmal den Mund voll und stand dann auf.

Als sie die Kuh losgemacht hatten, drehte diese sich um und muhte sie an, als ob sie darauf wartete, daß ein ihr vorenthaltenes Kalb von ihrem Arm springen müßte, um sein Recht auf die Zitzen zu beanspruchen.

»Ich nehme an, sie ist auf dem Weg zur Tränke von der Herde abgeirrt«, meinte Gidi Ishumba und versetzte ihr einen Klaps, damit sie weglief. »Sie hat wahrscheinlich irgendwo zu Hause ein kleines Kalb ...«

Die Kuh zog sich ärgerlich zurück, ihr leeres Euter pendelte hin und her wie die Brust einer alten Frau.

Sie blieben den ganzen Morgen dort und wechselten sich mit Schlafen und Wachehalten ab. Am Mittag zog Baas Die seine Schuhe aus und nahm die Bazooka ab und tauschte sein Hemd gegen Torai Zvombos zerrissenes

T-Shirt. Er versteckte ein Messer und eine Handgranate in einer Geheimtasche auf der Innenseite seiner Hose und rieb sich Staub ins Haar.

Barfuß, zerlumpt, nur mit einer Peitsche in der Hand – perfekt als Hirte getarnt – ging er allein los, um das Bezirksamt zu inspizieren, das nur zwei Meilen von dem Platz entfernt war, an dem sie Halt gemacht hatten. Er kam erst am späten Nachmittag völlig verschwitzt zurück.

Die Bezirksverwaltung bestand aus drei weißen Gebäuden mit sauberen Strohdächern. Zwei von ihnen waren lang wie Schulgebäude und hatten eine große Veranda. Die Räume dieser Gebäude dienten als Büros, zu denen die Dorfbewohner kamen, um Kopf-, Vieh- und Hundesteuer zu bezahlen und um sich Meldebescheinigungen, Baugenehmigungen usw. ausstellen zu lassen. Das dritte Gebäude war das Haus des Bezirkskommissars, im holländischen Stil errichtet, der bei den ersten weißen Kolonialisten beliebt war. Ein hoher Drahtzaun, der mit vier Strängen Stacheldraht am oberen Ende versehen und mit einem zwei Meter hohen Wall aus Sandsäcken abgesichert war, umgab das Gebäude. Zwei Flutlichter erhellten das Gelände und den Busch im nahen Umkreis. Auf den Sandsackwällen lagen drei Wachposten, und vier Militärlastwagen parkten in einer Ecke hinter einem der Amtsgebäude.

Westlich der Bezirksverwaltung lag, abgetrennt durch ein schmales Gebüsch und außerhalb der Befestigungen, das Einkaufszentrum – ein halbes Dutzend kleine Läden, eine Maismühle und zwei Getränkeshops. Dahinter befand sich auf einem Streifen unbewachsenem Land das Desinfektionsbad, zu dem die Rinder des Bezirks einmal in der Woche getrieben wurden.

Nach Einbruch der Nacht war das ganze Gebiet ruhig. Wäre nicht Krieg gewesen, so hätte man die ganze Nacht über ein Stimmengewirr und das Plärren von Musikautomaten aus den Getränkeshops gehört. Der Busch ringsherum wäre belebt gewesen mit dem Gesang schlüpfriger Lieder und dem Gemurmel von Betrunkenen, die nach Hause stolperten. Die Kerosinlampen hätten noch in den Läden gebrannt und Jugendliche hätten unter den Dächern herumgestanden und geflirtet. Die Maismühle hätte noch einen letzten Eimer Mais zerstampft und dabei die Erde erschüttert und die Nachluft mit dem vertrauten Dieselgeruch der Township erfüllt.

Aber nun, in dieser Nacht, war die Gegend wie ausgestorben. Die geschlossenen Läden glänzten matt in der mondlosen Nacht – nur die beiden Flutlichtlaternen strahlten wie zwei nebeneinander stehende Sonnen über den Befestigungen. Als einziges Geräusch hörte man das leichte Schlurfen der Füße von einem Dutzend Wächter, die ihre Runden um den Sandsackwall machten, das nur unterbrochen wurde vom Gezirpe der

Grillen und, ab und zu, gedämpften Musikfetzen aus dem Haus des Bezirkskommissars.

Der Angriff dauerte genau fünf Minuten.

Zuerst schnitten sie die Telefonkabel durch.

Drei Salven von Artilleriefeuer krachten in die beiden Verwaltungsgebäude. Eine Rakete brachte den Teil einer Mauer vom Haus des Bezirkskommissars zum Einsturz. Granaten flogen durch die Fenster und explodierten. Die Strohdächer der Gebäude gingen in Flammen auf, als brennende Pfeile sie trafen.

Innerhalb der Befestigungen gab es zunächst Entsetzen, einige Sekunden der Lähmung, dann Rufe und schnelle Fußtritte. Gestalten in Tarnanzügen sprangen in das sengende Licht der Feuer. Die Maschinengewehre ratterten aus der Dunkelheit, fegten die Sandsäcke beiseite und bestrichen die Mitte des Platzes.

Fünf Minuten – dann gab es Geräusche des Rückzugs im Busch, die vom Brausen himmelhoher Flammen übertönt wurden, während ein wütendes Quartett von FNs begann, blindlings in die Nacht zu tackern.

Er war zwei Stunden lang durch den dunklen Busch gerannt und verlangsamte jetzt seinen Schritt auf ein schnelles Marschtempo.

Nach dem Angriff hatte sich die Gruppe zerstreut und auf verschiedene Wege verteilt. Er hatte seine Spur abseits vom Kampfplatz auf eine Strecke mit sandigen Waldboden gelegt. Als sich seine Fußabdrücke auf einer Fläche mit steinigem Untergrund verloren, war er in Richtung auf das Lager zurückgekehrt, so daß der Schein des brennenden Lagers halb hinter ihm und halb links von ihm gewesen war. Zwei Stunden lang war er nun allein auf diesem Kurs gerannt.

Jetzt überkam ihn vom Hunger zweier Nächte eine Welle der Übelkeit. Der Adamsapfel steckte in seiner Kehle wie ein scharf gemeißelter Stein, der jedesmal einschnitt, wenn er zu schlucken versuchte. Seine Augen verengten sich.

Wenn ich nur nicht meinen Weg verliere ... sagte er immer wieder zu sich selbst und suchte den Horizont nach den Hügeln ab. Seine Augen waren jetzt an die Dunkelheit gewöhnt – die beiden letzten Nächte waren zu einer verschmolzen und hatten vom Tag nur noch eine dünne nebelhafte Erinnerung übriggelassen.

Der Wald lichtete sich und er sah vor sich einen Streifen wintergepflügter Felder. Sie waren an diesen Feldern auf ihrem Weg in der vergangenen Nacht nicht vorbeigekommen; er merkte, wie weit südlich er gegangen war. Er folgte der scharfen Linie des Waldsaums am Ende der dunkel gefurchten Flächen die wellenförmige Böschung hinunter, bis er einen grauen Gürtel pilzartiger Hütten im Schutz von dünnem Buschwerk ausmachte. Er betrachtete die Reihe der Hütten eine Weile aufmerksam und hielt nach Zwischenräumen Ausschau. Die Reihe verlief fast gleichmäßig, abgesehen von zwei bewaldeten Stellen, an denen sich das Land wie ein Paar behaarter Brüste erhob. Er steuerte auf die nähere der beiden Stellen zu.

Ein Hund bellte ihn von der Reihe der Hütten her an. Bald fiel ein anderer ein und dann war die Nacht plötzlich erfüllt von Geknurre und Gekläffe. Als er näherkam und sich durch das hohe Gras auf einer ungepflügten Fläche drängte, erreichte dieser Lärm seinen Höhepunkt und er sah, wie zwei dunkle Schatten von den Hütten her auf ihn zuschossen. Er bezwang den Drang zu fluchen und zu rennen und schlich weiter, und dann war er in den Büschen, hinter dem Hügel und der Hüttenreihe und an den Viehkraals vorbei. Er stolperte durch den nächtlichen Hinterhofgeruch dieses Dorfes, überquerte ein Gewirr von Wegen und bahnte sich durch den Gestank von Vieh und Kuhdung, menschlichen Exkrementen und zerfallenden Gräben, unter düsteren *mpfuti*-Bäumen hindurch seinen Weg ins Tal.

Er spürte den feuchten lehmigen Geruch des *vlei* vor ihm. Er schluckte vor Durst, seine Kehle schmerzte wieder.

Im *vlei* gab es Gärten, die mit Baumstämmen und abgestorbenen Ästen eingezäunt waren. Zuerst erkannte er die Gärten nicht – die Zäune erschienen ihm wie eine Einfriedung um ein Haus. Dann sah er die quastengeschmückten Maisstengel über den Zaun hinausragen. Er ging darauf zu und hievte sich hinüber. Er landete auf einem feuchten Stück Land und seine Stiefel gluckten im Morast. Seine Nasenlöcher waren mit Feuchtigkeit angefüllt. Grüne Maisstengel fuhren ihm durchs Gesicht. Er schleppte sich durch den Matsch und drückte mit den Armen die Halme beiseite, seine Augen suchten nach Wasser.

Es gab nur einen dunklen Schimmer in der von Stämmen eingefaßten Ecke, so schmal, daß er ihn fälschlicherweise für einen Lichtstreifen hätte halten können. Er kniete sich in den Matsch und machte die Hände hohl.

Das Wasser drang schmerzhaft in seinen Körper, so daß er benommen über dem Brunnen schwankte. Er hielt sich mit einer Hand den Kopf und trank langsamer aus einer Hand, bis er fühlte, wie ihm das Wasser beinahe wieder hochkam. Der Mais blühte noch und hatte keine Kolben. Er suchte zwischen den Ranken, die zu seinen Füßen wucherten, nach Kürbissen, aber davon gab es keine. Dann fand er ein Beet mit süßem Kohl und aß die weißen Herzen aus den Köpfen. Er steckte drei Kohlköpfe in seinen Rucksack und kletterte wieder aus dem Garten.

Oben an der Hüttenzeile bellten die Hunde wieder, aber in die andere Richtung. Er stellte fest, daß sie nicht seinetwegen bellten. Er überlegte, ob sie vielleicht einen seiner Kameraden anbellten. Er kaute schmatzend an dem Kohl in seiner Hand und überquerte den *vlei*. Das Wasser glukkerte stark in seinem Magen. Ein Frosch quakte erschrocken in einem Graben, überall um ihn herum glänzte das Gras grünlich fahl. Ein leichter rosafarbener Hauch der Morgendämmerung breitete sich am östlichen Horizont aus.

Er ging schwankend zwischen die dunklen Bäume, um einen Schlafplatz zu suchen.

Die Sonne, die rot durch seine Lider brannte, weckte ihn. Seine Haut und die Kleider waren feucht vom Tau. Der dunkle Matsch des *vlei* klebte in großen Brocken an seinen Stiefeln. Er fuhr sich mit der Hand durch die Haare und entfernte einige Grassamen. Er rieb sich die Augenwinkel und den Mund. Eine Taube gurrte in den Zweigen über ihm. Er setzte sich auf, streckte sich und gähnte in der warmen Sonne.

Er stand auf und betrachtete die Landschaft um ihn herum. Hinter dem *vlei* im Osten konnte er jetzt bei Tageslicht die Reihe der Hütten und die braunen Felder, durch die er gekommen war, deutlich erkennen. Seine Augen suchten im Westen nach den Hügeln. Sein Blick traf aber nur auf ausgedehnte Wälder. Dann wandte er die Augen langsam nordwärts. Dort war von da, wo er sich befand, am Horizont gerade noch eine blau schimmernde Erhebung zu sehen.

Es kam ihm vor, als stünde die Sonne irgendwie an einer falschen Stelle. Zuerst traute er seinen Augen nicht, aber als er langsam seinen Weg zurückverfolgte, begriff er, daß er sich zu weit südlich gehalten hatte, so weit, daß sein Ziel, der schimmernde Hügel, sich jetzt im Norden befand statt östlich von ihm. Ein leichtes Schaudern lief ihm die Wirbelsäule entlang.

Er sah, wie zwei Frauen mit Eimern auf dem Kopf den *vlei* hinunter und auf die Gärten zugingen. Für einen Moment verspürte er den Drang, zu ihnen hinzugehen und sie um etwas zu essen zu bitten, doch dann erinnerte er sich an den Kohl in seinem Rucksack und an die häßlichen Fußabdrücke, die er wahrscheinlich in dem Garten hinterlassen hatte, und plötzlich wollte er nichts wie weg. Er ging dicht am Rand des *vlei* durch den Wald, bis er eine Rinderherde kommen hörte. Er versteckte sich hinter einem Baum. Das Vieh zog in einer Staubwolke an ihm vorbei, Kuhglocken läuteten und die Peitschen der dahertrottenden kleinen Hirtenjungen knallten hinter den Tieren.

Später machte er einen Bogen um einen Mann, der gerade einen Baum fällte. Es war jetzt heiß, die Zeit ging auf Mittag zu. Er setzte sich und aß einen weiteren Kohlkopf. Er war gerade mit Essen fertig, als er das Knattern eines Hubschraubers hörte.

Wenige Schritte von dem Baum entfernt, unter dem er saß, stand ein ausladender *nhengeni*-Baum, dessen breite Äste bis auf den Boden reichten. Er kroch auf ihn zu, zog sich durch die Dornen und robbte auf dem Bauch bis ins dunkle Innere des Laubwerks, als schon der Hubschrauber so dicht über ihm vorbeidonnerte, daß sein riesiger Schatten die Umgebung streifte.

Er blieb eine Weile dort liegen, bis er hörte, wie sich das Geräusch des Hubschraubers in Richtung Westen entfernte.

Der Hubschrauber kam nicht zurück. Er stellte fest, daß es unsicher war, tagsüber weiterzugehen. Unter den Bäumen war es dunkel und kühl. Er verbrachte den Nachmittag dort. Er schlief etwas und wachte auf, als ein Zweig knackte, um dann sofort wieder einzuschlafen.

Nach Sonnenuntergang setzte er seinen Marsch fort. Die Ruhepause hatte ihn erfrischt, aber seit er den letzten Kohl verzehrt hatte, nagte der Hunger als Gefühl der Übelkeit in seinem Bauch. Seine Arme waren zerschunden, wo die Dornen die nackte Haut aufgerissen hatten.

Er erreichte die ersten Hütten auf Sachikonyes Gebiet erst nach Mitternacht. Es war ein kleiner Compound, bestehend aus einer runden und einer viereckigen Hütte, die von Mangobäumen umgeben waren, von denen unreife Früchte herabhingen. In einer Ecke der Lichtung stand ein Kornspeicher auf einer Schicht großer Steine. Er nahm den Weg durch den Obstgarten und ging auf die Hütten zu. Vom Kornspeicher her knurrte ihn ein Hund an. Er blieb stehen, um kleine Büschel *chindongi*-Dornen vom Saum seiner Jeans abzustreifen. Er ging geradewegs auf den Hund zu. Einen Augenblick lang rührte sich der Hund nicht von der Stelle, sondern hob nur den Kopf und knurrte.

Die Haut seiner Knöchel prickelte, als er zentimeterdicht an der schnüffelnden Schnauze des Hundes vorbeiging, und seine Hände umklammerten den Kolben seines Gewehrs, bereit, ihn auf den Rücken des Tiers niedersausen zu lassen, falls es ihn anspringen sollte. Aber der Hund war nicht so dumm; er schlich sich mit finsterem, mißtrauischen Blick davon und sah ihm aus den Augenwinkeln nach, als er sich langsam der Tür der eckigen Hütte näherte.

Er klopfte zweimal. Er hörte, wie sich drinnen etwas bewegte – ein Bett quietschte, leise Schritte folgten – und dann fragte eine Männerstimme:

»Wer ist da?«

Er klopfte noch einmal.

»Wer ist da?« fragte die Stimme drinnen wieder mit einem Zittern.

Die Tür öffnete sich knarrend und quietschend einen Zentimeter weit und ein Auge spähte aus dem dunklen schmalen Spalt des Eingangs.

»Wer bist du?« sagte die Stimme jetzt zögernd. Die Tür öffnete sich ein weiteres Stück und das halbe Gesicht lugte zu ihm heraus, auf das Gewehr und das glänzende Bajonett.

»Komm heraus«, sagte er.

Ein magerer Mann, der bis auf ein Paar Shorts unbekleidet war, trat heraus vor das Bajonett. Der Mann hielt seine Arme seitlich ausgestreckt wie eine Henne, die losflattern will, ihre Flügel.

»Ich habe Hunger«, sagte Pasi NemaSellout. Der Mann starrte ihn eine Weile an, sein Blick schweifte über seine Kleidung und sein Gewehr und wanderte dann furchtsam zu seinem Rucksack hinüber. Er gab ein unverständliches Geräusch von sich, halb Gekeuche, halb Gruß. Dann hielt er Pasi eine Hand hin, steckte den Kopf in die Hütte und rief seine Frau herbei. Sie war schon wach. Sie kam sofort hinter ihrem Mann heraus, eine gedrungene, plumpe Frau, die sich ein Tuch um die Hüften geschlungen hatte, und sie gingen vor ihm zu der runden Hütte hinüber. Er blieb im Eingang stehen, blickte hinein und lauschte ins Dunkle, während die beiden im Innern der Hütte rumorten. Dann hörte er, wie ein Streichholz angezündet wurde, und er sah auf der Feuerstelle in der Mitte der Hütte ein kleines Flämmchen aufzüngeln. Sein Blick ging noch einmal zu dem Obstgarten und den Bäumen weiter entfernt hinüber, dann bückte er sich im Eingang und betrat die spärlich beleuchtete Hütte. Der Mann stellte für ihn einen Stuhl ans Feuer der Tür gegenüber, aber als er sah, daß der Besucher dort in der Nähe der Tür stehen blieb, kam er näher und hielt ihm mit ausgestreckten Armen einen Stuhl hin.

Pasi nahm den Stuhl, stellte ihn hinter die Tür und setzte sich darauf, das Gewehr zwischen den Knien. Die Frau ging mit leicht gesenktem Kopf in höflichem Abstand an ihm vorbei durch die Tür in die Nacht hinaus. Sein Kopf fuhr instinktiv hoch, er sah ihr nach und lauschte auf ihre Schritte. Der Mann beobachtete ihn unruhig und kauerte an der Wand. Pasi hörte dünnes Holz knacken und Gras rascheln. Er setzte sich aufrecht hin, als er die Schritte zurückkommen hörte, dann traf sein Blick den des Mannes und er hustete schnell.

Die Frau hockte sich an die Feuerstelle, zerbrach Zweige und legte sie vorsichtig auf einen kleinen Strohballen. Die Hütte füllte sich mit Rauch, und dann loderte eine starke Flamme aus dem Stroh und sie schichtete das Reisig gleichmäßig darum herum. Pasis Augen tränten vom Rauch. Der Mann kniff die Augen zu und öffnete die Lippen. Die Frau atmete schwer, ihr Atem klang krächzend wie der eines Asthmatikers, ihre Augen waren ausdruckslos.

Pasis Augen tränten stärker. Der Rauch nahm ihm fast den Atem und biß in der Nase, aber nach einer Weile verzog er sich und ein frischer Luftzug wehte durch die Tür.

Am oberen Ende der Hütte befand sich ein Lehmsims voller hell bemalter Teller, Krüge und Töpfe. Unterhalb des Simses standen drei Eimer Wasser an der Lehmwand. Plötzlich bemerkte er, daß in einem Teil der Hütte nur einen Schritt von ihm entfernt eine schlafende Gestalt lag, die in eine Decke gehüllt war. Sie gab stoßweise schwache Schnarchtöne von sich, schwächer als das Knistern des Feuers.

Die Frau hantierte rasch, schnitt Streifen von getrocknetem Fleisch klein und tat die Stücke in einen Topf neben einem zweiten Topf mit Wasser, der bereits auf dem Feuer stand. Ab und zu langte der Mann hinüber und schob das Reisig tiefer ins Feuer, so daß die Flamme zischte und hochzüngelte, dann lehnte er wieder teilnahmslos auf der Lehmbank an der Wand und umklammerte seine Fersen mit den Händen.

Es wurde heiß in der Hütte und die Luft war voller Dampf von den brodelnden Töpfen auf dem Feuer. Das kleine rundliche Gesicht der Frau leuchtete rot im Schein des Feuers, ihre Stirn war schweißbedeckt. Ihre dicken Wangen sahen gesund aus, in ihren Augenwinkeln war noch weißer Schlaf. Ihre Haare waren kurz und nicht zusammengebunden, und sie zog immer wieder an dem bedruckten Tuch, das sie um ihre Beine geschlungen hatte.

Ihr kleiner Busen hob und senkte sich unter einem abgetragenen weißen T-Shirt, auf das in einem auffallenden Blau über einem ausgeblichenen Bild der Victoria-Fälle die Wörter »Rhodesien ist super« aufgedruckt waren.

Pasi betrachtete den flackernden Feuerschein, der durch die offene Tür aus der Hütte fiel, stand auf und schloß die Tür. Der Mann sah ihn an, als er die Tür zumachte, und legte Reisig nach. Die Frau verzog ihren Mund, als wollte sie etwas sagen, aber der Mann machte hilflose Handbewegungen und starrte düster aus seiner Ecke.

Die Frau in ihrem T-Shirt warf ihm einen Blick zu, der sich mit seinem traf. Sie war älter, als man annahm, einer dieser kleinen, plumpen, irreführenden Körper, die man, vor allem im Halbdunkel eines *pungwe*, ebenso gut noch für dreißig halten konnte, obwohl sie schon fünfundvierzig waren. Der Mann hatte Haare auf der Brust, von denen einige weiß waren. Sein Gesicht war schmal, weich und bartlos, aber sein Haar war grau.

Die Frau bewegte ihren Mund, als ob sie etwas sagen wollte. Dann sagte sie: »*Hatizi kuzobvunza kuti munotamba here*?«

Sie sprach mit starkem Akzent, ihre Stimme war kaum mehr als ein Wispern, und sie klatschte dazu mit betonter Höflichkeit in die Hände. Er brauchte eine Weile, bis er herausfand, was sie gesagt hatte, und begriff, daß sie sich halbwegs dafür entschuldigte, ihn nicht schon früher förmlich begrüßt zu haben. Der Mann schloß sich sofort an und klatschte ebenfalls in die Hände, sein Klatschen klang aber hohler, wie man es von einem Mann erwartete. Pasi antwortete kurz auf ihren Gruß und nickte ihnen mit dem Kopf zu. Als wollte er die Stille vertreiben, bemerkte der

Mann: »*Ndimi munebasaka iri.*«

»Ja.« Pasi nickte; so, wie er da saß, überragte er die beiden fast um einen Kopf.

Das Wasser kochte jetzt. Sie rührte das Maismehl hinein und glättete den Brei mit einem Stock. Sie schloß den Topf, dann wendete sie das bratende Fleisch und tat Zwiebeln und Salz dazu. Sie schmeckte die Soße mit einer kleinen, schnellen Zungenbewegung ab und tat mehr Salz dazu.

Der Mann hustete und zog ein Döschen Schnupftabak aus seinen Shorts. Er schüttete sich etwas auf die flache Hand, schob es in die Nase und bot dann Pasi die Dose an.

»*Mazvita*«, sagte Pasi und schüttelte den Kopf.

Der Mann lächelte kurz und verlegen und steckte die Dose weg.

Die Gestalt auf dem Boden bewegte sich. Die Decke rutschte beiseite und gab die obere Hälfte des Gesichts frei.

Die Frau hantierte mit flinken Händen am Topf. Die *sadza* klebte jetzt dick und schwer an dem Stock und dampfte sie an. Mehl stäubte ins Feuer und verglühte und erfüllte die Hütte mit einem süßlichen, beißenden Geruch. Sie nahm einen Teller vom Sims, staubte ihn mit einem Tuch ab und schöpfte die *sadza* in gekonnten Schwüngen mit dem Stock auf den Teller, wobei sie die dampfenden Schichten zu einem spitz zulaufenden weißen Berg aufhäufte.

Die Gestalt auf dem Boden hörte auf zu schnarchen. Geflochtenes lockiges Haar kam unter der Decke zum Vorschein. Der Mann hustete auf seiner Lehmbank und fuchtelte nervös mit den Händen herum. Er bückte sich zum Feuer hinunter und zog zwei Reisigbündel an den Rand der Feuerstelle, damit die Hitze und der Rauch sich verteilten.

Die Frau wendete das Fleisch noch einmal, während die *sadza* abkühlte und schüttete dann etwas Wasser in eine Blechschüssel, die aus einem leeren Ölkanister gemacht war, damit er sich die Hände waschen konnte. Sie kippte das Fleisch in eine Schale, kniete sich hin und stellte die beiden dampfenden Teller vor ihn. Sie klatschte kurz in die Hände, steckte die rechte Hand ins Wasser und kostete nach der Art von Köchen etwas von dem Essen, das sie zubereitet hatte.

»*Mongodya zvichipisa*«, sagte sie und zog sich auf ihren Platz vor dem Feuer zurück.

Er aß hastig und hielt immer schon ungeduldig einen neuen Bissen dicht vor dem Mund, während er noch kaute. Sie betrachteten den Schatten seines Gesichtes auf der Wand. Sein Gesicht war schweißnaß, die Augen blinzelten immer noch im dünnen Rauch. Er merkte, daß sie ihn beobachteten. Die Frau verzog den Mund. Sie wollte etwas sagen. Die Gestalt in der Decke bewegte sich wieder und wachte offensichtlich auf, sie zog langsam und vorsichtig den Atem ein.

Der Mann hustete und sagte: »Du mußt sehr hungrig sein ...«

»Ja«, brummte Pasi. Der Mann ließ seinen Blick mit einem beruhigten Lächeln zurückschweifen.

Er aß jetzt langsamer, dann leckte ersich die Soße von den Fingern und kratzte mit den Zähnen die *sadza*-Klümpchen ab. Der spitz zulaufende Berg war zu einer kleinen Faust zusammengeschrumpft, der See aus Soße zu einer kleinen Pfütze; das Fleisch war alle. Er tauchte seine Hände in die Blechschüssel und trocknete sie an den Ärmeln ab.

»Sind die Soldaten gekommen?« fragte er schließlich und setzte sich auf dem Stuhl aufrecht hin.

Ein Gesicht schielte aus der Decke, das Gesicht eines Mädchens mit geflochtenem, lockigen Haar.

Die Frau sah das Mädchen kurz an und starrte dann ins Feuer. Der Mann zögerte etwas, dann sagte er: »Wir wissen es nicht.«

»Ihr wißt es nicht?«

»Nein.«

Irgendetwas verbarg der Mann. Er wollte nichts erzählen. Im trüben Licht betrachtete er Pasi, dessen Stiefel und das Gewehr aufmerksam.

Die Frau sah ihren Mann an und ihre Augen sandten geheime Botschaften. Pasi fing ihren Blick auf, daraufhin sah sie weg. Dann sagte sie: »Wir sind nicht sicher ... Bist du ... gehörst zu zu der Gruppe?«

»Zu welcher Gruppe?« hakte Pasi ein.

Sie sah ins Feuer und ihre Augen flackerten. Ihr Mann starrte mit offenem Mund an die Wand.

»Die Gruppe«, sagte sie, »*vana mukoma*, die hier waren.«

Pasi starrte ins Feuer und gab ein langes erstauntes Lachen von sich. »Warum hast du für mich gekocht, wenn du nicht gewußt hast, wer ich bin? Kochst du auch für *mapuruvheya*?«

Das Paar protestierte mit heftigem Kopfschütteln und starrte dumpf ins Feuer.

Ein Augenpaar lugte aus der Decke.

Der Mann sah hoffnungsvoll hoch und sagte langsam: »Wir wollten nur sichergehen.«

»Was heißt, Ihr wolltet sichergehen?«

Das Paar antwortete nicht. Die letzten Funken sprühten auf der Feuerstelle.

»Für wen habt Ihr sonst noch gekocht?«

»Wir haben nie für irgendjemanden gekocht ...« fiel die Frau ein, die nun davon aufgestachelt wurde, daß der Mann dort auf dem Stuhl saß und lachte, dieser Mann, der aus der Dunkelheit gekommen war und sie hinter ihren eigenen Türen eingesperrt hatte, dieser junge Mann, der kein Wort gesagt hatte, bevor er nicht gegessen hatte, und der jetzt sein

Gewehr zwischen den Knien wiegte ...

»Wir wissen nur vom Genossen Baas Die und seiner Gruppe«, sagte der Mann und mied einfach die protestierenden Blicke seiner Frau.

»Wer ist Baas Die?«

»Er ist der Anführer.«

»Wieviele Männer gehören zu seiner Gruppe?«

»Ich weiß es nicht.«

»Ist er mit seinen Leuten noch in der Gegend?«

»Wir haben sie seit einer Woche nicht gesehen.«

»Würdest du welche von seinen Leuten erkennen, wenn du ihnen begegnen würdest?«

»Nein.«

»Woher kennst du sie dann?«

»Wir haben nur ihre Namen gehört.«

»Wie sind ihre Namen?«

»Kann ich ... darf ich dich fragen, wer du ...«

»Ich habe dich etwas gefragt. Ist eine Frage eine Antwort auf eine Frage?«

Der Mann kratzte sich an den Schläfen.

Pasi legte sein Gewehr vorsichtig über seine Knie. »Wer ist Pasi NemaSellout?«

»Er ist einer der Genossen in der Gruppe. Baas Die hat seinen Namen erwähnt.«

»Hast du ihn schon mal getroffen?«

»Nein.«

»Würdest du ihn erkennen, wenn du ihn treffen würdest?«

»Nein.«

Pasi lachte wieder. »*Kudzidza hakuperi nhai*! In diesem Krieg lernst du nie aus ... es ist alles in Ordnung. Du solltest nie Fragen beantworten, bevor du nicht weißt, mit wem du sprichst. Und selbst, wenn es ein Genosse ist, sei nicht so erpicht darauf zu zeigen, daß du ihn oder sie kennst, selbst wenn dieser Genosse dein eigener Bruder oder deine eigene Schwester ist. Wachsamkeit ist alles! *Pamberi nekuchenjera muhondo*!«

»*Pamberi*!« antwortete das Paar und streckte im Dämmerlicht der Hütte die Faust hoch.

»Beantworte jetzt meine Frage«, forderte Pasi den Mann auf.

»Nach den Namen der Leute von Baas Die?«

»*Aika, baba*, das war die letzte. Was habe ich dich als erstes gefragt?«

»Du hast nach den *mapuruvheya* gefragt.«

»Ja.«

»Drei Hubschrauber sind gekommen, nachdem der Lastwagen umgestürzt war. Zwei davon sind da gelandet, wo es passiert ist, und dann wieder weggeflogen, aber der dritte – der ist lange über dem Dorf gekreist, wie ein Adler ... Die Leute haben sich im Busch und auf den Feldern versteckt. Zwei Hirtenjungen sind niedergeschossen worden. Sie sind weggelaufen, als sie den Hubschrauber gesehen haben, und dann haben sie auf sie geschossen.«

»Sie hätten nicht rennen sollen. Wir haben Euch gesagt, daß Ihr nie rennen sollt, wenn Ihr die Hubschrauber seht.«

»Einer der Jungen – der Enkel von Makwande, einer alten Witwe, die oben auf dem Hang wohnt, sie hat zwei Hütten dicht bei den Felsen in der Nähe vom *ruware* – dieser Enkel der Witwe, der Junge, rannte zwischen den Kühen durch, Ephraim heißt er, er ist hier getroffen worden, im Kopf, genau über dem Ohr, und die Frauen, die gestern ins Krankenhaus gegangen sind, um ihn zu besuchen, Mai Mahamba und Bokis Tante – die Männer gehen seitdem nicht weg –, diese Frauen, die seine Mutter begleitet haben, um ihn zu besuchen, sie sagen, es kann jeden Tag mit ihm zu Ende gehen ... Der andere, der Sohn vom *sabuku*, von Sachikonyes zweitem Sohn und dessen dritter Frau, der in diesem Jahr an der großen Schule angefangen hat, Cheukai ist sein Name, sie sagen, er und sein Bruder sind losgeschickt worden, um die Genossen zu alarmieren, als die Hubschrauber gekommen sind, sein Bruder ist entkommen, aber er, dieser Junge, der Sohn vom *sabuku*, er ist in die Schultern und in die Beine getroffen worden. Er ist auch im Krankenhaus, und es heißt, die Schwestern hätten sieben Kugeln aus ihm rausgeholt ...«

»Sind die Soldaten danach wiedergekommen?«

»Wir haben sie nicht gesehen.«

»Ist jemand von meinen Genossen hier gewesen?«

»Nicht einer von ihnen. Sind sie ... seid Ihr danach abgezogen?«

»Das brauchst du nicht zu wissen«, sagte Pasi scharf, und das Gesicht des Mannes sank in den Schatten der Hüttenwand zurück, das Gesicht eines mageren Mannes, der gerade aufgehört hatte, Neuigkeiten vom Tod zu erzählen, und nun eingeschüchtert vom durchdringenden Blick eines Achtzehnjährigen im Schatten kauerte.

»Ihr seid Euch im Klaren, daß Ihr keinem erzählen dürft, daß ich hierhergekommen bin?« sagte er und warf sich das Gewehr über die Schulter. »Keinem.«

Der Mann und seine Frau nickten. Pasi deutete auf das Gesicht, das aus der Decke lugte. »Sie auch nicht.«

Der Mann und seine Frau nickten noch einmal heftig. Dann sagte er: »*Pamberi neChimurenga*!« und sie gaben zurück: »*Pamberi*!« Er sprang hoch, öffnete die Tür und ging mit weiten Schritten hinaus in die Dunkelheit, ohne ein weiteres Wort zu sagen, ohne Aufwiedersehen.

Er dachte an das kleine pummlige Gesicht der Frau, wie sie gerade *sadza* machte, an das Gesicht mit dem geflochtenen lockigen Haar zwischen den Decken und an die eingeschüchterten Augen des Mannes, als er in scharfem Ton mit ihm sprach, und er stellte sich die Gesichter der Jungen vor, die niedergeschossen worden waren, und versuchte, sich an sie zu erinnern, und er überlegte, ob er zu dem Mann und seiner Frau etwas Freundliches oder Bedauerndes über sie hätte sagen sollen, aber er konnte sich jetzt nicht darauf konzentrieren, denn er war satt von *sadza* und *biltong*, und der magere Hund knurrte wieder unter dem Getreidespeicher hervor, und bald wäre die Nachtstille dahin vor lauter Geknurre und Gebell, deshalb mußte er sich eiligst durch die Dunkelheit davonmachen, zwischen Kraals, zerfallenden Gräben und Feldern mit *chidongi*-Dornen hindurch dorthin, wohin er gehen mußte ...

24

Torai Zvombo lag im fahlen Morgenlicht ausgestreckt in der Höhle, mit dem Rücken an der Felswand und halb auf die Ellenbogen gestützt.

Gidi Ishumba kniete über ihm und hielt ihm einen Blechkrug vor das Gesicht.

»Was ist passiert?« fragte Pasi atemlos.

Niemand sagte etwas. Baas Die kaute an seiner Wange und zupfte an seinem Spitzbart. Gidi Ishumba preßte den Blechkrug an Torai Zvombos Gesicht.

»Trink«, sagte Gidi Ishumba und schwenkte das Gefäß.

Torai Zvombo stöhnte, das tiefe Stöhnen hallte in dem Blechkrug wider. Er hielt sich mit kraftloser Hand den Bauch. Er stöhnte noch einmal. Dann erbrach er sich.

Gidi Ishumba beugte sich mit verzerrtem Gesicht über ihn.

Er versuchte wieder, zu trinken. Die Milch floß über seine Unterlippe und tropfte auf den Boden.

»Hast du nichts in der Erste-Hilfe-Tasche?« fragte Baas Die.

Gidi Ishumba preßte den Blechkrug gegen Torai Zvombos Gesicht. Aus Torai Zvombos Kehle drang ein kurzer rauher Ton. Sein Kopf sank wieder hinunter, seine Augen waren fest zusammengekniffen. Gidi Ishuma hielt ihm am Nacken den Kopf nach unten. Wieder erbrach er durch Mund und Nase eine schleimige grünlich-gelbliche Flüssigkeit. Sein

Atem ging scharf, da seine Nase verstopft war.

Gidi Ishumba wischte sich mit einer Handvoll Blätter das Erbrochene vom Arm. Er wischte Torai Zvombo das Gesicht ab und lehnte ihn gegen die Felswand. Er hob etwas von der Masse auf, das über den Felsen verspritzt war, und sagte: »Ja, Pilze.«

Torai Zvombos Atem ging regelmäßig, aber seine Augen waren geschlossen.

Dann hörten sie den Hubschrauber.

Er kam aus östlicher Richtung.

Baas Die und Pasi NemaSellout krochen tiefer in die Höhle und umklammerten ihre Gewehre. Gidi Ishumba schwang sein Gewehr über die Schulter und sah hinaus. Torai Zvombos riß seine eingesunkenen Augen auf.

Der Hubschrauber flog einen großen Kreis über das Gebiet und kam dann auf den Hügel zu – eine große, grell grüne und schwarze Libelle aus Eisen. Er knatterte über sie hinweg und wirbelte dabei Luft und Staub durch den Höhleneingang. Dann dröhnte er davon und verschwand in der Ferne.

Mabunu Muchapera und Shungu Dzangu krochen in die Höhle.

»Wir hätten sie rösten können«, keuchte Mabunu Muchapera. »Sie sind direkt über uns weggeflogen. Hundesöhne!«

Sub Musango stolperte herein.

Torai Zvombo setzte sich auf und rückte etwas von seinem Erbrochenen ab.

Gidi Ishumba lud sein Gewehr mit einem neuen Magazin.

Shungu Dzangu starrte mit feuchten, zitternden Augen hinaus zum Himmel und schüttelte den Kopf.

Pasi NemaSellout lehnte sich an einen Felsen, um das Hämmern in seiner Brust zu unterdrücken.

»Wir bleiben heute ganz in Deckung«, sagte Baas Die.

»Aber ein Stückchen von einem Giftpilz kann eine ganze Portion Pilze ungenießbar machen«, erklärte Shungu Dzangu.

»Wir können ihr das nicht durchgehen lassen«, sagte Mabunu Muchapera.

»Auch wenn es ein Irrtum war, ist es unverzeihlich«, meinte Gidi Ishumba.

»Warum hat sie es ausgerechnet ihm gegeben?« fragte Sub Musango.

»Sie kann damit nicht einfach davonkommen«, stimmte Pasi zu.

»Wir müssen für alle anderen an ihr ein Exempel statuieren«, zischte Mabunu Muchapera.

»Die *povo* könnten sich gegen uns wenden.«

»Was willst du sonst noch?« schimpfte Mabunu Muchapera. »Sie hat einen von uns vergiftet – was brauchst du noch an Beweisen dafür, daß sie eine Verräterin ist?«

»Sie muß weg«, sagte Sub Musango.

»Wenn es in einem der Töpfe gewesen wäre, die die Mädchen gebracht haben, was wäre dann? Wir hätten es alle!« erklärte Pasi.

»Sie muß weg.«

»Sie ist eine Todeskandidatin.«

»Sie muß schnell beseitigt werden, bevor sie uns allen etwas antut.«

»Heute ...«

»Jetzt sofort!«

»Was meinst du, Chef? Ich schlage vor, wir durchsuchen ihr Haus! Es sollte mich nicht wundern, wenn sie Gewehre unter ihrem Dach versteckt hätte!«

»Ja, das ist eine Idee«, meinte Gidi Ishumba.

»Was ist, wenn wir nichts finden?« fragte Shungu Dzangu.

»Wir haben noch genug Beweise«, erklärte Sub Musango.

»Du willst nicht, daß ihr *ngozi* hinter uns her ist. Wir kennen niemanden von diesen Leuten ...«

»Sie kennen uns genauso wenig«, sagte Gidi Ishumba. »Sie kennen unsere Namen und unsere Totems nicht, und sie wissen nicht, woher wir kommen. Sie können uns nichts anhaben.«

»Was haben Namen und Totems damit zu tun?« fragte Pasi.

»Du sudelst nicht mit dem Blut von Leuten herum, die du nicht kennst.« Shungu Dzangu schüttelte warnend den Kopf.

»Was ist mit den *mapuruvheya*? Machst du dir um die auch Sorgen?«

»Soldaten sind Soldaten. Diese Leute, die *povo*, sie sehen uns und kennen uns ...«

»Was ist mit dir los?« brauste Mabunu Muchapera auf. »Sie ist eine Verräterin! Vergiß den Unsinn von wegen *ngozi*. Wir schaufeln uns das eigene Grab, wenn wir Leute wie sie laufen lassen! Ich verwette meinen Kopf dafür, daß sie eine Informantin ist. Ich sage, sie muß weg, und zwar jetzt!«

»Erteilt den anderen eine Lektion durch sie ...« meinte Sub Musango.

»Aber wie bekommst du die Dorfbewohner zusammen, wenn Ausgangssperre ist und der ganze Himmel voller Hubschrauber?« wandte Shungu Dzangu erneut ein.

»Zur Hölle mit der Ausgangssperre! Smiths Soldaten rühren sich im Dunkeln nicht. Du weißt das! Ich wäre nicht überrascht, wenn sie die Hubschrauber bestellt hätte.«

»Wie?«

»Sie weiß, daß wir zurück sind. Sie hat es in dem Moment gewußt, als

Torai Zvombo zu ihr gegangen ist und sie um Essen gebeten hat. Was meinst du dazu, Chef?«

Baas Die hustete. Er nahm eine Prise Schnupftabak. Dann erklärte er: »Mabunu Muchapera kann recht haben. Da ist etwas faul an der Sache. Seit dem Hinterhalt sind hier keine Soldaten mehr gewesen. Und jetzt ist an dem Morgen, an dem wir zurückkommen, die ganze Luftwaffe hinter uns her. Es muß einen Informanten in diesem Dorf geben.«

Torai Zvombo setzte sich auf, schloß die Augen und hielt sich mit einer Hand den Bauch. Gidi Ishumba fixierte Baas Die erwartungsvoll mit seinen harten runden Augen. Seine Lippen waren fest zusammengepreßt. Alle sahen Baas Die an.

Baas Die räusperte sich und untersuchte ein Haar auf seinen Fingern. Dann erklärte er: »Gut. Bisher haben wir nur einen Verdacht. Die Vergiftung kann Absicht gewesen sein. Sie kann aus Versehen passiert sein. Als Kind sind meine Schwester und ich von Pilzen krank geworden, die meine Mutter gesammelt hat. Es leuchtet ein, daß meine Mutter uns nicht umbringen wollte. In diesem Fall ist es schwer zu entscheiden, ob es ein Versehen oder Absicht war ...«

»Sie hätte das Risiko nicht eingehen sollen«, mischte sich Sub Musango ein.

»Pilze für einen ...«

»Unterbrecht mich nicht!« fuhr Baas Die fort. »Wir werden sie befragen und ihr Haus durchsuchen. Gibt es Freiwillige?«

»Ich mach' es«, sagte Mabunu Muchapera. »Es war meine Idee.«

»Du brauchst einen zweiten Mann, der mitgeht.«

»Ich«, bot sich Sub Musango an.

»Nein«, sagte Baas Die, »du hältst dich zurück, Sub. Shungu Dzangu wird mitgehen.«

»Das war in ihrem Haus unter dem Strohdach versteckt«, berichtete Shungu Dzangu.

Baas Die nahm Gidi Ishumba das Walkie-Talkie aus der Hand. Er drehte den Knopf an und aus und zog die Antenne rauf und runter.

»Was hat sie gesagt, wann sie es bekommen hat?«

»Ihr Sohn hat es ihr gegeben. Er ist Polizeireservist.«

»Was?«

»Sie hat es zugegeben.«

»Wo ist Mabunu Muchapera?«

»Er ist dageblieben und paßt auf sie auf.«

»Gut«, sagte Baas Die, »wer bleibt hier bei Torai Zvombo?«

»Geht nur«, erklärte Torai Zvombo und setzte sich aufrecht an die Felswand. »Es geht schon.«

Die Dorfbewohner kamen im Dunkeln schnell zusammen. Sie saßen unter zwei großen Bäumen auf der mit Gras bewachsenen Fläche hinter Sachikonyes Compound. Ein Feuer brannte in der Mitte der Versammlung, das die Gesichter in ein orangefarbenes Licht tauchte. Das Weiße ihrer Augen leuchtete erwartungsvoll im Schein des Feuers. Nur das Feuer war zu hören, wenn die Zweige knackten und in Flammen aufgingen.

Baas Die schritt um das Feuer herum. Mabunu Muchapera und Pasi NemaSellout standen am Rand der Menge außerhalb der Reichweite des Feuerscheins. Die anderen patrouillierten im Busch.

»Heute nacht seid ihr zusammengekommen, um eine *m'tengesi* zu sehen«, erklärte Baas Die. »Wißt Ihr alle, was eine *m'tengesi* ist?«

Ein Gefühl der Spannung überkam die Menge.

»*Vahandzvadzi*«, Baas Die zeigte auf ein junges Mädchen in der Menge, »kannst du uns sagen, was eine *m'tengesi* ist?«

Das Mädchen stotterte verwirrt, und Baas Die deutete auf den jungen Mann neben ihr.

»Ein *m'tengesi* ist jemand, der verkauft«, sagte der junge Mann.

»Was verkauft er? Tomaten? Kürbisse?«

»Er gibt Informationen an den Feind weiter.«

»Das stimmt«, sagte Baas Die fast wie ein Lehrer im Klassenzimmer. »Ein *m'tengesi* gibt Informationen an den Feind weiter. Wie nennt man einen *m'tengesi* auf Englisch? Heh? Sind hier keine Schüler? Oder gehört dieses Wort nicht zu Eurem Wortschatz? Heh? Ein *m'tengesi* heißt auf Englisch ›sellout‹. ›Sellout‹. Habt Ihr verstanden?«

Baas Die holte das Walkie-Talkie vor und hielt es der Menge hin. »Habt Ihr schon mal ein *chiover-over* gesehen?« rief er und zog die Antenne hoch und runter. Ein leises Murmeln ging durch die Menge.

»Mai Tawanda«, zischte eine Frauenstimme leise aus der Menge.

Baas Die drehte sich zu der Frau um, die allein vor den anderen saß, und sagte: »*Amai*, kannst du uns zeigen, wie dieses Ding funktioniert?«

Sie war eine grobknochige, hellhäutige Frau mit offenem Gesicht und langem dunklen Haar, das sich unter einem weißen *doek* hervorkräuselte. Sie trug eine graue Nylonbluse, einen blauen Rock und weiße Tennisschuhe. Ein Paar gelbe Ohrringe, die wie halbe Pfirsiche geformt waren, hingen von ihren Ohrläppchen herab. Zuerst war ihr Blick trotzig nach oben gerichtet, aber als Baas Die den schwarzen Gegenstand in ihren Schoß warf, senkte sie das Gesicht und starrte finster ins Feuer.

»Mai Tawanda! Ich habe es so, so oft gesagt«, zischte die Stimme wieder mit einem freudigen, rachsüchtigen Unterton, und andere Stimmen nahmen den Ruf auf. Die Menge brach in schrilles Geschrei und Gejohle aus.

»Mai Tawanda«, wiederholte Baas Die, »ich habe dich gefragt, ob du uns zeigen kannst, wie dieses Ding funktioniert?«

Mai Tawanda sah kurz hoch, dann brach sie in lautes Jammern aus.

»*Aika, amai*, vergeude nicht unsere Zeit.«

Die Menge lachte.

Mai Tawanda nahm das Walkie-Talkie von ihrem Schoß und hielt es in den zitternden Händen. Die Menge schrie schrill und johlte.

»Das habe ich schon so oft gesagt«, zischte die Stimme wieder.

»Verzeiht mir, *vanangu*«, schluchzte sie, »ich habe es nicht gewußt, *vanangu*.«

»Nenn uns nicht *vanangu*. Wir sind keine Söhne von *vatengesi*!«

»Ich habe es einfach nur bekommen. Ich habe nicht gewußt ...«

»Wer hat es dir gegeben?«

»Sie sind zu mir gekommen und haben es mir gegeben ...«

»Wer genau hat es dir gegeben? Hatten diese Leute vielleicht Namen?«

»Die Männer aus dem Lager.«

»Welche Beziehung hast du zu den *mapuruvheya*? Sind sie deine *vakwasha*? Warum sind sie ausgerechnet zu dir gekommen?«

»Sie haben gesagt ›Du mußt das für deinen Sohn tun‹. Sie haben gesagt: ›Wenn du uns nicht sagst, wo die Jungens sind, werden wir deinen Sohn erschießen‹.«

»Wo arbeitet dein Sohn?«

»Er ist Polizist.«

»Er ist ein *puruwheya*!«

»Nein, *mwanangu*!«

»*Aika, mhamba*, wir spielen hier nicht *nhodo*. Wer wüßte nicht, daß auch Polizisten Gewehre tragen und gegen uns kämpfen? Ist dein Sohn nicht in der Polizeireserve? Ist dein Sohn nicht gerade auf Patrouille?«

»Ich weiß es nicht, *mwanangu*.«

»Dein Sohn hat dir dieses Ding gegeben. Streite das nicht ab! Was hat er gesagt, was du damit machen sollst?«

»Sie haben gesagt ... er hat gesagt ... wenn die Jungens kommen ... sollte ich mit ihnen durch dieses Ding sprechen ...«

»Du hast ihnen also von allen Treffen erzählt, die wir hatten?«

»Ich habe es nur ... einmal benutzt.«

»Wann?«

»Beim ersten Treffen, das wir hatten.«

»Was ist mit den Lastwagen und Hubschraubern, die zur Township gekommen sind? Was ist mit dem Hubschrauber, der heute morgen über das Dorf geflogen ist? Du hast ihnen gesagt, daß wir zurück sind, stimmt's?«

»Nein, *mwanangu*.«

»*Footsek, mhani*! Du sorgst dafür, daß ich dir Sachen an den Kopf werfe, die du nie wieder hören möchtest! Wir sind hier nicht in einem Frauenverein! Wir sind nicht bei einem *ndari*.«

»Verzeih mir, *vanangu*.«

»Was ist mit dem Gift, das du einem von uns letzte Nacht gegeben hast?«

»Gift?«

»Ja, die Pilze, die du für unseren Freund gekocht hast.«

»Er ist in meine Hütte gekommen und hat gesagt ›*Amai*, ich habe Hunger‹. Ich habe gesagt ›*Mwanangu*, ich habe nur Maismehl und weder Fleisch noch Gemüse, und ich kann um diese Nachtzeit nicht in meinen Garten gehen, und wenn ich zum Stall gehe und ein Huhn fange, mache ich vielleicht so viel Lärm, daß das die Soldaten anlockt‹. Ich habe zu ihm gesagt: ›Ich habe nur diese getrockneten Pilze, die meine Tante mir gegeben hat‹, und er hat gesagt ›Koch sie‹ und das habe ich gemacht. Ich habe das Essen sogar probiert, bevor er gegessen hat...«

»Das sind nur Märchen, die du dir ausdenkst. Wir wüßten gern, was du getrunken hast, um dich zu schützen. Es wird dich freuen zu hören, daß unser Freund krank ist von dem, was du ihm gegeben hast.«

»Das tut mir wirklich sehr leid, *vanangu*. Ich habe es nicht gewußt. Ehrenwort, Ehrenwort, Ehrenwort. Ich habe es nicht gewußt ...«

»Was hast du in die Pilze getan? *Dhinha? Rogor*?«

»Ehrenwort, *mwanangu*, ich habe es nicht gewußt. Die Pilze hat meine Tante mir gegeben. Ich habe sie nicht selbst gesammelt. Es waren vielleicht giftige dabei. Ich habe dir gesagt, daß ich das Essen sogar selbst probiert habe ...«

»Warum hast du dieses Ding unter deinem Dach gehabt, wenn du uns nicht umbringen wolltest? Warum hast du den Soldaten von unseren Bewegungen berichtet?«

»Sie haben es von mir verlangt, *mwanangu*. Ich mußte es tun, um meinen Sohn zu schützen.«

»Deinen Sohn schützen! Sind wir nicht auch Söhne? Haben wir keine Mütter? Du glaubst wohl, daß uns Tiere geboren haben, oder? Du sorgst dich um die Sicherheit deines Sohnes, deines Sohnes, der nichts tut, als dich und mich und alle unter den Stiefeln der *mabunu* zu halten. Kämpft dein Sohn für deine Freiheit?«

»Es ist nur ein Job für ihn, *mwanangu*. Sein Vater ist tot ...«

»Hört sie an! ›Nur ein Job‹, sagt sie. Vor den Weißen herzulaufen wie einer ihrer Hunde. Verdient er ein Zehntel von dem, was die Weißen bekommen, die ihn losschicken? Und was ist mit uns? Werden wir bezahlt? Bekommen wir einen Cent? Deinen Sohn schützen!«

Baas Die machte eine Pause. Die Menge war jetzt still. Nur Mai

Tawandas Schluchzen war zu hören.

»Das ist hier keine Gerichtsverhandlung«, erklärte Baas Die. »Mabunu Muchapera, Pasi NemaSellout, erteilt dieser Frau eine Lehre. Verschwendet nicht eure Kugeln an sie.«

Mabunu Muchapera und Pasi NemaSellout schritten durch die Menge hindurch in die Mitte des Versammlungsplatzes. Die Menge wich zurück.

Mabunu Muchapera brach einen niedrig hängenden Ast von einem der Bäume ab, unter dem die Leute saßen. Er streifte die Blätter ab, bis er einen dicken grünen Stock von der Größe eines Hackenstiels hatte. Pasi NemaSellout sah sich auf dem Boden um und fand ein langes trockenes Wurzelstück, das halb aus der Erde ragte. Als er an dem losen Ende zog, schnellte es mit einer Staubwolke hoch, was unter den Frauen, die in der Nähe saßen, einige Aufregung auslöste.

Drohend schwang er die Wurzel, die krumm und biegsam war wie ein Stock, mit dem man beim Pflügen einen Ochsen zu schlagen pflegte, und trat damit ans Feuer.

Die Menge zog sich in einige Entfernung von dem Opfer zurück, wie eine Gruppe Sitzender vor einer Schlange zurückweichen würde, die man zwischen sie warf. Mai Tawanda blieb in der Nähe des Feuers sitzen, schluchzte und spähte zwischen den Fingern ihrer vor das Gesicht geschlagenen Hände durch.

Mabunu Muchapera schlug sie zuerst. Er ging zwei Schritte auf sie zu, riß plötzlich die Hand hoch und der Stock krachte so heftig auf ihren Rücken, daß sie flach zu Boden fiel.

Sie schrie auf.

Die Menge zischte.

Pasi NemaSellout nahm die Wurzel fest in die Hände und näherte sich ihr von der anderen Seite. Aus einem Augenwinkel sah er, wie Baas Die ihn beobachtete und die erschrockenen Dorfbewohner ihn anstarrten. Die Beine der Frau waren in seine Richtung gespreizt. Ihre Unterschenkel waren dick und glänzten im Feuerschein. Pasi machte noch einen Schritt nach vorn und hob die Wurzel. Die Wurzel sauste mit einem scharfen Pfeifton nieder. Sie traf die Frau mit einem dumpfen Schlag an der Hüfte. Sie griff sich an die Seite und krümmte sich vor Schmerz.

Die Menge zischte.

Mabunu Muchapera schlug ihr dicht am Hals auf die Schultern. Ihre Arme flogen nach vorn, die Hände krallten sich in den Boden.

Der *doek* löste sich von ihrem Kopf und fiel ins Feuer, ihr wild zerzaustes Haar war nun unbedeckt.

Ein tiefes ächzendes Geräusch drang aus ihrer Kehle.

Ein Hund jaulte im Gras.

Pasi NemaSellout trat einen Schritt vor und schlug ihr wieder hart auf die Hüfte. Sie krümmte sich. Pasi hob die Wurzel. Sie war in der Mitte durchgebrochen.

Ein Baby schrie.

Der Nylon-*doek* zischte im Feuer und schmolz in einer weiß auflodenden Flamme, die blendete. Pasi hielt die durchgebrochene Wurzel in der Hand. Die Unterschenkel der Frau waren dick und glänzten. Sein Blick glitt über die verschwommene Menge. Baas Die stand allein auf einer Seite des Feuers und sah zu. Pasi trat zurück.

Eine Stimme erhob sich aus der Menge. Die Stimme eines Mannes. Eine Gestalt schob sich durch die dunkle Masse von Gliedmaßen und Köpfen. Die Gestalt eines Mannes. Er kauerte sich nieder und klatschte mit einem dumpfen Ton in die Hände. Er sprach mit unsicherer Stimme. Seine grauen Haare leuchteten im Feuerschein. Das Feuer glühte in seinen hohlen Wangen. Er sprach mit Baas Die. Er sagte: »Hab Erbarmen mit ihr, *vanangu*, hab Erbarmen mit ihr.«

Andere Stimmen aus der Menge schlossen sich an. Die Stimmen sagten: »Hab Erbarmen mit ihr ...«

Pasi NemaSellout umklammerte die durchgebrochene Wurzel. Mabunu Muchapera stützte sich auf seinen Stock. Mabunus Unterlippe war feucht. Die Unterschenkel der Frau glänzten im Feuerschein. Ein Bein war bis zum Knie entblößt.

Häuptling Sachikonye sprach noch einmal. Er sagte: »Hab Erbarmen mit ihr, *vanangu*.« Baas Die drehte sich nicht um. Er blickte geradeaus. Er sah niemanden an. Er sagte: »Es gibt kein Erbarmen mit Verrätern.«

Häuptling Sachikonye sprach noch einmal. Er sprach mit tiefer, sanfter Stimme. Er sagte: »Hab Erbarmen mit ihr, *vanangu*.«

Baas Die drehte sich nicht um. Er blickte geradeaus ins Feuer. Er zwirbelte seinen Bart. Er sah niemanden an. Seine Stimme hob sich. Er sagte: »Es gibt auch kein Erbarmen mit Sympathisanten von Verrätern. Du solltest dich lieber freuen.«

Baas Die drehte sich nicht um. Er sagte: »Jeder, der einen Verwandten in der Armee hat, sollte ihm raten, den Dienst zu quittieren. Sie sollten den Dienst jetzt quittieren.«

»Gib ihr noch eine Chance, *vanangu*«, sagte Sachikonye.

»Es gibt keine zweite Chance«, sagte Baas Die. »In diesem Krieg gibt es keine zweiten Chancen.«

Baas Die drehte sich nicht um. Er starrte ins Feuer. Er starrte über die ausgestreckt daliegende Frau ins Feuer. »Mabunu, Pasi, bringt es zu Ende«, sagte er. »Bringt es zu Ende.«

Pasi NemaSellout warf die durchgebrochene Wurzel fort. Seine Hände waren feucht. Er marschierte auf einen Baum zu. Die Menge rutschte auf dem Boden beiseite. Eine Frau zog ihr Tuch vor seinem Stiefel weg. Eine

Frau brachte ein Kind vor seinem Stiefel in Sicherheit. Er marschierte auf einen Baum zu und griff mit den Händen nach einem Ast.

Er drückte den Ast zur Seite, bis er brach und zu Boden fiel. Er stellte einen Fuß auf den Ast und streifte die Blätter ab.

Frauen schrien in der Menge auf, gedämpfte, langgezogene Schreie.

»Ihr solltet euch freuen«, sagte Baas Die und starrte ins Feuer. »Ihr solltet euch freuen, daß wir sie gefaßt haben, bevor sie uns alle erledigt hat. Ihr solltet in die Hände klatschen und trillern.«

Niemand sagte etwas. Niemand tat etwas.

»Haben die Frauen in diesem Dorf keine Stimmen? Haben die Männer keine Hände?« Baas Dies Stimme wurde lauter. Sein Blick ging über über die Menge.

Ein dünnes Trillern begann irgendwo. Es wurde lauter und hörte wieder auf.

»Gibt es in diesem Dorf nur eine Frau, die trillern kann?« fragte Baas Die. »Gibt es nur eine Frau, die trillern kann?«

Andere Stimmen erhoben sich und trillerten. Die Stimmen zitterten. Aber die Stimmen trillerten mit.

Ein Mann fing an zu klatschen. Mehrere Männer klatschten. Immer mehr Männer klatschten mit.

»So ist es gut«, erklärte Baas Die. »Ihr solltet euch freuen. Mabunu, Pasi, bringt es zu Ende.«

Mabunu Muchapera umklammerte seinen Stock. Seine Unterlippe war feucht. Er schwang den Stock zur Seite und traf die Frau am Hinterkopf. Es gab ein Geräusch, wie wenn man die Schale der *mutamba*-Frucht gegen einen Baumstamm schlägt und die zarte Flüssigkeit herausplatzt.

Baas Die stieß mit nach unten zeigendem Daumen in die Luft und rief: »*Pasi neVatengesi*!«

»*Pasi navo*!«

»*Pasi nemaSellout!*«

»*Pasi navo*!«

Pasi NemaSellout umklammerte seinen Stock und trat zwei Schritte vor. Die Unterschenkel der Frau glänzten im Feuerschein. Die Frauen trillerten. Die Männer klatschten. Die Frau rührte sich nicht. Sie gab keinen Laut von sich. Pasi hob die Hand und schlug ihr auf die Hüfte.

»Sie ist die Erde nicht wert, auf der sie liegt«, sagte Baas Die und spuckte kräftig auf den Boden. »*Pasi neVatengesi*!«

»*Pasi navo*!«

Mabunu Muchapera schlug sie wieder. Er schlug ihr auf den Hinterkopf.

»Leute wie sie verdienen kein ordentliches Begräbnis. *Pasi neVatengesi*!«

»*Pasi navo!*«

Pasi NemaSellout umklammerte seinen Stock. Seine Hände waren feucht. Sein Blick glitt über die Menge. Der Gesang hallte in seinen Ohren. Die Frau lag bewegungslos ausgestreckt vor ihm. Sie rührte sich nicht. Ein dunkler Fleck befand sich am Ende seines Stockes, dort, wo die grüne Rinde abgeschabt war und das blanke Holz weiß leuchtend zum Vorschein kam. Die Unterschenkel der Frau waren dick und glänzten. Sie hatte die Sportschuhe noch an den Füßen. Er wollte nicht auf ihre Beine sehen. Er wollte nicht auf ihren Kopf sehen. Das Haar hing ihr in wilden Strähnen über das Gesicht.

Die Menge sang. Frauen trillerten. Männer klatschten.

Pasi NemaSellout umklammerte seinen Stock. Seine Hände waren feucht. Er sah Baas Die nicht an. Er sah Mabunu Muchapera nicht an. Er sah die Menge nicht an. Er sah nicht auf das Feuer. Er sah auf die Frau, die ausgestreckt auf dem Boden lag. Ihr Haar war zerzaust. Sie trug noch ihre Ohrringe und die Schuhe. Neben ihrem Kopf war ein dunkler Fleck im Gras. Er sah von ihren Beinen weg und von ihrem Kopf und heftete seinen Blick an ihre Hüfte. Er umklammerte seinen Stock mit seinen feuchten Händen.

Er umklammerte seinen Stock und trat vor.

25

Gidi Ishumba, der die erste Morgenwache übernommen hatte, sah sie zuerst – eine Reihe von zwanzig Soldaten, die gebückt unter den Bäumen hervorsprang und sich im fahlen Licht dem Hügel näherte.

Er rief »*masoja!*«, schwenkte sein Gewehr herum und begann wild auf die Männer zu schießen, die am Fuß des Hügels in einem Bogen ausschwärmten. Die Soldaten duckten sich tief bei diesem ersten Angriff, verteilten sich schnell hinter den Felsen und eröffneten das Feuer.

Rechts und links von ihm begannen Baas Die und Shungu Dzangu zu feuern. Pasi NemaSellout und Mabunu Muchapera setzten Augenblicke später aus einer etwas höheren Position am Hang ein, und dann tauchte Sub Musango mit weit ausgestreckten Armen schießend aus der Höhle auf und schwenkte seine Maschinenpistole hin und her.

Zwei Hubschrauber näherten sich rasch vom Horizont und kamen mit durchdringendem Lärm auf den Hügel zu.

Baas Die stieß einen gellenden Schrei aus und kletterte zum Flakgeschütz, schwang das Mündungsrohr herum und preßte sein Auge an das Objektiv. Die Hubschrauber stießen tief zum Hügel hinunter. Er feuerte das Geschütz ab. Der Hügel bebte, als vier Explosionen ihn erschütterten.

Baas Die legte das Geschütz auf die Hubschrauber an, als sie tiefer hinuntertauchten, und feuerte noch einmal.

In der dichten Rauch- und Staubwolke verstummten die FNs für eine Weile. Dann eröffneten sie das Feuer wieder.

Die Hubschrauber drehten ab. Baas Die schwenkte die Flak herum.

Kugeln zischten über seinen Kopf hinweg. Über sich sah er, wie Sub Musango aufrecht stand und wild feuerte – zusammenbrach und kopfüber auf einen Felsen aufschlug.

Pasi rammte ein frisches Magazin in sein Gewehr und schoß einen Soldaten in Tarnuniform über den Haufen, der sich schon den halben Hügel hinaufgearbeitet hatte. Mabunu Muchapera feuerte in breitgestreuten, wütenden Salven und rief dabei den herannahenden Männern unter ihm Verwünschungen zu. Die Hubschrauber drehten und kamen zurück. Baas Die stützte sich auf. Er sah, wie Gidi Ishumba sich an die Schulter griff und wild mit einer Hand weiterschoß. Die Hubschrauber dröhnten vorbei, und Baas Die setzte das Luftabwehrgeschütz wieder in Aktion. Der Hügel bebte erneut und die Luft war von einem heißen, zischenden Geräusch erfüllt. Ein riesiges schwelendes Loch tat sich zwischen ihm und Gidi Ishumba in der Erde auf.

»Haut ab!« rief Baas Die plötzlich. »Haut ab!«

Er gab einen letzten Schuß auf die Hubschrauber ab und kletterte auf die andere Seite des Hügels. Gidi Ishumba sprang schon vor ihm wie ein Hirsch und hielt sich mit einer Hand die Schulter. Pasi NemaSellout stampfte durch den Busch. Shungu Dzangu stolperte über Sub Musango, der mit ausgebreiteten Armen auf einem Felsen lag.

Mabunu Muchapera kauerte noch hinter einem Felsen und pumpte Blei über die felsigen Abhänge.

»Hau ab!« brüllte Baas Die. Er packte Sub Musango an den Beinen. Shungu Dzangu hob ihn an den Armen hoch, und sie schlängelten sich zwischen den Felsen durch, wobei sie vom Staub schrecklich husteten.

Pasi NemaSellout setzte mit einem Hechtsprung über einen Krater, den eine Bombe gerissen hatte, stürmte durch die Rauchwolke und verschwand im hohen Gras, das sich über das Tal ausbreitete.

Die Hubschrauber drehten ab und kamen im Bogen zurück auf den Hügel zu.

Noch immer knatterte Mabunu Muchaperas Maschinengewehr hinter einem Felsen hervor.

Baas Die und Shungu Dzangu schleppten sich durch den Busch, den Rücken unter ihrer schweren Last gebeugt.

Der Hügel erzitterte wieder unter Donnerschlägen, die dunkle Pilze aus Rauch und Feuer aufsteigen ließen.

Das Knattern von Mabunu Muchaperas Maschinengewehr ging momentelang im Getöse der Explosionen unter.

Shungu Dzangu stampfte vorwärts wie ein durchgebrannter Ochse, der einen Pflug hinter sich herschleifte.

Gidi Ishumba hielt sich seine blutgetränkte Schulter mit beiden Händen, sein auf halber Höhe hängendes Gewehr schlug ihm gegen den Oberschenkel.

Pasi NemaSellout erreichte die Bäume als erster, und als er sich noch einmal schnell nach dem Hügel umdrehte, sah er, wie sich Mabunu Muchaperas Silhouette in einem dünnen Streifen klarer Luft zwischen schwarzen Wänden aus Rauch gegen den Morgenhimmel abhob, die Beine geschlossen, die Arme zum Hügel ausgestreckt, wie ein Weitspringer, der mitten im Sprung erstarrt war ...

26

Nun erzählt man sich viele Geschichten über die Schlacht auf dem Hügel in Sachikonyes Dorf.

Sehr viele Geschichten, einige mehr, andere weniger wahr, manche aus Entsetzen und mit Phantasie grell ausgemalt von Leuten, die gehört hatten, was geschehen war, von Leuten, die gesehen hatten, wie es geschehen war.

Geschichten über eine Hexe namens Mai Tawanda, die einen Genossen vergiftet hatte, als er mitten in der Nacht zu ihrem Haus kam und um Essen bat, und wie sie starb, nachdem die Genossen herausgefunden hatten, daß sie eine Verräterin war. Einige Leute behaupten, sie habe ihm Rattengift gegeben, andere meinen, es sei *rogor* gewesen, wieder andere sprechen von einem Desinfektionsmittel oder von Pilzen, manche erzählen, sie habe zermahlenes Glas unter das Maismehl gemischt, aus dem sie *sadza* gemacht hatte, andere bestreiten dies und behaupten, sie habe versucht, ihm mit einer Machete den Kopf abzuschlagen, während er in ihrer Hütte beim Essen saß.

Man erzählt sich, die Genossen hätten schon immer gewußt, daß sie eine Verräterin war, sie hätten mit ihren geheimnisvollen Kräften an ihrem Gesicht ablesen können, daß sie eine Verräterin war, aber man habe gewartet, bis man sie auf frischer Tat ertappte. Andererseits hört man, daß der Geist von *Mbuny Nehanda* dem Anführer der Genossen im Traum erschienen sei und ihm gesagt habe: »*M'zukuru*, ich sehe einen Verräter in diesem Dorf – eine Frau mit langem dunklen Haar und grünen Dingern in den Ohren. Diese Frau hat einen Sohn, der in der Armee der Weißen dient und ihr Spion ist. Suche und töte sie, bevor sie euch vernichtet.« Aber einige bestreiten dies und erzählen statt dessen, die Genossen hätten sie in einem Hubschrauber gesehen, wie sie den Soldaten zeigte, wo das Lager war, und sie hätten den Hubschrauber nicht abgeschossen, weil sie wußten, daß sie darin saß, und weil sie sie vor den Augen aller bestrafen wollten. Außerdem erzählen einige, sie hätten sie im Wald gefaßt, als sie über das *chiover-over* mit den Soldaten sprach. Einige erzählen, zwei Genossen wären zu ihrem Haus gekommen und hätten das *chiover-over* geradewegs unter dem Strohdach vorgezogen, andere erzählen, die ganze Gruppe wäre dagewesen und hätte aus dem Fußboden Gewehre ausgegraben und körbeweise Bomben aus ihrem Getreidespeicher abtransportiert, wieder andere erzählen, in ihrem Herzen wäre etwas explodiert und einige Genossen wären ums Leben gekommen. Einige erzählen, sie sei in ihrer Hütte ohnmächtig geworden, als die Genossen kamen, und schon tot gewesen, als die Leute sich um das Feuer versammelten, andere erzählen, man habe sie vorher in ihrer Hütte schreien und sich wehren hören.

Andere Geschichten lauten, Baas Die habe ihr das *chiover-over* gezeigt, als die Leute um das Feuer versammelt waren, und sie darüber ausgefragt und sie es dann Stück für Stück essen lassen, mit Ausnahme der Metallstange, und man hätte angefangen, sie zu schlagen, als sie die Metallstange nicht hinunterschlucken konnte. Einige erzählen, der Genosse mit dem dicken Stock habe sie durch einen Schlag auf den Hinterkopf getötet, der ihr Gehirn zerplatzen ließ. Andere sagen, der zweite Genosse habe sie mit einem heftigen Schlag, der ihr das Rückgrat brach, getötet. Einige meinen, der Genosse mit dem dünnen Stock habe sie nicht wirklich töten wollen oder habe Angst gehabt, es aber tun müssen, weil sein Anführer ihn sonst dafür getötet hätte, daß er einen Verräter schonen wollte. Andere sagen, es sei alles geplant gewesen, sie hätten gewollt, daß die Frau einen qualvollen Tod starb, damit die Leute sehen sollten, wie schlimm es einem Verräter erging.

Einige der kleinen Kinder, die dabei waren, erzählen, sie hätten sie geschlagen, bis nur noch ein dunkler Fleck im Gras von ihr übrig war, einige sagen, jeder einzelne Knochen sei zu Brei geschlagen worden und nur die Beine seien übrig geblieben, einige sagen, sie hätten sie ins Feuer geworfen und ihre Asche dort vom Wind zerstreuen lassen. Einige sagen, die Frau sei trotz all der Schläge noch nicht gestorben, und sie hätten ihr den Kopf mit ihren Bajonetten abhacken müssen, und ihre Zunge habe noch lange, nachdem ihr Kopf abgetrennt war, gewackelt, andere behaupten, ihr Kopf sei zum Fluß hinuntergerollt und verschwunden.

Einige Leute erzählen, Häuptling Sachikonye sei beinahe getötet worden, weil er darum bat, das Leben der Verräterin zu schonen; daß man ihn mit einem Gewehr auf den Rücken geschlagen habe. Andere sagen, die Genossen hätten verboten, ihren Körper zu begraben, weil sie eine Verräterin war, und ihr Körper habe tagelang dort unter dem Baum gelegen, unter Wolken von Fliegen, bis das ganz Dorf von ihrem Gestank erfüllt war und die Hunde wild wurden und sie Stück für Stück zerrissen. Andere sagen, ihre Verwandten seien gekommen und hätten sie nachts abgeholt und an einem geheimen Ort vergraben. Und man erzählte sich, daß hinterher seltsame Geräusche zu hören gewesen seien, die wie das Weinen und Stöhnen einer Frau geklungen hätten, und daß man oft ein Feuer ohne Schatten zwischen den Bäumen habe brennen sehen, und die Hunde im Dorf hätten tagelang herumgeschnüffelt und geheult.

Und man erzählt sich, daß die Leute angefangen hätten, über die tote Frau zu sprechen, und sagten, ihr Mann sei fünf Jahre zuvor nicht an Tuberkulose gestorben, wie allgemein angenommen, sondern vergiftet worden, daß sie ihn vergiftet habe und daß nicht einmal der Arzt im Krankenhaus dies entdeckt habe; einige behaupteten sogar, die Frau sei eine Hexe und keine Verräterin gewesen und ihre Zauberkraft habe sie dazu gebracht, den Genossen zu vergiften, und die Genossen hätten sie getötet, weil sie das Land auch von Hexen befreien wollten.

Vieles erzählte man sich über den Genossen, der vergiftet worden war. Einige sagten, das Gift hätte ihn in ihrer Hütte getötet, sobald er das Essen zu sich genommen hatte. Einige sagten, er hätte sich zu seinen Kameraden zurückgeschleppt und wäre in den Höhlen gestorben. Einige bestritten dies und sagten, das Gift wäre ihm in den Kopf gestiegen und hätte ihn so verrückt gemacht, daß er angefangen hätte, auf seine Kameraden zu schießen, so daß sie ihn hätten töten müssen. Einige erzählten, seine Kameraden hätten zu den Geistern von *Chaminuka* und *Mbuya Nehanda* gebetet, damit sie ihn gesund machten, und er hätte sich wieder erholt. Einige sagten, die Genossen hätten Medikamente gehabt und ihn behandelt. Andere sagten, er wäre beim Kampf auf dem Hügel gefallen.

Und noch seltsamere Geschichten über die Schlacht auf dem Hügel tauchen auf. Einige Leute sagen, der Soldat, dessen Mutter getötet wurde, habe im Traum vom Tod seiner Mutter erfahren und gleich am nächsten Morgen die Weißen hergebracht und mit ihnen zusammen gekämpft, um seine Mutter zu rächen. Einige sagen, die Genossen hätten die Leute in jener Nacht nur versammelt, um die Soldaten zum Kampf anzulocken. Einige sagen, die Hälfte der Genossen sei durch die Bomben auf dem Hügel umgekommen, einige sagen, es seien nur zwei gewesen, einige sagen, der kranke Genosse mit der Vergiftung sei getötet worden, weil er nicht fortkonnte, andere sagen, es sei ein anderer Genosse gewesen.

Viele Zungen behaupten, daß der Kampf den ganzen Tag gedauert habe – tausende von Soldaten seien am Fuß des Hügels gewesen und Dutzende Hubschrauber am Himmel, die alle gegen eine Handvoll Genossen gekämpft hätten, die Hubschrauber hätten Bomben geworfen wie Eier aus einem Korb, die Bomben hätten den Hügel flach gemacht und zerlöchert, die Felsstücke seien hochgeschleudert und dann wieder platt geschlagen worden, bis der Hügel vollständig an einen anderen Ort versetzt worden sei, und dort, wo er sich zuvor befunden hatte, ein Wirrwarr von Kratern zurückgelassen habe, die Sonne sei von Rauch und Ruß verdunkelt gewesen. Einige Leute sagen, die Genossen hätten die Bomben mit den Mündungen ihrer Gewehre aufgefangen und sie über ihren Köpfen in der Luft explodieren lassen, bevor sie aufschlagen konnten. Einige Leute erzählen sich, als der Kampf unerträglich geworden sei, hätten sich die Genossen in Hasen verwandelt und seien im Busch verschwunden. Einige sagen, der Rauch und der Staub der Bomben hätte einen Schutzwall gebildet, durch den sie entkamen. Einige sagen, sie seien den Hügel hinuntergerollt und hätten dabei ihre Gewehre abgefeuert. Andere sagen, sie hätten ihre Gewehre auf dem Hügel eingegraben und sie von allein schießen lassen, während sie geflohen seien.

Und man erzählt sich, als die Soldaten ihre Kameraden am Fuß des Hügels hätten sterben sehen, wären sie umgekehrt und geflohen, und die Hubschrauber hätten noch eine Zeitlang weiter Bomben abgeworfen und seien dann am Horizont verschwunden und erst am Nachmittag zurückgekehrt, um ihre Toten aufzusammeln; als die Hubschrauber zurückgekehrt und auf dem Hügel gelandet seien, habe ein einziges Gewehr weiter wild gefeuert, und die Hubschrauber hätten so schnell wieder abgehoben, wie sie gelandet waren, bevor sie einen einzigen Toten aufladen konnten. Einige sagen, es sei einer der Genossen in der Höhle gewesen, der auf die zurückkehrenden Hubschrauber geschossen habe, und zwar der Genosse mit der Vergiftung, der krank in der Höhle lag, als der Kampf begann. Andere sagen, einer der tödlich getroffenen Soldaten habe blindlings auf seine eigenen Kameraden geschossen – aber wer es auch war, man erzählt sich, daß er sie zwei Tage lang abgewehrt habe und daß die unbegrabenen Körper in der Hitze verwesten und der Wind den Geruch bis ins Dorf trug, daß die aufgeregten Hunde abgetrennte Arme und Beine, schwarze wie weiße, noch mit Fetzen von Tarnuniformen und manchmal mit Ringen an den Fingern und Uhren oder Armreifen an den Gelenken bis ins Dorf schleppten. Und man erzählt sich, daß ein Mann aus dem Dorf nachts auf den Hügel kletterte, um den toten Soldaten Armbanduhren, Sonnenbrillen, Zigaretten, Feldstecher und Geld abzunehmen, und daß er sogar verstreute und verloren gegangene Lebensmittel aufsammelte, um sie zu verkaufen.

Man sagt, am vierten Morgen seien die Körper auf dem Hügel verschwunden gewesen, obwohl niemand die Soldaten habe zurückkommen sehen, um ihre Toten zu holen. Einige sagen, die Soldaten seien nachts gekommen, um ihre Toten zu holen, andere sagen, die Anführer der Soldaten und der Genossen hätten sich getroffen und verhandelt und einen Waffenstillstand für die Zeit vereinbart, in der die Toten geholt wurden.

Es wird erzählt, die Genossen seien danach mehrere Wochen lang im Dorf nicht zu sehen gewesen, so daß die Leute schon geglaubt hätten, sie seien alle erschossen und von den Soldaten mitgenommen worden, um sie vor den Blicken von Schulkindern, die man aus den Klassenzimmern getrieben hatte, durch den Staub zu schleifen oder von Hubschraubern herabhängen zu lassen wie erschlagene Terroristen; andere nahmen an, daß sie in ein anderes Dorf oder sogar über die Grenze geflohen seien. Und einige erzählten, die Genossen hätten ihre Toten begraben und würden sich im Wald verbergen, die Munition sei ihnen ausgegangen und sie schickten heimlich nach Maismehl, getrocknetem Fleisch, Salz und Seife aus dem Dorf und bereiteten sich ihr Essen selbst zu. Einige behaupten, ein Besucher des Dorfes habe zehn Meilen vom Dorf entfernt vier oder fünf Männer im Fluß baden sehen, andere, ein Mann, der einer verirrten Kuh nachging, habe das Grab der getöteten Guerilleros gesehen – eine Stelle im Boden, die bisher nicht dort war, an der Seite eines Hügels, frisch ausgehoben und mit großen Steinen eingefaßt, und sein Hund habe geschnüffelt und gejault, als sie daran vorbeigekommen seien.

Und von einigen wird erzählt, Häuptling Sachikonye habe gewußt, wo die Genossen nach dem Kampf waren, und er habe sich häufig mit ihnen getroffen, wenn sie nach ihm verlangt hätten. Einige erzählen, er habe gewußt, daß einige Genossen gefallen waren, aber die Genossen hätten ihm nicht erlauben wollen, beim Begräbnis zu helfen. Außerdem erzählt man, er habe darum gebeten, ihm die Stelle zu zeigen, wo die Toten begraben worden waren, damit er ein paar Worte am Grab sprechen und den Toten den Übergang in die andere Welt erleichtern konnte, da sie selbst alle junge Männer wären, die wahrscheinlich noch nie jemanden begraben hätten, während er ein Häuptling wäre, zumindest ein alter Mann, auch wenn er über die Art und Weise unglücklich wäre, mit der sie Mai Tawanda getötet hätten, und obwohl sein eigener Sohn krank in der Klinik läge, und wenn er auch weder der Vater, noch der Onkel oder ein anderer Verwandter der toten Genossen wäre, so wäre er doch der Häuptling und ein alter Mann und wüßte, wie man Leute zu beerdigen hätte, selbst wenn er die richtigen Namen der Toten und ihre Totems nicht kennen würde und weder wüßte, woher sie kamen, noch die geheimen Riten ihrer Ahnen kennen würde, er wäre ein alter Mann, und sie sollten ihm das Grab zeigen und ihn zumindest ein paar Worte sprechen lassen, denn die Toten könnten nicht einfach so in die Erde gelegt werden wie Tiere, weil ein Toter, der nicht ordentlich begraben würde, niemals Ruhe fände und sein Geist blinde Rache an ihnen allen nehmen würde, aber, so sagt man, die Genossen hätten nein gesagt, nur Genossen würden Genossen begraben, sie hätten gesagt, was zu sagen gewesen wäre, und sie könnten ihm nicht erzählen, wer gestorben war, oder ihm zeigen, wo sie sie hingebracht hatten.

Und man erzählt sich, Häuptling Sachikonye sei mit Tränen in den Augen zurückgekehrt und habe gesagt, was das für junge Männer wären, daß sie so sprächen, was für junge Männer, daß sie nicht weinten oder auch nur mit der Wimper zuckten oder Zeichen von Schmerz zeigten, was für junge Männer, daß sie die Last des Todes allein trügen, wie traurig es wäre, daß die Toten dort nur so in der Erde lagen, ohne daß etwas gesagt worden wäre, um ihren Übergang in die andere Welt zu erleichtern, was es noch nie gegeben hätte, wovon er in den siebzig Jahren seines Leben noch nie gehört hätte.

27

Wenn man die Ohrringe wegnehmen, das Haar schneiden und den Rock längermachen würde, hätte sie aussehen können wie du.

Seltsam, aber ich erinnere mich an die Zeit, als ich gerade einmal über den Tisch sehen konnte, und du hast Brot geschnitten, und ich habe dich betrachtet, und deine Waden könnten ausgesehen haben wie ihre.

Oder wir waren vielleicht draußen in der Nähe der Fabrik und arbeiteten auf dem Reisfeld neben der Halde, auf der die kleine Bahn die Schlacke ablud, und Esther und ich fingen im Gras Heuschrecken, und du hast dich über den Schlamm gebeugt, um Reis zu pflanzen, und deine Beine müssen genauso ausgesehen haben.

Ihre Stimme klang wie deine Stimme damals im Schlafzimmer, nachdem wir aus dem Krankenhaus zurückgekommen waren, als der Arzt gesagt hatte, man habe nichts anderes tun können als zu amputieren.

Auch er war blaß, aber es war anders, wir hatten nie geglaubt, als wir ihn vom Hügel hintertrugen, daß irgendjemand ihn wieder zum Aufstehen bringen würde.

Es macht einen Unterschied, ob es ein Schuß in hundert Metern Entfernung ist oder ob sich jemand am Fuß des Hügels befindet, dessen Gesicht du nicht kennst und nicht sehen kannst, aber wenn es einer aus den eigenen Reihen ist, dann macht es einen Unterschied.

Da war dieses Mädchen mit den Kindern unter den Bäumen, und ich dachte, ich hätte mich daran gewöhnt.

Ich hatte mir nicht vorgestellt, daß es so sein würde.

~~Als einziges hatten~~ wir an ~~diesem~~ kalten Morgen diese steife Katze in ~~dem~~ Holzstoß gefunden. Ich ging, um sie unter dem Gummibaum in der Nähe des grünen Grases zu begraben, aber du hattest gesagt, das wäre die Sache des Aufsehers.

Und da war der rote Lehm im Bad an dem Abend, an dem du in deiner weiß-roten Kirchentracht zurückgekommen bist und keine Antwort gegeben hast, als Peter fragte, wo du warst.

Da, wo wir ihn hinbrachten, gab es braune Felsen und schwarze Erde, und wir mußten mit unseren Bajonetten graben, und ich hatte mir nicht vorgestellt, daß es so sein würde, wie er da lag und die Wurzeln über seine Pickel streiften, an einem Ort, den seine Mutter nicht kannte, ohne Decke.

Ich hatte mir nicht vorgestellt, daß es so sein würde.

28

Zuerst war der Regen nicht stärker als die üblichen leichten Schauer und das leise Grollen des Oktoberhimmels.

Dann brach der November herein mit trommelndem Hagel und mächtigen Blitzen.

Der Dezember war eine einzige Überschwemmung.

Die Monate März, April, Mai, Juni und Juli hatten ihn auch überrascht, damals im Ausbildungslager, mal warm, mal kühl, aber ohne die kalten

Trockenzeiten, mit denen er gerechnet hatte. Im August, September und Oktober auf den Hügeln war schönes Wetter gewesen, manchmal heiß, aber der Himmel war ständig blau und die Luft trocken und klar.

Im November hatte er gesehen, wie zwischen den gelben Winterstoppeln nach den ersten Regenschauern das Grün sprießte. Auf dem Boden brachen Pilze in munteren Haufen durch die Erde, Ranken wanden sich an den Baumstämmen hoch, knorriges Holz, das tot zu sein schien, begann plötzlich, Blätter zu treiben. Und dann war das Gras in der kurzen Frist eines einzigen Monats baumhoch aufgeschossen und umgab Wald und Hügel mit einem eleganten Kleid aus Grün. Die Bäume hatten mit einem undurchdringlichen Dickicht von Blättern die Lücken zwischen sich geschlossen. Mangos, *maroros, mazhanje* und *nhengeni* reiften im Überfluß in purpurrot, rosa, weiß und braun heran. Die Reife war in den dampfenden Boden gesickert und hatte eine Atmosphäre erzeugt, in der die Sinne bis an den Rand des Wahnsinns gereizt wurden.

Der Dezember, der Weihnachtsmonat, war eine einzige Überschwemmung. Tagelang war der Himmel ununterbrochen verfinstert. Er lauschte dem Heulen des Sturms und dem unbarmherzigen Donnergrollen und glaubte, er würde die Sonne niemals wiedersehen.

Er hatte seine Genossen monatelang beobachtet und gemerkt, wie die dürren Bärte über ihre Gesichter wucherten wie Flechten auf einem Felsen, die Schnitte und Quetschungen an ihren Händen kannte er wie seine eigenen, ebenso die dunklen bitteren Linien auf ihren ausgemergelten Gesichtern. Er hatte das Glitzern in ihren Augen gesehen, die Schärfe in ihren Stimmen gehört und empfunden, wie die Stille hart machte.

Sie hatten auf den Regen gewartet, auf das Wachstum der Vegetation, die ihnen vor den Hubschraubern Schutz bieten würde, und auf die Überschwemmung, die ihre Spuren wegwaschen, Flüsse über die Ufer treten, Straßen unpassierbar machen und den Feind zwingen würde, von seinen im Schlamm steckenden Fahrzeugen abzusteigen und wie in alten Zeiten den Kampf zu Fuß zu führen. Aber als der Regen kam und Grippe und Malaria mit sich brachte, durchweichte er ihre Kleider und die Haut bis auf die Knochen, schwemmte ihre Geduld fort und legte ihre leicht reizbaren Sehnsüchte bloß.

Der Regen könnte es zum Gären gebracht haben. Alles könnte den Funken entzündet haben. Jeder sah es kommen, aber als es geschah, da geschah es folgendermaßen: Ein Mann im Dorf beschwerte sich, daß ein Genosse mit seiner Tochter sexuell verkehrt hätte. Der Mann beschwerte sich bei Baas Die und bezichtigte den Genossen der Vergewaltigung. Man fand heraus, daß Mabunu Muchapera dieser Genosse war.

»Ich habe sie nicht gezwungen«, behauptete Mabunu, »sie hat es freiwillig getan.«

Baas Die überlegte, was er machen sollte.

Kein Sex mit Zivilisten, lauteten die Regeln. Bezahle, was du kaufst. Gib alles zurück, was du dir leihst. Behandle die Zivilisten mit Respekt und sei hart bei der Behandlung von Verrätern. Das waren einfache Regeln: sie machten Sinn. Aber wie sollte man mit Verstößen umgehen? Niemand hatte genaue Richtlinien festgelegt.

Je nach Art des Vergehens konnte man einen Kameraden und Genossen wegen mangelnder Disziplin zur Rede stellen, von Angesicht zu Angesicht, als wäre er gleichrangig. Man konnte seine Rationen kürzen. Man konnte ihm sein Gewehr eine Zeitlang entziehen; man konnte ihm besondere Aufgaben übertragen; man konnte ihm seine Sondervergünstigungen vorenthalten. Man konnte ihn sogar (wenn man Glück hatte) körperlich bestrafen (aber finde erst einmal zwei andere, die ihn festhalten, ihn prügeln, mit einem Stock oder einer Peitsche?).

Aber niemand hatte schriftlich niedergelegt: Wenn ein Mitglied der Gruppe ein Mädchen in einem Dorf vergewaltigt (oder beschuldigt wird, ein Mädchen vergewaltigt oder ein Mädchen zum Geschlechtsverkehr gezwungen zu haben) und dieser Genosse wird identifiziert von (i) dem Vater des Mädchens (ii) dem Mädchen selbst, und die Verhandlung der Beschwerden führt nicht dazu, daß man die Vorwürfe fallen lassen kann, dann ergreife die Maßnahmen (a) ... (b) ... oder (c) ... und wenn es (1) Mitglieder in der Gruppe gibt, die Freundinnen im Dorf haben, und der Beschuldigte weiß das, dann ergreife die Maßnahmen (d) ... oder (e) ... oder (f) ... und wenn (2) der Kommandant der Gruppe zu denen gehört, die Freundinnen im Dorf haben, und der Kommandant weiß, daß der Beschuldigte dies weiß, dann ergreife die Maßnahmen (g) ... oder (h) ... oder (i) und wenn sich – Nota Bene – (3) der beschuldigte Genosse im letzten Kampf besonders ausgezeichnet hat, indem er das Leben der Gruppenmitglieder rettete, dann ergreife die Maßnahmen (j) ... oder (k) ... oder (l).

Mabunu Muchapera gab sich herablassend und warf Baas Die reuelose Blicke zu, die besagten, er wüßte, wie er zurückschlagen könnte, wenn er zurechtgewiesen würde.

Baas Die legte eine würdevolle Zurückhaltung an den Tag. Mabunu Muchapera wertete die Stille als feigen Ausdruck der Schuld und wurde noch arroganter, als gelüste es ihn regelrecht nach einer Konfrontation. Wenn er Befehle erhielt, reagierte er betont langsam. Eines Morgens nahm er einfach seinen Posten nicht ein. Baas Die fand, daß es nun reichte. Er berief eine Versammlung ein.

»Bin ich noch der Kommandeur dieser Gruppe?« begann Baas Die drohend.

Sie hockten um ihn herum und hielten ihre Waffen in den Armen, auf ihren Gesichtern stand sprachlose Überraschung.

»Wie meinst du das?« Gidi Ishumbas harte braune Augen suchten den Blick des Kommandeurs.

»Ich habe eine Frage gestellt«, sagte Baas Die.

»Natürlich bist du es, Chef.«

»Wenn ich es bin, warum wird meinen Befehlen dann nicht Folge geleistet?«

»Welchen Befehlen?«

»Gestern morgen war niemand auf dem Termitenhügel.«

»Pasi NemaSellout hätte eigentlich dort sein sollen…« sagte Gidi Ishumba.

»Ich war dafür nicht eingeteilt«, unterbrach Pasi NemaSellout.

»Warst du an der Reihe, Torai Zvombo?«

»Aber ich war am *muonde*-Baum.«

»Seht ihr, offensichtlich weiß niemand, wo ihr eigentlich gewesen sein solltet.«

»Ich war auch nicht eingeteilt«, verteidigte sich Gidi Ishumba.

»Ich war im Tal«, erklärte Shungu Dzangu.

Mabunu Muchapera hob den Kopf und sagte: »Ich hätte eigentlich dort sein sollen. Ich habe es vergessen.«

»Vergessen?«

»Ja, ich habe es vergessen.«

»Seit wann vergißt einer von euch seinen Posten? Wenn die *mapuruvheya* das Lager überrannt hätten, würdest du dann auch so ruhig sagen ›Ich habe es vergessen‹«?

»Ich habe es nun mal vergessen.«

»Rede nicht solche Scheiße! Ich habe dich beobachtet, Mabunu. Da steckt mehr dahinter. Erst gehst du und vergewaltigst ein Dorfmädchen und bringst uns alle in Verruf, und jetzt weigerst du dich, deine Pflichten zu erfüllen. Willst du uns damit klar machen, daß du vom Krieg genug hast? Willst du damit zeigen, daß du desertieren möchtest?«

»Ich werde nichts dergleichen tun.«

»Oder hast du vor, dich den *mapuruvheya* oder den *Selous Scouts* anzuschließen? Die *povo* ist verwirrt und mit ihrer Geduld am Ende. Du weißt, daß unsere dicke Liebe mit der *povo* vorbei ist, aber du benimmst dich genau wie die *Selous Scouts*, die darauf aus sind, unser Ansehen zu ruinieren!«

»Was ist los, Chef?«

»Ihr alle wißt, was Mabunu getan hat. Er hat vor, jede Regel zu verletzen ...«

»Du kennst die Regeln auch«, platzte Mabunu Muchapera heraus und alle sahen hoch.

Baas Die schnalzte mit der Zunge und zielte mit seinem Gewehr auf Mabunu. Gidi Ishumba stürzte sich auf Baas Die und kämpfte mit ihm um die Waffe. Die beiden rollten verbissen im Matsch herum. Gidi Ishumba drückte Baas Dies Schulter auf den Boden. Baas Die wandte sich auf dem Rücken und stieß mit den Knien um sich. Er konnte seine Arme befreien und das Gewehr hochreißen. Gidi Ishumba griff blindlings in die Luft und stieß die Mündung in eine vertikale Richtung. Ein Schuß löste sich und schlug in einen Baumstamm über ihnen. Ein Stück trockene Rinde fiel vom Baum und landete rauchend neben ihren Füßen. Der Knall hallte durch den Wald und von einem Hügel zum anderen wider.

»Nein!« keuchte Gidi Ishumba. »Baas Die, nein!«

Gidi Ishumba entriß Baas Die das Gewehr und sprang auf die Füße. Er drehte sich um, packte auch Mabunu Muchaperas Gewehr und riß es ihm von der Schulter. Dann zog er sich mit beiden Gewehren zurück. Baas Die sprang vom Boden hoch und ging mit geballten Fäusten auf Mabunu Muchapera los.

»Komm«, zischte er, »ich zeige es dir mit der bloßen Hand!«

Er holte mit einer Faust aus, die den jüngeren Mann am Kinn traf, so daß es ihm schwarz vor Augen wurde. Shungu Dzangu umklammerte Baas Die an der Hüfte und riß ihn zurück. Mabunu Muchapera taumelte umher und betastete sein Kinn, aber Pasi NemaSellout und Torai Zvombo packten ihn und brachten ihn zum Stehen.

»Genug!« keuchte Gidi Ishumba, »Baas Die, genug!«

Pasi NemaSellout nahm Baas Dies Feldstecher, kletterte auf einen Baum und suchte die Landschaft ab, um nachzusehen, ob der Schuß irgendein Aufsehen erregt hatte. Gidi Ishumba saß da mit den beiden Gewehren, die er an sich gerissen hatte. Er massierte seine Schulter mit der Hand. Das Handgemenge mit Baas Die hatte die noch nicht ganz verheilte Schußverletzung, die er wenige Monate zuvor im Kampf auf dem Hügel erhalten hatte, wieder aufreißen lassen. Baas Die rieb sich den schwarzen Matsch vom Ellbogen, während Shungu Dzangu und Torai Zvombo den noch immer benommenen Mabunu Muchapera in ihre Mitte nahmen.

»Wir müssen das wie Männer besprechen«, sagte Gidi Ishumba. »Alles muß heute, hier, auf den Tisch.«

»Von mir aus geht das in Ordnung«, sagte Baas Die, »solange wir uns nicht gegenseitig ans Bein pinkeln.«

»Du mußt Mabunu Muchapera zu Wort kommen lassen.«

»Scheiße!« Baas Die kramte seinen Schnupftabak aus der Tasche und steckte eine Prise in jedes Nasenloch. »Scheiße!«

»Komm von da oben runter«, forderte Gidi Ishumba Pasi auf, der immer noch oben im Baum saß und den Wald durch den Feldstecher beobachtete. »Wir müssen dies ein für allemal klären.«

Pasi NemaSellout kletterte vom Baum und setzte sich neben Mabunu Muchapera.

»Jeder, der etwas zu sagen hat, soll es hier und jetzt sagen oder für immer seinen Mund halten«, erklärte Baas Die. »Gut, Genosse Mabunu Muchapera, du hast mir anscheinend eine Menge über die Regeln zu erzählen.«

Mabunu Muchapera starrte auf seine Stiefel und sagte nichts.

»Sag etwas!«

»Du mußt sagen, was du sagen wolltest«, meinte Gidi Ishumba zu ihm. »Hab keine Angst.«

»Ich habe keine Angst«, gab Mabunu Muchapera zurück.

»Dann mach weiter. Von welchen Regeln wolltest du mir etwas erzählen?«

»Es geht um die Mädchen ...«

»Oh, die Mädchen also?«

»Laß ihn ausreden, Baas Die.«

»Es geht darum, daß ich ... ich ... ich bin nicht der einzige ...«

»Aha! Du beschuldigst uns, daß wir auch Vergewaltiger sind?«

»Laß ihn ausreden, Baas Die.«

»Verdammt noch mal, Gidi Ishumba! Unterstützt du ihn? Willst du dir diesen Kuhmist anhören?«

Mabunu Muchapera riß den Kopf hoch und sagte: »Alle hier haben etwas damit zu tun.«

»Wie meinst du das?« fragte Gidi Ishumba.

»Du und Baas Die, ihr habt auch Freundinnen im Dorf und ...«

»Laß mich aus dem Spiel«, unterbrach Shungu Dzangu und ausnahmsweise lächelte er nicht, sondern runzelte irritiert die Stirn. »Ich habe die Tochter von niemandem angetastet.«

»Ich habe auch gesehen, wie Torai Zvombo und Pasi NemaSellout mit Mädchen gesprochen haben.«

»Jetzt, Mabunu Muchapera«, sagte Gidi Ishumba und wandte sich ihm zu, »machst du einen großen Fehler ...«

»Beschuldigst du uns auch der Vergewaltigung?« polterte Baas Die.

»Du machst einen großen Fehler, Mabunu Muchapera.«

»Ist irgendjemand gekommen und hat behauptet, wir hätten jemanden vergewaltigt? Wenn wir Freundinnen hätten, wie du sagst, oder vielmehr sagst du, du hättest uns mit Mädchen sprechen sehen, macht uns das zu Vergewaltigern, wie du einer bist?«

»Aber ihr kennt die Regeln. Ihr sollt überhaupt keine Beziehungen zu den Mädchen haben.«

»Jetzt wirst du kindisch, Genosse«, lachte Gidi Ishumba und wedelte mit der Hand vor Mabunu Muchaperas Gesicht. »Du hast das Mädchen, das du wolltest, nicht verführen können, deshalb hast du beschlossen, es zu vergewaltigen.«

»Ich habe sie nicht vergewaltigt!«

»Was war dann?«

»Ihr Vater hat davon erfahren und war wütend darüber. Er hat sie gezwungen, mich zu beschuldigen, daß ich sie vergewaltigt hätte.«

»Das Mädchen hätte sich nicht darauf eingelassen, wenn du es nicht gezwungen hättest. Das ist dein Problem, Genosse. Zieh uns da nicht hinein. Wir haben nie jemanden vergewaltigt. Wir haben den Mädchen Anträge gemacht wie andere Männer auch und sind akzeptiert worden.«

»Aber ihr habt sexuell mit ihnen verkehrt! Dieses Mädchen, Marita, und das andere, Chenzira, ich habe euch mit ihnen gesehen und ich weiß, daß ihr mit ihnen geschlafen habt.«

»Sei nicht blöde, Mabunu«, sagte Gidi Ishumba, »wir sind hier alles Männer. Auch wenn uns der Generalkommandeur höchstpersönlich im Lager eine Rede gegen Sex gehalten hat, wußte er, daß wir Frauen brauchen. Oder wollt ihr behaupten, wir hätten uns unsere Schwänze abschneiden sollen, bevor wir losgegangen sind, heh? Sind wir denn Ochsen, Genossen? Dieser Krieg hat nicht erst heute begonnen, wie ihr wißt. Sogar der Generalkommandeur selbst käme nicht im Traum darauf, sein Ding abzuschneiden, und wenn ihr mich fragt, so hält er es gut geschmiert, falls er kann. Wir reden hier von Vergewaltigung, Genosse, nicht von normalen Beziehungen.«

»Vergewaltigung oder nicht, wir sollten nicht die Töchter der Leute antasten«, warf Shungu Dzangu ein.

»Wenn du ein kastrierter Ochse bist, dann ist dir nicht zu helfen, Shungu«, lachte Gidi Ishumba.

Shungu Dzangus Augen blickten finster. Er schluckte schwer.

»Es war dumm von mir, dich davonkommen zu lassen, Mabunu«, sagte Baas Die. »Ich war dir gegenüber nachsichtig, aber bilde dir ja nicht ein, es hätte damit zu tun, daß ich eine Freundin in diesem Dorf habe. Ich habe nichts zu verbergen. Bilde dir nicht ein, ich hätte dich nicht bestraft, weil ich Angst vor dir hatte. Ich habe vor keinem von euch hier Angst. Nicht vor einem einzigen von euch, daß möchte ich einmal klarstellen. Es macht mir nicht aus, wenn ihr alle abhaut und mit den *mapuruvheya* gemeinsame Sache macht. Ihr könnt auch zu den *Selous Scouts* oder den *madzakutsaka* gehen, wenn ihr wollt. Ich werde euch zur Strecke bringen. Ich weiß, warum ich hier bin. Laßt euch das gesagt sein. Ich hatte einen Job, bevor ich hergekommen bin. Ich war nicht auf der Schule oder zu Hause auf Arbeitssuche wie ihr. Ich weiß, warum ich kämpfe. Ich bin nicht von Hause weg wegen solchem Unsinn. Ich habe nicht all die

Bomben überlebt für dieses kleinliche Gezänk hier. Wir sind hier alles Männer, und ich möchte, daß wir fair zueinander sind. Wenn ich andauernd irgendwelche kleinlichen Regeln aufgestellt und ständig gesagt hätte ›Tut dies nicht und tut das nicht‹, hättet ihr mich dann wohl als euren Chef respektiert, heh, Mabunu? Ich will lediglich, daß wir kämpfen und daß wir gut kämpfen, daß wir den Krieg zu Ende bringen und nach Hause gehen. Deshalb habe ich deinen Fall ignoriert. Ich habe sogar versucht, den Vater des Mädchens zu überreden, daß er seine Beschuldigung zurücknimmt. Und deswegen haltet ihr mich für einen Narren. Wir haben genug Probleme mit Soldaten und *Selous Scouts* und Verrätern. Was ich nicht verstehen kann, ist, warum du, Mabunu Müchapera, unbedingt Schwierigkeiten suchst. Glaub nicht, daß ich das nicht gemerkt hätte. Irgendetwas brütest du aus. In fordere dich auf, jetzt damit rauszukommen!«

»Der Chef will da auf etwas hinaus, Mabunu Muchapera«, sagte Gidi Ishumba.

»Das gilt auch für dich, Torai Zvombo.«

»Für mich?«

»Ja, für dich. Ihr beiden versucht, innerhalb der Gruppe eure eigene kleine Clique zu bilden. Ich weiß, was du und Torai Zvombo vorhabt. Ich habe eure kleinen Gespräche gehört ...«

»Ich habe nie etwas gesagt ...«

»Wenn du zuläßt, daß Mabunu Muchapera dich zum Narren hält, dann machst du einen schweren Fehler, Torai Zvombo.«

»Was haben sie gesagt?« fragte Shungu Dzangu.

»*Aika*, Shungu Dzangu«, stieß Baas Die hervor, »tu nicht so, als wärst du erst seit gestern bei dieser Gruppe. Du weißt, was unser Held über den Kampf auf dem Hügel gesagt hat. Du weißt, was er darüber denkt, wie man diesen Kampf eigentlich hätte führen sollen!«

»Ich habe nur gesagt, daß wir Torai Zvombo nicht in der Höhle hätten zurücklassen sollen«, erklärte Mabunu Muchapera spöttisch.

»Haben wir denn gewußt, daß er noch in der Höhle war?«

»Genau das hätten wir überprüfen müssen!«

»Ich habe nach ihm gefragt! Ich habe angenommen, daß er schon vom Hügel geflohen war. Wie konnte jemand wissen, daß er noch in der Höhle war? Was sollte ich denn noch alles auf einmal machen? Ich mußte doch schon die Flak bedienen, mein eigenes Gewehr abfeuern, nach Torai Zvombo sehen, den Hügel hinunterlaufen, Sub Musango tragen helfen ... Wieviele Hände habe ich? Wieviel Paar Augen habe ich? Bin ich ein Roboter?«

Alle senkten den Blick. Niemand hatte den Namen des gefallenen Guerillero seit seinem Tod erwähnt.

»Du hältst mich für einen Feigling, nicht wahr?«

»Ich habe nie von Feigheit gesprochen!« rief Mabunu Muchapera und in seiner Stimme lag eine kaum verhüllte Freude.

»Hast du doch! Ich habe es gehört. Ihr habt letzten Mittwoch genau hier gestanden, unter diesem Baum, nachdem diese *mujhibhas* hier waren, um uns zu sagen, daß ein Konvoi von *madzakutsaku* auf der Straße wäre. Ich habe dort drüben an dem *muzhanje*-Baum gesessen. Du hast wahrscheinlich angenommen, daß ich schlafe. Torai Zvombo, hat Mabunu Muchapera gesagt ›Er ist ein richtiger Feigling...‹ oder nicht? Antworte mir!«

»Er hat nur gesagt, daß du nach mir hättest sehen sollen, bevor ihr euch vom Hügel zurückgezogen habt.« Torai Zvombo sah Mabunu Muchapera von der Seite an und zuckte die Achseln.

»Laß dir jetzt mal etwas sagen, Mabunu Muchapera. Dieser Kampf auf dem Hügel war dein Kampf. Du hast ihn gewonnen. Du warst ein verdammt guter Kämpfer. Wenn ich das noch nicht gesagt habe, sage ich es hiermit. Du auch, Torai Zvombo. Es war mutig von dir, in der Höhle zu bleiben und auf die Soldaten zu feuern, als sie wegen ihrer Toten zurückgekommen sind. Wir alle haben das gesagt. Aber laßt euch das nicht zu Kopf steigen. Mit Selbstmord ist noch nie ein Krieg gewonnen worden, und jeder, der einen Krieg gewinnen will, muß als erstes lernen, am Leben zu bleiben ...«

»Der Chef meint, daß ihr euer Leben unnötig aufs Spiel gesetzt habt«, erklärte Gidi Ishumba. »Ihr hättet rennen sollen, als er den Befehl gegeben hat, zu rennen, da stimme ich ihm zu.«

»Du solltest allen guten Geistern danken, daß du noch am Leben bist, Mabunu Muchapera«, riß Baas Die das Wort wieder an sich. »Ich wette, daß du selbst keine Ahnung hast, wie du diesen Bomben und Gewehrkugeln ohne einen Kratzer entkommen bist. Du hättest sehr leicht getötet werden können. Du könntest ebenfalls tot sein. Wir hätten dann zwei Gräber in diesem Wald gehabt, und wozu ist ein toter Genosse gut? Hast du gewollt, daß wir dort bleiben, unsere ganze Munition verbrauchen und uns die gesamte Luftwaffe auf den Hals hetzen?«

»Nein, aber die Flak ...«

»OK, OK, wir haben also die Flak verloren. Aber was nützt eine Waffe ohne einen Menschen, der sie bedient? Am Himmel waren zwei Hubschrauber und auf dem Hügel zwanzig Mann von ihnen. Ich habe den Befehl zum Rückzug gegeben, weil ich gewußt habe, daß sie uns sonst erwischen würden. Ich bin auf Nummer sicher gegangen. Das ist meine Vorstellung von Krieg, so hat man es mir beigebracht, und solange ich der Kommandant bin, wird diese Gruppe den Kampf so führen. Wenn ihr kämpfen wollt, wie ihr in der Schule Sportwettkämpfe austragt, dann seid ihr in der falschen Gruppe, tut mir leid. Was dich betrifft, Torai Zvombo, wenn du das Gift in dich aufsaugst, das Mabunu Muchapera dir einzuflößen versucht, daß wir uns nicht um dich gekümmert hätten, dann kann man dich auch abschreiben. Sub Musango war schon getroffen worden, als ich den Befehl zum Rückzug gegeben habe. Shungu Dzangu und ich mußten ihn tragen. Gidi Ishumba war an der Schulter verletzt. Das weißt du. Es war einfach keine Zeit mehr, nach dir zu sehen.«

Baas Dies Stimme klang trotz seines Ärgers übervorsichtig. »Ich habe Shungu Dzangu nach dir gefragt. Ich habe geglaubt, du wärst abgehauen. Shungu Dzangu, habe ich nicht nachgefragt, als wir Sub Musango den Hügel hinuntergetragen haben?«

»Doch«, bestätigte Shungu Dzangu. Einen Moment lang herrschte Stille. Mabunu Muchapera und Torai Zvombo gaben klein bei.

Nur Shungu Dzangus Miene blieb finster. Er sagte: »Ich habe etwas zu sagen. Etwas über diese Frau, diese Verräterin ...«

»Was ist mit ihr?« gab Gidi Ishumba mürrisch zurück und drückte damit den Widerwillen der ganzen Gruppe gegen dieses Thema aus.

»Wie sie gestorben ist«, sagte Shungu Dzangu.

»Was ist damit?«

»Einfach wie sie gestorben ist. Sie könnte uns jede Menge Unglück bringen.«

»Du kommst schon wieder mit deinem *ngozi*-Unsinn«, unterbrach ihn Gidi Ishumba.

»Ein Mensch stirbt nicht einfach so, wie eine Schlange oder ein anderes Tier.«

»Es herrscht Krieg, Shungu Dzangu. Vergiß diese Dorf-Tabus.«

Shungu Dzangu hielt den Atem mit einem scharfen, verächtlichen Geräusch an und sagte, wobei er den Kopf fast unmerklich schüttelte: »Jede Menge Unglück ...«

»Willst du damit sagen, wir hätten sie nicht töten sollen?«, fragte Baas Die.

»Nein.«

»Worüber klagst du dann? War sie mit dir verwandt?«

»Wir hätten sie zumindest wegbringen und ohne Öffentlichkeit erschießen können.«

»Ich meine, wir hätten die Dorfbewohner dazu bringen sollen, sie selbst zu schlagen«, warf Pasi NemaSellout ein.

»Hast du sie deshalb mit diesem Wurzelstück geschlagen, als ob du deine kleine Schwester bestrafen würdest?« lachte Baas Die.

»Du hast selbst keinen einzigen Schlag getan«, gab Pasi NemaSellout scharf zurück, da ihn das Gelächter verletzte. Lang verborgene Gedanken überschlugen sich in seinem Kopf in wildem Durcheinander.

»Warum hast du dir Mabunu und mich ausgesucht, es zu tun?«

»Ja«, griff Shungu Dzangu Pasi NemaSellouts Frage auf, »anderen so etwas aufzuzwingen ...«

»Warum hast du sie nicht selbst geschlagen?« fragte Pasi NemaSellout eindringlich und sah Baas Die dabei an.

»Ich?« lachte Baas Die sonderbar berührt und überrascht. »Warum? Ist das eine neue Anschuldigung? Machst du mit diesen beiden gemeinsame Sache, Pasi NemaSellout? Hat Mabunu mit dir darüber gesprochen?«

»Ich zerschmettere jedem Verräter den Schädel, wann immer du mich dazu aufforderst«, sagte Mabunu und knackte mit den Knöcheln seiner Hand.

»Du solltest anderen so etwas nicht aufzwingen«, wiederholte Shungu Dzangu.

Baas Die stieß mit einem Finger in die Luft: »Der Kommandant hätte also selbst einen Stock nehmen und Mai Tawanda schlagen sollen? Wofür haltet ihr mich? Euch stecke ich doch in die Tasche. Ihr glaubt wohl, ich stünde mit euch auf einer Stufe?«

»Nein, Chef.«

»Halt's Maul, Gidi Ishumba! Ich habe es gründlich satt, daß du mich ständig ›Chef‹ nennst und den Friedensstifter spielst, während du sie gleichzeitig unterstützt. Das zeigt, was ich für einen Stellvertreter habe. Ich weiß jetzt Bescheid. Auf keinen einzigen von euch kann ich mich verlassen ...«

»Das ist ein gefährliche Annahme«, gab Gidi Ishumba zurück.

»Ihr seid alle wie Schlangen im Gras und verbergt eure finsteren Gedanken. Du, Pasi NemaSellout! Du bist der letzte, von dem ich angenommen hätte, daß du da mitmachst!«

»Aber du hast gesagt, wir sollen alles aussprechen, was wir denken, Baas Die«, stellte Gidi Ishumba fest.

»Nicht einer von euch«, bemerkte Baas Die wütend, aber auch bitter. »Das zeigt, was für eine Gruppe ich habe. Nicht ein einziger. Alle lächeln mir ins Gesicht und verschwören sich hinter meinem Rücken. Ihr haltet das hier wohl für ein Pfadfinder-Picknick, oder? Ihr vergeßt, warum wir hier sind. Ich bin älter als ihr vier. Ich habe gearbeitet, bevor ich hierher kam, und war kein Schüler wie ihr. Was dich angeht, Gidi Ishumba, du bist alt genug, um es besser zu wissen. Das ist so, als ob man in einer Strohhütte ein Freudenfeuer anzündet, genau dasselbe. *Mahumbwe chaiwo*! Putzt euch die Ärsche mit Rasierklingen. Undankbare Bastarde. Ihr braucht einen Hitler als Kommandanten, der euch wieder zu Sinnen bringt. Ihr habt so lange unter der weißen Unterdrückung gelebt, daß ihr die Gerechtigkeit nicht erkennt, wenn ihr sie antrefft.«

»Nein, Baas Die«, sagte Gidi Ishumba, »so kannst du nicht reden. Du gehst damit zu weit.«

»Ihr braucht einen Anführer, der ein hirnloser junger Dummkopf ist und euch alle zu Tode bringt. Dann könnt ihr alle Helden werden und das Zimbabwe nicht mehr erleben, für das ihr kämpft. Das ist es doch, was ihr alle wollt, heh? Grins mich nicht an, Torai Zvombo ...«

»Ich grinse nicht«, murrte Torai.

»Zeig etwas Respekt«, fauchte Gidi Ishumba Torai Zvombo an. »Da gibt es nichts zu lachen!«

»Laßt euch was sagen. Ihr glaubt vielleicht, daß ich ein schlechter Kommandant bin, aber wenn ich gehen würde, wäre diese Gruppe am Ende!«

»Schluß jetzt, Baas Die.«

»Ich weiß es! Ich merke das. Diese Gruppe wird ohnehin keine Orientierung haben! Jeder wird seinen eigenen Weg verfolgen. Vielleicht wißt ihr mich an dem Tag zu schätzen, an dem ich getötet werde.«

»Halt den Mund, Baas Die!«

»Wir haben nie gesagt, daß wir dich nicht schätzen ...«, sagte Shungu Dzangu.

»Oh, ihr tut es?« Baas Dies lachte und sein Lachen klang bitter, fast verrückt. »Wirklich?«

Alle waren jetzt still und dachten über den tiefen Ernst der Situation nach. Shungu Dzangus braune Augen waren verhangen und feucht. Sogar Mabunu Muchapera hielt das Gesicht in der Hand vergraben und starrte nachdenklich zu Boden.

Pasi NemaSellout griff nach dem Feldstecher, kletterte rasch wieder auf den Baum und suchte das Gelände ab.

»Wozu die Mühe?« sagte Baas Die in zynischem Tonfall zu ihm, »sie brauchten noch nicht einmal einen Hinterhalt, um uns zu kriegen, wo wir hier wie die Eidechsen in der Sonne zusammenhocken.«

»Manchmal muß man miteinander reden, Baas Die«, sagte Gidi Ishumba, »die Stille kann alle möglichen Spannungen erzeugen.«

»Ihr alle habt eure Argumente vorgebracht«, sagte Baas Die und holte seinen Schnupftabak hervor, und die Handbewegung, mit der er seine vom Tabak verfärbte Nase rieb, war irgendwie traurig, wie die letzten Worte eines verbitterten alten Mannes an seine ungeratene Familie, obwohl seine Augen in einer Weise glänzten, die sie bewegte und verstummen ließ.

»Ihr habt eure Argumente vorgebracht. Von jetzt an werden wir jede Entscheidung gemeinsam treffen, und es ist mir ernst damit, und ihr werdet mir alle sagen, was wir eurer Meinung nach tun sollten, bevor wir es tun.«

»Das ist nicht der Punkt, Baas Die«, fing Gidi Ishumba wieder an, aber Baas Die schenkte ihm kaum Beachtung.

»Wir werden zur Abwechslung einmal sehen, was ihr für gute Planer seid«, fuhr er fort. »Aber macht in einer Hinsicht keinen Fehler. Ich habe nicht vergessen, wer ich hier bin, und jeder, der den Fehler macht, sich einzubilden, ich könnte es auch nur für einen Moment vergessen, der bekommt ein Ding in den Kopf, und wenn das bedeutet, daß wir es ausschießen, so bin ich dazu bereit!«

Mit diesen Worten sprang er hoch und riß Gidi Ishumba das Gewehr weg. Über ihnen schoß ein aufgeschreckter Vogel aus den Zweigen und flog in Richtung auf die untergehende Sonne davon.

29

Als er am gleichen Abend später unter dem *muonde*-Baum Wache schob, dachte Pasi NemaSellout an die Nacht, in der sie Msindo im Compound der Farm aufgeweckt hatten. Er erinnerte sich an den warmen Geruch nach Schlaf, der durch die Tür geweht kam, als der Vorarbeiter mit nackter Brust herausgetreten war, während seine Frau hinter ihm schrie.

Er erinnerte sich auch an das Ehepaar, das er aufgeweckt hatte, um ihm etwas zu kochen, nachdem sie das Bezirksamt beschossen hatten, an den Geruch aneinandergeschmiegter Körper, die aus dem Schlaf gerüttelt wurden, und von Decken: wie der überraschte Mann herausgestolpert war, nervös und nach Schnupftabak riechend, an den mütterlichen Duft seiner kleinen, plumpen Frau, deren Gesicht vom Feuer schweißbedeckt und gerötet war, an die rauchige Ausdünstung von Decken auf dem Boden, auf dem ihre Tochter gelegen hatte, und an den durchdringenden, den Hunger betäubenden Wohlgeruch von brutzelndem Fleisch.

Da war der Geruch der Mädchen, die ihnen das Essen brachten und nur Schritte entfernt im ehrfürchtigen Abstand von ihm standen, mit den heißen Töpfen auf dem Kopf und Schweiß auf der Stirn – der Geruch von Körpern, Haar, Essen, Seife und Schweiß – und manchmal unter den hin- und hereilenden Schatten beim *pungwe* der plötzlich auftauchende, schrecklich süße Hauch von Parfum.

Und immer wieder war da, vermischt mit dem schweren Geruch von Gras, Früchten und Lehmboden, der Duft von Ropa, Ropa im Licht der

Kerosinlampe ihrer Hütte, der Geruch von Vaseline, Haar, Zigaretten, Seife, Kinderbüchern und Blut.

Diese Gerüche hafteten wie ein Trieb in seiner Nase, als hätte der Wald ihn – den aus den Hütten und menschlichen Behausungen Ausgestoßenen – in sein Königreich aus Blättern und Krallen zurückgeholt und ihm den vorgeschichtlichen Sinn von Tieren für Gerüche wiedergegeben. In Nächten wie dieser kamen diese Gerüche und Düfte zu ihm, verdichteten sich zu lebendig umhergehenden Gestalten, die in Scharen auf ihn eindrängten und in seinem Körper ein Verlangen auslösten, das noch heftiger und erschreckender war als der Gedanke an den Tod.

Aber sobald er in dieser Nacht die Augen schloß und in seiner Vorstellung Mabunu Muchapera vor sich sah, mit offenem Mund, feuchten Lippen, keuchendem Atem und zusammengekniffenen Augen, die Beine gespreizt und mit gierig greifenden Armen, das Gewehr noch über der Schulter, dann steigerte sich dieses Verlangen zu Haß, Ekel und Scham.

Er war nicht dabei gewesen, als das Mädchen mit seinem Vater in das Lager kam. Von den groben Beschreibungen, die er gehört hatte, konnte er es sich nicht genau vorstellen.

Davor hatte er Marita und Chenzira gesehen, die als Baas Dies und Gidi Ishumbas Freundinnen galten, wie sie im Lager ein- und ausgingen. Zuerst hatte er sich nichts dabei gedacht, aber dann dämmerte war ihm langsam, daß alle sich verstohlene Blicke zuwarfen, die besagten, daß sie etwas wußten. Erst war er schockiert, dann erfüllte es ihn mit der Verzweiflung desjenigen, der entdeckt, daß er selbst sich als einziger von etwas Großartigem, Gefährlichen und Aufregenden ausgeschlossen hatte. Er hatte die Gesichter seiner Genossen aufmerksam betrachtet und diese heimlichen, triumphierenden Blicke aufgefangen, die dem Körperteil zwischen seinen Beinen heftig spotteten – dem Körperteil, der vom täglichen Ritual der Selbstbefriedigung malträtiert war.

Dann war er eines Tages über Shungu Dzangu gestolpert, der mit zurückgeworfenem Kopf und offener Hose unter einem Baum saß, eine Hand in Aktion ...

Vom Anblick dieses traurigen, pickligen, von *nyora* übersäten Gesichts unter dem Baum getrieben, hatte Pasi sich jemanden gesucht.

Sie war sechzehn oder siebzehn, ein Wesen von einer gewissen herben, vogelartigen Schönheit – mit eindringlichen Augen, einer kleinen schmalen Nase, leuchtend weißen spitzen Zähnen, kurzen schlanken Fingern mit langen harten Nägeln, schlanken biegsamen Hüften und dünnen, spitzen Ellbogen. Sie trug ihr schwarzes Haar in dick geflochtenen Zöpfen und hatte einen ungewöhnlich großen Busen, der ihrer sonst so schlanken Gestalt eine provozierende, gefährliche Weiblichkeit verlieh. Sie war ihm auf einem *pungwe* aufgefallen als sie mit ihrer durchdringend scharfen

Stimme »*Zimbabwe NdeyeRopa*« sang und an der Spitze einer hüftenschwingenden Reihe von Mädchen tanzte und von der Menge besonders viel Beifall erhielt. Der Klang ihrer Stimme, die mit gefährlicher Schärfe aus ihrem kleinen Körper hervorbrach, nahm ihn gefangen.

Zwei, drei Wochen lang hatte er sie heimlich beobachtet, sein Wunsch verfestigte sich und er wartete auf eine Gelegenheit, sie zu stellen. Als dann eines Morgens sie und vier andere Mädchen Essen brachten, hatte er sie zurückgehalten, um ihr Wäsche zu geben, die sie für ihn waschen sollte, eine weitere Hausarbeit, die die Mädchen für die Genossen übernahmen.

»Wie heißt du?« stieß er hervor und gab ihr ein paar schmutzige Jeans und ein verschmiertes graues Hemd, die beiden einzigen Kleidungsstükke, die er besaß, außer denen, die er auf dem Leib trug.

»Tunhidzai«, sagte sie.

»Was meinst du, wann ich sie zurückhaben kann?«

»Heute nachmittag.«

»Bist du sicher?«

»Ich wasche sie gleich und bügle sie am Nachmittag.«

»Ich bin drüben unter dem *muonde*-Baum nahe beim Tal«, sagte er und zeigte in die Richtung. »Bring mir die Wäsche dorthin.«

»*Zvakanakai*, Genosse.«

»Und sei vorsichtig!«

»Ist gut«, sagte sie.

Sie legte die Kleider zusammen, preßte sie an die Brust und lief in den Wald davon.

Fünf Stunden später kehrte sie mit den sauberen, gebügelten und sorgfältig zusammengefalteten Kleidern zurück, wobei sie geschickt von einem Busch zum anderen sprang.

»Das war schnell«, lächelte er, nahm ihr die Kleider ab und schnupperte daran. »Woher weiß ich, ob du keine Chemikalien benutzt hat, die sich in die Haut fressen?«

Sie starrte ihn einen Augenblick an, dann formten sich ihre Lippen zu einem Lächeln.

»Wo hast du gelernt, so ordentlich zu waschen und zu bügeln?«

»Zu Hause«, antwortete sie, und es kam ihm wie Gezwitscher vor, »und in der Schule.«

»Du gehst zur Schule?«

»Ich bin gegangen, bis die Schule zugemacht hat.«

»Ist sie geschlossen worden, weil Krieg ist?«

»Ja.«

»In welcher Klasse bist du gewesen?«

»In *Form Three*.«

»Du siehst jünger aus.«

»*Kutsonga*«, sagte sie, und er mußte lachen und spielte mit den Finger am Lauf seines Gewehrs.

»Wir werden diesen Krieg bald gewinnen, und dann machen alle Schulen wieder auf. Und wenn wir dieses Land übernehmen, wird es viele Schulen geben und alle Kinder können eine Schule besuchen, nicht nur die Kinder der Weißen und der reichen Leute. Niemand wird zu alt sein, um wieder auf die Schule zu gehen, verstehst du?«

Sie nickte.

»Du brauchst nicht knien zu bleiben«, sagte er zu ihr. Sie stand auf und blieb zwei Schritte von ihm entfernt stehen, mit Sandkörnern in den Knien, und ihr Blick war mit einer Unbefangenheit auf sein Gesicht geheftet, die ihn wiederum nervös machte. Er sagte: »Was hast du noch mal gesagt, wie du heißt?«

»Tunhidzai. Tunhidzai Tanaka.«

»Es gab an unserer Schule einen Jungen mit einem ähnlichen Namen«, log er.

»Welche Schule war das?«

»Das kann ich dir nicht sagen«, erklärte er achselzuckend und mit einer Handbewegung, die auf einige Geheimnisse hindeutete. »Genossin Tunhidzai Tanaka«, sagte er und ließ den Namen über seine Zunge rollen, um seinen Klang auszuprobieren. »Was hältst du davon, ein Gewehr zu tragen und für unser Land zu kämpfen?«

»Ich würde darunter zusammenbrechen.«

»Hast du gewußt, daß in diesem Krieg Mädchen mitkämpfen?«

»Ich habe von ihnen gehört, aber ich habe sie nie gesehen.«

»Du wirst sie kennenlernen«, sagte er. »Sie sind zäh! Genossinnen bleiben nicht gern lange im Busch, deshalb kämpfen sie, um den Krieg zu *beenden*, sobald sie kämpfen. Trotzdem können wir nicht alle Gewehre tragen. Einige von uns müssen kämpfen. Einige müssen kochen und nach den *mapuruvheya* Ausschau halten. Andere müssen zur Schule gehen, damit Zimbabwe über ausgebildete Leute verfügt, die solche Jobs übernehmen können, die uns die Weißen jetzt nicht geben wollen.«

Sie hörte ihm mit ehrfürchtiger Aufmerksamkeit zu. Er war sogar über sich selbst erstaunt, aber es tat ihm gut, so mit ihr zu sprechen, mit irgendjemandem zu sprechen, und außerdem mochte er die Art, wie sie ungehemmt mit ihm scherzte und wie ihre Stimme so ganz plötzlich in Lachen umschlug.

»Was willst du also nach der Schule tun, Genossin Tunhidzai?«

»Ich möchte Schreibkraft oder Sekretärin werden.«

»Warum Schreibkraft oder Sekretärin?«

»Ich arbeite gern im Büro. Ich tippe und telefoniere gern.«

»Warum nicht etwas anderes? Wärst du nicht gern Buchhalter oder sogar Manager?«

»Ich glaube nicht, daß ich das könnte.«

»Oder meinst du, das sind nur Positionen für Weiße?«

»Nein, ich bin nicht klug genug. *Ndakawoma musoro.*«

»Wenn ihr alle Sekretärinnen werdet, wer soll dann Dinge planen und organisieren?«

Sie nickte schicksalsergeben und wartete ab, welche Richtung er mit seinem Gespräch einschlagen würde, was ihn wieder nervös machte und seiner Stimme den einschüchternden Ton gab, hinter dem er seine Nervosität vor Dorfmädchen versteckte.

»Genossin Tunhidzai Tanaka«, hörte er sich sagen, und sein Blick ging auf ihrer Brust hin und her. »Du mußt kommen und mich wiedersehen…«

Seine Stimme klang schleppend und schwankte hartnäckig zwischen Befehl und Bitte, Frage und Befehl. Mit dem rechten Stiefel zerquetschte er das Gras unter seinen Füßen, das Stück abgelöster Sohle bohrte sich in den roten Boden darunter.

»Wir bringen morgen wieder Essen«, sagte sie.

»Ich meine, du allein ...« platzte er heraus, wie er so vor ihr stand und mit dem Finger in der Mündung seines Gewehrs herumrieb, ein Kämpfer, der letztlich entblößt unter dem forschenden Blick eines sechzehnjährigen Dorfmädchens dastand und sich unbeholfen hin- und herwiegte, mit einem unsicheren Lächeln, das besagte: Jetzt habe ich es gesagt, und du weißt, was ich wirklich will, nicht wahr, und du wärst mir besser nicht zugeneigt, denn das könnte die Dinge sehr schwierig machen ...

Er erwartete, daß sie überrascht oder schockiert wäre, aber sie sah nur zu ihm hoch mit einem fast unmerklichen Zittern in den Augen, und die beiden leicht geöffneten Reihen ihrer kleinen, leuchtend weißen Zähne gaben den Blick auf eine Stückchen rosaroter Zunge frei.

Sie sagte: »Wann soll ich kommen?«

»Morgen abend ist ein *pungwe*«, seine Stimme setzte aus und wurde heiser. »Nach dem *pungwe* ...«

Sie strich sich über die Zöpfe, sah ihn erstaunt von der Seite an und überlegte.

»Mit wem lebst du zusammen?«

»Ich wohne bei meiner Schwester.«

»Ist sie verheiratet?«

»Ja.«

»Kannst du es tun?«

»Ich kann es versuchen.«

»Bleib nach dem *pungwe* da und warte auf mich ...«

»Gut.«

»Du erzählst es niemandem, ja?«

Sie schüttelte den Kopf und lachte, und er lachte auch, mit ihr zusammen.

Sie eilte fröhlich davon, zurück zum Dorf.

Es war zu einfach gewesen, hatte er sich überlegt, nachdem sie gegangen war. Viel zu einfach.

Plötzlich ergriff ihn eine heftige Vorahnung, daß etwas schiefgehen würde.

Er hatte sich gewünscht, daß es schwierig sein würde, um das Gefühl zu haben, daß er mit jedem Problem fertig wurde, das auftauchte, aber sie hatte bereitwillig zugestimmt und ihn schnell an sein Ziel gebracht.

Seine Sorge steigerte sich am nächsten Abend während des *pungwe* noch. Was würde er mit ihr machen, sein Herz hatte heftig geklopft, als seine Kameraden auf ihre Posten gingen und die Dorfbewohner sich nach dem *pungwe* ruhig zu ihren Häusern zurückzogen. Sein Herz trommelte vor Selbstzweifeln wie wild, als er feststellte, daß sie am vereinbarten Ort auf ihn wartete.

Sie war bereit und bemüht gewesen, zu gefallen, wie junge Mädchen in ihrem Alter darauf brennen, jungen Männern zu gefallen, die von zu Hause weggegangen waren und sich diesen Gefahren im Busch aussetzten. Und dieser Eifer, der durch ihre jugendlich unbekümmerte Art noch stark gesteigert wurde, brachte ihn fast zur Verzweiflung.

Sie hatten sich lange geküßt, lange, feuchte, unerfahrene Küsse, während gleichzeitig seine Hände unschlüssig und zitternd über der Schwelle ihres stark erhitzten Körpers schwebten und sein Verstand heftig mit seinem Körper kämpfte, um diesen davon zu überzeugen, daß er sich nicht gehen lassen würde.

Sie hatte ihm mit ihren Händen nachgeholfen und ihn gelenkt, und als er gerade zu hoffen begann, daß sie es bereits früher getan hatte – dieses kühne, vogelähnliche Mädchen, das in seinen Armen so schwer atmete, als wollte es sein Leben aushauchen, und das sicher wissen würde, wie ihnen beiden zu helfen war – da zerstörte ihre unerwartete Jungfräulichkeit diese Hoffnungen.

Da er sich schämte, sie anzusehen, hatte er nicht wieder mit ihr gesprochen oder sie gebeten, sich mit ihm zu treffen, obwohl sie jedesmal, wenn sie mit den anderen Mädchen Essen brachte oder beim *pungwe* an ihm vorbeistreifte, den Eindruck machte, als wollte sie noch einmal mit ihm reden. Er hatte sich eingebildet, sie hätte über den Vorfall gesprochen, und auf den offenen Gesichtern der Dorfmädchen alle Arten von Spott entdeckt und aus ihrem Schweigen Hohn herausgehört, und selbst im Traum verfolgten ihn ihre Schmähungen. Diese Scham hatte sich immer mehr gesteigert und wurde in ihrer Heimlichkeit so selbstzerfleischend, daß es ihm schließlich vorkam, als hätte er sich nicht nur selbst erniedrigt oder das Mädchen, sondern die ganze Gruppe, und das ganze Dorf wüßte, daß ein Genosse versagt hatte.

Er hatte beschlossen, mit keinem anderen Mädchen im Dorf mehr zu sprechen.

Und dann hatte er, während die Scham noch in ihm wach war, von Mabunu Muchaperas angeblicher Vergewaltigung gehört.

Das hatte ihn erschüttert. Er hatte sich nicht einmal die Überlegung erlaubt, daß Mabunu Muchapera von einer ähnlichen Verzweiflung getrieben worden sein könnte wie er selbst. Tagelang hatte er nicht mit Mabunu Muchapera gesprochen.

Und nun, da er nach der Bespechung unter dem *muonde*-Baum auf seinem Wachtposten saß, erschienen ihm die Spannungen innerhalb der Gruppe zum ersten Mal einleuchtend.

Es traf ihn, daß jeder Genosse im Grunde genommen auf sich selbst gestellt war, obwohl sie als Gruppe das gemeinsame Schicksal teilten: hatte der Krieg sie doch alle ihrer Jugend entrissen und hatten sie doch gemeinsam die bittere Erfahrung der schweren Bombardements im Trainingslager gemacht und sie überlebt. Die Natur des Krieges selbst – die unbarmherzige Routine der Aufgaben, das Lager bewachen, essen, schlafen, *pungwe*s abhalten, Erkundungen durchführen, Hinterhalte legen und sich zurückziehen, erlaubte ihnen selten, längere Zeit zusammen zu sein. Angesichts der dauernden Bedrohung verschwammen die Unterschiede zwischen ihren Erfahrungen und Charakteren bis zur Belanglosigkeit. Geselliges Beisammensein gab es selten. Obwohl er einen gewissen vertrauten Umgang in Anspruch nehmen konnte, war es aussichtslos, wenn nicht sogar naiv, Freundschaft zu erwarten.

Er erinnerte sich mit Verwunderung daran, wie Baas Die gesagt hatte, daß er, Pasi NemaSellout, der letzte wäre, mit dessen Opposition gegenüber dem Kommandanten er gerechnet hätte. Das verletzte ihn, und er kam sich schwach und gefügig vor. Ihn alarmierte die Möglichkeit, daß er sich den Genossen angepaßt hatte, bis sie vielleicht alle wie der Kommandant angefangen hatten, ihn für einen Schwächling zu halten.

Er hatte keine schlechten Gefühle gegen Baas Die gehegt, dessen Art er, abgesehen von einigen Verschrobenheiten, mehr als akzeptabel gefunden hatte. Aber jetzt hackte er innerlich voller Verbitterung über den Vorwurf der Treulosigkeit auf den Fehlern des Kommandanten herum.

Der Gedanke machte ihn wütend, daß Baas Die ihn und Mabunu Muchapera dazu ausgesucht hatte, Mai Tawanda zu töten, ohne selbst auch nur einen einzigen exemplarischen Schlag auszuführen. Mai Tawandas Tod hatte ihm zunächst nichts ausgemacht. Sie war eine Verräterin und mußte sterben. Das Entsetzen darüber konnte er unterdrücken; er erlaubte sich nie, länger darüber nachzudenken, obwohl das Geschehen sich eine Ecke seiner Seele gesucht und dort eingenistet hatte. Aber jetzt hatte Baas Dies Gelächter seine Wut angestachelt. Daß die älteren Mitglieder der Gruppe sich an der Tötung nicht beteiligt hatten, daß ausgerechnet er in diese erste Strafaktion hineingestoßen worden war, das erfüllte ihn mit Bitterkeit.

Seiner Meinung nach wäre Gidi Ishumba dafür geeignet gewesen. Gidi Ishumba, der ihn häufig einen Städter genannt und sich darüber lustig gemacht hatte, wie wenig er sich auf dem Land auskannte, was für einen schlechten Orientierungssinn er hatte und wie schüchtern er gegenüber Mädchen war – warum hatte er es nicht getan?

Gidi Ishumbas Spott machte ihm nicht aus, obwohl er jetzt dachte, daß der stellvertretende Kommandant hinterhältig die Rolle des Friedensstifters spielte und gleichzeitig seine eigenen Hände in Unschuld wusch. Warum hatte Gidi Ishumba es nicht getan, wenn er so erfahren war? Warum hatten sie ihn ausgesucht, wo sie ihm doch vorwarfen, daß er in der Stadt aufgewachsen war? Und warum regte sich Baas Die über Gidi Ishumba auf? Hatte er dessen Hinterhältigkeit auch durchschaut?

Was würde geschehen, wenn die Gruppe sich spaltete? Würde Gidi Ishumba sich auf die Seite des Hitzkopfs Mabunu Muchapera und Torai Zvombos schlagen oder würde er zu Baas Die halten? Wo würde Shungu Dzangu stehen? Und wo er selbst?

Er empfand sowohl Bewunderung als auch Angst vor Mabunu Muchapera. Jedesmal war es Mabunu Muchapera, der auf die verwegensten Operationen drängte, der die risikoreichsten Aufgaben übernahm und den vorsichtigeren Kommandanten dazu verleitete, eine gefährliche Kühnheit an den Tag zu legen. Es war immerhin Mabunu Muchapera, der dem Farmer Mellecker die Kehle durchgeschnitten hatte, er hatte sein Bajonett an den Vorhängen abgewischt und seine Finger in die Lache auf dem Boden getaucht, um Parolen an die Wand zu schmieren, obwohl tatsächlich jeder von ihnen in dieser wütend aufgeheizten Stimmung dazu fähig gewesen wäre. Und nachdem er nach der Schlacht vom Hügel heruntergekommen war, mit leerem Gepäck und ohne einen Schuß Munition, waren seine Augen rot und er hatte kein Wort gesprochen. Er, die Geißel der Buren, wurde seinem Namen gerecht.

Wenn er, Pasi NemaSellout, die Wahl hätte, zu wem er halten sollte, wären es sicher nicht Mabunu Muchapera oder Torai Zvombo. Es wäre noch nicht einmal Baas Die – der Kommandant hatte eine traurige Ernsthaftigkeit, die ihn beunruhigend an einen jungen Lehrer erinnerte, der gerade das College verlassen und ihn in der *Form One* in Naturwissenschaften unterrichtet hatte. Auch Shungu Dzangu war ernsthaft, obwohl seine heimliche, unauffällige Kraft hinter der quälenden Stille und der abergläubischen Vorsicht manchmal an ein überarbeitetes, lange leidendes Tier erinnerten – ja, an ein Maultier.

Und was steckte hinter Torai Zvombos Schweigen und seiner höhnischen Art?

Der stellvertretende Kommandant war für ihn andererseits weder ein Feigling noch ein hitzköpfiger Held: er war geschickt, zuverlässig, praktisch, manchmal etwas spöttisch, aber immer zu Scherzen aufgelegt. Jeder war beeindruckt, wie er sich von der Wunde in seiner Schulter erholt hatte, obwohl die Vorräte des Erste-Hilfe-Kastens erschöpft waren.

Wenn Gidi Ishumba vielleicht Kommandant gewesen wäre ...

Verdammt, Pasi NemaSellout! Wenn es zur Feindberührung kommt, dann ist es gleichgültig, wer wer ist. Jeder reagiert instinktiv. Greif zu deinem Gewehr. Schieß. Lade. Schieß. Pump das Blei hinein. Wirf Handgranaten. Mach sie fertig. Vernichte sie. Blutrünstige Soldaten. Blutrünstige Rassisten. Selbstsüchtige Bastarde. Blutrünstige Mörder. Gib es ihnen. Farmern, Soldaten oder wem auch immer. Ihretwegen sitzt du in diesem Regen. Ihretwegen hast du die Schule verlassen. Scheiße! Lösch sie aus. Diese stotternden, blutrünstigen FNs. Verfluchter Baas Die. Verfluchte Kommandanten. Wer war der Kommandant überhaupt? Bei Feindberührung war er auch nur ein Haufen Fleisch. Du möchtest lebend nach Hause zurückkommen. Du möchtest nach Hause zurück. Lebend. Du möchtest zurück. Nach Hause. Lebend. Verfluchter Mabunu Muchapera. Verfluchter Torai Zvombo. Verfluchter Streit. Alles, was zählt, ist, die Feinde auszuräuchern. Wie Bienen. Sie zu vernichten. Einen nach dem anderen. Mit Kugeln, Handgranaten, Messern. Sie zu vernichten. Aber am Leben zu bleiben. Verfluchte Verräter. Verfluchte Vergewaltiger. Verfluchte Feiglinge. Verfluchte Helden. Verfluchte *mapuruvheya*. Jag sie zur Hölle. Um den Feind zur Hölle zu jagen, dafür bist du von der Schule fortgerannt oder nicht? Dafür hast du diese Bombenangriffe überlebt oder nicht? Dafür sind diese Kinder gestorben oder nicht? Dafür ist Ropa gestorben oder nicht? Verfluchte Tunhidzai Tanaka. Verfluchte Dorfmädchen. Fick sie. Was soll's. Wackelnde kleine Ärsche. Sicher in ihren Hütten. Warm. Trocken. Hauen ab in die Stadt zu Verwandten, wenn es brenzlig wird. Verfluchte *Mujhibha*s. Werden von Lastwagen eingekreist. Werden im Kreuzfeuer erschossen. Werden als Terroristen zur Schau gestellt. Dieses verfluchte kleinliche Gezänk! Du mußt nach Hause zurückkommen. Dieser verfluchte Regen. Dieser verfluchte Donner. Dieser verfluchte Matsch. Diese verfluchten Ansprachen. Diese verfluchten Unterdrücker. Diese verfluchte Politik. Verflucht sollen die Politiker sein, die unaufhörlich in piekfeinen Hotels verhandeln. Dabei können sie nicht einmal die Mündung eines Gewehrs vom Kolben unterscheiden. Schikken ihre Kinder auf Schulen in den USA und in Großbritannien. Rufen Parolen. Verfluchte Schulen, verfluchte Bildung! Es gibt genug, um das man sich sorgen muß, ohne das Alphabet herunterbeten zu müssen. Wie man an die nächste Mahlzeit kommt. Wie man trocken bleibt. Wie man die Augen offen hält. In jeder Sekunde. Immer. Sogar im Schlaf. Immer auf dem Sprung. Sich fragen, wann man getroffen wird. Wer als nächster sterben wird. Wann dieser Krieg zu Ende sein wird. Wann neue Vorräte kommen werden. Wann die Munition ausgeht.

Verfluchte Munition!

Verflucht! Verflucht! Verflucht!

30

Der Bezirkskommandant kam mit zwei neuen Gruppen durch das Gebiet und konnte durch Vermittlung der örtlichen *mujhibhas* ein Treffen mit Baas Dies Gruppe arrangieren.

Der Bezirkskommandant wurde von vier Mitgliedern der auf der Durchreise befindlichen Gruppen begleitet; Baas Die und seine Leute trafen sich mit ihnen im Wald und nach einer stürmischen, aber kurzen Begrüßung gingen sie zum Dienstlichen über. Baas Die gab einen Bericht über die Operationen seiner Gruppe und unterrichtete den Bezirkskommandanten von Sub Musangos Tod. (Später zeigten sie ihm das Grab.) Er instruierte den BK über die Lage in ihrem Gebiet und erklärte, weshalb ihre Aktivitäten beim Kampf auf dem Hügel, in dessen Verlauf sie mehrere Waffen verloren hatten, nur durch den Mangel an Munition zum Stillstand gekommen waren. Der BK zeigte sich durch den Verlust des Luftabwehrgeschützes nicht beeindruckt, sondern war erleichtert, daß bisher nur ein Mitglied von Baas Dies Gruppe gefallen war. (Eine andere Sechsergruppe wäre bei einem Überraschungsangriff völlig aufgerieben worden, warnte er sie.)

Der BK erklärte, daß er es nicht geschafft hätte, sie früher zu treffen, da es in den benachbarten Unterbezirken starke feindliche Patrouillen gäbe, dann instruierte er sie über die Situation in den Trainingslagern und in den Operationsgebieten. Es hatte mehr Bombardements auf die Lager gegeben, erfuhren sie, aber die Opfer waren minimal gewesen, weil man die Größe und den Standort der Lager sowie die Stationierung der neu angeworbenen Kämpfer geändert hatte. Die Offensive war ausgeweitet worden, faktisch war nun jeder Bezirk infiltiert; der Feind war zahlenmäßig in einer schwierigen Lage und die Innenpolitik stützte sich stark auf militärische Aufrufe, wodurch die Wirtschaft des Landes und die Moral der Weißen geschwächt wurden. Neue Minensuchgeräte waren vom Süden her ins Land gebracht worden, allerdings waren es nur wenige und sie waren manchmal unzuverlässig – eins war von einer Mine zerstört worden. Er betonte auch die wachsende Bedrohung von seiten der *Selous Scouts* und der *madzakutsaku* und die Notwendigkeit einer besseren Koordination zwischen den Guerillagruppen, um befreite Gebiete fest unter Kontrolle halten zu können. Um dies zu verdeutlichen, entwarf der BK Pläne für regelmäßige Kontakte zwischen den Gruppen des Gebiets und besser koordinierte Angriffe. Eine Überprüfung der Vorräte ergab, daß Baas Dies Gruppe alarmierend schlechter mit Munition ausgerüstet war, als der BK vorausgesehen hatte, und da es viel Zeit kosten würde, die Bestellungen weiterzugeben und die Vorräte aus den unsicheren Grenzgebieten zu liefern, beschloß der BK, daß Baas Die und seine Gruppe sich direkt in das Versorgungslager begeben sollten und daß eine der beiden neuen Gruppen in ihrem bisherigen Gebiet stationiert würde.

Die Gruppe sollte zum Depot marschieren, sich mit Munition und medizinischer Ausrüstung versorgen und dann südlich des bisherigen Gebiets wieder zum Einsatz kommen, wo sie einem neuen BK unterstellt würde.

Und so verließen sie das Gebiet. Sie gingen nachts los, ohne sich von jemandem zu verabschieden. Ein *Mujhibha* aus dem Dorf begleitete sie und führte sie auf Schleichwegen zwischen den Farmen hindurch. Sie marschierten nachts, hielten sich in der Nähe der Zäune und mieden Straßen und Gebäude. Tagsüber schliefen sie. Sie verpflegten sich mit Streifen getrockneten Fleisches, manchmal Melonen oder Maiskolben, die sie von den Feldern stahlen und über einem sorgfältig gehüteten Feuer rösteten.

Unterhalb der Hügel kamen sie an einer wegen des Krieges geschlossenen Schule vorbei. Von zwei vertrauenswürdigen weißen Nonnen, die dort geblieben waren, erhielten sie Malariatabletten und ein tragbares Radiogerät, und sie erfuhren, daß ein Zug Infanterie zwei Wochen zuvor durch das Gebiet gekommen war.

Als sie die Missionsschule hinter sich gelassen hatten, begannen sie, in das verwirrende Durcheinander der von Nebel eingehüllten, geheimnisvollen Hügel hinaufzusteigen, die sich so ähnlich sahen, daß sie ohne den *Mujhibha* tagelang im Kreis herumgegangen wären. Der *mujhibha* war ein athletischer Achtzehnjähriger mit düsterer Miene, der die Gegend so gut kannte wie sein eigenes Dorf. Er hatte zuvor schon einmal eine andere Gruppe zum Versorgungslager begleitet und bewegte sich im Gelände mit der Sicherheit einer Bergziege; er führte sie durch Nebel, Regenschauer und um riesige bläuliche Steinbrocken herum. Immer wieder kniete er sich wie ein Alter vor einen Bergpaß, schlug die Hände zusammen, redete mit dem Wind und rief die Geister des Landes an, damit sie sicher durch das Gebiet kamen, von dem man sagte, daß Reisende, welche die Gesetze der Erde nicht geachtet hätten, so in Trance geraten wären, daß sie den Tod gefunden hätten, oder wenn sie Glück gehabt und ihre Leute dem Rat der Dorfältesten gehorcht und die festgelegten Versöhnungsrituale vollzogen hätten, dann wären die verirrten Wanderer zwar zurückgekehrt, aber mit ausdruckslosem Blick und durch die schwere Prüfung sprachlos geworden.

Das Waffenlager befand sich auf einem Hochplateau, das von drei steilen Bergspitzen umgeben war. Eine schrille Frauenstimme rief sie an, als sie den letzten Aufstieg begannen. Baas Die antwortete mit dem Code-Wort und gab sich und die Gruppe zu erkennen, worauf die Genossin mit einer Bazooka bewaffnet aus dem Blattwerk auftauchte und zu ihnen heraufkam. Sie begrüßte sie mit einem kräftigen Händedruck und führte sie zu dem offenen Gelände zwischen den Bergspitzen hinauf, übergab sie dort einer anderen Genossin und ging auf ihren Posten zurück.

Auf dem Plateau kam ein Dutzend junger Genossinnen, die in dem Waffenlager ihren Mann standen, zwischen den Bäumen hervor, um sie zu begrüßen. Sie trugen alle blaue Baumwollhemden, Hosen und Mützen und waren mit Bazookas bewaffnet. Sie hatten den gleichen kräftigen Händedruck, skandierten mit gutturalen Stimmen Parolen und reckten kräftige, mit Reifen geschmückte Arme in die Höhe. Pasi glaubte die dunkelhäutige Genossin mit äußerst kurz geschnittenem Haar wiederzuerkennen, die ihn als letzte begrüßte. Er zerbrach sich den Kopf und versuchte sich zu erinnern, wo er sie getroffen hatte. Vielleicht war er mit ihr zur Grundschule gegangen oder sie stammte aus seinem Heimatort. Auch sie schien einen Moment lang zu stutzen, als sie ihm die Hand gab.

Baas Die und Gidi Ishumba sprachen mit der Kommandantin des Depots, einem strammen Mädchen mit einem überraschend schön geschnittenen Gesicht und ausdrucksvollen braunen Augen. Mabunu Muchapera und Torai Zvombo unterhielten sich kurz mit den beiden Mädchen, die ihnen Wasserkrüge brachten, und gingen dann schlafen, Shungu Dzangu und der *mujhibha* hatten sich schon unter den Bäumen niedergelegt. Pasi NemaSellout streckte sich neben einem Felsen aus und zog sich die Mütze über die Augen.

Zwei Genossinnen rüttelten ihn drei oder vier Stunden später am

Nachmittag wach. Er rückte seine Mütze zurecht, wischte sich den Mund mit dem Handrücken und setzte sich aufrecht hin.

Er goß sich Wasser über die rechte Hand, trocknete sie an seinem Hemd ab und nahm den Blechteller mit Fleisch und Bohnen. Die Mädchen saßen mit bis ans Kinn hochgezogenen Knien da und sahen ihm beim Essen zu.

»Die anderen sind weggegangen«, sagte das Mädchen mit den äußerst kurzen Haaren. Irgendwo zwischen den Bäumen hörte er Baas Die husten, und er grinste und versuchte immer noch herauszubekommen, wo er sie getroffen hatte.

»Ist das Rehfleisch?« fragte er zwischen zwei Bissen.

»Iß nur in Ruhe, Genosse«, sagte das andere Mädchen.

»Ich habe die ganze Zeit überlegt, wo ich dich schon getroffen habe.«

»*Aika*, Genosse«, sagte sie, »*munodirei kudada so*?«

Er sah sie forschend an.

»Das kann nicht dein Ernst sein«, meinte sie und schüttelte den Kopf, »oder bist du nicht eine Zeitlang im selben Lager ausgebildet worden wie ich?«

Plötzlich erkannte er sie, das Mädchen, mit dem er im ersten Lager manchmal zusammen gekocht hatte.

»Ich muß mich wohl ganz schön verändert haben«, sagte sie.

»*Tashataka*«, sagte das andere Mädchen lachend, »wir sehen jetzt nicht mehr aus wie Mädchen.«

»Er muß gedacht haben, wir wären Männer, *nhaika*. Und *hondo iri mayazi, sha*.«

»Ich war schließlich gerade dabei, mich zu erinnern ...« begann Benjamin, aber sie unterbrach ihn.

»Ich glaube, deine Genossen warten auf dich.«

Er stand auf und ging zu Baas Die und Gidi Ishumba hinüber, die zusammen mit der strammen Kommandantin zusahen, wie die Mädchen Munitionskisten aus den geheimen unterirdischen Verstecken brachten.

»Das sind alle Granaten, die wir noch haben«, sagte die Kommandantin des Depots gerade. Shungu Dzangu und der *mujhibha* waren schon dort. Mabunu Muchapera und Torai Zvombo kamen schnell herbei.

Baas Die und Gidi Ishumba teilten Patronengurte, kleine Raketen, Brandgeschosse und Granaten in sieben Haufen auf. Es gab auch zwei Landminen. Baas Die unterschrieb die Liste auf khakifarbenem Manilakarton, dann begannen seine Männer, die Waffen in ihren Rucksäcken zu verstauen ...

»Wir gehen um Mitternacht los«, erklärte Baas Die seinen Männern. »Wenn ihr noch etwas schlafen wollt, könnt ihr es tun.«

»Wenn irgendeinem der Magen noch einmal knurrt, gebt uns Bescheid«, sagte die Kommandantin des Depots, und alle lachten.

Sie hievten ihr Gepäck hoch und gingen zu verschiedenen Schlafplätzen – selbst im Lager blieben sie nie als Gruppe zusammen. Pasi ging an die Stelle zurück, an der er gelegen hatte, und schlief bald ein.

Als er mühsam die Augen öffnete, war es dunkel, und am Himmel glänzten die Sterne. Der Nebel war auf geheimnisvolle Weise verschwunden und die Bergspitzen ragten rund um das Plateau scharfkantig und massiv in den Himmel. Er hatte einen bösen Traum gehabt, den er sich aber nicht mehr ins Gedächtnis zurückrufen konnte, und dies und ein neues Geräusch in seinen Ohren hatten ihn geweckt. Er erkannte von der Position der Milchstraße her, daß es nicht viel später als neun oder zehn Uhr in der Nacht sein konnte.

Er sah sich vorsichtig um und spähte ins Dunkel. Hinter seinem Rücken hörte er Schritte. Er griff nach seinem Gewehr und schnellte herum.

»Ich bin's nur.«

Sie sprang vom Felsen und ging auf ihn zu.

»Ich war nahe dran, das ganze Magazin leerzuschießen«, sagte er atemlos.

»*Tairidzirana*!« Sie setzte sich neben ihn und hängte sich die Bazooka über die Schulter.

»Du hast mich erschreckt.«

»Ich wollte nur vor dem Schlafengehen nach dir sehen«, sagte sie und nahm ihre Mütze ab, so daß er ihr Profil erkennen konnte: ziemlich flacher Hinterkopf, abfallende Stirn, glänzende Augen, krause Nase, aufgeworfene Lippen.

Er rieb sich die Augen und unterdrückte ein Gähnen. Die Überraschung zerrte noch an seinen schlaftrunkenen Sinnen.

»Es tut mir leid, daß ich dich geweckt habe.«

»Ist gut.«

»Kann ich hier bei dir sitzen bleiben?«

»Sicher«, sagte er, »sicher.«

An den Bergspitzen bildete sich Nebel, als sie um Mitternacht losgingen. Die Luft war feucht, aber nicht allzu kühl. Von ihren Lasten niedergedrückt, bewegten sie sich langsam den Abhang hinab. Der *mujhibha* war jetzt müde und hatte Mühe, mit den an Strapazen gewohnten Kämpfern Schritt zu halten.

Pasi NemaSellout marschierte wie benommen. Sein Körper schob sich aus eigener Kraft und eigenem Willen vorwärts. Es prickelte in seinen Gliedern, sein Geist befand sich irgendwo außerhalb des Körpers; noch immer fühlte er eine Hand, die mit kräftigen Fingern über seine Brust strich, seinen Rücken massierte, seine Wirbelsäule entlangglitt, und einen

Mund, aus dem heißer Atem in seinen Nacken drang.

Die Dämmerung brach herein. Die Hügel schoben sich aus dem Dunst und ragten blaugrau auf. Unter ihnen wanden sich die Täler in ungeordneten grünen Flecken bis dorthin, wo Himmel und Erde sich zum Horizont vereinigten und die Welt sich duckte und wartete.

Am Morgen machten sie einen kleinen Umweg und folgten auf der Suche nach Wasser einem gewundenen Tal. Im dichtem Schilf fanden sie eine Quelle, wurden aber von einem fauligen Geruch im Umkreis abgestoßen.

»Irgendetwas verwest hier«, sagte Gidi Ishumba. Er durchkämmte das Schilf und fand, was er suchte: einen toten Affen, aufgebläht und stocksteif; mit dem Stiefel schleuderte er ihn beiseite.

»Die Quelle ist verseucht.«

Sie zogen sich zurück.

»Haltet die Augen offen«, sagte Baas Die, als sie durch das Tal weiterstapften. »Sie sind hiergewesen.«

Sie fanden im Wald Mangos und luden ihre Taschen damit voll, nachdem sie die Früchte sorgfältig untersucht hatten.

Pasi lutschte an den Mangos, bis der Kern sauber war. Der Saft tropfte an seinem Arm hinunter. Er leckte sich die Finger ab, rieb seine klebrigen Hände und erinnerte sich daran, wie sie hinterher gesagt hatte: »Es ist so einsam hier draußen, daß wir manchmal wünschten, wir wären an der Front.«

Er hatte ihr von den Feindberührungen erzählen wollen, bei denen er dabei war, und hatte sie fragen wollen, was sie erlebt hatte, seit sie das Ausbildungslager verlassen hatte, aber das Bedürfnis zu sprechen und die Zeit dazu war sehr kurz gewesen, und sie hatte gesagt: »Manchmal drehen wir so durch, daß du es nicht für möglich halten würdest, worüber wir sprechen.« Das also war Sex – zwei Körper, die auf einem Felsen zusammenkamen, der eine hart und wie ein Hammer, der andere feucht und offen, einer, der in den anderen eindrang und darin schwelgte, einer, der sich dem anderen entgegendrängte, um diesem Samen zu entlocken und in sich aufzunehmen. Aber neben dieser nüchtereren Betrachtungsweise war die Freude, die Pasi empfand über ihre Wärme, ihren Atem, ihre leisen Schreie, ihre Hände auf seinem Rücken und darüber, wie ihn selbst eine unvorstellbare Erregung dazu trieb, bis ins tiefste Innere ihres Körpers vorzudringen.

Das also war der Akt, den du vergöttert hast – ein Treffen im Dunkeln, bei dem keiner das Gesicht des anderen sehen konnte, völlig ungeplant, das für immer die Traumbilder deiner Sehnsüchte verdrängte. Du hast darauf gebrannt, hast heftige Liebe mit dir selbst gemacht, Baumstämme umarmt und deine Männlichkeit auf die blanke Erde vergossen, so oft hast du geglaubt, du wüßtest, wie es wirklich sein würde, doch als es mit dir geschah, da warst du davon überrascht. Dies war deine Initiation. Du hast die Szene in deinem Gedächtnis festgehalten und dich an jede Einzelheit geklammert. Dies war deine Initiation, auf einem Felsen, in den Wäldern ehrwürdiger Berge, mit einem Mädchen, das nach blauer Seife, Bohnen und Pulver roch, das Jeanssachen und Stiefel trug und eine Bazooka auf dem Rücken hängen hatte; mit einem Mädchen, das seine Haare kurz schnitt wie ein Junge und dessen Finger vom Schleppen der Munitionskisten steinhart waren. Du warst überrascht, als sie sagte: »Danke, das habe ich gebraucht«, denn du hättest nie gedacht, daß eine Frau so etwas sagen könnte, und du hast versucht, etwas Nettes zu antworten, und überlegt, ob sie wohl wußte, daß es für dich das erste Mal war. Du mochtest nicht daran denken, daß sie es schon einmal mit jemand anderem getan hatte, weil sie gut zu dir gewesen war, diese Tochter irgendeines Vaters mit einem Gewehr auf dem Rücken. Du hattest gehört, Genossinnen täten es nicht, weil sonst das Feuer aus ihren Gewehren gesaugt würde und daß sie deshalb auch während ihrer Monatsregel nicht mit ihren Waffen umgingen, und nun hatte sie es mit dir getan und dich von dieser Furcht befreit, dieses Mädchen, das du beinahe nicht mehr wiedererkannt hättest; und sie hatte gesagt: »Ich wünschte, du würdest noch einen Tag hierbleiben«, aber du hast sie dort zurückgelassen mit deinem Samen in ihrem Körper, und vielleicht würde sie ein Kind von dir bekommen? Oder hatte sie früher schon das Kind eines anderen bekommen? Und was wäre, wenn sie dein Kind bekäme? Würde sie es dort im Lager zur Welt bringen? Würde sie das Kind zusammen mit der Bazooka auf dem Rücken tragen? Würde das Kind wie du aussehen?

Oder wußte sie, wie man es verhindern konnte ...

Torai Zvombo, der auf der rechten Seite ganz außen ging, bekam es als erster ab und stürzte mit einem Aufschrei ins Gras, dann stieß der *mujhibha* neben ihm einen Laut aus wie ein junger Ochse und fuchtelte mit den Armen auf seiner Brust herum wie ein Mann, der von einem Bienenschwarm angegriffen wird.

»*Spray*!« brüllte Baas Die. »Zurück!«

Die anderen fünf gingen hinter Büschen in Deckung.

Der *mujhibha* stolperte vor ihnen hin und her. Er griff sich mit den Händen ungestüm an den Körper und riß blutige Hautfetzen ab.

Torai Zvombo warf sich im Gras hin und her.

Der *mujhibha* fiel mit blutüberströmtem Gesicht um und war still. Im Gras wurde Torais Geschrei zu einem Wimmern, dann hörte auch das auf.

Ihre Kleidung war zerfressen. Zerfetztes Fleisch blutete aus den Löchern im Stoff. Sie lagen dicht beieinander. Torai Zvombo lag mit dem Gesicht im Gras, der *mujhibha* starrte zum Himmel. Das Gras war rot getränkt.

Mabunu Muchapera kroch auf Ellbogen und Knien herum und brüllte. Gidi Ishumba stand aufrecht und hielt sich mit der Hand den Bauch, während ihm die Tränen über das Gesicht liefen.

Pasi NemaSellout lehnte sich über einen Felsen und stöhnte.

Baas Die kauerte am Boden und übergab sich.

Shungu Dzangu schlug mit dem Kopf gegen einen Baum und ächzte: »*Kufa takangotarisa here*?«

Sie schnitten Zweige und Äste ab und schleuderten sie aus einem sicheren Abstand von drei Metern kreuz und quer auf die Körper.

Zuerst warfen sie kleine Zweige mit Blättern über die Körper, und als sie vollständig mit Blättern bedeckt waren, warfen sie größere Äste. Einige landeten auf dem besprühten Boden – es gab keine Möglichkeit, sie zurückzuholen. Ihre Hände bekamen Blasen und bluteten vom Abbrechen der Äste. Holzsplitter bohrten sich in ihr Fleisch. Nach den dicken Ästen warfen sie totes Holz und Steine, bis sie eine drei Meter hohe Pyramide aufgeschichtet hatten. Gidi Ishumba drängte sie, den Stapel anzuzünden, damit nicht wilde Tiere die Körper ausgraben konnten, aber die anderen lehnten dies ab.

So ließen sie schließlich die Pyramide so zurück, einen grotesken Hügel aus Steinen und Holz am Berghang.

Ihres Führers beraubt gingen sie drei Tage lang in wirren Kreisen herum, marschierten im hellen Tageslicht und ruhten nachts aus. Sie untersuchten die Büsche sorgfältig nach Anzeichen für eine Besprühung aus der Luft und stapften durch bedrohlichen Bergnebel. Das *biltong* ging zu Ende und sie lebten von Mangos; einmal kam plötzlich ein Warzenschwein aus dem dichten Unterholz und jagte sie, und sie kletterten schnell einen felsigen Hügel hinauf.

Schließlich fanden sie einen Paß über die Berge und gingen zu einem Dorf hinunter; unterwegs stießen sie auf eine Gruppe von Frauen, die große Kalebassen mit Bier zu den Feldern trugen, wo es ein *humwe* gab.

Sie brachten die Frauen dazu, die Kalebassen im Wald abzusetzen, und schickten sie los, um alle Dorfbewohner zu versammeln. Sobald die Frauen den Rücken gekehrt hatten, fielen sie über das Bier her. Sie tranken und tranken – und da sie einen leeren Magen hatten, waren sie bald stark betrunken. Als die Dorfbewohner kamen, ließen sie diese singen und hängten sich ihre Gewehre um und tanzten mit ihnen, und während eines der Lieder schoß Mabunu Muchapera zweimal in die Luft, was dazu führte, daß die Leute auseinanderstoben, um Schutz zu suchen. Baas Die, der inmitten der Menge torkelte, erholte sich schnell von seinem Schreck und ergriff die Gelegenheit, um eine Schweigeminute für die toten Genossen anzukündigen. Gesang und Tanz gingen danach bis in die Nacht hinein weiter; um diese Zeit hatte das Sieben-Tage-Gebräu dann seine volle Wirkung entfaltet.

Shungu Dzangu schlich sich als erster weg, um zu schlafen. Mabunu Muchapera schimpfte einige Zeit und ließ plötzlich im Gebüsch alles unter sich, gerade noch außer Sichtweite der Leute. Pasi NemaSellout stolperte davon und erbrach sich im Dunkeln, als die Bäume vor seinen Augen zu verschwimmen und umzufallen begannen. Baas Die schwankte tapfer auf seinen schmächtigen Beinen und rüttelte seine undeutlich gewordene Stimme mit sporadischen Rufen wach. Nur Gidi Ishumba behielt die Macht des Gebräus im Griff, bückte sich immer wieder zu den hinter einem Baum stehenden Kalebassen hinunter und kehrte mit neuen Lebensgeistern zurück; aber weder er noch Baas Die konnten sich am nächsten Morgen, als sie alle auf ein Feld verteilt aufwachten, daran erinnern, wie oder wann sie dahin gekommen waren, wo sie aufwachten, oder wer das *pungwe* beendet hatte oder wie und wann die Dorfbewohner fortgegangen waren.

Sie starrten sich verständnislos an und waren in ihrem Katzenjammer noch immer unsicher auf den Beinen; die bronzefarbene Mittagssonne brannte auf ihren Brauen; sie fühlen sich elend, beschämt und verwirrt über ihre Sorglosigkeit, die sie das Leben hätte kosten können.

Niemand sprach. Sie nahmen ihr Gepäck auf und verließen den Ort fluchtartig.

31

Die *sviriko* kam eine Woche, nachdem der BK des Gebiets ihre neue Basis verlassen hatte, zu Besuch. Die *mujhibha*s und der *sabuku* begleiteten sie vom Hügel herunter, auf dem sie lebte. Sie kam als kranke alte Frau verkleidet; der *sabuku* spielte ihren Ehemann. Die *mujhibha*s trieben vor und hinter ihnen eine Reihe von Rindern zusammen. Sie trafen auf keinen von den *madzakutsakus*, die in diesem Gebiet gesehen worden waren, oder von den *Selous Scouts*, über deren Anwesenheit es Gerüchte gab.

Der Himmel war frei von Hubschraubern, und abgesehen von einem Honigvogel, der über sie hinwegflog, blieben sie unterwegs ungestört.

Ihre Ankunft wäre ihr offenbart worden, erklärte die *sviriko*, und sie hätte darum gebeten, zu ihnen gebracht zu werden. Sie wollte sie alle auf einmal sehen, deshalb schickte Baas Die, eigentlich gegen seinen Willen, nach den Genossen und verteilte die *mujhibha*s, damit sie das Gebiet überwachten, während das Treffen stattfand.

Als sich die Gruppe versammelt hatte, begann die *sviriko*, die inzwischen ihre Kopfbedeckung aufgesetzt und schwarze Kleidung angezogen hatte, zu rülpsen und zu zischen und ihren Kopf von einer Seite zur anderen zu schleudern.

»*Svikai zvakanaka sekuru*«, erklärte der *sabuku* und klatschte in die Hände. Die *sviriko* nieste, nahm ihr *chipako* aus ihren Röcken und streute sich Schnupftabak auf die Handfläche. Sie stopfte sorgfältig beide Nasenlöcher voll und bot dann dem Häuptling eine Prise an. Dann wandte sich die *sviriko* zu jedem einzelnen Genossen um. Baas Die füllte sein *chipako* aus ihrem wieder auf.

Pasi NemaSellout, der ihr am nächsten stand, ging in die Hocke und streckte ihr die offene Hand hin – die linke, wie er sich später erinnerte, und als sie den öligen schwarzen Behälter aus Horn mit ihren kräftigen Händen über seiner Handfläche schüttelte, starrten ihre rauchgrauen männlichen Augen in seine. Er stopfte den Schnupftabak in beide Nasenlöcher und trat mit Tränen in den Augen zurück, um die anderen vorzulassen.

»*Makadii sekuru*?« begrüßten Shungu Dzangu und Baas Die die *sviriko* und die anderen folgten ihrem Beispiel. Sie beantwortete jeden Gruß mit ihrer rauhen Männerstimme: »*Takatarira m'zukuru*«.

Sie schwang den Kopf über ihrem Schoß hin und her und stieß glucksende Töne aus. Ein Schauer lief ihr über den Körper. Sie hob den Kopf. Tränen strömten ihr über das Gesicht. Sie ließ den Kopf wieder sinken und weinte, dann rieb sie sich plötzlich die Augen trocken und legte das Gesicht in Falten.

»Die beiden, die ihr im Wald zurückgelassen habt«, sprach sie mit der traurigen Stimme eines alten Mannes und schwang den Kopf über ihrem Schoß hin und her, »die beiden, die ihr dort unter einem Berg aus Steinen und Blättern zurückgelassen habt ... diese beiden Kinder ... ihre Körper sind kalt, aber ihre Herzen atmen noch.«

Die Genossen blickten sich gegenseitig an, dann auf den *sabuku* und wieder auf die *sviriko*. Wieder liefen ihr Tränen über die Wangen, aber sie wischte sie mit dem Handrücken weg. Sie schnaubte sich geräuschvoll die Nase und wischte sich die Finger im Gras ab.

»Die beiden, die ihr zurückgelassen habt, die jetzt im Wald liegen ... niemand hat ihre Körper umgedreht oder sie berührt ... niemand hat ihnen die Hände und Füße zusammengelegt und ihnen die Augen zugedrückt ... diese beiden Kinder ... ihre Körper sind verwest, aber ihre Herzen atmen noch, und ihr Atem ist bitter ... Der eine, der das Gewehr auf der Schulter hatte ... er wußte, daß es ihm eines Tages passieren konnte, und er verstand es ... seine Verwandten sind über das Land verstreut und können es nicht wissen ... aber die Zeit wird kommen, dann erfahren sie von seinem Hinscheiden ... aber der andere, dieser Junge, der euch als Führer durch die Berge mitgegeben wurde ... auf seinem Nacken liegen Holzblöcke, und Felsbrocken sind in seine Wunden gedrungen, seine Stimme ist durch Blätter erstickt ... aber er spricht ... er sagt: ›Meine Mutter und mein Vater sitzen zuhause und warten auf meine Rückkehr‹, sagt er, ›Warum hat es niemand meiner Familie gesagt?‹ ... Schakale schnüffeln um ihn herum und die Schatten von Geiern verdunkeln seinen Blick und er weint: ›Wer wird meine Gebeine aufsammeln?‹ ... Er ist ein junger Mann wie ihr und sein Geist hat sich in einem Baum über diesem Platz niedergelassen und klagt: ›Wer wird hier, wo ich liege, Steine werfen und mir eine sichere Reise in die Welt meiner Väter wünschen?‹ ...«

»Die Erde ist nicht glücklich und der Himmel verfinstert sich«, sagte die *sviriko* und hielt inne, dann begann sie mit leiser Stimme erneut zu sprechen und ließ ihren Blick von einem zum anderen schweifen. »Da sind auch Dinge, die ihr in den Bergen getan habt, von denen die Erde sagt: ›Nein, das ist nicht die Art und Weise, wie Jungen und Mädchen, die Gewehre auf dem Rücken tragen, einander begegnen sollten‹ ... es nimmt euren Waffen die Kraft und der Geruch danach lockt den Feind auf eure Spur und dann werdet ihr in der Schlinge eures Feindes gefangen...«

»›Das Ende des Krieges ist nahe‹, sagt die Erde, ›zu viele meiner Kinder sind gestorben ... das Land ist blutgetränkt ... aber dieses Land kann nicht frei sein, solange meine Kinder nackt und hungrig wie wilde Tiere in den Wäldern herumstreifen‹, sagt die Erde. ›Der schwarze Mann, der mit dem weißen Mann auf dem Hügel von Harare sitzt und Todesschwingen zu meinen Söhnen und Töchtern schickt, soll abgesetzt werden, und ich werde bestimmen, wen ich will ... der Krieg dauert nicht mehr lang ... eine Regenzeit und noch eine halbe, dann werden die Söhne und Töchter dieses Landes nach Hause zurückkehren und sich ausruhen ... aber es dauert noch eine und eine halbe Regenzeit‹, sagt die Erde. ›Blut wird fließen, schwarze Hände werden schwarzes Blut vergießen, schwarzes Blut wird sich mit weißem vermischen, aber das schwarze wird über das weiße strömen und es auslöschen, und der Himmel wird schweren Regen schicken, um den Schmutz fortzuwaschen ...‹«

Die *sviriko* machte eine Pause. Baas Die sah den Häuptling an und sagte: »Können wir dem *sekuru* ein paar Fragen stellen?«

Der Häuptling klatschte in die Hände und gab die Bitte an die *sviriko* weiter. Die *sviriko* willigte brummend ein.

»Weiß der *sekuru*, ob es in diesem Dorf irgendetwas gibt, auf das wir achten müssen?«

»Hütet euch vor Männern, deren Kleider die Farbe von reifem Gras im Mai haben, und vor solchen, die mit rußgeschwärzten Gesichtern zu euch kommen.«

»Möchtet ihr den *sekuru* etwas fragen?« Baas Die dreht sich zu seinen Genossen um, aber keiner von ihnen sagte etwas.

»Ich sehe Blut«, sagte die *sviriko*.

»Von einem von uns?« fragte Mabunu.

»Ich sehe nur Blut. Viel Blut.«

»Kannst du irgendetwas tun, um uns mehr Kraft zu geben?« fragte Shungu Dzangu.

»Über einige von euch kann ich Dinge sehen, die bereinigt werden müssen – Dinge von euch zu Hause, die Probleme aufwerfen könnten, wenn man sie unbeachtet läßt ...«

»Sollten wir sie kennen?« platzte Gidi Ishumba heraus.

Die *sviriko* sah Gidi Ishumba eine Weile durchdringend an, dann klang ihre Stimme plötzlich wie das Kichern eines alten Mannes: »Laß es lieber ruhen, laß es ruhen.«

Shungu Dzangu, dessen pickliges Gesicht vor Unruhe zitterte, legte Gidi Ishumba eine Hand auf die Schulter, aber Gidi Ishumba schlug sie hinunter. Der *sabuku* sah nervös zu.

Die *sviriko* zog eine alte Rasierklinge und einen kleinen Beutel aus ihren Röcken hervor.

»Wenn einer von euch möchte, daß sie ihm *nyora* gibt, wird sie es tun«, erklärte der *sabuku*.

»Ich habe es schon bekommen«, sagte Baas Die und drehte sich zu seinen Genossen um. »Ich weiß nicht, wie es mit euch ist.«

Shungu Dzangu kniete sich vor die *sviriko* hin. Sie bildete Falten aus seiner Haut und klemmte sie zwischen ihre knorrigen Finger, sah mit ihren trüben Augen auf die Spuren früherer Schnitte, dann schnitt sie kräftig in beide Handgelenke, beide Ellbogen, den Nacken, unter das Schlüsselbein und in die Brust, dort wo das Herz schlug. Shungu Dzangu zuckte mit keiner Wimper. Sie ließ das Blut herausquellen, dann rieb sie die Schnitte mit dem rußig schwarzen Pulver aus dem Beutel ein.

»Was ist mit den anderen?«, fragte der Häuptling.

»Man hat es schon als Kind bei mir gemacht«, sagte Gidi Ishumba.

»Es macht nichts, wenn es schon vorher jemand mit dir getan hat«, meinte der *sabuku*.

»Und du, *muzukuru*?« wandte sich die *sviriko* an Pasi NemaSellout.

Pasi NemaSellout starrte auf die rußigen Hände der *sviriko* und auf die schmutzige Rasierklinge zwischen ihren Fingern. Er trat vor und kniete sich vor sie. Er schloß die Augen, als sie seine Haut hochzog und mit der Rasierklinge hineinschnitt. Er spürte ein leichtes Stechen, als sie das Pulver in die blutigen Striemen rieb, aber es war schneller und leichter vorbei, als er angenommen hatte, und er trat zurück, wobei er das dunkler werdende gerinnende Blut betrachtete.

Die *sviriko* packte ruhig ihre Geräte ein und wischte sich die Hände ab, dann schauderte sie plötzlich so stark, daß sich ihre Brust hob, wie immer, wenn der alte Mann ihr Inneres wieder verließ, stieß einen lauten Seufzer der Erleichterung aus und war still, nachdem sie von dem anderen Ich, das schwer auf ihrem Inneren gelastet hatte, befreit war. Der *sabuku* half ihr, die schwarzen Sachen auszuziehen, und sie war wieder eine Frau, eine stille alte Frau, die langsam aus dem Schlaf erwachte ...

»Da hat der Sohn des Diakons also schließlich doch noch *nyora* bekommen!« lachte Gidi Ishumba.

»Halt das Maul, Gidi.«

»Und du, Shungu, das wievielte Dutzend hast du jetzt voll?«

»Laß uns bitte allein, Gidi Ishumba. Wenn das *ngozi* in deiner Familie dich quält, dann laß das nicht an uns aus.«

»Aber warum hast du das zu ihr gesagt, Gidi?«

»Du solltest nicht auf alles hören, was diese Leute sagen, Baas Die. Wer hat schon eine Familie, in der noch keine Dinge vorgefallen sind?«

»Aber es schadet nichts zuzuhören.«

»Ich bin nicht bereit, mir von irgendeiner alten Frau, die mir begegnet, die Adern aufschneiden oder mir von meiner Vergangenheit erzählen zu lassen. Das kann mir meine *mudzimu* erklären. Wißt ihr, wer sie wirklich ist oder mit was sie sich so befaßt? Kennt sie mein *mutupo* oder weiß sie, woher ich komme? Warum hast du dir nicht *nyora* von ihr geben lassen, Baas Die?«

»Mein Großvater hat sich so was machen lassen.«

»Und du, Mabunu? Du hast noch nie eins bekommen, oder?«

»Um Himmels willen!«

»Was hat sie über ... über die beiden gesagt, die uns verlassen haben?«

»Die Familie des *mujhibha* muß benachrichtigt werden.«

»Wir können einen *mujhibha* aus diesem Dorf mit der Nachricht losschicken.«

»Seine Leute wollen sicher noch, daß man ihnen den Ort zeigt ...«

»Aber wie sollen wir dorthin zurückgehen, Shungu? Das *Spray* wirkt noch ...«

»Außerdem ist die Frage, ob wir noch einen entbehren können?«

»Pasi hat recht.«

»Was machen wir aber, wenn die Eltern des Jungen darauf bestehen?«
»Wir können jetzt nicht anfangen, uns darüber den Kopf zu zerbrechen, Shungu. Was meinst du, Mabunu?«
»Sie müssen einfach akzeptieren, was geschehen ist. Wir haben auch einen von unseren Genossen dort verloren.«
»Was meinst du, Chef?«
»Ihr entscheidet. Ihr habt gesagt, ihr wollt selbst Entscheidungen treffen.«

32

Jetzt haben sie das Gras und die Blätter abgebrannt, um uns auszuräuchern.
Sie haben das Getreide auf den Feldern abgebrannt, in der Hoffnung, sie könnten uns aushungern.
Das Land liegt brach.
Wenn sie genug Dynamit hätten, würden sie die Felsen und Hügel wegsprengen, die uns Schutz bieten.
Sie haben die natürlichen Quellen vergiftet, aus denen die Menschen trinken.
Jeden Tag stoßen wir neben den Quellen auf tote Tiere mit starren Augen und steifen Gliedern.
Nur wenige Brunnen in den Dörfern sind frei von Zyanid, aber die Flüsse fließen ungehindert und lassen sich wie unser Zorn nicht eindämmen.
Schulen, Geschäfte, Tankstellen, Kirchen – alles ist geschlossen worden.
Das Vieh treibt sich unbewacht auf den Feldern herum und leckt die Asche auf.
Die Menschen sind Gefangene in ihren eigenen Häusern, die Ausgangssperre dauert von der Abenddämmerung bis zum Morgengrauen.
Junge Leute setzen sich über das Ausgangsverbot hinweg und rennen über die geschwärzten Felder, um Botschaften und Waffen zu überbringen.
Wir haben die meisten weißen Grundbesitzer von den umliegenden Farmen vertrieben, und die Leute schwelgen in Rindfleisch.

Wir greifen die Soldaten in ihren Lagern an, belegen ihre Farmen mit Granatfeuer, schneiden Telefonleitungen durch und jagen ihre Fahrzeuge mit Landminen in die Luft.

Sie schwärmen aus wie wütende Bienen, die alles stechen, was ihnen in den Weg kommt, und das einfache Volk leidet unter ihrem Zorn.

Wir hören, daß es Verhandlungen über eine Beendigung des Krieges gibt, aber wir wissen, daß wir ihn noch eine Zeitlang werden führen müssen.

33

Die Feuer vor ihnen erschienen größer, als sie sich dem niedergebrannten Dorf näherten. Der scharfe Geruch der Zerstörung – nach verbranntem Stoff, stark erhitztem Emaillegeschirr und geröstetem Getreide in den Vorratsbehältern – stieg ihnen in die Nase.

Sie gingen am äußersten Rand des Feuerscheins entlang und hielten sich im Schatten, und wenn er meinte, daß sie sich zu schnell vorwärtsbewegte, zog er sie zurück und sie blieben erst einmal stehen, um zu lauschen, und versuchten, zwischen dem leisen Bröckeln zusammenbrechender geschmolzener Dächer, dem gedämpften Knacken von Blechtöpfen und dem plötzlichen Aufzischen von Nylonschnüren ein Geräusch oder ein Anzeichen von Gefahr auszumachen.

Pasi NemaSellout überlegte, wie weit sie ihn noch in diese brodelnde Feuerfalle hineinführen wollte, und bedauerte, daß ihre Eltern in diesem unglückseligen Dorf hatten gefunden werden müssen.

Plötzlich standen sie vor einem Compound auf einer Anhöhe, und er wußte, daß sie am Ziel waren, denn sie schoß aus dem Busch auf die lodernden Flammen in der Mitte zu.

»Warte!« zischte er, packte sie an der Hand und zog sie hinunter. Er sah sich um und lauschte. Zwei der Hütten waren nur noch Ruinen ohne Dach und der Kreis von Stümpfen glühte wie rote Zähne. In einer Ecke des Innenhofes wurden eine kleine Hütte und ein Getreidespeicher sichtbar, die sich gegen den fahlen Himmel abhoben; beide hatte das Feuer nicht beschädigt.

»Mutter! Mutter!« Sie klopfte heftig gegen die Tür der kleineren Hütte. »Vater! Bist du da drin, Vater?«

Sie rannte hinaus und durchsuchte den Getreidespeicher. Er hörte, wie sie mit den Füßen über die Erdnüsse stapfte und mit den Händen zwischen den Säcken und den dünnen Lehmwänden herumtastete.

In der brennenden Ruine sah Pasi den Rand eines dreibeinigen Topfes und ein rotglühendes Bettgestell. Der Feuerschein beleuchtete die Abdrücke von Stiefeln auf dem Sand – Soldatenstiefeln, die gekommen und gegangen waren.

»Ich kann sie nicht finden«, schluchzte das Mädchen.

»Vielleicht sind sie entkommen.«

»Meine Mutter kann nicht laufen. Sie ist gelähmt.«

»Vielleicht hat er sie weggetragen, bevor sie gekommen sind.«

»Sie sind beide getötet worden.« Das Mädchen wollte sich nicht trösten lassen. »Ich weiß es.«

Zwei oder drei Compounds weiter weg in der Dunkelheit, ging eine neue Hütte in Flammen auf.

»In den Getreidespeicher!« wies er das Mädchen an. »Schnell! Und beweg dich nicht!«

Er eilte in Richtung auf das neu entzündete Feuer. Vor ihm war ein Kraal und die Rinder irrten mit großen, runden, angsterfüllten dunklen Augen umher. In dem auflodernden Feuerschein sah er Metall aufblitzen, als eine Gestalt in Tarnuniform im Schatten verschwand.

Pasi feuerte eine Salve aus seiner AK ab. Die Gestalt taumelte, das Gewehr rutschte ihr von der Schulter und sie stürzte in den Busch.

Pasi setzte hinterher, wobei er nur kurze Sprünge machte und dann wieder in die Hocke ging, um zu lauschen. Er stieß mit den Füßen an das hinuntergefallene FN. Er fühlte, wie etwas Warmes, Klebriges und süß Riechendes von den Blättern auf seinen Arm tropfte. Blut. Er hatte den Soldaten gut getroffen. Er hatte gesehen, wie der Soldat kurz erstarrte und dann stürzte. Trotzdem mußte er vorsichtig sein. Es konnte sein, daß der Soldat sich versteckte oder ihn in eine Falle lockte.

Komm heraus, Soldier Boy, und laß mich dir einen netten kleinen *donga* ins Gesicht jagen.

Er lauschte sorgfältig und hielt die Augen offen.

Kein Geräusch.

Wo war der Soldat? Wer pirschte sich an wen heran?

Zeig dein Hinterteil und laß mich dein Zibetkatzen-Arschloch rösten.

Er hörte vor sich schweres Atmen, irgendwo ganz in der Nähe, sah für einen Moment einen dunklen Schatten sich bewegen, dann stürzte eine wütend schnaubende Bestie durch das Laubwerk auf ihn zu.

Jaule nur, Smithy-Hund, dann kann ich dir die Schnauze mit meiner AK grillen!

Seine Augen brannten. Seine Finger schmerzten am Abzug.

Vorsichtig kletterte er auf einen Baum und suchte mit den Augen den Wald ab.

In einer Entfernung von mehr als einem halben Kilometer sah er auf dem spärlich mit Bäumen bewachsenen Gelände der Missionsschule eine langsame undeutliche Bewegung in Richtung auf die Ruinen der Schulräume, die bereits früher ausgebrannt waren, und die Missionskirche mit dem Wellblechdach, das irgendwie der Zerstörung entgangen war.

Er kletterte wieder vom Baum herab und arbeitete sich zur Mission vor. Er durchsuchte den Obstgarten, zerquetschte Guaven mit den Stiefeln und spähte durch die scheibenlosen Fenster in die leeren Klassenzimmer. Auch hier fand er nichts.

Dann war ihm klar, daß der Gesuchte in der Kirche sein mußte. Die Kirche hatte keine Türen, sondern nur offene Eingänge. An einem Sonntagnachmittag waren er und Shungu Dzangu vom Obstgarten her mitten während einer Predigt hereingeplatzt, um mit den Dorfbewohnern zu sprechen, und der zu Besuch anwesende weiße Priester hatte sichtlich mitgenommen in seiner Soutane um sich geschlagen, weil er fürchtete, die Soldaten würden kommen.

Er schlüpfte durch einen Seiteneingang hinein. Die rauhen, harten Bänke ohne Lehnen standen in engen Reihen. Vorn befanden sich ein roher Tisch und die Kanzel.

Wo bist du?

Er hörte von vorn irgendwo neben der Kanzel leise Atemgeräusche. Mit schußbereitem Gewehr und funkelndem Bajonett ging er darauf zu.

Die Gestalt lag ausgestreckt in der Kanzel, fast ganz verborgen. Pasi leuchtete den Mann mit der Taschenlampe an. Kopf und Schultern des Mannes waren gegen die Brüstung der Kanzel gelehnt, der übrige Körper lag ausgestreckt auf dem Boden.

Das Gesicht des Mannes war schwarz wie Ruß, aber als der Schein der Taschenlampe darauf fiel, waren seine Augen blau!

»Mach Schluß mit mir«, sagte der Mann im perfekten Englisch der Weißen.

Pasi ließ den Schein der Fackel langsam über den Mann gleiten. Sein Gesicht war zwar schwarz, aber seine Augen waren blau, und er hatte eine scharf geschnittene Nase und sehr schmale Lippen. Auch sein Hals war schwarz, und seine Hände und Arme waren schwarz, und seine Hände umklammerten etwas silbriges und schlangenförmiges, das in glänzenden Windungen aus einem dunklen Flecken an der Seite seines Unterleibs hervorquoll.

»Töte mich bitte«, sagte der Mann, »gib mir mit deinem Bajonett den Rest.«

Unter seinem Barett war sein kurz geschnittenes Haar schwarz gefärbt. Er war noch jung, und unter dem Ruß oder der Farbe oder was immer er auf seine Haut geschmiert hatte, konnte man sehen, daß er nicht älter als neunzehn oder zwanzig war. Seine Hände unter der Farbe waren schlank mit langen Fingern, genau wie die Hände eines jungen Mannes. Er war jung und konnte nicht älter sein als Pasi.

»Du bist also ein *Selous Scout*«, sagte Pasi auf Englisch und stand mit gespreizten Beinen über dem Mann.

»Willst du mir nicht den Rest geben?« bat der Mann. Ein Schauer durchfuhr ihn und er stöhnte. »So dumm ...«, keuchte er, »so dumm zu sterben ...«

Der Kopf des Mannes fiel zur Seite, und er war still.

Pasi durchsuchte die Taschen des Mannes.

Zwei Photos. Auf einem ein Paar in mittleren Jahren, das in der Auffahrt eines großen weißen Vorstadthauses posierte. Auf dem anderen ein weißes Mädchen mit blonden Haaren, das hinter einer Schreibmaschine saß und lächelte.

Geld – Zigaretten – ein Stange *dagga*.

Er steckte die Photos wieder in die Brusttasche des Mannes und ließ die übrige Beute in seiner eigenen verschwinden. Er warf noch einmal einen langen Blick auf das Gesicht des Mannes, zog den Stoff von der Kanzel und bedeckte den Körper, so gut es ging, dann trat er langsam den Rückweg an. Am Eingang machte er Halt. Im Dorf waren die Feuer heruntergebrannt und glimmten jetzt wie verstreute Laternen.

Ein leichter Wind strich durch den Obstgarten. Draußen im Wald blökte ein verirrtes Kalb herzzerreißend. Er hängte sich das Gewehr um und ging leicht schwankend in die Dunkelheit hinaus.

Als er an die Wand des Getreidespeichers klopfte, schrie das Mädchen auf.

»Ich bin's«, flüsterte er durch die enge Fensteröffnung.

»Ich habe den Schuß gehört und gedacht, sie hätten dich getötet«, stammelte das Mädchen.

»Ich habe ihn erwischt«, erklärte er trocken.

Er konnte die Hitze in den Händen des Mädchens spüren, die Hitze, die von den glimmenden Ruinen um sie herum kam. Die Hitze in der Luft.

»Ich weiß genau, daß sie meine Eltern umgebracht haben«, begann sie erneut zu schluchzen.

»Wir finden sie morgen früh«, sagte er, »wir finden sie schon.«

Er fühlte sich müde und innerlich leer. Er ließ sie weinen und sich an ihn klammern. Er fühlte sich müde, schwach und leer, und er drückte sie an sich und lehnte sich gegen ihr Gesicht, und sie hingen aneinander und wiegten sich zusammen mitten in ihrem zerstörten Heim.

Teil IV

34

Der zerbeulte rote Zephyr Zodiac bog von der Straße ab und holperte den schmalen Steinpfad zum Haus hinauf. Peter, der an der Wand lehnte und in einer zerfetzten Zeitschrift las, brückte sich nach seiner Krücke und humpelte aus dem Weg, als der Wagen um die Mauer herumbog.

Der Fahrer, Clopas Wandai J. Tichafa, öffnete die Tür ein wenig, wobei er aufpaßte, daß er nicht damit gegen die Mauer stieß, und zwängte sich hinaus. Er trug verwaschene Blue Jeans und eine alte Lederjacke, hochhackige schwarze Schuhe und eine gelbe Golfmütze.

»Überrascht?« grinste Herr Tichafa seinen Sohn an. »Ja, ich habe angenommen, du wärst es. Es ist ein Modell von 1962. Kannst du dir vorstellen, daß er jetzt seit achtzehn Jahren auf der Straße ist? Er sieht fast aus wie neu, oder nicht? Ich habe ihn für gerade einmal sechshundert Dollar von einem Weißen gekauft, der nach Südafrika auswandert!«

Ein Kläffen vom Rücksitz des Wagens erinnerte Herrn Tichafa daran, daß er vergessen hatte, etwas herauszuholen.

»Tut mir leid, Dingo«, sagte er auf Englisch und holte einen jungen Schäferhundmischling vom Boden des Wagens herauf. »Tut mir leid, Hundchen, tut mir so leid.«

Der Hund leckte ihm wild das Gesicht und er stieß ihn zurück. »Gut, Dingo, gut, Hundchen. Genug jetzt, Dingo. Richtig, Dingo, aus, Diiiingo!«

Er setzte den Hund ab und zischte: »Sitz!« Sofort knickte der Hund die Beine ein und war still. »Er versteht Deutsch«, erklärte er. »Der frühere Besitzer war ein Deutscher und hat ihn mir gegeben, weil er auch nach Süden wollte und es niemanden gab, der sich um ihn kümmern könnte. Guter Hund, Dingo. Guter Hund. Hast du Hunger, Dingo? Willst du etwas fressen, Dingo? Gut, Dingo. Gut. Hol ihm Milch, Peter.«

Peter ging in die Küche und als er mit der Flasche herauskam, schoß der Hund auf ihn zu, schnappte nach den Shorts und hielt sie knurrend zwischen den Zähnen, selbst dann noch, als Herr Tichafa ihn wegzog.

»Böser Hund, Dingo! Böser, böser Hund! Hierher Dingo. Sitz Dingo! Sitz! Bist du verletzt, Peter?«

»Nein.« Peter befühlte seine zerrissenen Shorts und goß die Milch aus. Nachdem der Hund sie aufgeleckt hatte, beschloß er, freundlich zu sein.

»Wo ist deine Mutter?« fragte Herr Tichafa, als er sich in das grüne Sofa fallen ließ.

»Sie ist noch nicht vom Markt zurück.«

»Und Benjamin?«

»Er ist morgens weggegangen.«
»Ich habe gehört, daß er zurückgekommen ist. Er wohnt also hier?«
»Ja.«
»Was macht er? Hat er schon einen Job?«
»Nein.«
»Ist er in der Armee?«
»Er hatte eine Problem – irgendetwas mit seinen Papieren.«
»Was fängt er also mit sich an?«
Peter zuckte mit den Achseln.
»Hat er sich sehr verändert?«
Peter zuckte wieder mit den Achseln.
»Ich nehme an, du weißt es nicht oder hast es nicht bemerkt. Ich nehme an, du hast nicht genug über ihn gewußt, bevor er beschlossen hat wegzugehen.«
Sie saßen eine Weile nebeneinander, dann fing Dingo draußen wieder an zu bellen und zu knurren. Peter humpelte hinaus, um nachzusehen.
»Es ist Mutter«, sagte er. »Aus, Dingo! Sitz, Dingo!«
»Wem gehört dieser Hund?« fragte Frau Tichafa und schlich sich seitwärts durch die Tür. Sie blieb stehen, als sie Herrn Tichafa auf dem Sofa ausgestreckt sah. Sie gab ihm die Hand und ließ sich auf dem Sofa gegenüber von ihm nieder. Wenig später folgte Nkazana langsam und bemüht, sich nicht zu weit nach vorn zu beugen, ließ sich auf die Knie nieder, gab Herrn Tichafa die Hand und rutschte auf den Knien über den Boden bis in die Nähe von Frau Tichafas Platz. Aus dieser sicheren Distanz erkundigte sie sich nach Herrn Tichafas Gesundheit und verschwand dann diskret in der Küche.
»Ich hätte dich fast nicht wiedererkannt«, sagte Frau Tichafa mit einem Blick auf seine Kleidung. »Hast du auch den Hund mitgebracht?«
Herr Tichafa klaubte einen Faden von seinen Jeans und starrte auf den Boden.
»Und den Wagen?«
»Ich habe ihn letzte Woche von einem Weißen gekauft, der nach Südafrika ausgewandert ist.«
»Du Glückspilz.«
»Er hat nur sechshundert Dollar gekostet. Ein selten gutes Geschäft in diesen Tagen. Hast du ihn dir angesehen?«
»Wie konnte ich, wo dieser Hund drauf und dran war, mich anzuspringen?«
»Es ist ein Modell von 1962, aber er ist sehr gut gepflegt worden. Weiße pflegen ihr Eigentum sehr gut.«
»Ich habe gar nicht gewußt, daß du fahren kannst.«
»Ich habe Fahrstunden genommen. Nächsten Monat ist Prüfung.«

»Gut für dich. Du sorgst gut für dich selbst. Und wie ist es den anderen ergangen, die du verlassen hast?«

Herr Tichafa zupfte wieder an seinen Jeans herum, sein Blick wanderte unruhig hin und her. Die Tür öffnete sich und Peter streckte sein Gesicht herein.

»Wo sind Nadel und Faden, Mutter?«

»In der Schublade vom Küchenschrank. Wozu braucht du das?«

»Dingo hat meine Shorts zerrissen.«

»Dingo?«

»Der Hund.«

»Zieh die Shorts aus, dann stopfe ich sie für dich«, sagte Nkazana.

»Benjamin ist also zurück«, stellte Herr Tichafa fest.

»Wir haben dir schon vor Monaten Bescheid gesagt. Peter hat Muchaneta eine Nachricht mitgegeben. Oder hat sie dir nicht erzählt, daß dein Sohn zurückgekommen ist?«

»Ich war beschäftigt. Und außerdem hätte er als Sohn sich die Mühe machen sollen, mir mitzuteilen, daß er zurück ist.«

»Weshalb bist du also heute gekommen?«

Peter steckte wieder seinen Kopf herein und bat um Geld für Milch.

»Wir haben doch heute morgen eine Flasche im Regal gehabt«, sagte Frau Tichafa. »Was ist damit passiert?«

»Ich habe Dingo die Milch gegeben.«

»Einem Hund, wirklich!« schnaubte Frau Tichafa wütend, wühlte in ihren Rocktaschen und zählte Peter etwas Kleingeld in die offene Hand.

»Und wer ist die schwangere junge Frau?« fragte Herr Tichafa, sobald Peter und Nkazana zum Einkaufen weggegangen waren.

»Tu nicht so, als wüßtest du es nicht.«

»Als Eigentümer dieses Hauses habe ich ein Recht zu erfahren und von dir zu hören, wer in diesem Haus wohnt.«

»Was soll das denn heißen? Hast du denn die Nachricht nicht erhalten? Ich habe dir ausrichten lassen, daß Benjamin jemanden mitgebracht hat.«

»Es hieß, einen Freund, und nicht, eine schwangere Frau.«

»Ich dachte, du würdest ahnen, was das bedeutete. Was hätte ich sagen sollen? Jedenfalls habe ich angenommen, du wärst gekommen, um es selbst herauszufinden.«

»Du meinst, er hat dieses Mädchen aus dem Busch mitgebracht? Er hat es hierher gebracht, in mein Haus, ohne mein Wissen, und du läßt es hierbleiben, ohne mich zu fragen?«

»Was sollte ich denn machen? Sie ist ihm hierher gefolgt, sie kam einen Tag nach ihm an. Er hat mir gesagt, daß sie sein Mädchen ist und daß er sie heiraten will.«

»Sie heiraten? Einfach so? Ohne mir etwas zu sagen? Und wer ist sie überhaupt? War sie eine .... war sie im Krieg?«

»Frag mich nicht.«

»Wissen ihre Eltern, daß sie hier ist?«

»Nein.«

»Wie geht das zu? Was ist, wenn ihr etwas zustößt, in ihrem Zustand?«

»Ihre Eltern sind im Krieg umgekommen.«

Immer wieder hatte er sich in Gedanken vorgestellt, wie die Versöhnung aussehen würde. Tausendmal hatte er sich vorgestellt, was sie einander sagen würden. Er hatte den Entwurf seiner Rede im Kopf, sie geübt, sie in seinem Kopf durcheinandergeschüttelt und durch eine andere ersetzt. Wut, Reue, Verlegenheit und Scham hatten ihn abwechselnd gepackt, bis er Zuflucht zur Verdrängung genommen hatte.

Er hatte seinem Sohn erzählen wollen, wie er sie nach seinem Weggang gelitten hatten, wie die Polizei sie gequält hatte, wie die ganze Township über seinen abtrünnigen Sohn geredet hatte, der eine Bierhalle angezündet und seinem jüngeren Bruder das Bein abgehackt hatte und in den Krieg fortgelaufen war, um der Schande zu entgehen. Er hatte seine Ohren gegen jeden Hinweis verschlossen, daß der Weggang seines Sohnes heldenhaft war, und die Handlungsweise des Sohnes nur als äußerste Mißachtung seiner Autorität betrachtet. Und dann hatte er Berichte aus erster Hand gehört, von Leuten, die gerade aus den Operationsgebieten zurückgekehrt waren, hatte gehört, wie die Leute bewundernd von den tapferen Jungen im Busch erzähltem, die den Krieg führten, um das Land zu befreien. Die Tatsache, daß er der Vater eines solchen Sohnes war, hatte ihn aufgerüttelt, hatte ihn nachts gequält und seine Seele vor Reue bluten lassen. Dann hatte er an andere Dinge gedacht – an seine Frau, das Haus und die Kinder, die er verlassen hatte, die Kirche, von der er sich abgewandt hatte – und er hatte versucht, die finstere Heuchelei seines Lebens durch schnöde materielle Anschaffungen zu verdrängen. Ein- oder zweimal, wenn die Gefühle ihn übermannten, betete er für seinen Sohn.

Als er hörte, daß sein Sohn lebend und heil zurückgekehrt war, hatte die Reue nachgelassen; die Wochen der Verdrängung hatten ihn nach und nach wieder hart werden lassen.

Als Benjamin dann später an diesem Abend nach Hause kam, nachdem er schon zweimal gedroht hatte, abzufahren, als sein Sohn mit drei Literpackungen »Shake-Shake«-Bier nach Hause kam, ihm die Hand gab und sich ihm gegenüber auf das Sofa fallen ließ, sich eine Zigarette anzündete, in der alten theatralischen Art seine Mütze abnahm und beiläufig fragte, wie es ihm ging, als sie zusammen *sadza*, Gemüse und Rippchen von einem Teller aßen, da kamen Herrn Tichafa seine zurechtgelegten Reden abhanden.

»Du hast also einen Wagen gekauft?«
»Es ist ein 62er Zephyr Zodiac. Ich habe ihn einem Weißen abgekauft, der nach Südafrika auswandert.«
»Hast du ihn bar bezahlt?«
»Ja.«
»Hast du dir das Geld geliehen?«
»Ich bin in Rente gegangen.«
»Du bist also jetzt verheiratet?«
»Sozusagen.«
»Und das Kind, das das Mädchen bekommt, ist von dir?«
»So ist es.«
»Es tut mir leid, daß ihre Eltern gestorben sind.«
»Das ist jetzt vorbei.«
»Aber wie ist das passiert?«
»Was würde es helfen, wenn du es wüßtest? Was würde es helfen, wenn du irgendetwas wüßtest?«
»Ich wollte dich nicht kränken ...«
»Schon gut.«
»Sie kann hierbleiben. Ihr könnt beide hierbleiben.«
»Was sollte ich sonst tun? Das ist mein Zuhause, oder nicht?«
»Aber was willst du machen?«
»Inwiefern?«
»Um einen Job zu bekommen?«
»Ich werde tun, was ich kann.«
»Werden sie dich in der Armee nehmen?«
»Läßt sich noch nicht sagen. Ich werde nehmen, was ich bekomme.«
»Ich höre, du hast Ärger mit deinen Papieren?«
»Wer hat das erzählt?«
»Ich wollte dich nicht kränken.«
»Du hast doch wohl nicht geglaubt, deiner Mutter und mir wäre es gleichgültig gewesen, als du fortgegangen bist. Es hat uns so weh getan, als wir erfahren haben, zu was du dich entschlossen hattest. Wir haben uns eine Menge Sorgen um dich gemacht. Wir haben Angst um dich gehabt.«
»Was ist mit all den anderen, die das gleiche getan haben? Hatten sie nicht auch Mütter und Väter?«
»Ich will damit nicht sagen, daß du nicht hättest gehen sollen. Ich will das, was du getan hast, nicht herabsetzen. Ich will lediglich sagen, daß du es an unserer Stelle auch sehr hart gefunden hättest.«
»Du wohnst nicht mehr hier. Du kümmerst dich nicht um Mutter oder Peter. Du kaufst nichts für sie.«
»Verurteilst du mich?«

»Ich stelle nur Tatsachen fest.«

»Verurteilst du mich?«

»Ein Mann kann weggehen und mit einer anderen Frau zusammenleben. Aber ein Mann darf nie seine erste Familie vergessen.«

»Klagst du mich an?«

»Du hast alle Regeln gebrochen, die du für uns aufgestellt hast.«

»Sag so etwas nicht in meinem Haus!«

»Ich kann überall alles sagen, was ich will. Du mußt deine Fehler zugeben.«

»Ich wollte dich nicht kränken, wirklich nicht. Ich bin wiedergekommen, um dich zu sehen, um dir zu zeigen, wie froh ich darüber bin, daß du lebend zurückgekommen bist, nicht um zu streiten. Es tun mir leid, daß es jetzt diese Wendung nimmt. Ich glaube, ich gehe jetzt besser.«

Der Wagen wollte nicht anspringen. Er stotterte, brummte und knatterte, wollte aber nicht anspringen. Er öffnete die Motorhaube und zündete ein Streichholz an, drückte, quetschte und zog in dem Gewirr von Drähten und Schläuchen herum, aber der Wagen wollte nicht anspringen. Auf dem Rücksitz winselte und zappelte Dingo unaufhörlich herum.

»Gibt es zu dieser Nachtzeit ein Taxi?«

»Warum bleibst du nicht einfach über Nacht hier?« fragte seine Frau durch das Fenster. »Willst du dich herumquälen und außer Atem bringen und auf der Straße überfallen werden, um zu dieser Nachtzeit ein Taxi zu suchen, als ob dein eigenes Haus ein Hexenhaus wäre, aus dem man fliehen muß?«

Schließlich schloß er den Wagen ab, aber als er eintrat, schlief Peter schon im Wohnzimmer und seine Frau hatte sich in der Küche eingeschlossen. Das große Schlafzimmer war für ihn geräumt worden.

Sobald es hell genug war, daß er etwas sehen konnte, war er draußen am Wagen und brütete mit einem Schraubenzieher und einem Schraubenschlüssel unter der Motorhaube. Später kam Benjamin ohne Hemd und gähnend dazu.

»Es kann nur ein ganz kleines Problem sein«, erklärte der Vater. »Das Öl, die Batterie und das Wasser sind in Ordnung.«

Benjamin betrachtete die durchgescheuerten Sitze, trat mit dem Absatz gegen die abgefahrenen Reifen und öffnete den Kofferraum. Er war voll von leeren Bierflaschen. Er machte ihn wieder zu und grinste, als er merkte, daß sein Vater unruhig hochsah.

»Heutzutage mußt du aufpassen, was du kaufst«, sagte er. »Sie versuchen aus jedem Stück Schrott noch soviel Dollars wie möglich herauszuquetschen, bevor sie abhauen.«

Herr Tichafa versuchte noch einmal, den Wagen anzulassen, aber ohne Erfolg.

»Möchtest du es noch einmal versuchen?«

»Nein.«

Benjamin ging weg, um eine Packung Zigaretten zu kaufen. Als er zurückkam, war niemand draußen, und die aufgeregten Stimmen aus dem Haus verrieten ihm, daß Besuch gekommen war. Im Wohnzimmer saßen seine Schwester Esther und ein bärtiger Mann.

Sobald Benjamin den Fuß durch die Tür setzte, eilte Esther auf ihn zu, umarmte ihn und jammerte. Er hielt sie unsicher fest, bis sein Vater sagte: »Schluß jetzt, Esther. Das muß nicht sein.«

»Die Träume, die ich von dir hatte, Benjamin.« Esther brach erneut in Schluchzen aus. »Drei Jahre lang, mein Bruder. Ich dachte, ich würde dich nie wieder leibhaftig vor mir sehen. Oh, Benjamin. Bist du in Ordnung, Benjamin? Stell dich vor mich hin und laß mich sehen, ob du in Ordnung bist, Benjamin. Bist du nicht angeschossen oder anders verletzt worden, Benjamin? Hast du Narben? Oh, was ich für Träume hatte.«

»Er ist in Ordnung, Esther«, sagte Herr Tichafa.

»Laß sie sich ausweinen«, meinte Frau Tichafa und betupfte ihre Augenwinkel mit der Ecke ihres Kopftuchs. »Sie ist auch eine Frau. Sie hat einen Schoß und sie kennt die Schmerzen einer Geburt. Ihr Männer fühlt überhaupt keinen Schmerz.«

Esther war schlank und sah mit ihren Strümpfen und hochhackigen Schuhen größer aus.

Eine leichte Wölbung am Bauch deutete darauf hin, daß etwas unterwegs war. Ihr Haar war gewellt, und sie hatte Lippenstift, Lidschatten und Nagellack aufgelegt.

»Ich bin auch von zuhause weg, Benjamin.« Esther trocknete ihr Gesicht sorgfältig mit einem bunten Papiertaschentuch ab. »Kurze Zeit, nachdem du in den Busch gegangen bist, bin ich fort ... Ich bin mit einem Mann fort, er sitzt hier neben mir. Ich war jung und unerfahren und habe nicht gewußt, was ich tat, aber ich hatte Glück, denn dieser Mann hat sehr gut für mich gesorgt und sich um mich gekümmert. Ich weiß, daß ich unsere Eltern ungerecht behandelt habe, deshalb habe ich nicht gewagt, einen Fuß in dieses Haus zu setzen. Dann habe ich erfahren, daß du zurückgekommen bist B..., B..., Benjamin, nach diesen drei langen Jahren, und ich habe zu Dickson gesagt, ich habe gesagt ›Ich gehe nach Hause, um meinen Bruder zu sehen, auch wenn ich wie eine Närrin weggelaufen bin und gegen ihren Willen mit dir zusammengelebt habe‹. Und Dickson hat gesagt, daß er mich begleitet ... obwohl er gewußt hat, daß wir unsere Eltern ungerecht behandelt haben ... Und hier sind wir also, Benjamin, und wenn ich etwas Schlechteres getan oder gesagt habe als das, was ich bereits früher getan habe, wenn ich für dich eine verdorbene Schwester war, Benjamin, wenn ich es getan habe, um eine noch schlechtere Tochter zu sein, als ich es schon bin, dann bitte ich dich als meinen Bruder, mir zu verzeihen, und ich bitte dich, unsere Eltern zu bitten, mir zu verzeihen, mir ... und Dickson. Und wenn ich Dickson seiner *ambuya*, deiner Frau, nicht ordentlich vorgestellt habe, dann entschuldige bitte, Benjamin; sein Name ist Dickson Mhungu, und er ist ein guter Mann, und wenn du und Vater und Mutter es ihm erlauben, dann wird er unseren Fehler wieder gutmachen ... und mich heiraten.«

»Kennst du dich mit Autos aus?« fragte Benjamin Dickson.

Dickson sah mit einem verwirrten Nicken hoch und sagte: »Etwas.«

»Wir können den Klapperkasten des Alten im Hof nicht in Bewegung bringen. Vielleicht kannst du einmal mit hinauskommen und das Problem herausfinden.«

Dickson folgte Benjamin nach draußen; er verbeugte er sich diskret und faltete die Hände, als er zwischen den Frauen durchging.

»Eine gute Gelegenheit, um dem Geschluchze zu entgehen und etwas frische Luft zu schnappen«, meinte Benjamin augenzwinkernd. »Man gewöhnt sich hier an solche Dinge, wenn man sie nicht zu ernst nimmt. Du bist Fernfahrer, nicht wahr?«

Dickson nickte.

»Die alte Dame hat es mir erzählt. Sie ist auf deiner Seite, solange du Esther gut behandelst. Ich auch. Was den Alten angeht, er macht sich zu viel Gedanken darüber, wie er sein Ding hier auf die Straße bekommt. Du solltest es zum Laufen bringen, und wenn du das schaffst, dann vergißt der Alte vielleicht das Bußgeld und streicht sogar ein oder zwei Viecher von deiner *lobola*-Liste.«

Dickson lachte höflich und wurde durch Benjamins Art etwas lockerer; er öffnete die Motorhaube.

Aus der Küche zog der verführerische Geruch von Leber, Hähnchen, Zwiebeln und Tomaten in den Hof. Die drei Frauen scherzten und waren geschäftig, kneteten Brötchenteig und arbeiteten Hand in Hand. Immer wieder kramte Esther in ihrer Handtasche und schickte Peter mit einem neuen Auftrag los, irgendetwas zu besorgen – Pfeffer, Mehl, Schlagsahne, Vanillesoße. Selbst Dingo machte sich nützlich, indem er sich von den Unterschenkeln der Leute fernhielt und alte Zeitungen in den Garten zerrte.

»Streng dich nicht an, *mroora*«, meinte Esther zu Nkazana. »Du bist noch nicht auf der Höhe. Später, wenn du dich von alles hinter dir hast, stellen wir dich auf die Probe.«

»Sie hat den Test gleich in der ersten Woche bestanden, in der sie hergekommen ist«, lobte Frau Tichafa sie, »ich weiß nicht, was ich ohne sie gemacht hätte, wo ich doch jeden Tag auf dem Markt bin. Du siehst heute früh nicht gut aus, Nkazana.«

»Das kommt wahrscheinlich von dem ganzen Anschieberei letzte Nacht.«

»Hast du auch geschoben, Nkazana?«

»Ich wollte ein bißchen trainieren.«

»Du liebe Güte. Übernimm dich nicht!«

»Was haben sie geschoben?« fragte Esther.

»Den Wagen eures Vaters. Keine Ahnung, wie oft sie die Straße rauf und runter sind, damit er anspringt.«

»Was ist denn mit dem Wagen?« fragte Esther. »Hast du das Problem herausgefunden?«

»Ich kanns nicht sagen«, erklärte Dickson unter dem Wagen her, seine Haare und der Bart waren weiß vom Staub.

»Es kann nur ein ganz kleines Problem sein«, meinte Herr Tichafa und wischte sich die Finger mit einem Stück Zeitungspapier ab.

»Laß es, *mwanangu*«, sagte Frau Tichafa zu Dickson. »Wasch dich und komm zum Frühstück. *Baba* kann den Wagen in eine Werkstatt abschleppen und ihn später nachsehen lassen. Laß es jetzt.«

Herr Tichafa fügte sich, obwohl er seiner Frau übelnahm, wie sie ihm, absichtlich oder nicht, die ganze Zeit über Verständnis abgerungen hatte, er haßte die Art, wie sie ihn dazu gebracht hatte, die Nacht hier zu verbringen, um ihm dann den Boden unter den Füßen wegzuziehen, indem sie ihm die kalte Schulter zeigte und es ablehnte, das Schlafzimmer mit ihm zu teilen.

Gerade in diesem Augenblick kam Peter den Weg hinauf, mit einem zweijährigen Jungen an der Hand. Als Herr Tichafa den Jungen sah, erstarrte er.

»Wo hast du ihn aufgelesen?« fragte er und nahm den Jungen hoch.

»Ich habe ... ich habe *mainini* Muchaneta vor den Läden getroffen.«

»Muchaneta! Was macht sie hier?«

»Was ist das für ein Kind, Vater?«, fragte Esther.

Der Junge grub sein Gesicht in Herrn Tichafas Hemd.

»Kannst du das nicht sehen?« sagte Frau Tichafa aufgeregt. »Kannst du nicht sehen, daß das ein Kind von deinem Vater ist?«

»*Mainini* hat nach dir gesucht«, versuchte Peter zu erklären, »sie wollte herausfinden, ob du hier bist ...«

»Sie hat ihn hier gesucht, heh?« sagte Frau Tichafa beißend. »Sie hat deinen Vater gesucht und du hast ihr geholfen, ihn zu finden. Und sie hat dich das Kind herbringen lassen, um mich zu verletzen!«

»Jeeesus, Shamiso!«

»Diese Frau hat die Nerven, herzukommen, um dich zu suchen, Clopas! Und warum solltest du nicht hier sein? Bist du hier nicht zu Hause? Bin ich nicht deine rechtmäßige Ehefrau? Egoistische Hexe! Sie kann nicht eine Nacht ohne dich sein, ihren geliehenen Ehemann. Sie kann nicht eine Nacht ohne einen gestohlenen Mann sein. Was ist mit mir? Was ist mit all den Nächten, die ich allein in diesem verlassenen Haus verbracht habe? Bin ich jemals am Morgen zu ihr nach Hause gegangen, um dich zu suchen? Bin ich keine Frau? Habe ich nicht auch meine Bedürfnisse?«

»Hör auf, Shamiso! Jeeeesus!«

»Muchaneta!« fauchte sie wild. »Teufel-Schlange-Hexe von Muchaneta! Plappert mit meinen Babies in der Wiege und wackelt hinter meinem Rücken mit ihrem roten, heißen Hexenarsch vor dir. Glaub ja nicht, ich hätte das nicht bemerkt, Clopas. Ich habe von dem Tag an, als sie neben uns eingezogen ist, gewußt, daß du hinter ihr her bist. Glaub ja nicht, ich hätte deine heimliche Freude nicht bemerkt, als ihr Mann bei dem Unfall ums Leben gekommen ist.«

»Mutter, es reicht«, flehte Esther sie an, aber sie ließ sich nicht bremsen.

»Und du, Peter, nennst diese Hexe *mainini*. Du läßt es zu, daß dich diese Schlange um den Finger wickelt. Das macht sie also jedesmal, wenn ich dich mit einer Nachricht für deinen Vater hinschicke. Füttert dich mich allem möglichen Gift, damit du dich gegen mich stellst. Als ob es nicht genug wäre, mir den Mann zu stehlen, sie möchte mir auch noch das einzige Kind nehmen, das mir geblieben ist.«

Sie floh weinend in die Küche. Esther und Nkazana liefen ihr nach. Das Kind stieß einen schrecklichen Schrei aus. Tränen strömten aus seinen kleinen runden Augen, und es hatte die Hände aus Angst zu winzigen Fäustchen geballt, mit denen es um sich schlug. Herr Tichafa konnte es nicht beruhigen und gab es Peter zurück.

»Er sieht dir ähnlich, Peter«, sagte Benjamin, kniff den Jungen in die Wangen und machte Grimassen, die den Kleinen den Atem anhalten und ihn anstarren ließen. »Wie heißt er?«

»Takunda.«

»Warum hätte sie dem Kind sonst so einen Namen gegeben, wenn nicht, um mich zu ärgern«, schrie Frau Tichafa gellend durchs Fenster und war in kürzester Zeit wieder draußen, wo sie sich resolut das Gesicht abtrocknete. »Sie spielt sich vor mir auf und lacht mich wegen meiner Schwäche aus. Heute wird sie lernen, daß ich es nicht länger widerspruchslos hinnehme. Ich habe es satt, Leuten zu verzeihen, die mir auf der Nase herumtanzen. Ja, Clopas. Ich werde sie mit ihren eigenen Waffen schlagen. Alles wird zwischen Muchaneta und mir genau aufgeteilt. Wenn du eine Woche mit ihr verbringst, wirst du die nächste bei mir bleiben. Du wirst deinen Lohn gleichmäßig unter uns aufteilen. Was du ihr kaufst, kaufst du mir auch, und wenn du dich weigerst, gehe ich vor Gericht. Ich wollte das schon lange tun, aber mein Stolz hat mich daran gehindert. Glaub ja nicht, daß ich meine Rechte nicht kenne. Jetzt sind nicht mehr die alten Zeiten. Wir Frauen haben jetzt Rechte, die uns schützen. Und wenn sie sich erdreistet, noch mehr Kinder mit dir zu haben, dann lasse ich mir auch etwas einfallen. Ich bin noch nicht zu alt, um Kinder zu bekommen, und wenn du dir einbildest, du könntest diese Stadt mit Kindern füllen wie ein Zuchtbulle, dann wird dein Geldbeutel dir die Rechnung präsentieren.«

»Wir haben Besuch, Shamiso. Wir sprechen später darüber.«

»Was für Besuch? Du nennst deine eigenen Kinder Besuch? Was gibt es vor ihnen zu verbergen? Gibt es vielleicht etwas, das sie noch nicht wissen? Geh los und bring Muchaneta her. Sie ist schon sehr lange nicht mehr in diesem Haus gewesen. Sag ich, ich möchte eine lange freundliche Plauderei mit ihr. Wenn sie von meinen Kinder respektiert und als die Mainini angesprochen werden möchte, die sie so verzweifelt gern wäre, muß sie kommen, um Esther und Benjamin und ihre Partner kennenzulernen. Sie möchte Benjamin sehen, oder nicht? Oder hat sie überhaupt kein Schamgefühl, oder ist sie nur eine Phantomfrau? Bring sie her. Das Essen ist fertig. Wir werden essen und von Frau zu Frau sprechen. Ich will ihr oder ihrem Kind nicht schaden. Ich möchte nur etwas Respekt.«

»Mutter hat recht«, sagte Benjamin.

»Bring sie her, Vater«, sagte Esther, nahm Peter das Kind ab und band es sich auf dem Rücken fest.

Herr Tichafa erkannte, daß ihm keine Wahl blieb. Er machte sich gebeugt auf den Weg zu den Läden. Nach etlicher Zeit sah man ihn zurückkommen und die sich sträubende Muchaneta hinter sich herziehen.

»Jetzt weißt du, in was für eine Familie du einheiratest«, meinte Benjamin einige Stunden und mehrere Runden Lagerbier später in der Ecke eines Biergarten zu Dickson. »Man könnte sagen, Esther, Vater und ich sind Variationen eines einzigen Liedes, der gemeinsame Klang ist, daß wir alle von zuhause und von Mutter weggelaufen sind – natürlich jeder aus einem anderen Grund. Nicht, daß Mutter das verdient hätte.«

Dickson bot Benjamin eine Zigarette an.

Eine große plumpe Frau mit dem Teint einer Banane schüttete Dunkelbier über Benjamins Schulter und fing überschwenglich an, sich zu entschuldigen.

»Schon gut«, schnitt Benjamin ihr das Wort ab und wandte sich wieder Dickson zu. »Tut mir leid, bin ich zu grob?«

»Nein, *tsano.*«

»Vielleicht habe ich das Vertrauen in allgemeine Umgangsformen verloren und bin an den Punkt gekommen, wo ich es einfach sage, wenn ich etwas zu sagen habe. Du mußt mir nicht immer recht geben. Ich mag Leute, die sagen, was sie denken. Alles geht, wirklich, solange man nicht andere Leute betrügt und mißbraucht. Das kann ich nicht vertragen. Ist es dir Ernst mit Esther, Dickson?«

»Ja, *tsano.*«

»Denn wenn es das nicht ist, und du läßt sie morgen im Stich, dann wäre mir das nicht recht. Aber wir wären immer noch Freunde. Was zwischen dir und ihr ist, das ist eure Sache, und ich habe noch nicht einmal das Recht, darüber zu reden. Ich wette, wenn jeder die Haltung hätte, seine Nase nicht in anderer Leute Angelegenheiten zu stecken, dann wäre diese Welt wesentlich erträglicher. Aber leider ist es so, daß diese Welt voll von Nasen ist ...«

Dickson lachte.

»Rede ich zu viel?«

»Nein, *tsano.*«

»Stopf mir eine Flasche in den Hals, wenn ich dir auf die Nerven falle.«

»Nein, nein.«

»Und nenn mich Benjamin. Du könnstest doch mein Bruder sein, nicht wahr? Ich meine, ein richtiger Bruder. Ich habe mir manchmal einen großen Bruder gewünscht. Erzähl mir was von dir. Bis jetzt weiß ich nur, daß du Dickson bist, die Kobraschlange, die mit meiner Schwester weggerannt ist.«

»Wir sind sieben zuhause, fünf Mädchen und zwei Jungen. Ich kam als zweites Kind und bin der ältere der Jungen. Wir sind auf dem Land aufgewachsen, haben Rinder und Ziegen gehütet und uns für wenige Sack Mais auf den Feldern totgeschuftet. Vater hatte einen Job in der Stadt und kam immer am Monatsende nach Hause.«

»Was hat er gemacht?«

»Er war Polizist.«

»Einer von diesen Leuten, die uns draußen im Busch gejagt haben, heh?«

»Er hat letztes Jahr den Dienst quittiert.«

»Nachdem er seinen Anteil Genossen abgeknallt hat?«

»Er ging nicht oft auf Patrouille, wirklich nicht.«

»Was macht das für einen Unterschied? Politische Aktivisten zu hetzen und demonstrierende Schüler ins Gefängnis zu werfen, war genauso schlimm.«

»Wir hatten Ärger zu Hause, als der Krieg anfing, und die Jungens haben ihn aufgefordert, seinen Job bei der Polizeitruppe an den Nagel zu hängen. Als er es nicht getan hat, haben sie unser Haus angezündet, und meine Mutter mußte mit einigen Kindern weggehen und in seiner Zweizimmerbaracke auf dem Polizeigelände hausen. Ich war schon mit der Schule fertig und habe als Lastwagenfahrer gearbeitet. Bis zur Unabhängigkeit haben wir nicht mehr aufs Land zurück gewagt.«

»Jeder brauchte einen Job, um seine Familie durchzubringen. Aber wir konnten mit Polizisten nicht nachsichtig sein, weil sie das System aufrechterhalten haben. Aber wenn du es mal genauer betrachtest, dann macht es keinen Unterschied, welchen Job jemand hatte. Das Leben mußte weitergehen, auch wenn gerade Krieg war. Die Menschen brauchten zu essen, etwas zum Anziehen und mußten zum Krankenhaus gehen können. Das Essen und die Kleidung, die wir im Busch bekamen, wurden mit Gehältern des Systems bezahlt. Wir haben das gewußt. Nimm meinen Vater als Beispiel. Er war jahrelang Bote beim Bezirkskommissariat. Trug Akten von einem Büro zum anderen und kochte Tee für den ›Baas‹. Ich war schon ziemlich alt, als ich erfahren habe, daß das alles war, was er getan hat. Ich glaubte bis dahin, er wäre eine Art höherer Angestellter oder Sekretär. Aber er hat die Familie mit den Pfennigen versorgt, die sie ihm gegeben haben. Erstaunlich, wie unsere Väter das mit ihrem kläglichen Einkommen bewerkstelligt haben. Manchmal denke ich, so einer, der vom Gehalt eines Teejungen zehn Mäuler gestopft, vier Kinder gleichzeitig ins Internat geschickt und die Miete bezahlt hat und sich dann immer noch einen *doek* für seine Frau leisten konnte, der gäbe einen ausgezeichneten Finanzminister ab. Aber was habe ich über meinen Vater gesagt – ach ja, daß er dann, wenn er diese Akten getragen und Tee gekocht hat, mit dem der Baas seine Kehle anfeuchten konnte, um unser Volk besser zu quälen, daß er dann auch das System gestärkt hat.«

»Es hat in diesem Krieg so viele Ironien des Schicksals gegeben.«

»Der Mann, dessen Frau mein Vater geheiratet hat, war Soldat. Er ist bei einem Unfall gestorben, bevor ich das Schulalter erreicht hatte. Ich kann mich nicht mehr sehr gut an ihn erinnern, nur soviel, daß seine Tarnuniform immer am Wochenende zum Trocknen auf der Leine hing. Das war noch, bevor der Krieg sich zugespitzt hat, als die rhodesischen Soldaten noch ein gutes Leben hatten. Weißt du, ich habe diese Tarnuniform immer mit Neid betrachtet. Irgendwie haben mich die Farben – das Grün und das Braun – immer angezogen.«

»Vielleicht war das schon damals der Kampfgeist in dir.«

»Ich hasse es, vom Krieg zu erzählen.«

»Warum ist es so schwer, darüber zu sprechen?«

»Woher weißt du, daß es das ist?«

»Ein Vetter von mir war fünf Jahre lang im Busch. Er ist jetzt Hauptmann in der Armee. Als er zurückkam, wollte er kein Wort über seine

Erfahrungen verlieren. Man konnte überhaupt nichts aus ihm herausholen.«

»Es gibt wirklich nichts zu erzählen. Wenn der Busch sprechen könnte, dann könnte er die Geschichte erzählen. Sobald du versucht, die Bruchstücke deines Lebens zusammenzufügen, dann schmerzt die Erinnerung. Das Schlimmste ist zurückzukommen und festzustellen, daß sich nichts verändert hat. Ich betrachte meinen Vater, meine Mutter, den Bruder und die Schwester, das Haus, in dem ich geboren bin, die Township, in der ich aufgewachsen bin – die Leute bezeichnen das jetzt lieber als Vorort – und ich sehe dasselbe alte Haus, dieselbe alte Straße, dieselben alten Gesichter, die ums Überleben kämpfen. Wir haben den Krieg gewonnen, ja, aber es ist närrisch, von unserem Sieg zu reden. All dieses Gerede über kostenlose Schulen, kostenlose medizinische Behandlung und Mindestlöhne ist erst ein Anfang. Die wirkliche Schlacht wird äußerst lange dauern; vielleicht fängt sie noch nicht einmal an.

Als wir hinausgezogen sind, haben wir natürlich geglaubt, unsere Gewehre könnten die Dinge über Nacht verändern. Und dann sind wir zurückgekommen und haben festgestellt, daß die Weißen uns noch immer anbrüllen können, weil sie immer noch das Geld haben, während die alten Kämpfer sich Jobs organisieren müssen wie alle anderen auch. Ich habe letzten Monat einen Tag lang auf einer Baustelle gearbeitet, aber als der weiße Vorarbeiter erfahren hat, daß ich ein ehemaliger Kämpfer bin, erklärte man mir, die Firma habe versehentlich zu viele Gelegenheitsarbeiter eingestellt. Ist das gerecht? Du kommst zurück und stellst fest, daß du hinter deinen Klassenkameraden, die auf der Schule geblieben sind, Jahre zurück bist. Einige aus meiner Klasse sind jetzt auf der Universität. Ich bereue nicht die Unterbrechung – das hat zu dem Opfer gehört. Daß man keine Chance bekommt, das Versäumte nachzuholen, macht mich bitter. Was soll man erzählen, wenn die Leute zu beschäftigt sind, um zuzuhören, und sofort alles wieder vergessen? In fünf Jahren wird der Krieg völlig vergessen sein. Die Wahrheit des Ganzen ist, daß diejenigen von uns, die zum Kampf hinausgegangen sind, bis an ihr Lebensende die Narben tragen werden. Als der Kampf noch tobte, waren wir die Helden, aber jetzt läßt man uns nur noch unsere Wunden lecken. Du glaubst, wir halten uns selbst für Helden? Wenn du jeden morgen aufwachst und dir dein Gewehr umhängst und losgeht, um den Tod zu suchen, dann ist es idiotisch, über Heldentum zu reden. Da draußen hieß es: töten oder getötet werden.«

Er machte eine Pause und griff über das Flaschenmeer hinweg nach einem neuen Halben. Die Art, in der Dickson aufmerksam zuhörte und ihn mit seinem Schweigen anspornte, ärgerte ihn irgendwie. Er hatte noch zu niemandem so gesprochen, es nicht einmal gewollt, aber er spürte jetzt, daß er in eine Beichte zu gleiten drohte. Er wollte gesagt bekommen, daß er sich irrte, irgendein heftiger Widerspruch hätte ihm geholfen, sein Bewußtsein zurechtzurücken, und ihn gezwungen, etwas vom Glauben an den Heroismus seiner Vergangenheit zu retten.

»Ich bin in einer fanatisch christlichen Familie aufgewachsen, Dickson. Mein Vater und meine Mutter waren fanatische Christen, das war mir schon als Kind bewußt. Ich hatte fürchterliche Angst vor Gott. Wir durften nicht zur Radiomusik tanzen, und wenn Esther mit Make-up gesehen worden wäre, hätte man sie geschlachtet. Die Kirche kam an erster Stelle. Während andere Leute in die Stadt marschierten, um für eine Mehrheitsregierung zu demonstrieren, rannte mein Vater mit uns in die Kirche. Aber jetzt ist er natürlich in der Partei. Jetzt hat jeder einen Mitgliedsausweis und ist Genosse.«

»Ich bin damit aufgewachsen, daß Gott mir im Nacken saß, und dafür haßte ich meine Eltern. Ich habe versucht, ein guter Sohn zu sein. Ich war unglücklich. In der Schule ist ständig darüber geredet worden, daß unsere Familie Verräter seien. Ich habe versucht, dagegen anzugehen, und deshalb an Schülerdemonstrationen teilgenommen. Einmal habe ich dabei geholfen, eine Bierhalle in Brand zu stecken, und habe Ärger mit der Polizei bekommen.

Esther hat dir sicher von Peters Bein erzählt. Es war ein Unfall, aber sie glauben, ich hätte es absichtlich getan. Der Kirchenvorsteher hat den Gemeindemitgliedern eingeredet, irgendein Dämon wäre in mich gefahren und hätte mich dazu angestiftet. Ein Dämon, der versuchen würde, die Kirche zu zerstören. Sie hielten einen besonderen Gottesdienst ab, um mich zu reinigen. Danach habe ich Gott noch mehr gehaßt. Als ich dann im Internat war, bin ich bei Demonstrationen gegen die Einberufung von Schwarzen festgenommen worden. Da mußte ich über die Grenze. Ich bin gegangen, weil ich in einer Krise steckte und nichts anderes mehr tun konnte, als wegzulaufen. Wenn ich geblieben wäre, hätte das System mich kleingekriegt. Ich war mitten im Getümmel und habe mich bemüht, das beste draus zu machen und zu überleben. So ist das einer Menge anderer Leute auch gegangen. Und auf diese Weise ist der Krieg gewonnen worden. Ich hatte nie die Chance, die gleichen Erfahrungen zu machen wie andere junge Männer. Die Kirche hat mich meiner Kindheit beraubt und der Krieg hat mir eine ordentliche Schule, Freunde, Ferien und all das genommen. An einem Tag war ich noch ein junger Schüler, der im Schlafsaal Hausaufgaben gemacht hat, am nächsten Tag war ich bei der Guerilla und habe im Busch auf Smiths Soldaten geschossen. Und ehe ich mich versah, habe ich eine Frau mit nach Hause gebracht. Ich kann nicht sagen, wann oder wie das alles passiert ist. Manchmal kann ich kaum glauben, daß ich es wirklich erlebt habe; es kommt mir vor, als sei es jemand anderem passiert. Das schwangere Mädchen, das wir zu Hause gelassen haben, hat den Krieg voll auskosten müssen. Es gibt in dieser Stadt kein einziges Mädchen, das auch nur halb so viel erlebt hat wie sie. Wenn sie jetzt hier wäre, könnte sie dir erzählen, wie die Soldaten ihr Dorf niedergebrannt haben und wie man ihre Eltern mit durchgeschnittenen Kehlen im Fluß gefunden hat. Sie könnte dir von ihren Freunden erzählen, die im Bombenhagel während einer Versammlung verstümmelt worden sind. Sie könnte dir beibringen, wie man ein Bündel Handgranaten in einem Heuhaufen versteckt und das Ganze durch eine Postenkette transportiert. Ich konnte nicht an den Sammelpunkten bleiben, nachdem der Waffenstillstand verkündet worden war. Das habe ich noch nie jemandem erzählt, Dickson. Deshalb habe ich keine ordentlichen Entlassungspapiere bekommen. Ich konnte dort nicht bleiben, nicht zusammen mit diesen britischen und kanadischen Militärs, die uns höflich rumkommandiert haben, und die rhodesischen Soldaten haben am Rand darauf gewartet, uns abzuknallen. Die Rhodesier liefen ungehindert herum, während wir wie Kriegsgefangene an den Sammelpunkten eingepfercht waren, als ob nicht wir den Krieg gewonnen hätten! Ich sag dir, Dickson, ein Guerillakämpfer ist ist nur solange ein Held, wie der Krieg tobt. Sobald er vorbei ist, übernimmt der reguläre Soldat mit der sorgfältig gebügelten Tarnuniform die Führung.«

Benjamin zündete sich einen Joint an, rauchte und bot ihn Dickson an. Dickson sah sich unruhig um und lehnte ab.

»Was meinst du, wie wir den Krieg überlebt haben?« Benjamin schloß die Augen und ließ kleine Rauchwölkchen aus seinen Mundwinkeln entweichen. »Meine Gruppe hat drei Genossen verloren. Der erste starb bei einer Feindberührung, kurz nachdem wir in ein neues Gebiet geschickt worden waren. Der zweite geriet in chemisches Sprühmittel. Der dritte hätte überhaupt nicht zu sterben brauchen. Er war der jüngste und tapferste Guerillakämpfer, den dieser Krieg jemals gesehen hat. Er war der geborene Guerillero. Sein Gewehr war wie ein dritter Arm für ihn. Seine Augen waren Teleskope – wenn er einen Baum oder einen Hügel oder ein Gebäude absuchte, schien er sie mit den Augen näher heranzuholen. Er hatte vor niemandem und nichts Angst, und wenn ihm danach war, einen feindlichen Lastwagen in die Luft zu sprengen, hat er es getan, und dann ist er mit geröteten Augen und so gelassen zurückgekommen, daß man wußte, daß er es getan hatte. Sein Tod war ein blöder, blöder Fehler. Blöd! Blöd! Blöd!«

Er rammte seine Ellbogen in den Tisch.

»Blöd! Blöd! Blöd! Ging allein gegen ein Militärlager vor, nur ein paar Wochen vor dem Waffenstillstand, und wurde von Kugeln durchsiebt. Sie ließen ihn an einem Seil über dem Dorf baumeln. Nur Wochen vor dem Waffenstillstand! Blöd! Blöd! Blöd! Oh, wie blöd!«

Er vergrub sein Gesicht in den Händen, und als er wieder aufsah, waren seine Augen feucht.

»Ich glaube, wir sollten jetzt gehen, *tsano*,« sagte Dickson.

Benjamin erhob sich langsam und stemmte sich innerlich gegen den hämmernden Druck in seinen Schläfen.

»Ich trauere um meine Genossen,« sagte er.

35

Als Benjamin und Dickson nach Hause kommen, sind alle Türen angelehnt und die Lichter brennen. Dingo läuft ihnen entgegen und wirft sich gegen ihre Knie. Peter humpelt ins Wohnzimmer, Takunda dicht hinter ihm.

»Was geht hier vor?« Benjamin blinzelt in das grelle Licht. »Wo sind sie alle?«

»Sie haben *maiguru* Nkazana ins Krankenhaus gebracht. Wir mußten die Ambulanz anrufen.«

Benjamin und Dickson gehen auf die Straße zurück.

Die Nacht ist ruhig, ein sanfter Wind bläst Papierknäuel die Straße entlang. Die Township-Häuser kauern dunkel in müden Reihen. In den Höfen schimmern Bananenblätter; hohe dünne Choumoellier-Halme nikken. Irgendwo am Rand der Stadt grölt ein Betrunkener auf dem Heimweg. Im Süden dröhnt unablässig eine Schuhfabrik. Das Polizeirevier schimmert bläulich am Straßenrand, weiter vorn strömt aus dem Schlachthaus der Geruch von Fleischabfällen und versengtem Fell. Auf dem feierlichen Gelände eines weißen Friedhofs direkt neben der schwarzen Township fällt der Lichtstrahl eines einsamen Radfahrers durch die versunken dastehenden Kiefern.

Ein Hund wirft auf der Straße eine Mülltonne um und schnüffelt im Abfall.

Hinter ihnen kommt ein Taxi schaukelnd die Straße entlang. Benjamin springt auf die Straße und winkt es heran.

Der zerbeulte Renault fährt quietschend durch die leergefegte Stadt, holpert über spiegelndes Straßenpflaster und rumpelt um die Kurven der Vorstadtstraßen.

Das Krankenhaus taucht hinter dem Wäldchen auf.

Der Parkplatz ist leer. Niemand kommt ihnen am Eingang entgegen. Die Flure sind lang und hell erleuchtet, die Steinfußböden glänzen von Bohnerwachs. Vor ihnen biegt eine Krankenschwester, die ein leeres Bett schiebt, in den Durchgang ein.

Auf der Entbindungsstation kann die Schwester ihren Namen nicht finden.

»Sie ist heute abend von der Ambulanz gebracht worden«, wiederholt Benjamin und überfliegt die Liste.

»Ist sie zahlender Patient?« fragt die Schwester.

»Nein.«

»Wir hatten heute abend nur eine Einlieferung durch die Ambulanz, aber der Name ist anders.«

»Wie ist denn der Name?«

»Frau Tichafa.«

»Das ist sie.«

»Warum haben Sie das nicht gleich gesagt?«

»Ich habe Ihnen ihren Mädchennamen genannt.«

»Sind Sie denn nicht der Ehemann?«

»Doch. Geht es ihr gut?«

Die Schwester deutet auf einem Raum in einer Ecke der Station.

Nkazana liegt blaß und erschöpft da, umringt von Benjamins Vater und Mutter, Esther und Muchaneta. Eine Wiege steht neben dem Bett. Sie machen Platz, um Benjamin und Dickson durchzulassen. Benjamin tritt näher und blickt auf das kleine weiß eingepackte Bündel. Das Gesicht ist ein Durcheinander von roter Haut und schwarzen Haaren – eine winzig kleine Kugel von einem Kopf, die Hälfte davon Stirn, Beulen als Augen, ein kleiner Hügel von einer Nase, ein rosa Streifen aufgeworfener Lippen und zwei braune Blätter als Ohren.

»Es ist ein Junge«, sagt seine Mutter.

Alle strahlen ihn an.

Er berührt das winzige Gesicht mit einem Finger und dreht sich zum Bett um. Nkazana lächelt ihn schwach an. Ihr Gesicht ist sehr blaß. Sie sieht klein aus, aber ihre Brüste wölben sich rund und kräftig unter dem Krankenhaushemd.

»Sie hat für die Geburt nicht lange gebraucht«, erklärt Esther.

»Er kommt ganz nach dir«, sagt sein Vater zu ihm. »Er hat die Nase und die Stirn von dir.«

»Den Mund hat er von der Mutter«, bemerkt Muchaneta.

»Er wird dunkel«, meint seine Mutter, »das kann man an den Ohren erkennen.«

»Kein tiefes, sondern ein weiches Dunkel«, sagt Muchaneta.

»Und groß ist er für ein Kind, das drei Wochen zu früh zur Welt gekommen ist«, meint Esther.

»Das kommt sicher von der Autoschieberei gestern abend«, sagt seine Mutter. »So hat das Auto schließlich doch noch sein Gutes gehabt.«

Alle lachen.

»Wie wollt ihr ihn nennen?«

»Zvenyika«, antwortet Benjamin.

»Hast du dich zusammen mit Nkazana dafür entschieden?«

Nkazana nickt.

»Zvenyika Clopas Tichafa«, sagt sein Vater.

»Niemand gibt Kinder mehr europäische Namen«, bemerkt Esther, »vor allem keine jüdischen.«

»Aber als erster Enkelsohn muß er den Namen seines Großvaters tragen«, erklärt seine Mutter, »selbst wenn dieser Name nicht in der Geburtsurkunde auftaucht.«

»Zvenyika Clopas Tichafa«, sagt Esther und tippt leicht auf das weiße Bündel, »wach auf und sieh deinen Vater.«

Im Eingang steht eine Krankenschwester mit einem Rollwagen und wartet. Benjamin betrachtet das weiße Bündel wieder.

»Zvenyika wird Kopf und Hände gebrauchen und zu einer Persönlichkeit heranwachsen«, erklärt er.

Er ist erst zwanzig und hat noch keinen Job und auch kein eigenes Haus, aber er schwört sich, daß er tun wird, was er kann, um dieses kleine Bündel Mensch in der Wiege großzuziehen. Er wird alles tun, was er kann, auch wenn er nichts besitzt als ein Paar aufgesprungene Hände.

Er schwört sich, daß er das tun wird.

Ende

Glossar

A

aika	was jetzt (Ausdruck des Erstaunens)
AK 47	Maschinenpistole (russ. Kalaschnikov)
amai	Mutter
ambuya	Großmutter, alte Frau

B

Baas	Boß, Chef (Afrikaans)
baba	Vater
babamkuru	Großvater, älterer Bruder des Vaters
babamnini	Großvater, jüngerer Bruder des Vaters
bibo	Frisur mit inselförmigem Haarbewuchs in der Kopfmitte
biltong	getrocketes Fleisch
bira	Nachbarschaftshilfe
butterscotch	Kinderspiel

C

chaiwo	genau! stimmt!
Chaminuka	einer der ersten großen Befreiungskämpfer
chaputa	Kapitel
charira	es hat geknallt (Waffe)
chibuku	afrikanisches Gebräu mit Alkohol
chidongi	kleine Pflanze mit V-förmigen Dornen
chikanganwahama	Hähnchenbrust
chikondamoyo	flache gelbe Kuchen
Chimurenga	Befreiungs-, Unabhängigkeitskrieg
chiover-over	Walkie Talkie
chipako	Schnupftabakdose

chiraparapa	Mischsprache aus Shona, Zulu, Englisch, Afrikaans (Chir.)
chisi	eins
chitupa	Meldebescheinigung
choumoellier	Gemüsesorte

D

dagga	Lehm
danga	Viehkorral
dare	Versammlungsplatz der Männer
dhibdhibha	Flüssigkeit gegen Zeckenbefall
dhinha	ein Gift
doek	Kopftuch von Frauen
donga	Graben, Loch

F

FN	automat. Sturmgewehr
footsek	Hau ab!
Form One, Two, …	1., 2., … Sekundarschuljahr

G

Grade Five, Six, …	5., 6., … Klasse
gwirikwiti	Grippe

H

Hamba karokhaya.	Geh nach Hause. (Chir.)
Hatizi kuzobvunza kuti munotamba here.	Wir fragen nicht, ob es ihnen gut geht.
Hini wena enza?	Was machst du? (Chir.)

Hondo iri marazi, sha.	Krieg ist nie schön, Freund.
hosho	Musikinstrument, Rassel
humwe	eins, Zusammenkunft

I

icho	das, es hat geknallt (Waffe)
ishwa	Termiten mit Flügeln

J

jerusarema	traditioneller Tanz
Junior Certificate	Abschluß nach dem 2. Sekundarschuljahr

K

katepi chaiko	groß, schlank, mit Sicherheit
Kudzidza hakuperi nhai!	Das Lernen hört nie auf!
kufa takangotarisa	starb vor unseren Augen
kununga mari	Geld vom Teller nehmen
kurova guva	Gedenkfeier für einen Toten, ein Jahr nach dem Tod
kutsonga	klein sein

L

lobola	Brautpreis

M

m'chongoyo	traditioneller Tanz (im Osten Zimbabwes verbreitet)
m'koma	Bruder
m'tengesi	Verkäufer, Verräter
m'zukuru	Cousin, Cousine
mabunu	Buren

madumbudya	Insektenart
madzakutsaku	Soldaten der Zeit Muzorewas
madzishe	Chefs, Chiefs
maheu	afrikanisches Gebräu ohne Alkohol
Mahumbwe chaiwo	Kinderspiel (aus Lehm Kuchen backen)
maiguru	Tante, ältere Schwester der Mutter
mainini	Tante, jüngere Schwester der Mutter
Makadii sekuru?	Wie geht es dir, alter Mann?
makandinzwa nani	es muß gezahlt werden
makoko	braungebrannte Sadza-Reste im Topf
mambara	Tunichtgut
manheru	Guten Tag, guten Abend
mapostori	religiöse Sekte
mapuruvheya	schwarze Polizisten oder Soldaten
maputi	Popcorn
mariposa	Plastikschuhe
maroro	feigenähnliche Wildfrucht
masoja	Soldaten
maswera sei	Wie geht es Ihnen?
matemba	kleine getrocknete Fische
matende	Wasserbehälter
maturi	Mörser aus Holz
mazhanje	Wildfrucht
mazibhurakuwacha	weiße Polizisten
mazvita	danke
mbhakumba	Musik, von südafrikanischen Klängen beeinflußt
mbanje	Marihuana
mbira	klass. Musikinstrument Zimbabwes (Fingerklavier)
mfana	jung (Ndebele)
mfazi	Frau (Ndebele)
mfushwa	getrocknetes Gemüse

mhamha	Bier
mhani	heh, Mann!
midzimu	Geister der Ahnen
Mina buyire buza small fevha	Ich komme, weil ich um einen kleinen Gefallen bitten möchte (Chir.)
Mina chere wena tomorrow.	Ich sage es dir morgen. (Chir.)
mkwasha	Schwiegersohn
Mongodya zvichipisa.	Iß, solange es noch heiß ist.
mpafa	Masse, die gekaut wird, um urimbo herzustellen
mpfuti	Baumart
mroora	Schwiegertochter
mudhara	alter Mann
muhacha	Baumart
mujhibha	junge Leute, die den Befreiungskämpfern halfen
munin'ina	jüngerer Bruder eines Jungen, jüngere Schwester eines Mädchens
Munodirei kudada so.	Warum so stolz?
munway	Verballhornung von munyai
munyai	Vertreter des Bräutigams, enger Vertrauter
muonde	Feigenbaum
mupichisi	Pfirsichbaum
musha	Heim, Dorf, Zuhause
mutamba	Baumart mit kugelartigen Früchten
mutupo	Totem, Clan-Name
muzukuru	Cousin, Cousine
mwana wevhu	Kind der Erde
mwanangu	mein Kind

N

n'anga	Heiler, Wahrsager
navo	mit ihnen
ndakawoma musoro	nicht klug, starrköpfig
ndapota	bitte
ndari	Biergelage
Ndichambokuitirai ngano yangu.	Ich erzähle Ihnen eine Geschichte.
Ndimi munebasaka iri.	Sie sind derjenige, der so eine Arbeit hat.
Nehanda	»Eiserne Frau«, Widerstandskämpferin gegen die weiße Herrschaft (mytholog.)
ngozi	Gefahr, Geist des Todes
ngquzu	Tanz (Ndebele)
nhaika	stimmt's? nicht wahr?
nhembe	früherer Genitalienschutz aus Leder
nhengeni	Wildfrucht
nhodo	Storch
nhumbi	Gepäck, Kleidung
nyora	Pickel

O

O level	Abschluß nach der 4. Sekundarschulklasse

P

pada	Kinderspiel (Hüpfkästchen)
pamberi	vorwärts
Pamberi neChimurenga!	Vorwärts mit dem Befreiungskrieg!
Pamberi neku-chenjera muhondo!	Vorwärts im Krieg mit Klugheit!

Pasi neVatengesi!	Nieder mit den Verrätern!
pole	Rundhölzer
povo	Leute, Volk (Portugiesisch)
primus stove	Spirituskocher
pungwe	Versammlung (wörtlich: die ganze Nacht durch)
(ma)puruwheya	Regierungs-Polizisten

R

R 200	Korngröße des Mais
rogor	Sprühmittel gegen Insekten
roora	Brautpreis
ropa	Blut
ruwanze	Dorfplatz
ruware	Stein- /Felsplateau

S

s'manjenje	typische südafrikanische Musik
sabuku	Provinzchief
sadza	dicker Maisbrei
saijen	Polizeihauptmann (Afrikaans)
Satan wako!	zum Teufel!
Selous Scouts	weiße Spezialtruppe der Armee unter Ian Smith
shangara	traditioneller Tanz
shebeen	private Bierverkäuferin (illegal)
situpas	s. chitupas
skellem	Störenfried (Schimpfwort, Afrikaans)
skuzapo	aufgeweckter Junge
Spray	Klebriges Nervengift; wirkt in wenigen Miuten tödlich.
Standard Five	alte Bezeichnung für die 5. Schulklasse
Standard Three	alte Bezeichnung für die 3. Schulklasse

stoep	erhöhter Platz vor dem Haus (Afrikaans)
Svikai zvakanaka sekuru.	Tritt ein, Onkel/Großvater.
sviriko	Schamanin

T

tairidzirana	wir hätten uns gegenseitig beschossen
Takatarira m'zukuru.	Wir erwarten einen Cousin/eine Cousine.
tererina	Kleid mit vielen Falten
tsambaramafuta	Insektenart
tsano	Schwager, Anrede unter Freunden

U

Ungabhaibhisa ndege muno mucamp here?	Darfst du hier im Lager einem Flugzeug winken?
uri mwana wani?	Wessen Kind bist du?
urimbo	klebrige Masse von einer Baumart

V

vahandzvadzi	Schwester (respektvolle Anrede)
vakwasha	Schwiegersöhne (Pl.)
vana mukoma	Brüder (gemeint: Freihcitskämpfer)
vanangu	meine Kinder
vanhu vem akandiwa	Staatsbeauftragte, die den Ackerbau kontrollieren
vanhu vesenzasi	Volkszähler
vanhu vetsetse	Staatsbeauftragte für die Bekämpfung der Tsetsefliegen
vatengesi	Verräter/Verkäufer
vhuramuromo	Anzahlung vor dem Beginn von Verhandlungen
vlei	Feld, Land (Afrikaans)

W

wako	dein/e, deins
Wena buya!	Komm her! (Chir.)
Wena kumbula fanika pickanniny skati zonke.	Du denkst immer wie ein Kind (Chir.)

Z

Zimbabwe ndeyeRopa	Das Blut gehört Zimbabwe.
zvakanaka	o.k., das ist gut
zvangu	sich gut finden
zvibinge	falsches Verhalten vor der Hochzeit

Weitere Romane aus dem Horlemann-Verlag:

Chen Jo-hsi
Heimkehr in die Fremde

Mitte der sechziger Jahre. Der Aufruf an die in aller Welt verstreut lebenden Auslandschinesen, in die Volksrepublik China zu kommen, um sich am Aufbau des Sozialismus zu beteiligen, stößt auf ein lebhaftes Echo. Auch Xin Mei und ihr Mann Xinsheng, in den Vereinigten Staaten ausgebildete Wissenschaftler, lassen sich von der patriotischenWelle erfassen und kommen voll Euphorie in Peking an. Doch die Machtkämpfe innerhalb der kommunistischen Führung bewirken den Ausbruch der »Großen Proletarischen Kulturrevolution«. Besonders für die Intellektuellen brechen schlimme Zeiten an. Von diesen handelt der vorliegende Roman.

416 Seiten, gebunden mit Schutzumschlag, DM 42,00   ISBN 3-927905-32-1

Mochtar Lubis
Dämmerung in Jakarta

»Lubis gelingt es, die beschriebenen Personen sehr plastisch herauszuarbeiten. Es liest sich streckenweise wie eine Reportage. Die Welt der Kaufleute, Beamten, Politiker, Schurken und vor allem auch die Welt der ›Ewig-zu-kurz-Kommenden‹ wird nachvollziehbar. Vor nunmehr 30 Jahren verfaßt, spiegelt Lubis' Roman einen Alltag und Lebensbedingungen wider, wie sie im Prinzip auch heute noch anzutreffen sind.«
Karl Mertes in südostasien-Informationen 3/90

288 Seiten, gebunden mit Schutzumschlag, DM 36,00   ISBN 3-927905-12-7

FORDERN SIE UNSER GESAMTVEREZEICHNIS AN! POSTKARTE GENÜGT!

Weitere Romane aus dem Horlemann-Verlag:

Bärbel Gudelius
Umkehrung

Der Roman »Umkehrung« ist die Beschreibung eines Versuchs, aus der lieblosen Unverbindlichkeit, aus unserer aseptischen und konsumorientierten Welt, die eine Scheinwelt ist, aus dem Mittelfeld unserer Gefühle ohne Höhen und Tiefen die Bedingungen für ein richtiges Leben herauszufinden.

220 Seiten, gebunden mit Schutzumschlag, DM 32,00 ISBN 3-927905-04-6

Helma Cardauns
Eine Kölner Kindheit

Dieser Roman taucht mit großer Authentizität, scharf beobachtender Rückerinnerung, in scheinbar naivem, altmodischen Erzählstil in das Leben, aber auch das gesellschaftliche Umfeld einer großbürgerlichen Kölner Familie ein und zeichnet die Kriegs- und Nachkriegszeit bis ins Jahr 1929. Helma Cardauns: »Ich schreibe nicht ›zur wohltätigen Auflockerung in tieftrauriger Gegenwart‹. Mich lockt es, in unseren satten Tagen das Hungerloch nach dem Ersten Weltkrieg, mein ›Köln vor sechzig Jahren‹, mit den Bildern meiner Kindheit auszustaffieren. Ich reite im Sattel der galoppierenden Inflation. Als meinem Großvater ›nicht einmal die Grundlinien des Neubaus im deutschen Ruinenfeld erkennbar‹ sind, 1918, da setze ich ein, da taucht sie auf, meine Stadt, nicht im historisch-politisch-topographischen Raster, vielmehr in der Sicht eines Bürgerkindes im Strudelsog vor und nach dem Katastrophenjahr 1923.«

320 Seiten, gebunden mit Schutzumschlag, DM 36,00 ISBN 3-927905-31-3